KB032905

섹시의 정석

섹시의 정석

초판 1쇄 찍은 날 | 2015년 3월 20일
초판 1쇄 펴낸 날 | 2015년 3월 31일

지은이 | 홍윤정
펴낸이 | 예경원

편집 | 유경화

펴낸곳 | 예원북스
등록번호 | 제396-2012-000132호
등록일자 | 2012. 7. 25
YRN | 제1-0099호

주소 | 경기도 고양시 일산동구 무궁화로 8-28 삼성메르헨하우스 712호 (우) 410-837
전화 | 031-819-9431 팩스 | 031-817-9432
http://cafe.naver.com/yewonromance
E-mail | yewonbooks@naver.com

ⓒ 홍윤정, 2015

ISBN 979-11-5630-368-8 03810

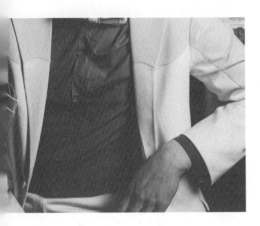

YEWONBOOKS ROMANCE STORY

홍윤정 장편 소설

섹시의 정석

CONTENTS

프롤로그

한동원이 잠에서 깬 것은 쉴 새 없이 울려대는 벨소리 때문이 아니었다. 넌덜머리날 정도의 끈덕짐이 지겨웠던 건 사실이지만 녹초가 된 몸을 움직일 만큼은 아니었으니까. 방전 상태임에도 불구하고 번쩍 정신이 든 건 순전히 여자 때문이었다.

"여보세요……."

귀에 익은, 동시에 완벽하게 낯선 한 자락의 음성. 몽롱한 정신 사이로 번개처럼 떠오르는 게 있었다. 이 목소리가 어젯밤 자신의 몸 아래에서 내지르던 신음과 비명 소리들…….

온몸이 굳어졌다. 젤리처럼 말랑거리던 뇌가 깨어나면서 현실 감이 일시에 되살아났다. 재계 서열 10위 안에 드는 대기업 경원 그룹 오너의 외아들이자 경원백화점 기획이사, 한동원이 어젯밤 원나잇을 한 것이다. 원나잇을!

충격적인 사실이었다. 적어도 그에게는 그랬다. 동원은 자신이 저지른 실수를 외면하고 싶은 마음으로 두 눈을 질끈 감았다.

"어후…… 왜 말이 없어……."

잘못 걸려온 전화였을까. 여자는 늘어지는 억양으로 중얼거리며 휴대전화를 아무렇게나 흘리듯 내려놓는다. 목소리의 거리감으로 인해 그녀가 지척에 있다는 것을 알 수 있었다. 동원은 감겨 있던 눈을 천천히 떴다. 그리고 현실을 정면으로 맞닥뜨리기 전, 심호흡을 했다.

어젯밤 그를 차지한 이 여자와 동원은 초면이었다. 집안으로부터 결혼 압박을 받는 와중인 관계로 참하기로 정평이 나 있는 상류층 규수들의 리스트를 줄줄 꿰고 있는 동원이었지만 이 여자는 기억에 없었다. 그렇다는 얘기는 변변찮은 배경의 평범한 여자라는 건데. 그런 여자가 유독 배경에 집착하는 삼원건설 장남, 견상진의 파트너였다니 참으로 아이러니한 일이 아닐 수 없었다.

젠장…….

어쩌다 상진의 파트너와 원나잇을 하게 된 걸까.

모든 건 친구 조상혁이 주최하는 칵테일 파티에 참석하면서부터 시작되었다. 상혁은 몇 주 전부터 '사교계의 프린스가 나타나 주셔야 내 파티의 주가가 오르지'라며 꼭 와주기를 부탁했었다. 친구의 면을 세워주기 위해 동원은 얼굴 도장만 찍고 갈 참으로 잠시 들렀었고, 때문에 사람들과의 쓸데없는 접촉을 피하기 위해 구석진 자리만 골라 어슬렁거리고 있었다. 그러다 우연히 인적이 드문 통로의 끝 방에서 남녀가 말다툼하는 소리를 듣게 되었다.

"갑자기 내가 싫어졌다는 게 이해 안 돼. 어떻게 사랑이 그리 쉽
게 변해?"

"난 내 규칙을 철저하게 지키는 사람이야. 아무리 네가 좋아도
처녀는 상대 안 해."

"그 말 되게 웃기는 거 알아? 난 네 여자친구야. 너와 사귀면서
다른 누군가와 잘 생각, 전혀 없어. 그럼 난 영원히 너와는 못 자
는 거야? 죽을 때까지 처녀로 있어야 해? 날 사랑한다면서 어떻게
그럴 수 있어?"

"사랑 타령 그만 좀 하지. 듣기 싫어 죽겠거든? 너와 내가 생각
하는 사랑의 정의는 엄연히 달라. 넌! 내가 너와 결혼해서 네 후줄
근한 집안과 별 볼 일 없는 인생을 책임져 주고 네가 낳은 애새끼
를 내 호적에 입적시킨 후 우리 가문의 적법한 후계자로 만들어주
는 게 사랑이라고 생각하겠지. 하지만 난 아니야. 난 짧고 단순한
게 좋아. 평생 묶여 있는 관계가 아니라 화끈하고 뒤끝 없는 관계.
내가 생각하는 사랑은 바로 그런 거라고."

"그건 그냥 섹스지 사랑이 아니잖아!"

두 연인이 심각하게 다투고 있었다. 동원은 당장 그들의 프라이
버시를 위해 자리를 떠야 했다. 그래야 한다는 걸 알고 있었다. 하
지만 그럴 수가 없었다. 견상진은 '개상진'이라는 별명답게 개자
식이었고, 녀석의 여자친구는 상진의 잔인한 말들로 인해 산산이
부서지고 있었다.

파르르 떨리는 여자의 어깨. 거친 숨결. 이 상황이 몹시도 견디

기 힘든 듯 손바닥으로 이마를 짚는 동작. 힘없는 뒷모습과 나약해 뵈는 몇 가지 동작만으로도 동원은 그녀가 감정적으로 위태로운 상태임을 알아보았다. 저러다가 혹시라도 극단적인 선택을 하게 되면 어쩌나 걱정이 되는 것은 당연했다. 동원은 상진이 개상진다운 추잡하고 매너 없는 언행으로 여자를 버리고 사라진 뒤에도 남아 여자를 지켜볼 수밖에 없었다.

"멋진 구경거리죠?"

한참 만에 여자가 입을 열자 동원은 소스라치게 놀랐다. 그 자리에 자신이 있다는 걸 그녀가 모르는 줄 알았으니까. 동정심과 함께 죄책감이 물밀듯 밀려왔다.

"미안합니다. 일부러 엿보려고 했던 건 아니었어요."

"괜찮아요. 나 같은 건 구경거리가 돼도 싸죠. 그딴 사랑한다는 말을 철석같이 믿고 27년간 간직해 온 순결을 주려고 했다니. 이렇게 어리석은 여잔 나밖에 없을 거야."

그녀의 슬픈 목소리는 금세 잠겨들었다. 습기 촉촉한 목소리를 듣자 상진에 대한 적개심과 분노가 끓어올랐다. 남자가 여자를 울리는 행위는 한동원의 상식에선 죄악이었다. 모든 여자들은 최소한의 배려와 보호를 받을 자격이 있었다.

"그 자식이 나쁜 겁니다. 당신은 잘못한 거 없어요."

"잘못한 게 왜 없어요. 세상에 나 같은 여잘 사랑해 줄 남자가 있다고 믿은 게 잘못인데……."

"이봐요."

"상진이가 날 사랑하는 줄 알았어요. 그렇다고 말했거든요. 그래서 잘 보이려고 노력했어요. 나도 이제 누군가로부터 사랑이란 걸 받게 되는구나, 진정한 여자가 될 수 있겠구나, 좋아했어요. 사실 이 나이가 되도록 진지하게 교제해 본 적이 없거든요. 상진이가 처음이었어요. 당연히 들떴죠. 구름 위를 걷는 기분이었어요. 나답지 않게 날마다 예쁜 옷을 사고, 인터넷으로 화장법 같은 걸 검색하고, 좋아하지도 않는 액세서리를 주렁주렁 매달고 다녔어요. 상진이가 화려한 여자를 좋아하거든요. 그런데 갑자기 내가 싫대요. 처녀라서. 웃기지 않아요? 내, 내가 처녀라서 싫다니……."

그때 여자에게 다가가는 게 아니었다. 오열하는 여자에게 어깨를 빌려주는 게 아니었다. 아무리 동정심이 솟구쳤어도, 방 한가운데에 덩그러니 서 있는 그녀가 너무나 연약해 보였어도, 눈물을 떨구며 흐느끼는 그녀가 비정상적으로 아름답게 보였어도, 절대로 그녀를 끌어안고 토닥여 줘서는 안 됐다.

상진에게 걷어차인 걸 자신의 탓으로 돌리는 그녀에게 '아니다. 당신은 사랑받을 자격이 충분한 매력적인 여성이다.' 하고, 위로의 말을 건넬 이유가 동원에겐 전혀 없었다. 그녀와 동원은 그날 처음 본, 정말로 말 그대로 남남이었으니까. 한데도 동원은 그녀에게 다가갔다. 그녀가 울음을 그칠 때까지 포근하게 안아주었다.

그리고 키스를 했다.

도톰하고 보드라운 여자의 입술에 입술을 대자, 딱 들어맞는 열쇠를 찾은 자물쇠마냥 스르르 열렸다. 키스는 곧바로 신세계로 이어졌고 그의 이성을 앗아가 버렸다. 키스한 지 10분 만에 동원은 여자를 이끌고 호텔 방을 찾았다.

'도대체 뭐에 씌었던 걸까.'

동원은 팔을 들어 이마 위로 흘러내린 머리카락을 쓸어 넘겼다. 다시 생각해도 바보 같은 짓이었다. 스물여덟 해를 살아오면서 지금껏 단 한 번도 저지르지 않았던 실수였다. 어떻게 동정심으로 섹스를 할 수가 있단 말인가. 그것도 이름조차 모르는 낯선 여자와. 그것도 방금 남자친구와 헤어진 여자를 상대로!

게다가 빌어먹을, 그는 콘돔도 없이 섹스를 했다!

뭐에 씐 게 확실했다. 그렇지 않으면 이 모든 게 설명되지 않았다. 일순 임신에 대한 공포가 밀려들었다. 갑자기 이 모든 게 올가미는 아닐까 하는 극심한 혐오감도 생겨났다.

동원은 자리에서 벌떡 일어나 여자를 노려보았다. 여자는 곤히 자고 있었다. 시트에 머리끝까지 파묻힌 채로. 가느다랗고 긴 손가락만 시트 밖으로 삐쭉 나와 있었는데, 어찌나 깊이 잠들었는지 동원이 일어나는 기척을 보였는데도 꿈쩍하지 않았다. 동원은 붉은 색상 바탕에 반짝거리는 보석들이 박혀 있는 야한 손톱을 빤히 내려다보았다. 당황스럽게도 전날의 기억이 훅 떠오르면서 아랫도리가 바짝 긴장되었다.

"이게 무슨 향수지?"

"오드…… 뚜, 뚜와…… 아아!"

그가 여자의 목덜미에 입술을 박은 채 연약한 살결을 쭙쭙 소리 나게 빨아대며 묻자 그녀는 대답을 마치지 못하고 신음했다. 붉은 색 야한 손톱이 그의 등을 정신없이 할퀴고 있었다. 치맛자락은 허리까지 말려 올라가 있었으며, 그 아래 날씬하게 드러난 허벅다리는 그의 허리를 감고 있었다. 동원은 머리꼭지까지 에워싼 강력한 흥분감 때문에 가쁜 숨을 몰아쉬어야 했다.

"섹시해."

적당한 크기와 모양의 젖가슴이 그의 거친 손길 안에서 이지러졌다. 여자가 빠르고 격렬한 신음을 흘리며 허리를 들어 올렸다. 납작한 여자의 하복부는 동원의 터질 듯 불룩하게 솟은 곳에 철썩, 부딪쳐 왔다.

동원의 피가 거꾸로 솟구쳤다. 이성은 사라졌고 본능만 남은 짐승의 상태로 그는 게걸스럽게 여자의 피부를 더 많이, 더 깊숙이 흡입했다. 여자의 속옷도 끌어 내렸다. 힘세고 성마른 그의 손길에 부욱― 얇은 천 쪼가리가 찢겨져 나갔다. 천이 찢어지는 소리는 본능만 남은 두 남녀의 충동적이고도 탐락적인 행위에 불을 지피는 효과를 발휘했다.

크고 넓은 손바닥으로 그는 여자의 작지만 탄탄한 엉덩이를 감싸고 거세게 문질렀다. 손아귀로 틀어쥐어 흔들다가 부드럽게 비볐다. 길게 쓸어 올리다가 나른하게 쓰다듬었다. 그러기를 수차례, 여자의 입에서 가쁜 숨이 연거푸 흘러나오자 동원은 탐스러운 두 개의 달덩이 사이로 손바닥을 밀어 넣었다.

"아, 아, 아……."

세로로 열린 여인의 온궁(溫宮)은 이미 흠뻑 젖어 있었다. 쫄깃쫄깃한 살점과 질척거리는 물기가 그의 손끝, 손가락, 손바닥으로 고스란히 느껴졌다. 몸속의 불꽃이 화륵 타올랐다. 극심한 허기가 뇌를 비웠다. 강렬한 성적 갈증이 이성을 날려 버렸다. 온 정신을,

온몸을 지배하는 수컷의 본능은 짐승처럼 날뛰며 발정했다. 동원은 다급하게 바지 자락을 열고 짐승을 풀어헤쳤다.

"흐윽……!"

동원은 여자의 고통에 찬 흐느낌을 듣고서 저돌적인 침투를 그쳤다. 뒤늦게나마 자신이 무슨 짓을 저지르고 있는 것인지 깨달았던 것 같다. 여전히 정염에 휩싸여 헉헉거리면서도 그는 그 알량한 자제력을 간신히 발휘해 몸을 빼려고 했다.

하지만 여자가 자신의 연약한 자궁을 위로 밀어붙이며 동원을 받아들이기 위해 기를 쓰기 시작하자 남은 자제력은 흔적도 없이 사라져 버렸다. 그는 다시금 거침없이 파고들어 여자를 차지했다. 아픔에 몸부림치는 여자의 몸을 꽉 붙잡고 정신없이 들어갔다 나오는 행위를 반복했다. 그녀도 자신도 녹초가 될 때까지 반복하고 또 반복했다. 멈출 수 없었다. 그로서는 도저히 불가능한 일이었다.

그녀 역시 거부하지 않았다. 단 한 번도 멈춰달라 말하지 않았고, 거친 그의 행위를 불평하지 않았다. 덕분에 그는 밤새도록 여리고 서툰 여자의 몸을 가르고 또 갈랐다. 씨를 뿌려대고 또 뿌려댔다. 지금 이 여자가 이토록 정신을 못 차리는 것은 순전히 그가 밤새 괴롭혔기 때문인 것이다.

"미친 자식."

혼잣말을 중얼거리며 동원은 침대에서 나와 벌거벗은 몸에 옷가지를 걸쳤다. 명백히 그는 어젯밤 난폭했다. 여자를 얼마나 부드럽고 조심스럽게 대해야 하는지 모르는 10대처럼 서툴렀다. 얼굴이 화끈거렸다. 대한민국에서 둘째가라면 서러울 정도로 다정다감하고 여자에 대한 배려가 남다르다 정평이 나 있는 최고의 로맨틱 가이, 한동원이 철저하게 제 욕심만을 차리는 섹스를 했다는 사실이 수치스러웠다.

"이봐."

침대 옆에 우뚝 선 채 그는 무뚝뚝하게 불렀다. 걱정스러움과 두려움이 동시에 일렁이는 동원의 시선이 시트를 뒤집어쓴 여자에게 고정되어 있었다. 반응이 없자 동원은 좀 더 큰 목소리로 불렀다.

"이봐, 일어나."

"으음……."

소리에 반사적으로 반응해 여자가 몸을 뒤척였다. 새하얗고 날씬한 다리 하나가 시트 밖으로 튀어나오는가 싶더니 갑자기 몸을 옆으로 뒤집었다. 순식간에 여자의 벌거벗은 모양 좋은 뒤태가 동원의 시야에 펼쳐졌다.

동원은 훅, 숨을 들이쉬었다. 수컷의 상징이 빠르게 발기되기 시작했다. 뇌의 지배를 받지 않는 유일한 신체 부위가 어젯밤의 달콤함과 짜릿함을 또다시 맛보게 해달라고 성화를 부렸다. 여자의 아늑함, 매끄러움, 꽉 조여들 때 오는 쾌감에 중독된 듯 숫제 아우성이었다. 동원은 이를 악물고 몸의 반응을 무시했다. 어젯밤 두 사람이 얼마나 뜨거웠든 지금은 현실을 마주할 때였다.

"일어나 보라고."

꽤 크고 우렁차게 소리치자 여자가 고개를 들며 눈을 뜨기 시작했다. 그녀의 눈은 커다랬다. 쌍꺼풀이 짙었다. 순정만화 주인공

눈처럼 유난히 반짝거리는 눈망울을 가졌다.

문득 여자의 멀쩡한 얼굴을 보는 건 처음이란 생각이 들었다. 상진 때문에 울고 있을 때 처음 보았고, 그 이후론 쭉 흥분과 쾌감에 휩싸여 헐떡이느라 여자의 얼굴을 제대로 뜯어볼 시간이 없었다. 여자는 생각보다 훨씬 앳되고 고상한 용모를 가지고 있었다. 짙은 화장과 붉은 매니큐어, 섹스의 강렬한 쾌감 탓에 좀 더 성숙한 이미지를 떠올리고 있던 동원은 할 말을 잃고 말았다. 어딘지 맑고 우아해 뵈는 여자의 모습이 훨씬 야하게 느껴졌다. 하지만 그것도 잠시, 곧이어 들이닥친 낯익음에 흠칫했다.

"당신은……?"

여자가 먼저 반응했다. 커다랗게 뜬 눈으로 뚫어져라 동원을 응시하며 혼잣말을 중얼거렸다. 동원이 누군지 알아본 것이다. 그 말인즉슨 자신이 경원그룹 후계자와 원나잇을 했다는 사실을 자각했다는 뜻이었다. 그녀가 평소 한동원이란 남자에 대해 아주 잘 알고 있다는 의미였다.

생각 탓인지 낯익음이 더욱 강렬해졌다. 그녀가 자신이 아는 그 누군가와 동일 인물이라는 예감이 강하게 들었다. 어디서 봤더라? 누구지?

그때 한 여자의 얼굴이 사륵 뇌리를 스쳐 갔다.

"당신 혹시?"

"서, 설마 당신 진짜……?"

여자가 빠르게 중얼거리며 손가락을 들어 그를 향해 콕 찔렀다. 동시에 동원의 뇌가 기억을 헤집던 색출 작업을 멈추고 이름 하나를 꺼내 들었다.

"한동원?"

"박이진?"

두 사람이 동시에 입을 열었다. 그리고 동시에 비명을 내질렀다.

박이진은 동원이 결혼할 여자의 동생이었다.

제1장 미친 짓

TX그룹의 둘째 여식 박이진은 어젯밤 자신과 사랑을 나눈 잘생긴 남자를 멍하게 바라보았다.

놀라웠다. 언니와 정략결혼 할지도 모르는 남자와 밤을 보냈다는 충격과 경악이 지나간 자리에는 당연히 상실감과 공포가 있어야 함에도 불구하고, 눈곱만큼도 느껴지지 않았다. 그저 지긋지긋했던 처녀 딱지를 드디어 뗐다는 홀가분함만이 존재했다. 미친 것 같지만, 좀 더 솔직해지자면, 한동원과 섹스했다는 사실에 희열을 느끼고 있었다. 상대가 한동원이니까. 한동원은 대한민국 사교계의 대어, 현존하는 재벌가 총각 중 가장 잘생기고 멋진 최고 신랑감이니까. '맙소사, 내가 한동원과 잤어!' 와 같은 마음이랄까.

모든 여자들이 한동원을 원했다. 그와 밥 한 번 먹기를 소원하고, 말 한 번 섞기를 바랐다. 그의 웃음 한 번, 눈길 한 번 받기 위해 여자들은 안간힘을 쓴다. 워낙 잘난 외모에 훤칠한 몸매, 톱 오 브 톱 급의 스펙을 갖고 있는 완벽남이라 성인이 된 이래 지금껏 인기 고공 행진 중인 한동원은 그럼에도 불구하고 재벌남 특유의 싸가지 없는 스타일이 아니었다. 오히려 여자들에게 한없이 부드 럽고 관대하기로 유명해 사교계의 프린스, 여자들의 로망으로 입 지를 굳힌 지 오래였다. 한마디로 이진이 잔 이 남자는 대한민국 사교계 최고의 빅맨이었다.

'여러모로 빅(big)했지.'

멍하게 생각하며 이진은 마른침을 꿀꺽 삼켰다.

전날 밤 그와 함께했던 시간들을 떠올리니 두 볼이 후끈 달아올 랐다. 다리 사이로 낯부끄러운 열기가 몰려들었다. 젠틀하고 부드 러운 이 완벽남은 화끈하고 뜨거운 밤놀이의 제왕이기도 했다. 에 너자이저처럼 쉬지 않고 일을 치르는 엄청난 정력의 소유자이기 도 하고.

"이봐."

"……."

"헤이!"

그가 코앞에서 손가락을 튕기자 잠시 가출했던 정신이 훅 되돌 아왔다. 이진은 두 눈을 더욱 크게 뜨고는 동원의 손가락을 멍하 게 내려다보았다. 참 길고 고급진 손가락이다. 이것이 어젯밤 수 풀을 가르고 내 안으로 들어와…….

"콘돔을 사용하지 않았어."

"네?"

"콘돔. 몰라?"

"아아!"

그제야 그가 임신을 걱정하고 있음을 알아챘다. 어젯밤 그들은 너무나 뜨겁게 불붙은 나머지 피임이고 뭐고 할 정신이 없었다. 하지만 그가 걱정하는 일은 일어나지 않을 것이다. 이진은 불과 며칠 전에 생리를 끝마쳤다. 오늘 상진과 첫 밤을 보내기로 마음을 먹었던 터라 날짜 계산을 정확하게 해두었었다.

"걱정하지 마세요. 위험한 시기는 아니니까."

"그래도 혹시 모르니까……."

짐짓 안도의 한숨을 내쉬더니 그는 어색하고 뻣뻣하게 재킷 주머니를 뒤져 지갑을 찾아내고는 거기서 명함 한 장을 꺼내 이진에게 건넸다.

"무슨 일 생기면 여기로 연락해."

금박이 둘러진 고급스런 종이를 받아 들며 처음 든 생각은 '아! 여기서 끝이구나'였다. 당연한 결과다. 그들은 그저 일시적인 감정에 휩쓸려 불장난을 저질렀을 뿐이니. 이진은 잠시나마 헛되이 품었던 감상적인 생각을 빠르게 정리하고 아무렇지도 않은 듯 빙긋 형식적인 미소를 지어 올렸다.

"연락할 일 없을 거예요. 걱정하지 마세요."

"세상 살아가면서 제일 하지 말아야 할 게 바로 속단이지. 임신이면 연락해. 혼자 끙끙대지 말고."

"내가 임신하게 되면 자연스럽게 그쪽도 알게 될 거예요. 아마도."

TX그룹 박 회장은 처녀인 여식이 임신한 걸 가만히 두고 볼 사람이 아니다. 아기의 아비가 누군지 기어코 알아내어 절단을 내려고 할 거다. 그것을 이미 예상하기라도 한 듯 동원은 단호하게 고개를 끄덕, 해 보였다.

"알아. 그럴까 봐 이걸 주는 거야. 확인되는 대로 즉시 내게 연락해. 최우선적으로."

"설마 아기를 지우라고 할 셈으로……?"

"아니야."

동원은 눈살을 찌푸리며 묻는 이진의 말을 싹둑 잘랐다. 혹시라도 이진이 나쁜 생각을 하게 될까 봐 연락하라고 당부했던 것이었는데, 표정을 보아하니 걱정하지 않아도 될 것 같다. 그가 어젯밤 미친 듯이 탐했던 여자는 하룻밤 불장난으로 잉태된 아이일지라도 낙태할 생각이 전혀 없는 듯하였다.

다행이군, 괴물은 아니라서.

생각하며 동원은 빠르게 여자를 훑었다. 실오라기 하나 걸치지 않은 맨몸에 시트를 칭칭 감고 있는 박이진은 섹시했다. 청초하면서도 매혹적이었다. 그가 전부터 알고 있는 그 박이진이 맞나 싶을 정도로. 안경을 벗고 머리카락을 내려뜨리고 화장을 했을 뿐인데, 그의 눈에는 완전히 다른 여자로 보였다. 하룻밤을 보냈기 때문인 걸까.

전날 밤을 떠올리니 또다시 그의 수컷이 바지 안에서 요동을 쳤다. 그녀를 갖게 해달라고. 다시금 쾌락의 능선을 내달리고 싶다고 절규했다. 동원은 휙 고개를 돌려 이진을 외면하고 일부러 싸늘한 어조로 내뱉었다.

"먼저 갈게. 할 일이 많아서."

제일 먼저 해야 할 일은 꼬인 관계를 푸는 것이었다. 이진의 언니인 박이래와 당장 얘기를 나눠야 할 것 같다.

"그래요."

허스키하고 나직한 대답이 등 뒤로 날아왔다. 아랫도리가 한층 더 부풀었다. 동원은 이를 악물고 단호하게 호텔 방을 나섰다.

❖

"미쳤군."

한 달 후, 중국 음식점 내실에서 다시 만난 이진에게 동원은 경멸 어린 말 한마디를 던졌다. 이진은 자신이 그런 말 들어도 싸다고 생각했다. 느닷없이 그를 찾아와 '장기적인 육체관계를 맺어달라'는 터무니없는 소릴 해댔으니. 혹여 임신이 돼 연락한 줄 오인하여 한달음에 달려나온 동원의 입장에선 기가 막히고 코가 막힐 노릇일 것이었다.

"나도 알아요. 내가 이상해 보인다는 거."

"난 당신 형부가 될 뻔했던 남자야."

"하지만 이젠 그럴 가능성은 없어졌죠. 언니한테 들었어요. 두 사람 관계가 정리되었다는 얘기."

사실 딱 두 번 만난 게 다이니 관계랄 것도 없다는 게 언니, 이래의 말이었다. 경원그룹과 TX그룹은 어떤 식으로든 연합해야 할 필요성이 있었고 양측 집안에는 미혼의 자식들이 있었다. 경원그룹에는 아들 하나, TX그룹에는 딸 셋. 그동안 양가에선 동원과 세 딸 중 한 명을 혼인시키기로 하고 의견을 조율해 왔다. 그 결과 TX그룹의 미래를 짊어질 장녀, 박이래가 합병의 주인공이 되었고, 큰 이변이 없는 한 그녀와 동원이 양가를 위한 정략적 결혼의 과업을 수행할 예정이었다.

"그래서 찾아온 건가? 언니와의 혼사가 백지화되었으니 이젠 상관없다고 생각해서?"

"당신이 몇 달에 한 번꼴로 여자를 바꾼다는 거 알아요. 언니와 헤어졌으니 조만간 다른 여자를 만날 거라고 생각했죠. 난…… 그 자리를 내가 대신할 수 있을 것 같았어요."

"내 뒷조사도 했나 봐?"

동원은 그녀에게 그럴 배짱과 치밀함이 있을 줄 몰랐다는 듯 비꼬는 말을 하며 굵은 눈썹을 꿈틀거렸다. 이진은 날숨을 조심스럽게 내뱉었다. 매도 먼저 맞는 게 낫다고, 만나자마자 용건부터 말해 속은 시원했지만 덕분에 분위기가 살벌해졌다. 가슴이 벌렁벌렁, 손발이 바들바들 떨려왔다. 동원의 숨 막힐 듯 날카롭고 짙은 시선에 압사당할 것만 같아 당장이라도 달아나고만 싶었다. 하지만 여기까지 온 이상 소득도 없이 꽁무니를 뺄 수는 없다. 이런 용기를 내기까지 얼마나 오랫동안 고민해 왔는데!

이젠 지긋지긋하다. 27년간 매력 없는 여자, 줘도 안 갖는 여자 취급받는 것에 진력이 났다. 이진도 눈짓 한 번에 남심을 녹이고 웃음 한 방에 흥분시킬 수 있는 능력(?) 있는 여자가 되고 싶었다. 그리고 그 일을 가능케 할 최적의 남자가 한동원이었다.

그와 밤을 보낸 다음날, 출근하자마자 TX화장품 연구소 동료들은 이진더러 예뻐졌다, 얼굴이 활짝 폈다며 찬사를 늘어놓았다. 복장이며 머리 모양 등이 평소와 다를 바 없었는데도 묘하게 분위기가 달라졌다고 말했다. 뭐 좋은 일 있었냐고 묻는 사람도 있었다. 얼굴에 생기가 돈다는 말도 들었다. 마법 같은 순간이었다. 한순간 정말로 자신이 매력적인 여자가 된 듯 가슴이 설레었다. 하지만 영원할 것 같았던 마법은 며칠 만에 막을 내렸다. 박이진은 또다시 무매력의 여자로 돌아갔다. 촌스럽고 못생긴.

이진은 거울 속의 우울하고 나이 들어 보이는 여자를 보면서 결심했다. 다시 한 번 마법의 힘을 빌려보기로. 한동원의 도움을 받기로. 동원이라면 자신을 다시 매력적인 여자로 만들어줄 수 있을 것이다. '벽의 꽃'인 자신을 '사교계의 꽃'으로 만들어줄 것이다.

"엄밀히 말하자면 뒷조사는 아니에요. 세간의 평가들을 좀 모아서 분석했을 뿐이거든요."

이진은 신중하게 입을 열었다. 사안이 사안인만큼 동원의 기분을 건드리지 않기 위해 단어 하나까지도 신경 써서 조심스레 꺼낸 말이었지만 그는 매우 까칠하게 반응했다. 미간이 꿈틀거리더니 날카롭게 반문한 것이다.

"세간?"

"어…… 거창하게 들리겠지만 신경 쓰지 마세요. 그냥 주변 사람들한테 물어봤다는 얘기니까."

"주변 사람들에게 나에 대해 묻고 다녔단 말이야?"

"페미니스트라고 하더군요. 친절하고 매너 좋고 로맨틱하고 또……."

"아부하지 마."

안쓰러울 정도로 잘 보이기 위해 애쓰는 그녀의 말을 동원이 잔인하게 잘랐다. 이진은 움찔했다. 일이 쉽게 풀리지 않을 것 같은 불길한 예감이 스쳤다. 한동원은 이 문제를 불쾌하게 받아들이고 있는 게 확실했다. 왜일까? 의문이 들었다.

그는 대한민국에서 알아주는 바람둥이다. 어떻게 그리 한결같은 평판을 유지할 수 있었을까 의문이 들 만큼 수많은 여자들과 교제해 온 천하의 카사노바. 하룻밤 섹스에도 이골이 났을 것이다. 이진은 그가 당연히 자신의 제안을 긍정적…… 까진 아니더라도 이리 예민하게 받아들이지는 않을 거라고 예상했었다.

"저…… 입에 발린 말을 하려는 게 아니에요. 진짜로 사람들이 당신에 대해서 좋은 말만 했어요. 사실 난 당신이 유명한 바람둥이만 아니라면 최고의 신랑감이라고 생각해요."

"내가 신랑감으로 욕심나면 당신 아버지께 말씀드려. 나와 잤다고."

"뭔가 오해가 있는 것 같은데요. 난 결혼에는 흥미 없어요. 적어도 어…… 인체 기관들이 만들어내는 즐거움에 이제 막 눈을 뜬 지금의 시기…… 에는요."

"뭐가 만들어내는 즐거움?"

외계어를 들은 양 한동원이 얼굴을 찌푸리며 되물었다. 얼굴로 화기가 몰려드는 걸 애써 외면하며 이진은 최대한 냉정하고 엄숙함을 가장했다. 그녀는 이 문제를 단순히 '남녀 간의 화학적 현상'이나 '육체적 욕망'으로 풀어가고 싶지 않았다. 이건 한 여자의 자아에 관한 문제다. 박이진의 자아. 이미 말라비틀어져 흔적조차 없어진 박이진의 여성적 자신감을 되살리고, 끔찍하게 지루하고 피폐한 박이진 인생에 활기를 불어넣기 위한 일종의 자구책 강구인 셈이었다.

"난 욕구의 충족에서 오는 그…… 유쾌하고도 경이로운 현상을 좀 더 느껴보고 싶어요."

"지금 오르가슴 얘기를 하는 거야?"

"결론만 말하자면 그렇죠. 내가 그쪽한테 원하는 건 육체적 쾌락이에요. 그뿐입니다, 정말로."

"전문 서비스를 이용하는 건 어때?"

여전히 차가운 눈빛으로 그녀를 노려보며 그가 대안을 제시했다. 사실 한동원을 찾아올 자신이 없어 딱 한 번 고려해 본 적이 있었기 때문에 이진은 진지하게 고개를 끄덕이면서 대답을 내놓았다.

"난 조심스러운 성격이거든요. 사교 모임에 잘 참석하지 않은 관계로 세상에 알려지지 않은 편이긴 하지만, 그래도 난 재벌가의 딸이에요. 난잡스럽게 행동할 수는 없죠. 게다가 성을 돈으로 사는 건 내키지 않아요. 그것도 엄연한 범죄잖아요."

"조심스러운 성격이라는 말이 날 깜짝 놀라게 하는군. 이봐, 박이진 씨. 당신은 나란 남자를 몰라. 모르는 남자에게 육체적 관계를 제안하는 여자는 절대로 조심스럽달 수 없어."

"당신이란 남자는 몰라도 당신이 침대에서 어떤지는 잘 알아요. 난 그거면 된다고 생각해요. 어차피 내 제안대로라면 다른 건 알 필요 없잖아요?"

"깔끔하게 내 몸만 원한다?"

"사생활로 얽힐 생각은 없어요. 감정도 물론 배제하고 싶고요."

"그거 하난 마음에 드네. 하지만 아직도 난 납득 못하는 게 있거든. 납득 안 되는 일에는 절대로 손대지 않는 주의이고."

"그게 뭔데요?"

"당신은 TX그룹 둘째 딸이야. 젊고 아름다운 대기업 상속녀라고. 마음만 먹으면 당신이 말한 그 '장기적인 육체관계'인지 뭔지 하는 이상한 관계를 맺어줄 남자를 얼마든지 찾을 수 있어. 당신이 추후 상속받을 재산의 규모가 조 단위에 이른다는 걸 알면 평생 관계를 맺어주겠다는 남자들이 줄을 설걸. 나처럼 바람둥이에, 자매와도 엮인 적이 있어서 찜찜하기 그지없는 남자가 아니고도 당신을 '인체 기관이 만들어내는 즐거움'에 도달하게 만들어줄 남자는 이 세상에 널리고 널렸단 말이야. 그런데도 당신은 굳이 날 찾아왔어. 이유가 뭐야?"

"내가 아름답다고요?"

이진은 그가 한 질문의 요저가 뭐였는지 전혀 생각할 수 없었다. '젊고 아름다운' 대목에서 그녀의 뇌가 사고를 멈추었으니까. 그녀는 재빨리 눈동자를 굴려 자신의 몸을 내려다봤다. 연구소에서 곧바로 오느라 후줄근하기 그지없는 옷차림에 몇 날 며칠 밤샘하느라 푸석푸석해진 얼굴. 커다란 안경. 드라이조차 넣지 않은 축 처진 머리카락. 눈 씻고 찾아봐도 '젊고 아름다움'의 근거는 찾아볼 수 없을 터였다.

"내 표현법에 뭐 문제 있어?"

"아, 아니에요. 그렇게 말해주니 고맙네요. 듣던 대로 친절하세요. 하지만 굳이 그런 식의 형식적인 미사여구로 내 감정을 배려할 필요는 없어요. 난 내가 못생긴 걸 아주 잘 알거든요."

"못생겼다고?"

동원은 눈살을 찌푸렸다.

박이진의 입에서 이런 말이 나올 줄은 꿈에도 몰랐기에 그는 몹시 당황스러웠다. 그녀는 전혀 못생기지 않았다. 뛰어난 미인이라곤 말할 수 없지만 못생겼다는 극단적 표현을 쓸 만큼 보기 흉한 외모도 아니었다. 그러기는커녕 이목구비가 큼직큼직한 것이 오히려 예쁜 축에 속했다.

물론 사람들은 박이진을 두고 '못생겼다'라고들 한다. 동원도 과거에는 그녀를 못생겼다고 생각했었다. 항상 그놈의 커다란 안경과 밋밋한 바지 정장, 굽 낮은 로퍼를 신고 다녀서 매력 포인트인 '눈빛 총총하고 커다란 눈'과 '날씬하고 긴 다리'를 가렸으니 그럴 수밖에 없었다.

하지만 그는 그날 이후로 생각을 바꿔먹었다. 박이진은 못생긴 게 아니라 그저 패션 센스가 꽝일 뿐이라고. 박이진이 입었던 화려하고 대담한 디자인의 옷을 떠올리자 바지 속에 얌전히 묻혀 있던 물건이 꾸무럭거리기 시작했다.

"난 어려서부터 영재 소릴 듣고 자랐어요. 뭐든 척척박사였고 공부도 수재 수준이었죠. 언니도 잘했지만 내가 더 잘했어요. 동생은 공부 쪽에 아예 흥미가 없었고요. 공부는 내 장기이자 아버지의 자랑이었죠. 내 수능 성적 전교 등수가 발표되었을 땐 동창 모임에서 한턱 거하게 쏘실 정도였으니까요. 하지만 그런 건 다 부질없었어요. 난 언니랑 동생에 비해 인기가 없었거든요. 처음엔 그게 외모 때문인 줄 알았어요."

"터무니없는 결론이군."

"맞아요. 사실 난 못생겼지만, 그것 때문에 인기가 없었던 게 아니었죠. 성적 매력이 없었기 때문이지."

"뭐?"

"성적 매력이요. 여자다운 섹시함. 좀 더 노골적으로 표현하자면, 남자를 끌어당기는 페로몬. 난 한 달 전까지 그런 쪽의 경험이란 게 전무했어요. 페로몬이 있었을 리 없죠. 남자들은 원래 원초적인 성향이 두드러진 동물이잖아요? 그러니 본능적으로 날 파악했던 거죠."

"당신이 처녀였기 때문에 인기가 없었다는 거야?"

"난 정말 그걸 잘하고 싶어요. 그 누구보다도 더. 그 방면에 독보적인 실력과 자신감을 갖추어서 남자들이 날 좋아하게 만들고 싶어요. 이 흉한 몰골에도 개의치 않을 만큼 날 아주 많이 원하게 만들고 싶어요. 음…… 난 그러기 위해선 실력자와의 경험을 아주 많이 쌓아야 한다고 생각해요. 장기적인 육체관계가 필수적인 거죠."

이진이 말을 마치자 동원은 그녀를 잠시 가만히 응시했다. 혹시라도 웃기는 농담이었다거나 실언이었다거나, 뭐 그런 뒷수습을 하리라 예상하면서. 하지만 그녀는 진지했다. 진심인 게 틀림없었다. 그것도 아주 간절함이 담긴 진심. 일순 한껏 비웃어주려던 동원의 결심은 폐기되었다. 다른 건 몰라도 이 순진하고 진지한 눈을 보며 비웃을 수는 없었다.

큼, 하고 목청을 가다듬고 동원은 천천히 입을 열었다.

"나름대로 가슴 아픈 사연이 있었군. 좋아. 왜 이런 제안을 한 건지는 대강 알겠어. 궁극적인 목적이 '기술 습득'에 있다는 거지? 남자들의 관심을 끌어내기 위한 그…… 기술."

"네."

"당신은 그럼, 내가 당신의 그…… 기술 습득에 도움이 될 거라고 생각하는 거야?"

"실력이 우수하시잖아요. 프로로 손색없을 실력의 소유자니까 나에겐 가장 필요한 존재인 거죠."

"내 실력이 뭐?"

동원은 숨이 턱 막히는 것만 같았다. 이 여자가 대체 무슨 말을 하는 거야?

"아! 미안해요. 내가 눈치 없이 굴었죠? 당신은 프로로서 손색이 없는 수준이 아니라 이미 프로인데."

"이미 프로라고? 내가?"

"당신 평판을 수집해 분석했다고 했잖아요. 그 부분에 있어서 당신은 A++급의 평을 받고 있어요."

"여자들이 내 실력을 떠벌렸단 말이야? 누가? 어떤 여자들이? 왜?"

두 눈을 부릅뜨고 동원이 질문을 연달아 날렸다. 험악한 그의 모습에 이진은 잠시 꿀 먹은 벙어리처럼 가만히 앉아 있었다. 한 동원의 분노는 너무나도 당연했다. 밤 생활과 같은 지극히 개인적인 사안에 대해서 함부로 말하는 건 상대에 대한 예의가 아니니까. 그러나 불행히도 그와 잔 수많은 여자들은 그리 생각하지 않는 듯했다. 그녀들은 이진이 굳이 물어보지 않았는데도 구구절절, 한동원이 얼마나 섹스를 잘하는지 썰을 풀었다. 이진은 최대한 미안한 얼굴로 해명을 했다.

"무례했다면 용서해 줘요. 난 단지 당신이 날 가르칠 실력이 충분하단 걸 강조하고 싶었을 뿐이에요."

"그 여자들의 말을 다 믿는단 말이야?"

"믿지 못할 이유가 없으니까요. 잊었어요? 나도 당신이랑 잔 적 있잖아요."

"……나랑 한 게 좋았다는 뜻이야?"

불편한 침묵이 이어지는가 싶더니 그가 불쑥 물어왔다. 본능적으로 그의 감정 흐름이 바뀌었다는 것을 캐치하고 이진은 재빨리 그의 표정을 살폈다. 그러나 가면을 쓴 듯 철저하게 방어적인 그 표정에선 아무것도 캐치해 낼 수가 없었다. 눈동자만이 묘하게 반들거리고 있었지만 그게 뭘 의미하는 건지 그녀로선 도저히 알아낼 길도 없고. 결국 심리 파악은 관두고 이진은 확실한 대답이 내포된 질문을 던졌다.

"당신은 아니에요?"

"……."

답이 없다. 아닌가 보다. 이진은 어깨를 축 늘어뜨렸다. 역시 자신의 서투름이 모든 문제의 원인이었구나 싶은 생각에 기운이 쏙 빠졌지만 곧 그녀는 아무렇지도 않은 듯 미소를 지을 수 있었다.

"비교 대상이 없어서 아쉽긴 하지만 나는 좋았어요. 당신 실력이 출중하다는 걸 확실히 깨달을 수 있었죠."

"내 실력이 출중하다고 느꼈단 말이지?"

부자연스럽게 들릴 만큼 몹시도 매끄러운 목소리. 평소의 이진이었다면 그 어색한 말투에 다른 뜻이 숨어 있음을 눈치챘을 테다. 하지만 비참한 마음을 숨기려 안간힘을 쓰고 있는 지금엔 그럴 만한 정신이 없었다. 이진은 약간은 과장된 쾌활함으로 활달히 응대했다.

"좀 좋은 게 아니라 아주 환상적이었죠. 로켓을 타고 달나라로 날아가는 기분이었달까요. 사실 그날의 경험이 그토록 좋지 않았다면 당신을 찾아오지도 않았을 거예요."

"날 선택한 이유가 그거였군. 내가 그 방면의 도사라고 생각해서."

"실제로도 도사고요. 당신 같은 실력자와 함께한다면 나도 금방 잘하게 될 거라고 생각해요. 그러니 제발 내 제안을 거절하지 말아주세요."

"난……."

"지금 당장 대답해 주지 않으셔도 돼요. 시간을 드릴게요. 얼마든지 드릴게요. 하지만 꼭 긍정적으로 검토해 주셨으면 좋겠어요."

이진이 간청하듯 말하자 동원의 눈동자가 또다시 번들거렸다. 손가락을 턱에 두고 아랫입술을 문지르는 모습이 어딘지 초조해 보였다. 고민하는 건가. 제안을 받아들일지 말지 아직도 결정 못한 건가. 이진은 커다란 눈을 간절하게 빛내며 동원의 입술을 뚫어져라 바라봤다. 자신도 모르게 두 손을 가슴 앞으로 모으고 있었다.

동원은 신경질적으로 이진의 두 손을(혹은 가슴을) 째려보더니 거칠게 턱을 문지르며 구부정하던 자세를 폈다. 그리곤 천천히 입을 열었다.

"생각할 시간 따윈 더 필요 없어. 내 대답은……."

잔뜩 긴장한 듯 이진은 더 크게 눈을 떴다.

"거절이야."

툭 하고 던져지는 대답. 이진의 입이 뜨아, 하고 벌어졌다.

"그러니 이만 꺼져 줬으면 좋겠군."

이진은 땅이 꺼져라 한숨을 털어냈다.

"이사님께서는 아직도 통화 중이신가요?"

일주일 후, 경원백화점 이사실로 찾아온 박이진은 손가락으로 다르륵다르륵 비서의 책상 위를 리드미컬하게 두드리며 비서에게 물었다. 극도의 초조함에 짓눌린 나머지 머리가 터지기 일보 직전. 기다리기 시작한 지 벌써 30분이 넘었는데 통화 중이라는 동원이 여직 감감무소식이었다. 도대체 누구랑 무슨 일로 통화하관데 이토록 긴 시간이 소요되는 걸까. 혹시 여자? 그새 다른 여자를 사귀게 된 걸까? 아니면 정말로 나를 피하는 것?

"그게…… 네."

동원의 비서는 조금 망설이며 대답했다. 그녀의 눈에 '미안함' 이 빠르게 떠올랐다 사라졌다. 한동원이 자신을 작정하고 따돌리고 있는 게 틀림없었다.

이진은 한숨을 내쉬며 제자리로 돌아가 작은 소파에 털썩 주저앉았다. 솔직히 이진은 동원을 비난할 처지가 아니었다. 이진은 '제안'을 했고 동원은 그 제안에 '거절'을 했다. 마땅히 거절할 권리를 갖고 있으므로 그는 잘못한 게 전혀 없다. 이진도 그를 원망하거나 탓할 생각으로 여기 온 게 아니었다. 바짓가랑이 붙들고 제발 날 좀 받아달라고 부탁하려고 온 것이지.

아무리 생각해 봐도 한동원만 한 적임자가 없었다. 사실 다른 남자들은 눈에 들어오지도 않았다. 한동원이 아닌 다른 남자에게 또다시 자신의 신세타령을 늘어놓고 관계를 구걸해야 한다고 생각하면 너무나도 끔찍해, 엄두조차 나지 않았고. 다른 사람을 찾느니 차라리 이 모든 걸 다 포기하는 게 낫겠단 생각마저 들었다. 이진으로선 도리가 없었다. 그에게 다시 매달려 보는 수밖에.

박이래도 한동원을 추켜세우지 않았던가. 심지어 그녀는 그를 꼭 잡으라고까지 말했다.

"어떻게 몰라볼 수가 있어? 초면도 아니었잖아. 전에 한두 번쯤 만난 적 있지 않니?"

"난 눈물범벅이 된 상태였어. 상대가 누군지 제대로 알아볼 수가 없었지. 그 남자는 내가 안경을 벗고 옷도 제대로 차려입어서 나인 줄 전혀 못 알아봤다나 봐. 밤중이라 어두웠던데다가 둘 다 제정신이 아니기도 했고."

"그래서 정말 어쩌다가 한동원과 키스를 했는데 예상치 못하게 스파크가 팍! 일었단 말이야?"

며칠 전, 고민 끝에 동원과의 원나잇 사건을 털어놓을 때만 해도 이진이 예상했던 언니의 반응은 조금 달랐다. 개방된 사고방식을 가진 이래이니만큼 동생의 일탈에 무조건적인 비난과 윽박지름으로 일관하진 않을 것이라곤 이미 예상했었다. 외려 차분하고 이성적인 논리로 일시적인 충동에 휘둘려 육체관계를 맺는 것이 왜, 얼마나 위험한 것인가 설명하고 다시는 그러지 않기를 약속받는 게 그녀의 스타일이었다.

그렇지만 그건 엄연히 원나잇의 상대가 누구란 걸 몰랐을 때의 일. 정략적이었다 해도 한동원은 이래의 결혼 상대자이질 않았던가. 원나잇의 상대가 한동원이라는 걸 알면 아무리 이래라도 불쾌해하지 않을 수 없을 거라고 생각했다.

하지만 웬걸. 실제 뚜껑을 열어보니 이래는 난감하게도 전혀 예상 밖의 반응을 보였다. 그녀는 한동원과 이진의 원나잇 스토리를 매우 흥미진진하게 받아들이고 있었다.

"언니, 기분 안 상해?"

"내가 왜 상해야 되는데?"

"결혼할 사람이었잖아. 언니 남자. 그런 사람이랑 내가 그……런 일을 저질렀으니 당연히 기분 나빠해야지."

"한동원이 왜 내 남자니? 달랑 두 번 만났는데. 두 번 다 밥만 먹고 헤어졌어, 애. 네 경우처럼 어쩌다 우연히 생기는 키스 타임 같은 것도 없었고 폭풍같이 이끌리는 짜릿함도 없었어. 지금 생각하면 인연이 아니어서 그랬나 싶다. 한동원은 날 만날 때면 늘 매너 있게 행동했지만 난 그게 오히려 더 불편했거든. 내게 거리를 두는 느낌이었달까. 둘 사이에 베를린 장벽이 떡하니 버티고 있는 기분이더라고. 오죽 불편했으면 그만 만나자고 했을 때 안도의 한숨을 내쉬었을까."

"그랬어?"

"자세히 좀 얘기해 봐. 네 정체를 알고 난 후 한동원이 뭐라 하디?"

"둘 다 넋이 나가 버렸는데 무슨 말을 해? 너무 당황해서 아무 생각도 안 났어. 그 남자도 처음엔 거의 패닉인 것 같았지만, 나중엔 명함을 주면서 임신하게 되면 전화하라고 했어. 피임을 안 했다면서."

"임신? 너 임신했어?"

이래가 깜짝 놀라 두 눈을 휘둥그레 떴다. 그런 이래의 목소리에서 흥분과 기쁨이 느껴지는 건 이진의 착각이었을까. 상황 파악 안 되어 멍한 모습으로 이진은 황급히 고개를 좌로, 우로 흔들었다.

"아니! 당연히 아니지."

"정말 아니야? 괜히 나 속일 생각 마. 어차피 다 알려지게 되어 있으니까."

"진짜 아니야! 아무리 처녀였다지만 내 나이가 스물일곱인데 그정도 처신도 안 하고 다녔을까 봐."

"그럼 뭐 다행이고. 임신이 둘의 관계가 진일보할 수 있는 계기는 될 수 있겠지만, 장기적으로 보았을 땐 그리 바람직한 일이 아니거든. 단지 아기를 가졌다는 이유만으로 결혼한다는 것 자체가 불행의 씨앗일 수 있어."

"무슨 소리야? 결혼이라니?"

"두 사람, 결혼 안 해?"

이래는 완전히 헛다리를 짚고 있었다. 이진은 한숨을 내쉬었다.

"결혼은 사랑하는 사람끼리 해야지. 난 한동원을 사랑하지 않아. 그 사람도 날 사랑하지 않고. 우린 그냥 열정에 휩쓸려서 하룻밤 잔 게 다인 사이야."

"그래, 아주 중요한 지적이다. '열정에 휩쓸려'. 난 이 대목에 주목하고 싶어."

"주목은 무슨 주목!"

"남녀가 만나자마자 스파크가 튀고 열정에 휩쓸렸어. 넌 누구
나 그럴 수 있을 거라고 생각하겠지만 내 생각은 달라. 아까도 말
했다시피 난 한동원과 두 번이나 데이트를 했고, 사업적인 모임이
나 파티 등에서 수없이 많이 부딪쳤지만 단 한 번도 그런 느낌을
받은 적이 없었어. 하지만 넌 아니었잖니."

"무슨 말을 하고 싶은 거야? 한동원과 내가 천생연분이다?"

"잘 아네! 잡아, 그 남자. 네 연분이 확실해."

"언니! 우린 그냥 몸이 동했을 뿐이야. 운명, 인연, 그딴 거 절대
아니라고."

"넌 순진한 처녀였어. 몸이 동하는 게 뭔지도 모르는 애였다고.
게다가 넌 아무 남자와 만나고 잠자리를 하는 여자가 아니잖아.
한 번을 만나더라도 의미를 두는 애잖니. 그런 네가 누군가에게
끌렸다면, 그건 네 머릿속에 신호가 왔다는 뜻이야."

"신호라고?"

"이 남자다, 하는 신호."

"내가 한동원을 사랑하기라도 한단 소리야?"

터무니없는 이래의 추측에 기가 막혀 이진은 턱이 빠져라 입을
벌렸다.

"역시 넌 머리가 좋아. 한 번 말하면 척척 알아듣는다니까."

"알아듣긴 뭘 알아들어?"

"한동원, 괜찮은 남자야. 평판 그거 그다지 믿을 거 못 되거든.
평판이 좋아도 실제로 만나보면 개차반인 남자들도 많아. 하지만

한동원은 평판과 실제가 똑같아. 평판과 똑같이, 친절하고 매너 좋고 여자한테 잘하는 타입이야. 모든 면에서 상위 1%를 달리는 최우등 남자지. 사실상 대한민국 최고의 신랑감이 아닐까 싶다. 네가 아무리 똑똑하고 잘났어도, 한동원보다 더 괜찮은 신랑감을 잡을 순 없을 거야."

"언니……."

"한동원을 잡아. 꼭 잡아. 두 번 잡아. 놓치면 나중에 후회해. 네 덕분에 경원그룹 투자 좀 받아보자."

오싹하리만치 계산적인 미소를 지으며 이래는 우아하게 다듬어진 눈썹을 실룩실룩 꿈틀거렸다.

이래는 이진 자신과 TX그룹의 미래를 위해서 꼭 한동원과 결혼해야 한다고 주장했다. 하지만 이진의 생각은 달랐다. 요즘 세상이 어떤 세상인데, 처녀성 한 번 잃었다고 상대남과 하기 싫은 결혼을 억지로 해야 하나! 인연? 육체적으로 잠시 끌렸다고 그게 인연이면 인연 아닌 사람들이 없게? 게다가 처녀라고 다 순진하다는 발상은 대체 뭐람? 이진은 자신이 순진하다고 생각하지 않았다.

오히려 방탕분자라고 생각했다!

어수룩한 모범생이란 포장지는 그야말로 포장지일 뿐이다. 그녀의 진짜 내부는 언제나 급진적이고 자유분방한 성향으로 들끓고 있다. 어디로 튈지 모르는 돌아이 기질이 똬리를 틀고 앉아 호시탐탐 뛰쳐나갈 기회를 엿보고 있었다. 낯선 남자와 원나잇을 하고도 희열을 느낀 미친 애. 그러고도 모자라 남자를 찾아가 침대

기술을 전수해 달라고 부탁한 사이코가 바로 박이진, 그녀인 것이다.

"한동원이 피할 만해."

힘없이 중얼거리며 이진은 또다시 한숨을 내쉬었다. 그는 지금 어떻게 하면 그녀를 떼어낼 수 있을까 궁리하고 있을 것이다. 정신 나간 여자한테 잘못 걸려서 인생 망치기 일보 직전이라고, 재수 옴 붙었다고 신세 한탄 중인 게 분명했다. 처량맞은 생각에 이진은 우울함에 찌든 시선으로 그의 사무실 문짝을 바라보았다.

그 시각. 한동원 경원백화점 기획이사님은 사무실 안에서 안절부절 서성거리다가 알루미늄 블라인드를 슬쩍 벌려 그 틈으로 보이는 박이진을 훔쳐보기를 무한 반복 중에 있었다.

"가라, 가. 제발 가."

동원은 초조하게 혼잣말을 중얼거리며 이진을 노려보았다. 그녀는 긴 머리카락을 대충 묶어 올린 머리에 흰 셔츠와 회색 바지 정장의 보수적인 옷차림을 하고 있었다. TX화장품 연구소 직원이라더니 딱 연구원 같은 모습이다. 늘 매력 없다고 느끼던 바로 그 모습 그대로. 문제는 머리론 매력 없다고 느끼면서도 몸은 다른 반응을 보인다는 거였다.

눈을 감아도 육감적인 입술을 쭉 내밀며 덮치려 드는 박이진이 보이고, 귀를 막아도 '우—' 내지는 '아흥, 아흥' 하는 몹시도 낯 뜨겁고 뇌쇄적인 박이진의 신음 소리가 시도 때도 없이 들리는 이유는 그녀가 첫 상대이기 때문일 것이다.

그는 건강에 아무 문제가 없는 성인 남자였음에도 28년 동안이나 섹스를 하지 않았었다. 당연히 성적으로 터지기 일보 직전의 시한폭탄 상태였다. 그런고로 만족스런 첫 경험 이후 그 상대인 이진에게 몰두하게 되는 것은 지극히 일반적이고도 자연스러운 현상일 수 있었다. 비록 그 증상이 비정상적이랄 정도로 심각하긴 하지만. 그는 낮에는 박이진과의 섹스를 떠올리며 흥분했고 밤에는 꿈에서 박이진과 섹스를 하며 흥분하며 24시간 발기된 상태를 유지하고 있었다. 중증이었다.

동원은 지난 달 자신을 향해 의미심장한 말을 남긴 둘째 누나 은원을 불길하게 떠올렸다.

"이래 씨랑 깨졌다며? 왜 그러냐? 어차피 정략인 거 대충 맞춰 하지. 이번엔 나이가 너무 많다고 파투 낸 거라며?"

"남자는 원래 연하를 좋아해. 내가 보통 남잔 게 잘못은 아니잖아?"

"장난쳐? 이게 어디서 누나한테 눈 가리고 아웅 하려고! 이래 씨 고작 너보다 두 살 위야. 넌 그거 알고도 만난 거고. 고로 넌 이래 씨가 연상이라 걷어찬 게 아니란 말이지. 솔직히 말해. 너 딴 여자 있지?"

"뭐?"

"그날 같이 밤을 보낸 여자. 그 여자 때문 아니야?"

"그 여자라니. 무슨 소리야?"

"이 누나한테 털어놔. 상담해 줄게. 왜? 그 여자애가 결혼하재? 책임지래? 임신했대?"

"궁예병이 또 도지셨군. 날 두고 이러쿵저러쿵 상상 좀 하지 마. 그렇게 할 일 없으면 회계장부나 한 번 더 훑어보든지. 누나 회사 지난 분기 펑크 났다며."

"펑크 난 게 어디 한두 해니? 됐고, 어서 말해봐. 예쁘냐? 사랑해? TX그룹 큰사위 자리를 포기할 만큼 막 열렬히?"

"미안한데 나가줄래? 나, 지금 엄청 바쁘거든?"

"목소리를 들으니까 침대에서 끝내주긴 하겠더라. 으으음…… 하는 데 아주 색기가—"

"나가!"

그날 이진이 잠결에 받은 전화가 동원의 것이었고, 발신자가 하필 한은원이었다는 사실은 비극 중의 비극이었다. 한은원은 사랑했던 남자에게 배신당한 후유증으로 인해 인생을 막 살고 있는 동원의 골칫덩이 둘째 누이다. 주변에 오지랖 부리는 게 아니면 삶의 이유가 전혀 없는 관계로 은원은 동원의 일에 온갖 촉각을 곤두세우고 있었다.

신음 소리의 주인공이 TX그룹 둘째 박이진이라는 걸 알면 한은원이 가만있을 리 없다. 물 만난 고기 떼마냥 호들갑을 떨 것이다. 동네방네 소문을 내서 일을 크게 벌여놓을 게 뻔했다. 어른들의 귀에까지 닿게 해 빼도 박도 못하게 그녀와 결혼하게 만들지도 모르는 일이었다.

"도대체 왜 온 거야?"

동원이 짜증스럽게 중얼거릴 때쯤, 박이진이 갑자기 소파에서 일어나 장 비서에게 다가갔다. 그러더니 들고 있던 백에서 명함을 빼서…….

"저 여자 지금 뭐 하는 거야?"

장 비서에게 이름과 신분이 찍힌 명함을 남기려나 보다. 하필 은원이 작정하고 유도신문 하면 자신도 모르는 사이 술술 동원의 사생활 정보를 불어버리는 그 장 비서에게!

　동원은 욕설을 중얼거리며 벌컥 이사실 문을 열었다.

제2장 비이성에 대한 이성적 합의

"그냥 가려고 했어요."

주저하듯 집무실 안으로 들어서며 이진이 어색하게 말했다. 여비서의 호기심에 찬 시선이 뒤통수에 꽂혔다. 노골적인 시선이 불쾌한 지경이었지만 비서를 탓할 수는 없었다. 한동원이 먼저 원인 제공을 했으니. 그는 벌컥 예고도 없이 문을 열고는 손가락을 까딱까딱하며 반경 1㎞ 안에 있는 것들은 죄다 태워 버릴 듯 화끈한 시선과 관능적인 목소리로 '들어와'라고 하였다.

"통화가 길어졌어. 미안해."

동원이 문을 닫아 비서의 시선을 차단하고 착, 맵시 있는 동작으로 뒤를 돌아 이진을 바라봤다. 두근. 심장이 발작적으로 뛰어 댔다. 이진은 숨을 멈추고 희미하게 고개를 끄떡여 괜찮다는 의사를 표했다.

일주일 만에 보는 한동원은 정말 미치게 멋있었다. 자신을 따돌리려는 건 아닐까 잠깐 의심했던 게 미안할 정도로 매우 피곤해 보였지만, 그런데도 그는 훤칠한 키와 우수에 젖은 눈매, 금욕적이면서도 키스하고 싶게 만드는 입술, 남성적으로 솟은 콧날과 각진 턱, 넓고 건장한 어깨 등으로 그녀의 입술을 바짝 태웠다.

'정신 차려, 박이진.'

이진은 크게 숨을 들이마시며 그가 바람둥이라는 사실을 상기했다. 이번 일로 그에게 접근하면서 자신이 세워두었던 철칙도. 한동원을 사랑하지 말 것.

그는 그동안 수많은 여자와 교제해 왔다. 짧게 만났다가 헤어지는 가벼운 만남이 대부분이었고 모두 그의 일방적인 통보에 의해 끝이 났다고 알려져 있다. 또한 그에게 차인 여자들은 기회가 생긴다면 또다시 그와 사랑에 빠지기를 주저하지 않는다 했다. 한동원의 매력이 가히 불가항력적이라는 사실을 뒷받침해 주는 대목이었다.

남자에 대한 면역체계가 거의 없는 이진이니만큼 방심하면 그녀 또한 당연히 마음을 빼앗길 것이다. 하지만 그거야말로 파멸을 자초하는 길이다. 대한민국에 한동원보다도 더 사랑을 믿지 않는 남자는 없을 테니까.

상처받는 건 이제 싫다. 끔찍하다. 생각만 해도 넌덜머리난다. 더 이상은 싫다. 남자한테 버림받고 바보처럼 아파하는 일, 이제 다시는 겪고 싶지 않다. 그런고로 한동원에게 빠지는 일은 그녀가 가장 피해야 할 일이었다.

"다시 볼 일 없을 줄 알았는데. 앉아."

불편한 침묵을 깨며 그가 턱을 움직여 응접세트 쪽을 가리켰다. 이진은 뚫어질 듯 빤히 바라보는 그의 시선을 피해 냉큼 소파로 다가가 자리를 잡았다. 곧이어 그가 이진의 앞자리에 앉았다.

"지난번 그 문제…… 한 번 더 부탁드리려고 이렇게 실례를 무릅쓰고 찾아왔어요."

"꺼지라는 말이 부족했나? 더 매정하게 거절해 줄까?"

"제발요, 내겐 중요한 문제예요. 신중하게 다시 생각해 주시면 안 돼요?"

"남자를 사서 섹스 경험을 늘리는 게, 박이진 씨한텐 중요한 문제인 모양이지?"

긴 다리 하나를 반대쪽 다리에 척 올리며 그가 삐딱하게 비꼬았다. 젠틀맨 한동원의 것이라기엔 상당히 까칠한 대응. 기분이 안 좋은 모양이다. 이진은 바짝 긴장한 채 열성적인 설명으로 그의 오해를 바로잡으려 노력했다.

"사려는 게 아니에요. 전에도 말했다시피 성을 사고파는 불법적인 일은 하고 싶지 않아요. 난 단지 그쪽한테 배우고 싶은 거예요. 사람은 누구나 모르는 건 배워야 하는 거잖아요. 난 공부를 무척 잘하거든요. 학습이라면 뭐든 자신 있어요. 당신이 도와주기만 하면 숨겨진 능력을 계발해서 꼭……."

"남자를 사로잡는 요부가 되보시겠다?"

"어…… 네, 핵심을 잘 파악하고 계시네요."

"나도 학창 시절에 공부는 꽤 했거든. 한데 남자들이 경험 많은 여자를 좋아할 거란 판단의 기준이 뭔지, 그게 아주 궁금하군."

"원래 남자들은 그런 여자를 좋아하잖아요. 예쁘고 섹시하고,

그쪽으로도 능숙한 여자. 아무리 좋은 대학을 나오고 좋은 직장에 다니면서, 번듯한 사회인으로서 한몫 당당히 해내는 멋진 여자라 해도 예쁘고 섹시하지 않으면 남자들은 거들떠보지도 않잖아요. 내가 그런 여자가 되어서 남자들의 관심을 받고 싶어하는 게 전혀 터무니없다곤 생각지 않아요."

이진은 마치 면접을 보는 기분으로 몹시 신중하게 단어를 골라 가며 조심스럽게 대답하고는 슥, 바짝 마른 아랫입술을 혓바닥으로 쓸었다. 이진의 행동, 표정, 하나 놓치지 않으려는 듯 뚫어져라 쳐다보고 있던 동원의 눈빛이 번쩍 빛났다. 그는 몸을 들썩여 자세를 바꾸고는 성마르고 신경질적으로 중얼거렸다.

"편협하고 오만한 시각이군."

"아닌가요?"

"남자에게도 당연히 뇌라는 게 있어. 이성이란 게 있고 생각이란 게 있다고. 비록 여성의 육체적인 매력 앞에서 한없이 나약한 존재이긴 해도, 정욕과 좋아하는 감정이 별개라는 걸 알 만큼의 지각은 있단 말이지. 아무리 아름답고 섹시해도, 그래서 육체적으로 끌린다고 해도, 단순히 그거 하나 때문에 여자를 좋아하게 되지는 않아."

"하지만 이전 남자친구는······."

"상진이 얘기는 집어치워. 그 자식 때문에 모든 남자들이 짐승으로 매도당하는 건 무척 불공평한 일이니까. 당신에겐 아무 문제가 없어. 뭔가를 개선하거나 계발해야 할 필요도 없고. 그저 남자를 잘못 골랐던 것뿐이니까, 당신이 해야 할 일은 '선생 섭외'가 아니라 '제정신 박힌 남자 찾기'야."

"지금까지 찾아봤어요. 스물일곱 살인 지금까지 내내 찾았다고요. 이대로 아무 변화 없이는 두 번 다시 남자와 자지 못할걸요? 그날 느꼈던 황홀경도 다시는 못 느낄 거고요."

진심으로 절망스러운 듯 이진이 깊은 한숨을 내쉬며 허리를 푹 꺾었다. 동원은 속으로 욕설을 중얼거리며 어금니를 질끈 사리물었다. 그리곤 '지금 박이진은 자기가 무슨 말을 하고 있는지 전혀 모른다, 모른다, 모른다……' 하고 열심히 머릿속으로 염불을 외었다. '지금 박이진은 자기가 얼마나 귀엽고 섹시한지 모른다, 모른다, 모른다……' 도.

동원은 이진을 목 졸라 죽일 듯 노려보며 싸늘하고 거만하게 단언했다.

"불쌍한 척할 필요 없어. 그래 봤자 난 당신 부탁 들어줄 수 없으니까."

"왜요? 우린 이미 한 번의 관계를 가졌잖아요. 왜 두 번은 안 되는 거예요?"

"역겨우니까. 난 지금껏 그런 짓을 해본 역사가 없을뿐더러, 앞으로도 그런 짓은 안 해."

그가 최대한 진솔하고 의미심장한 표현으로 윽박지르듯 말하고 이진의 반응을 살폈다. 하지만 그가 말한 '그런 짓'이란 명백히 '섹스를 누군가에게 가르치는 일'이라 생각하는 듯 이진은 별다른 반응을 보이지 않았다. 동원은 진땀이 나는 착각에 빠져 손바닥으로 이마를 훑었다.

동원에게 '그런 짓'이란 '섹스를 가르치는 행위'일 뿐만 아니라 '원나잇', 즉 충동적인 섹스를 의미하기도 했다. '여자를 배려하지 않는 야만적인 섹스'이기도 했고, 해본 역사가 없다는 표현에 한해서는 '섹스' 그 자체를 의미하기도 했다. 그는 섹스만을 위한 섹스를 해본 적도, 할 생각도 없는 남자다. 섹스를 하게 된다면 여자의 만족을 최우선으로 생각하는 친절한 섹스를 하리라 결심했었다. 하지만 모든 게 어그러졌다.

그는 박이진과 사랑 없이 감각만을 좇는, 그리하여 여성을 짓밟고 자신의 욕심만을 채우는 야만적인 섹스를 했다. 자신이 그런 짐승 같은 사내라는 사실이 절망스러웠다. 그런 형편없는 자제력의 소유자라는 게, 인격형성이 덜된 미흡하고 저급한 인간이라는 게 소름 끼치게 싫었다.

그리고 이렇게 된 건 다 박이진 탓이었다.

"혹시 벌써 다른 사람이 생겼어요?"

아무것도 모르는 박이진이 또다시 헛다리를 짚는다. 동원은 이를 갈았다.

"없어. 그것 때문이 아니야."

"그럼 왜?"

"당신과 다시 자고 싶은 마음이 없으니까. 그날 일은 실수였어."

"하지만……."

"하고 싶지 않아. 할 생각 없어. 이유는 그뿐이야."

거칠게 연달아 거절의 말을 내뱉고 동원은 인상을 찌푸렸다. 생각했던 것보다 훨씬 냉혹하게 반응해 버린 것 같았다. 이진의 표정이 참혹했다. 처참하게 일그러져 당장이라도 눈물을 쏟을 듯 불행해 보였다. 불편한 마음에 동원은 또다시 몸을 들썩여 자세를 바꾸며 생각했다. 이놈의 통제 불능 아랫도리 때문에 어쩔 수 없었다고.

일평생 여자에게 초연한 척 굴던 그의 생식기가 30분 전, 이진을 보자마자 장대하게 발기되어 존재감을 과시하더니, 그녀를 코앞에 두자 발정기에 접어든 동물마냥 껄떡거리기 시작했다. 그리고는 그녀가 움직일 때마다 코끝을 쑤셔오는 희미한 향기, 그를 설득할 때마다 반짝거리는 눈망울, 안절부절못하며 꼬물거리는 입술 등 모든 것들에 반응했다. 마치 병아리가 알을 깨고 나와 맨처음 본 사람을 엄마라고 인식하는 것과 같은 방식으로, 그의 생식기는 이진에게 28년 봉인해 두었던 성욕을 집중시키고 있는 것이었다.

"내가 서툴러서 그런 거죠?"

측은한 표정으로 이진이 속삭이듯 물었다. 잔뜩 허스키하게 잠긴 음성에서 물기가 느껴졌음에도 동원의 물건은 덩치를 키웠다. 이놈은 우는 여자에게 욕구를 폭발시키는 가학적인 놈임이 틀림없었다.

"알아요. 내가 초보여서 잘 못하는 거. 당신처럼 경험 많은 사람에게 난 지루한 상대였을 거예요. 어떤 여자든 마음만 먹으면 가질 수 있는 당신이 굳이 나처럼 열성적이기만 하고 스킬 따위 전혀 모르는 왕초보자로 만족해야 할 필요는 없죠. 이해해요."

"이봐, 박이진 씨."

"하지만 기회를 주세요. 엄청 노력해서 따라잡을게요. 그동안 경험이 없었기 때문에 부족했던 거지, 자질이 아예 없는 건 아닐 거예요. 작정하고 노력하면 잘할 수 있어요. 정말이에요. 믿지 않겠지만, 내 아이큐가 150이라니까요."

상식이란 게 전혀 없는 천재.

동원은 스스로를 섹스 파트너로 삼아달라 애원하고 있는 박이진을 그렇게 정의했다. 상종 못할 변태한테 걸렸더라면 어찌 되었을지 생각만 해도 끔찍해져 동원은 잠시 눈을 감고 심호흡을 했다. 그사이 박이진은 공약 아닌 공약을 열심히 남발했다.

"열심히 할게요. 당신이 두 번 말하는 수고를 하지 않도록 가르쳐 주는 건 뭐든 받아들일게요. 절대로 수업에 빠지지도 않을 거고요. 당신이 지루하지 않게 뭐든 다 할게요."

"뭐든 다 한다고?"

"그럼요! 뭐든 다 하죠, 선생님이 시키는 일인데."

"정말로 뭐든?"

"뭐든."

내가 뭘 시킬 줄 알고? 달랑 하룻밤 잔 게 다면서 내가 어떤 남자인 줄 알고 이렇게 백지수표를 날리는 거지?

그가 때리며 희열을 느끼는 부류일 수도 있다. 둘, 셋과 어울리는 데에서 쾌감을 찾는 변태일 수도 있다. 상대를 묶는 걸 좋아할 수도, 다른 입구를 선호하는 수도 있다. 지하철이나 버스 뒷좌석 등 공공장소를 애용하는 부류일 수도 있으며, 동영상을 찍어 배포하는 데서 쾌감을 찾는 놈일 수도 있다. 죽어도 콘돔은 사용하지 않겠다 버티는 몰지각한 놈일 수도 있고, 싫다는 여자 입술을 억지로 벌려 립서비스를 시키는 수도 있…….

"……"

일순 동원은 온몸을 굳히며 호흡을 멈추었다. 수많은 상상 중

하나의 장면이 뇌리를 스치고 지나갔다. 이진이 무릎을 꿇고 그의 바지 지퍼를 끌어 내리는 컷. 강아지처럼 순진한 눈망울로 그를 올려다보며 유혹적이고 나른한 미소를 짓는 컷. 길고 새하얀 손가락으로 야성적인 물건을 꺼내는 컷. 새빨간 혓바닥을 뾰족 내밀고 부드러우면서도 딱딱한 헤드 부분을 맛보는 컷. 그리고 자궁 속처럼 따뜻하고 아늑한 입안으로 그것을 밀어 넣고 천천히 움직여…….

젠장할, 속으로 욕설을 중얼거리며 동원은 손가락으로 거칠게 머리카락을 긁어 올렸다. 이게 대체 무슨 짓인가. 그의 상식에선 있을 수 없는 일이다. 신사라면 절대 이러면 안 된다. 여자를 상대로 이런 상상을 하는 건 섹스에 미친 놈들이나 하는 짓이다!

"뭐든 다 한다니까요? 그래도 안 돼요?"

그가 아무 대답도 하지 않자 이진이 재차 물어왔다. 동원은 입을 열었다. 무슨 말이든 해야 한다는 걸 알았으니까. 하지만 아무 말도 나오지 않았다. 목구멍을 열 수조차 없었다. 소리 내려는 시도를 하면 말이 아닌 신음 소리가 터질 것 같아서.

박이진이 등장하는 온갖 체위, 갖가지 야한 행위들이 3D 입체 영상이 되어 동원의 머릿속을 날아다녔다. 통제하길 포기한 지 오래인 수컷은 바지 안에서 최대의 상태인 채로 아우성쳤다. 제발 그녀의 안으로 들어가게 해달라고. 쪼다처럼 상상만 하지 말고 그녀의 제안을 받아들여 상상을 현실로 만들라고. 28년간 외면해 왔던 성욕을 마음껏 풀어버리라고!

"알았어, 알았다고. 알았으니까 그만!"

동원이 양손으로 머리카락 쥐어뜯으며 거칠게 소리쳤다. 얼굴을 그의 코앞까지 들이댄 채였던 이진은 깜짝 놀라 뒤로 내뺐다. 알았다고? 알았다면, 그럼 그 말은……?

"……."

무거운 정적이 한동원 이사실에 내려앉았다. 이진은 두 눈을 홀쩍 키우고 '이게 꿈이야, 생시야?'의 의미를 담은 시선으로 그를 빤히 바라보았다.

동원은 새빨개진 얼굴로 머리카락을 쥐어뜯으며 이 어마어마한 실언을 어떻게 수습할 것인가에 대해 생각했다. 그러려고 무던히도 애를 써보았다. 하지만 머릿속에서는 이진의 입술이 날름거리며 돌아다니고, 신체 주요기관이 발작적으로 요동치는 지금에는 생각이란 것 자체가 불가능했다.

"나, 난…… 그러니까 내 말은……."

실수였어, 라는 말을 해야 했다. 하려고 했다. 하지만 마취제를 맞은 듯 굳어버린 혀를 어떻게든 움직여 보려 노력하는 사이, 이진이 덥석 그의 손을 잡고 빠르게 위아래로 흔들기 시작했다.

"고마워요, 한동원 씨! 이 은혜는 절대로 잊지 않을게요!"

"이, 이봐요. 나, 난……!"

"은사님으로 모실게요, 사부님!"

"이봐, 박이진 씨……."

"열심히 배우겠습니다. 최선을 다해서 노력하겠습니다!"

"나…… 난 당신한테 섹스 따위 가르칠 마음 추호도 없거든!"

충격에서 겨우 벗어나 굳어버린 혀를 막 놀리는 순간이었다. 장비서가 문을 열고 들어서다 우뚝 제자리에 못 박혔다. 손에 찻잔 두 개가 놓인 쟁반을 들고 있었다. 제 귀를 의심하는 듯한 뜨악한 표정으로 보아 동원의 말을 모두 들은 것이 틀림없어 보였다. 망할, 속으로 그는 욕설을 터트렸다.

"너무 걱정 마세요. 말씀만 이러시는 거예요."

솟아날 구멍이라곤 눈 씻고 찾아봐도 볼 수 없는 절망적인 상황 속에서 놀랍게도 이진이 태연하게 웃기 시작했다. 아무도 안 믿을 헛소리를 지껄이면서.

"한 이사님은 틀림없이 제게 색소폰(Sax.)을 가르쳐 주실 거예요."

"동원이, 너 이런 애였니?"

동원의 나이 15세, 변성기를 겪던 사춘기 시절에 그가 여자친구에게서 들은 말이었다.

1살 연상이었던 여자친구는 사귀자는 말도 먼저, 손잡는 것도 먼저, 포옹도 먼저 했던 적극적인 스타일이었는데 대담하게도 입술 역시 먼저 밀어붙여 키스를 해왔었다. 화끈한 여자친구를 둔 덕에 리드에 대한 부담감이 덜했고, 그래서 늘 편했던 동원은 키스도 부담 없이 받아들였다.

부드럽게 문질러 오는 입술을 음미하다가 본능이 시키는 대로 혀를 넣었던 것 같다. 그런데 갑자기 그녀가 동원을 밀어내고 뺨을 때렸다. 키가 180㎝에 육박하여 육체적으론 완연한 성인이었으나 감성적으로는 아직 여리고 섬세한 소년에 불과했던 동원은 큰 충격을 받고 말았다.

대학교 1학년 때 사귄 두 번째 여자친구로부터 들은 말은 더욱 가관이었다.

"한동원! 너 변태야?!"

첫 키스에 대한 안 좋은 기억 때문에 동원은 여자와 사귀는 3개월 내내 조심했었다. 데이트하는 동안에 과한 스킨십을 하지 않도록 각별히 신경 썼고, 작별 인사는 볼과 이마에만 가볍게 입술을 대는 식이었다. 여자친구가 오히려 '너 여친한테 너무 신사적인 거 아니니?' 하며 농을 걸 정도로 그는 그녀를 정중하게 대했다. 아무 문제도 없었다. 우연히 친구들과의 홈파티 때, 의자가 부족하여 어쩔 수 없이 여자친구와 포개 앉기 전까지는.

그의 무릎에 앉아 있던 여자친구는 갑자기 얼굴을 붉히며 벌떡 일어나더니 온갖 쌍욕을 해댔다. 그의 신체 일부가 도드라져 자신의 엉덩이를 찔러댔다는 이유로. 여자로서 모멸감을 느꼈다며 엉엉 울기까지 하고는 결국엔 이별을 선언하고야 말았다.

친구들은 그를 불쌍하다며 혀를 찼다. 남성의 성적 반응은 전적으로 본능적인 것임을 왜 네 여친만 모르는 거냐며 동원이 역사상 가장 운이 나쁜 남자라 고개를 가로저었다. 그리고 잊어버리라 했다. 하지만 동원은 그럴 수 없었다.

그들은 자신이 직접 겪은 일이 아니니 쉽게 말하겠지만 동원은 당사자였다. 비슷한 경험을 두 번이나 겪고도 아무 충격이 없다면 그건 사람이 아닐 것이다.

동원은 각별히 더 조심하게 되었다. 여자를 만나면 깍듯이 예의를 지키고 적정한 거리를 두기 위해 노력했다. 자신의 몸이 상대를 성적인 대상으로 인식하지 못하도록. 정서적으로 고귀한 판타지를 품고 있는 여자들은 꽃을 배달한다든지, 차 문을 열어준다든지, 기념일을 챙기는 등의 로맨틱한 행위를 좋아했다. 한껏 존중받고 사랑받고 있다는 느낌이 든다나.

동원은 그들을 존중하고 사랑한다는 뜻을 전하기 위해 끝없이 로맨틱하게 굴었다. 그럼으로써 본인 역시 사랑을 받았다. 하지만 그의 영혼은 채워지지 않은 빈 술잔처럼 늘 외롭고 쓸쓸했다.

그는 질펀하고 육욕적인 걸 원했다. 집어삼킬 듯 격렬한 키스. 브레이크 없이 폭주하는 섹스. 미친 듯이 서로에게 매달려 온몸을 불사르는 행위. 진정 여자를 존중하고 사랑한다면 그래야 한다는 생각을 떨칠 수가 없었다. 그러고 싶은 여자가 있었다면 실제로도 그리했을지도 몰랐다. 하지만 다행히도 그에겐 지금껏 '온순한 신사'의 탈을 벗는 위험을 감수하고픈 여자가 없었다. 딱 한 명만 빼곤.

바로 이 여자.

이제 막 총각 딱지를 뗀 풋내기 동원에게 섹스 스킬을 전수해달라고 찾아온, 어리석은 박이진.

"말씀하세요. 미리 세워둬야 할 규칙이란 게 뭔지."

백화점에서 멀리 떨어진 곳에 위치한 카페 구석진 자리에 그와 마주 앉은 이진은 무척 해맑아 보였다. 모든 게 자신의 뜻대로 이뤄진 게 행복한 나머지 동원의 찌그러진 표정은 안중에도 없는 듯하다. 사부로 추대한 그의 섹스 경험이 고작 그날 하룻밤뿐이었다는 걸 알면 저 웃음은 싹 사라지겠지?

사실을 말하면, 그녀는 아마 다른 선생님을 찾겠다고 나설 것이다. 사실을 말하지 않아도 그리할 것이다. 그리고 박이진은 진정한 고수와의 고차원적인 완벽한 섹스를 경험하고서 한동원이 얼마나 무식한 초보였는지 깨닫게 되겠지. 그다음 전개될 상황은 누가 봐도 뻔했다.

그녀는 그가 빛 좋은 개살구라는 고급 정보를 수다스러운 지인들을 통해 무차별적으로 살포할 것이고, 그는 사교계 전체의 조롱거리로 전락할 것이다. 동원은 그렇게 되도록 내버려 둘 수 없었다. 아이큐만 높을 뿐 멍청하기 짝이 없는 박이진이 자신의 육체를 웬 놈팡이 놈에게 헌납하는 꼴도, 자신의 빈약한 섹스 전력이 사교계 전체에 알려지는 꼴도, 절대 못 본다. 절대로!

동원은 그녀의 성생활 코치직을 받아들일 수밖에 없었다.

"사부님?"

스트로로 망고바나나 주스를 빨아먹다가 말고 이진은 두 눈을 반짝 떴다. 그녀를 째려보는 동원의 시선이 점점 더 험상궂어졌지만 정작 그는 10분째 말 한마디 하지 않고 있었던 거다. 혹시 마음이 바뀌었다고 할까 봐 이진은 긴장을 하지 않을 수가 없었다.

"이 일을 받아들이기 전에, 확인해 둘 게 있어."

드디어 입을 연 동원은 자신의 앞에 놓여 있는 망고바나나 주스를 못마땅한 듯 흘깃 보더니 슥, 옆으로 밀어놓는다. 뭐 마실 건지 물어보았을 때 '아무거나'라고 하여 시켰던 건데, 달달한 건 입맛에 안 맞는 모양이다. 체크해 둬야지. 내 사부님이니까. 생각하며 이진은 씩 미소를 지어 올리고는 끄떡, 힘차게 고개를 흔들었다.

"네, 말씀하세요."

"아직도 좋아해?"

"네?"

"견상진한테 아직 미련 있냐고."

"아! 그거야 당연히……."

극적인 효과를 노리는 듯 이진이 중간에 틈을 들였다. 동원의 두 눈이 가늘어졌다. 만약 이진이 아직도 그 개자식을 사랑하고 있다면 난 절대…….

"아니죠! 그런 일이 있었는데 어떻게 여태 좋아하고 있겠어요? 그날부로 우린 만난 적도, 전화한 적도 없어요. 그쪽서도 연락해 오지 않았지만 나도 상종하고 싶지 않아요. 관계 청산! 싹 잊었습니다."

"아무런 감정도 남아 있지 않다는 건가?"

"전혀요."

단호하게 말하고 이진은 확인 차원으로 고개를 한 번 끄떡해 주었다. 그는 온갖 감언이설과 사탕발림으로 여자를 현혹시켜 이용한 뒤 버리는, 교활하고 추악한 남자였다. 그가 쏟아내는 더러운 말들을 들으며 그녀는 이런 남자에게 잠시나마 빠졌던 자신에 대해 실망감과 부끄러움을 느꼈다.

"그렇다면 견상진을 이 일에서 완전히 배제하는 것에 당신도 동의하겠군."

"그게 무슨 말이에요? 원래 상진인 이 일과 아무 상관이 없잖아요. 그런데 뭘 더 배제하겠다는 건지?"

"잘 생각해 보는 게 좋을걸. 상관이 있는지 없는지. 당신은 견상진에게 복수를 하고 싶어해. 견상진이 당신의 가치를 제대로 알아보지 못했음을 깨닫고 땅을 치며 후회하게 만들고 싶은 거지. 그래서 견상진이 원할 만한 여자가 되려는 거야."

"난…… 그러면 안 되나요?"

그런 거 아니라고 부인하려다가 조심스럽게 물었다. 인정하기는 싫지만 아주 틀린 말은 아니었다. 이런 미친 짓을 감행하기까지 마음에 내제되어 있던 분노가 큰 작용을 했다. 견상진과 그 외 자신을 무시했던 수많은 남자들을 향해 증명해 보고 싶었다. 나는 너희들이 무시해도 되는 존재가 아니다! 너희보다 훨씬 더 나은 남자에게 사랑받을 자격이 있다! 나는 그럴 만한 가치가 있는 존재다! 라고.

보란 듯이 그들이 원하는 여자가 되어주고 팠다. 그래서 자신을 원하는 그들을 뻥 걷어차며 비웃어주고 싶었다. 그러면 안 되나?

"안 돼."

일말의 망설임도 없이 동원이 딱 잘랐다. 이진은 눈살을 찌푸렸다.

"왜요?"

"무가치한 일이니까. 아무런 의미도 없는 짓이니까."

"내 가치를 증명하는 일이에요. 의미가 왜 없어요?"

"견상진에게는 그럴 필요 없다는 말이야. 그깟 쓰레기 같은 자식에게는 단 1g의 관심도 아까워."

가치 없다는 동원의 말에 아주 조금 욱했던 이진은 깜짝 놀랐다. 그깟 쓰레기 자식이라는 말이 유난히 후련하게 들렸다. 평소

착한 남자 이미지를 가진 한동원 입에서 나온 말이라 그런지 카타르시스가 컸다. 이진은 씰룩씰룩, 히죽거리고 싶어 꿈틀거리는 입술을 자제시키기 위해 냉큼 손가락으로 눌렀다.

"난 당신 복수에 이용되고 싶은 생각, 추호도 없어. 남들 앞에 과시용 트로피로 내보여질 마음도 물론 없고. 당신이 굳이 내 침대에 뛰어들겠다면, 그래서 나와 '장기적인 육체관계'를 맺어야겠다면, 견상진은 잊어. 머릿속에서 깨끗이 몰아내. 그럴 자신 없으면 지금이라도 말해. 난 발 뺄 테니까."

그는 진심이었다. 순둥이 같지만 어딘지 모르게 퇴폐적으로 느껴지는, 특유의 눈동자를 이진에게서 떼지 않으며 단호하고 엄숙하게 하는 말은 일종의 경고장이었다. 견상진인지 한동원인지, 둘 중 하나만 결정하라는.

이진은 고민할 것도 없이 당연히 한동원을 선택했다. 상진 따위는 이미 잊은 지 오래였다. 그를 사랑한다고 여기며 가슴 설레던 때가 언제였는지조차 까마득했다. 한동원을 알게 되면 어떤 여자든 이진과 같은 경험을 할 것이다. 다른 남자는 눈에 들어오지도 않고 기억에서조차 삭제되어 버리는 초자연적인 경험을.

"이봐, 박이진 씨."

멍하게 앉아 있는 이진의 모습을 물끄러미 보던 동원이 심각하게 입을 열었다. 그는 신경질적으로 팔꿈치를 책상에 꽂고 상체를 앞으로 숙이고 있었다.

"욕구의 충족에서 오는 경이로운 현상을 좀 더 맛보고 싶다지 않았어? 내 실력이 출중하다고 생각한다며. 로켓인가 뭔가를 타고 달나라를 가는 기분이었다면서. 지금 기회를 놓치면 영영 로켓은 못 타."

"……?"

"견상진에게 돌아가 봤자, 인체의 신비가 엮어내는 즐거움 따위는 맛도 못 볼걸. 그 자식은 그럴 능력이 없으니까."

거의 협박조로 말하고 그가 목을 졸라 버릴 듯 강렬하게 노려본다. 이진은 두 눈을 훌쩍 키웠다. 그제야 동원이 한 말의 의미를 알아챈 것이었다. 한동원은 지금 이진이 망설인다고 곡해 중이었다. 그저 아무 말도 안 했을 뿐인데!

"상진이한테는 절대로 안 돌아가요."

또다시 웃음이 나오는 걸 꾹 참으며 이진은 얼른 말했다. 동원이 미간을 찌푸렸다.

"정말이야?"

"그럼요. 사실은 당신 말이 옳다고 생각하는 중이었어요. 상진이든 다른 남자든 내겐 하나도 중요하지 않아요. 내 인생, 내 자아, 내 여성적 자존심은 타인에 의해 좌지우지될 만큼 가볍지 않으니까요. 물론 이런저런 그럴싸한 이유들을 내세웠지만 사실 그건 다 핑계였어요. 이번 일은 나 자신을 위해 결심한 거예요. 황무지 같은 내 삶, 모험도 재미도 쾌락도 없는 내 인생을 확 뒤집어엎고 새로 시작하고 싶어서."

"……"

"난 인생을 즐기고 싶어요. 틀에 갇혀 고상한 척하는 지금까지의 삶에선 진정으로 즐거웠던 적이 단 한 번도 없었거든요. 늘 따분했고 굴욕적이었어요. 난 누군가의 관심과 사랑을 절실히 바랐죠. 상진이처럼 말만 번드르르한 남자한테 홀딱 넘어갈 정도로 정말 절실히요. 하지만 지금까지 쌓아놓은 모든 것을 엎고 다시 시작할 용기는 없었어요. 당신을 만나고 처음으로 그럴 엄두를 내보고 싶어졌어요. 당신이라면 날 도와줄 수 있을 것 같았거든 요."

"……."

"당신과 함께 인간의 원초적인 즐거움을 탐닉하다 보면 자신감 이 좀 붙겠죠. 내 인생을 내 마음대로 할 수 있는 용기도 생기고. 존재감 없어진 지 오래인 내 여성적 자아도 자존감을 되찾고요. 덤으로 외모도 좀 더 나아지지 않을까 기대해요. 외면의 아름다움 은 내면의 자신감에서부터 생긴다잖아요."

"그래서 견상진을 배제하겠다는 거야, 말겠다는 거야?"

퉁명스럽게 그가 다시 물었다. 추상적인 단어들로 이리저리 돌려 말하는 게 짜증났을 것이다. 화법조차도 지루하여 늘 남자들이 기피했음을 상기하며 이진은 이만 독백을 가장한 다짐의 말을 살포시 접었다. 그녀는 빙긋 미소를 지으며 명쾌하게 동원이 원하는 답을 내놓았다.

"배제할게요."

"좋아, 그럼 세부사항으로 넘어가지."

그녀의 구구절절 길었던 말을 듣고 이미 대답을 예상한 듯 동원 은 태연히 말하고는 상체를 털썩 등받이에 기댔다. 새까만 그의 머리카락이 이마 위로 부드럽게 흩어졌다. 잘생긴 이마와 남성적 으로 솟은 콧대를 훑다가 위험하리만치 관능적으로 반짝이는 검 은 눈동자 마주쳤다. 불쑥 '세부사항'이란 말의 의미가 떠올랐다. 이제부터 진짜 이 남자의 침대 파트너가 되는 건가?

"저기, 잠깐만요. 나도 한 가지 체크해 둘 게 있어요."

"뭐."

"나와 만나는 동안에는 다른 여자를 만나지 말아줬으면 해요."

"뭐?"

한동원의 미간이 가운데로 훅 좁혀졌다. 불길하리만치 빠르게. 단순한 육체관계일 뿐인 주제에 너무 과한 요구를 한 건 아닐까? 생각하며 이진은 두 눈을 파닥파닥 나풀거렸다.

하지만 한 여자를 만나면서 동시에 다른 여자를 만나는 건 도덕적으로 있을 수 없는 일이다. 아무리 감정적으로 엮이지 않기로 한 사이라지만, 신뢰를 밑바탕으로 구축하는 관계이니만큼 적어도 육체적으로는 지조를 지켜줘야 한다. 한동원이 다른 여자와 함께하는 상상만으로도 속이 확확 뒤집어진다는 이유도 물론 있다. 자신이 가졌던 한동원의 몸을 다른 여자가 가질 거란 생각을 하자 가당찮게도 그에 대한 소유욕이 불타올랐다.

"알아요. 당신 입장에서는 불편하고 마음에 안 드는 일이란 거. 페널티 받는 기분이겠죠. 잠자리 레슨을 받으려는 여자가 이런 말 하는 게 당신 입장에선 아주 우습겠지만, 난 우리 둘 다 한 번에 한 명만 상대하는 게 좋을 것 같아요."

"한 번에 한 명?"

"내가 당신한테 무슨 집착이나 소유욕이 있어서 이러는 건 절대 아니에요. 마누라나 애인처럼 굴 생각은 전혀 없어요. 앞으로도 쭉이요. 그 점은 걱정 안 해도 돼요. 다만 난, 그러니까 내가 걱정하는 건……."

이진은 동그랗게 뜬 눈을 이리저리 굴리며 정신 사납게 마구 손

짓을 하더니, 한순간 모든 동작을 딱 멈추고 말했다.

"병이에요."

"병이라고?"

"문란한 성생활은 반갑잖은 병을 수반하기 마련이잖아요. 아무리 그걸 낀다 해도 비슷한 시기에 여러 여자를 상대한다면 상당히 위험할 수 있지 않겠냐는 게, 제 생각이에요."

"당신은 내가 아주 추잡한 난봉꾼으로 보이나 봐?"

동원은 기가 막힌 얼굴로 반문했다.

"당신 주변 사람들이 나에 대해 뭐라고 떠들어댔는지는 모르겠는데. 난 당신이 생각하는 것처럼 난잡하게 사는 사람이 아니야. 아침엔 이 여자, 저녁엔 저 여자, 양다리 걸치면서 같은 영화 보고 또 보고, 같은 선물 여러 개 사서 돌리는 짓은 단 한 번도 해본 적 없어. 당신이 생각하는 그런 병, 걱정할 필요 전혀 없다고."

"아…… 그것 참 다행이네요."

몹시 기분이 상한 듯 눈에 불을 담고 한마디 한마디 힘주어 말하는 동원을 얼빠진 얼굴로 바라보며 이진은 중얼거렸다. 병 걱정 안 해도 되어서 다행인 건지, 그가 난잡한 남자가 아니라서 다행인 건지 이진 자신도 헷갈렸다.

"이제 그만 세부사항으로 넘어가도 될까?"

성병이나 달고 다니는 더러운 남자로 오인받았다는 사실에 불쾌한 나머지 동원은 날카롭고 짜증스럽게 물었다. 살짝 당황한 듯 이진은 초조한 몸짓으로 주스를 한 모금 쪽 빨아마셨다. 조그맣게 오므려진 입술 안으로 차가운 음료가 빨려 들어가자 동원의 신체 일부가 즉시 반응했다. 군침 돌게 만드는 이진의 도톰한 입술에 언제나 그렇듯 열광적으로 기립했다.

분위기 파악 안 되는 녀석!

"저는 어…… 일주일에 한 번, 10회 정도면 어떨까 싶어요."

"일주일에 한 번?"

나더러 일주일씩이나 기다리라고?

"그 정도면 초보 단계는 벗어나지 않을까요?"

"너무 길잖아."

아무 생각 없이 짜증스럽게 투덜거리자 이진이 두 눈을 홉뜨고는 '뭐가 길어요?' 하고 묻는다. 동원은 속마음이 드러날세라 빠르게 덧붙였다.

"10주라는 기간 말이야. 잊었어? 내가 한 여자 오래 만나는 거 싫어한다는 사실. 1주일에 2회, 총 10회로 하지."

"음……."

이진은 잠시 입술을 꾹 다물고는 눈동자를 위쪽으로 굴렸다. 뭔가 할 말이 있는 듯 망설이는 모습이었으나 이내 무거운 한숨을 내쉬고는 고개를 끄덕였다.

"좋아요."

"그 불안한 대답은 뭐야? 결정사항이 마음에 안 들어?"

"아녜요! 불만 전혀 없어요. 그럼요. 네, 없어요."

"후회하는 거 같은데? 마음이 바뀐 건 아니겠지?"

"바뀌긴요. 전혀 그렇지 않아요. 내가 원해서 하는 일인걸요."

이진은 큰 목소리로 대답했다. 확고한 의지가 드러나는 말투였으나 불안한 눈동자의 움직임이랄지, 혓바닥의 잦은 노출이랄지, 손톱으로 주스 잔을 두드리는 초조한 동작까지 종합해 판단컨대

박이진은 뭔가 마음에 거리낌이 있었다. 정말로 후회하는 걸까?

"사실은 걱정되는 게 하나 있긴 해요."

그가 찜찜해하고 있을 때였다. 도무지 털어놓지 않고는 못 배기겠다 싶었는지, 이진이 혹시라도 다른 화제로 넘어갈까 재빠르게 입을 열었다.

"10번만으로 충분할까요? 아무리 속성으로 지도받는다고 해도, 솔직히 10번 정도의 경험으로는……."

"그 방면의 고수가 되기 힘들다고?"

"일주일에 다섯 번 5주. 그 정도는 해야 하지 않을까요? 그러니까 내 말은, 이건 상호작용이 필수적인 학습이라 혼자 예습, 복습을 할 수가 없다는 거죠. 그러니……."

매일 섹스 때문에 정신 못 차리다가 회사 일까지 지장이 생기면? 그럼 그 책임은 누가 질 건데?

상식적으로 절대 해선 안 되는 일이었다. 새로운 패션브랜드 런칭 때문에 정신없이 바쁜 지금엔 더더욱! 하지만 매일 밤마다 그녀를 안는다는 생각만으로 온몸은 불덩이처럼 타올랐다. 차가운 지성과는 달리 그의 본능은 그녀의 제안에 열화와 같은 성원을 보내고 있는 것이었다. 몹시도 심기가 불편해진 동원은 두 눈을 번쩍이며 으르렁거렸다.

"난 노예가 되기로 합의한 게 아니야. 일주일에 5일이라면 거의 매일이잖아."

"시, 신경 쓰지 마세요. 그냥 해본 말이었으니까."

격렬한 동원의 반응에 이진이 얼른 말했다. 그의 속사정을 알길 없는 이진은 그저 그가 여자에게 쉽게 질리는 타입이라 그런가

보다고 넘겨짚을 수밖에 없었다.

"난 뒤처지고 있다 생각되면 굉장히 불안해지는 습성이 있거든요. 머리 좋은 거 하나 빼곤 자랑할 만한 게 없이 살아와서 그래요. 뭐든지, 항상, 남들보다 월등이 앞서고 있어야 마음이 놓여요. 학습에 있어서는 특히 더. 음, 아마 난 이걸 공부로 생각하나 봐요."

"누가 당신더러 제정신 아니라고 말한 적 없어?"

"사이코라고 생각하는 사람은 있어요. 바로 나."

"자기 스스로를 사이코라 생각한다고? 정상이 아닌 건 확실하군."

"10회를 채웠는데도 지지부진하면 어쩌죠? 레슨은 다 끝났는데 여전히 열등생이면요?"

"당신 불안감에 도움이 될까 말해주는데, 내 수업 방식은 1대1 맞춤 책임식이야. 학생이 기술을 전부 마스터할 때까지 반복적으로 학습시키는 방식이지. 일명 스파르타식 교육."

"그럼 실제 횟수는 더 많을 수도 있다는 거예요?"

"물론 1회만으로도 모든 걸 통달하는 신동의 면모를 보인다면, 그럴 필요가 전혀 없겠지."

"그럼 열 번의 레슨 이후에 성적이 미진해도……?"

"열 밤을 모두 채웠는데도 일정 수준에 도달하지 못한다면 당연히 낙제야. 학교 다닐 때 F학점 받아본 적 없지?"

"받아본 적은 없지만, F학점 받았을 때 어째야 하는지는 알아요."

"다행이군. 두 번 설명할 필요 없을 테니까."

"설마 진짜 재수강을 받아야 하는 건 아니죠?"

"받기 싫으면 열심히 해. 낙제 받지 않도록. 그게 바로 맞춤책임식 수업의 강점 아니겠어?"

동원은 빙긋, 사악하리만치 달콤한 미소를 짓더니 고개를 끌어내려 옆으로 미뤄뒀던 망고바나나 주스에 꽂힌 스트로를 입술에 머금었다. 세상에, 주스도 어쩜 이렇게 멋있게 마실까!

이진은 세상 여자들의 마음을 다 녹여 버릴 듯 섹시한 동원의 입술에 시선을 꽂은 채 슬그머니 손으로 제 허벅지를 꼬집어보았다.

'아얏!'

아프다. 많이 아프다. 그렇다는 건 자신이 정말로 대한민국 최고의 신랑감 1위, 미스터 완벽남, 사교계의 프린스, 한동원에게 섹스 스킬을 전수받게 되었다는 뜻이다. 평판대로 그는 정말이지 페미니즘의 최고봉이며 거룩한 희생정신을 가진 젠틀맨이었다. 이진은 설리번 선생님을 만난 헬렌 켈러의 심정으로 비장하게 두 주먹을 불끈 쥐었다.

"열심히 하겠습니다, 사부님."

"그 사부님이란 말은 빼지그래."

달달한 주스 맛에 인상을 찡그리며 동원이 지적했다. 이진은 열성적으로 고개를 끄떡이며 대답했다.

"네, 사부님!"

제3장 시작부터 위험하다

한동원은 약속 시간을 칼처럼 지키는 사람이었다. 그는 정확히 8시 정각, 약속 장소인 유료주차장(호텔 칼리스타에서 약 200m 떨어진 곳에 위치)에 모습을 드러냈다. 신랑이 결혼식장에 나타나지 않아 비참하게 내팽개쳐지는 드라마 속 신부처럼, 동원이 마지막 순간에 마음을 바꿔 없었던 일로 하자 할까 봐 가슴이 조마조마했던 이진은 그제야 안도의 한숨을 내쉴 수 있었다.

그녀는 지난주 동원과 '잠자리 스킬 전수'라는 기상천외한 수업에 합의를 본 직후부터 내내 흥분과 발작, 패닉, 현실부적응 상태에 빠져 허우적거리느라 감정적으로 최악의 상태였기 때문에 이 이상 더 큰 충격을 받는 것은 무리였다.

"왔군요."

"그쪽도 왔군."

"그럼 갈까요?"

"가지."

마치 스파이가 접선하듯 그들은 만나자마자 지극히 사무적인 말투로 몇 마디 주고받고는 곧바로 호텔로 향했다.

둘의 표정은 무심한 듯, 무료한 듯 따분해 보였다. 하지만 그들의 실제 마음은 결코 무심하지도, 따분하지도 않았다. 그들은 둘다 격렬했던 첫 밤을 떠올리며 잠 못 이루는 며칠을 보내느라 다크서클이 무릎까지 내려온 상태였다. 둘 모두 상대가 나타나지 않는 최악의 상황이 벌어지지 않음에 강한 안도감을 느끼고 있었고, 원나잇 때 경험했던 엄청난 쾌락을 떠올리느라 심장이 벌렁벌렁 뛰고 있었다.

「누구니?」

호텔에 막 당도했을 때였다. 핸드폰으로 문자가 오자 무심코 확인한 이진은 화들짝 놀라고 말았다. 친구 설주가 메시지와 함께 휴대폰으로 직접 찍은 사진을 보내왔다. 이진과 동원이 나란히 호텔 회전문을 통과하고 있는 장면!

다행히 뒤에서 찍은 거라 동원의 얼굴이 드러나진 않았다. 호텔 근처를 지나다 우연히 찍은 모양이었다. 재수 없는 사람은 뒤로 넘어져도 코가 깨진다더니, 어떻게 딱 한 번 남자와 호텔에 들렀는데 그걸 친구한테 들키니. 육성으로 '헐!' 하고 중얼거린 이진은 두 손으로 휴대폰 액정을 마주 잡고 미친 듯이 빠르게 휴대폰 자판을 두드리기 시작했다.

「이 근처니? 날 본 거야?」

「봤으니 사진을 찍지. 옷차림이나 헤어스타일이 구식인 게 딱 너더라. 그 남자 진짜 누구야?」

「그냥 아는 사람.」

「말하는 게 딱 불륜 삘이다, 너?」

「유부남 아니야.」

「그래. 뒷모습이 유부남 같진 않더라. 그러지 말고 잠깐 데리고 밖으로 나와봐. 어떻게 생겼나 한번 보자. 아니면 셀피 찍어서 보내보든지.」

이진은 윗니로 아랫입술을 잘근잘근 씹어대며 슬쩍 뒤를 돌아보았다. 자신의 대학 시절 친구, 수다쟁이에 입에 지퍼 따위 없는 인간 확성기, 김설주는 여직 밖에 있는 게 틀림없었다. 게다가 남자, 데이트, 사생활이란 단어와는 담 쌓고 지내기로 유명한 박이진이 대체 웬일로 남자와 함께 호텔에 들어가는 것인지 무진장 궁금한 게 확실했다. 무슨 일이 있어도 진실을 캐내려 할 거란 것도. 한숨을 거하게 내쉬며 이진은 '미안하지만 우린 그냥 일 때문에 만나는 것뿐이야'라는 메시지를 폭풍 타이핑하기 위해 고개를 숙였다.

바로 그 순간, 문제의 설주에게서 전화가 오기 시작했다. 흠칫 놀란 이진은 그 자리에서 걸음을 멈추고 전화기를 뚫어져라 째려봤다. 조금 떨어진 채로 나란히 걷고 있던 동원도 자연히 발걸음을 멈추었다. 이진은 서둘러 통화버튼을 누르고는 몸을 돌려 동원의 시선으로부터 스스로를 보호했다.

"여보세요?"

한껏 목소리를 낮추고 전화를 받으니 설주가 크게 째지는 목소리로 호들갑을 떨었다.

[야, 박이진! 왜 답이 없어? 얼굴 좀 보자니깐!]

"어…… 사실 네가 생각하는 그런 관계가 아니라서."

[뭐야? 그럼 남자친구 아니었어? 일 때문에 만나는 거야? 그냥 밥이나 차 마시러 호텔까지 들른 거?]

"으, 응."

[에이— 그럼 그렇지. 난 또. 일 중독자에 주변머리라곤 눈곱 찌꺼기만큼도 없는 네가 웬일인가 했다. 네가 남자랑 밤놀이하러 호텔 갈 애는 아니잖니. 학교 다닐 때도 그 흔한 미팅도 한 번 안 하고 공부만 하던 희귀종이 바로 너잖아. 솔직히 말해봐. 너 지금도 남자친구 없지?]

"어? 어, 응……."

[거봐. 요즘 세상에 너 같은 천연기념물은 없을 거다. 사실 남자들은 너 같은 여자 부담스러워하거든. 십중팔구 연애 기피 대상이라고 학을 뗄걸. 물론 결혼이라면 얘기는 달라지겠지만.]

쯧쯧쯧이 생략된 말이었다. 이진은 울컥 감정이 끓어오르는 것을 느끼며 질끈 입술을 깨물었다. 아닌 척하며 교묘히 비꼬는 친구들의 말을 들을 때면 늘 그래 왔던 대로. 하지만 오늘만은 생각만큼 잘 참아지지 않았다. 이진은 약간의 감정을 담아 발끈 물었다.

"나 같은 여자가 어떤 여잔데?"

[잘난 여자 말이야. 착하고 똑똑하고 집안도 좋아. 상대 남자한

테 뭐 하나 꿀릴 것도 없으니 꼿꼿하기 이루 말할 수도 없을 거고, 정조 관념도 투철해 결혼 전까진 섹스도 마다할 테니 연애하는 재미도 없고. 딱딱하고 융통성 없고 덤으로 애교도 없지. 너 같은 애는 결혼 대상으론 완벽할지 모르지만 연애 대상으로선 꽝이야.]

"내가 꼿꼿하고 재미없어?"

[솔직히 재미있진 않잖아. 넌 네가 재미있는 여자라고 생각하니?]

"아니……."

발끈하던 마음이 사라지고 시무룩함만 남았다. 생각해 보니 설주의 말 중 틀린 게 하나도 없었다. 이진은 스물일곱 살이 될 때까지 변변한 연애 한번 못해봤다. 쓸데없이 정조 관념만 투철해서 한동원 이전까진 남자와 섹스도 못해봤었다. 딱딱하고 융통성 없고 애교도 없다. 탈선, 일탈 따위 없이 인생을 완벽하게 통제하며 살아온 자제력의 끝판왕이지만 재미라고는 눈곱 찌꺼기만도 없는 심심한 여자가 바로 자신, 박이진의 실체인 것이다.

[네 옆에 있는 남자한테도 물어봐. 네가 재미있는 여자인지. 분명 아니라고 할걸.]

설주가 비아냥거리듯 말하자 눈가가 와락 시큰거렸다. 저도 모르게 흘낏 동원을 돌아보며 이진은 바르르, 흔들리는 턱을 꽉 앙다물었다. 슬쩍 스치듯 마주친 동원의 눈이 번쩍 빛났다. 짧은 순간이었지만 이진이 무슨 대화를 나누는지 알아챈 듯했다. 민망한 마음에 흘러내린 머리카락을 쓸어 넘기며 이진은 한숨을 쉬었다.

'어쩌다 나는 이 모양 이 꼴이 된 걸까.'

문득 자신의 옷차림을 내려다보았다. 약속 시간 지키려고 부랴

부랴 나오느라 옷을 갈아입을 시간이 없었던 관계로 출근하던 그대로였다. 설주 말대로 딱딱하고 융통성 없는, 참으로 한숨 나오는 차림. 패션모델처럼 매끈하고 세련된 동원의 모습과 비교하면 '황새 옆에 뱁새' 쯤 되지 않을까. 그 생각을 하니 눈가가 더욱더 맹렬히 시큰거렸다. 행여 눈물이 나올까 싶어 이진은 냉큼 손가락으로 욱신거리는 눈가를 눌렀다.

"빨리 들어가자."

바로 그때 힘이 느껴지는 동원의 손길이 어깨로 툭 떨어졌다. 마치 상대방 들으라는 듯 과히 커다란 목소리도. 깜짝 놀라 뒤를 돌아보니 동원이 고개를 끌어내려 아주 가까운 곳에서 이진의 눈을 들여다보고 있었다. 아주 그윽하게. 또한 아주 뜨겁게.

"서둘러, 자기야."

자기야? 이진은 눈동자가 튀어나올 정도로 눈을 훅 떴다. 동원이 씩, 아주 은밀히 미소를 짓더니 휴대폰을 향해 눈짓했다. 설주들으라고 일부러 한 말이란 뜻이었다. 의도한 바대로 휴대폰 안에서 설주가 고함을 질러댔다.

[자기야?! 야, 박이진! 남자친구 아니라면서! 너 나한테 거짓말한 거야?]

이진의 눈은 더욱 커다래졌다. 반면 동원의 미소는 더욱더 깊어지고.

[너 혹시 결혼하니? 누군데? 너네 집안이면 아무나 만나는 거 아닐 테고. 내가 아는 사람이야?]

"아니……."

설주의 반응에는, 집안에서 짝지어준 남자가 아니고서는 이진이 남자를 만날 일이 없을 거라는 뉘앙스가 깔려 있었다. 거기에 분개하고 서글퍼 해야 마땅했으나 이진은 그럴 정신이 없었다. 대체 이걸 어떻게 처리해야 한단 말인가. 뭐라고 둘러대야 한단 말인가. 우왕좌왕 어찌해야 할 바를 몰라 쩔쩔매고 있을 때, 동원이 불쑥 손을 뻗어 이진에게서 휴대폰을 빼앗았다.

"이러면 간단하게 해결될 일을 뭣 때문에 참고 들어? 보살이야?"

그는 망설임 없고도 무자비한 동작으로 똑 통화를 끊더니 아예 측면 버튼을 눌러 전원을 꺼버렸다. 이진의 턱이 아래로 뚝 떨어졌다.

"통화 중에 갑자기 그리 끊는 건 무례한 짓이잖아요."

"상대 기분 고려하지 않고 막말 내뱉는 것도 무례한 짓이야."

"설주가 한 말, 들었어요?"

"대충. 목소리가 기막히게 크더라고."

"설주 말이 다 맞아요."

"아니. 틀렸어. 세상 남자들 중 최소 한 명은, 당신을 아주 재미있는 여자라고 생각하고 있으니까."

"내가 재미있다고요?"

눈들이 다 삔 걸까. 박이진처럼 사람 환장하게 만드는, 롤러코스터 같은 여자가 어디 있다고 재미가 없다는 걸까. 동원은 TV 속에 박이진을 넣어놓고 하루 종일 구경해도 절대 심심하지 않을 거라 장담하며 솔직한 말로 답했다.

"개콘보다도 더."

"……!"

이진은 믿을 수 없는 시선으로 동원을 바라보았다. 척 봐도 개콘보다 웃기다는 말을 칭찬으로 알아듣는 게 틀림없었다. 동원은 마음 한구석이 짠해지는 걸 느꼈다. 도대체 그동안 살아오면서 얼마나 많은 상처를 받았관데 재미있다는 말 한마디에 이리 감격하는 걸까 하고.

가슴 근처로 뭔가가 슥 베고 지나갔다. 불길한 기분에 인상을 찌푸리고 동원은 무뚝뚝하게 말했다.

"가지."

그리곤 충동적으로 이진의 손을 잡고 막 한 걸음 떼려는데, 맙소사!

눈앞에 절대로 마주치면 안 되는 사람이 이쪽을 향해 다가오고 있었다. 화들짝 놀라 이진의 손을 놓았지만, 묘하게 비틀린 입매와 흥미를 담은 상대의 눈빛은 이미 의심스런 정황을 포착했음을 알리고 있었다.

"이게 대체 누구야?"

"……."

상대를 마주 본 채 우뚝 선 두 동원은 짐짓 인사처럼 들리는 비꼼을 무시하고 꾹 입을 다물었다. 돌처럼 굳은 동원의 표정을 조심스레 살피며 이진은 머리를 굴렸다. 이 상황은 대체 뭐고, 자신은 어떻게 대응해야 맞는 것인지. 하지만 가타부타 결론을 내리기도 전에 상대 남자가 이진에게 말을 걸어왔다.

"박이진 씨죠? TX그룹 박 회장님 둘째 따님."

"실례지만 누구……?"

"전에 두어 번 뵌 것 같은데요. 윤찬열입니다."

손을 내밀어 악수를 청하며 그가 빙긋, 짧게 미소 지었다. 윤찬열이라면 경원그룹 부사장? 동원의 매형이었다. 이진은 어안이 벙벙해져 얼떨결에 찬열의 손을 맞잡았다.

"박이진 씨를 이런 곳에서 이렇게 보게 되다니, 생각지도 못했습니다."

찬열이 이진의 손을 가볍게 흔들며 아주 깊고도 깊은 의미를 담아 천천히 말을 이었다. 어딘지 모르게 예리한 찬열의 눈빛이 이진의 차림새를 슥 훑었다. 동원은 찬열과 이진이 맞잡고 있는 손을 노려보았다. 동원의 생각에 그들은 악수를 필요 이상으로 길게 하고 있었다.

"어…… 저도 그렇습니다."

"여긴 어쩐 일로?"

"저희는……."

"바쁘실 텐데 이만 가보시죠, 매형. 저희 일은 저희가 알아서 할 테니 신경 끄시고요."

이진의 말을 가로채 대화의 맥을 뚝 잘라 버리고 동원은 찬열과 이진이 맞잡고 있는 손도 뚝 갈라놓았다. 어느새 이진의 작고 가녀린 손가락들은 동원의 커다랗고 각진 손안에 들어가 있었다.

"……?"

찬열이 한쪽 눈썹을 휙 치켜뜨고 동원을 아주 의미심장하게 바라본다. 이진도 조금 당황한 듯 눈꺼풀을 펄럭거리며 동원을 쳐다보았다. 동원은 괜스레 궁지에 몰린 기분에 어쭙잖은 변명을 늘어놓았다.

"유부남의 손을 그렇게 오래 잡고 있는 건 좀 아니니까."

"처남, 혹시 두 사람 관계, 큰누나가 알아?"

"관계라니요? 우리가 뭘 어쨌다고."

"저녁 8시에 호텔 로비에서 손을 잡고 있지."

자꾸만 발을 빼려는 처남의 행동이 몹시도 우스꽝스러워 찬열은 느긋하게 즐기는 마음으로, 살근살근 미소까지 지으며 지적해 주었다.

처남은 진땀을 흘리기 시작했다. 손으로 이마를 한번 훑고 이미 반쯤 얼이 나가 버린 듯한 박이진을 한번 돌아보다가, 깊은 한숨을 몰아쉬는 모습은 딱! '나 지금 죽을 맛입니다요' 였다. 찬열은 속으로 휘파람까지 불며 기다렸다. 동원을 아주 빤히 바라보며. 침묵이라는 가장 강력한 무기를 장착한 채.

"잠깐 나 좀 봐요, 매형."

사교계의 초절정 꽃미남으로 최고의 인기를 구가하고 있는 처남, 한동원은 오래지 않아 항복을 선언했다. 그는 이진에게 잠깐 기다리라 말하고는 저쪽 구석으로 찬열을 데리고 갔다.

"누나들한텐 절대로 말하지 마요, 매형. 그 둘한테 이 사실이 알려지면 내 인생은 파탄이에요. 인생 파탄난 남자는 절대로 자기 혼자 죽지 않습니다. 아시죠? 난 무슨 수를 써서라도 매형의 인생마저 파탄나도록 할 겁니다."

"협박 잘 들었어, 처남. 하지만 내 인생은 이미 파탄날 대로 났으니 아무 소용이 없겠군."

히쭉 웃으며 찬열은 느긋하게 고개를 끄덕였다. 동원은 눈살을 찌푸렸다.

"큰누나와 냉전 중이세요?"

"우리가 냉전 중이라고 누가 그래? 우린 아주 좋아. 너무 좋아서 탈이지."

"매형 혹시 바람피웁니까?"

"그럴 시간이나 줘보고 말하시지."

하긴, 찬열은 회사 일을 집에까지 가져가야 할 정도로 바빴다. 그리고 그건 금원도 마찬가지였다. 결혼한 지 4년이 지났고 별다른 부부 문제가 없는데도 불구하고 둘 사이에 여직 아기가 없는 것은 아마 그 때문일 것이다.

"2세를 가져 보는 건 어때요?"

"하늘을 봐야 별을 따지."

"부부 관계에 뭐 문제 있어요?"

"바쁠 텐데 이만 가시지, 처남. 우리 부부 일은 우리 부부가 알아서 할 테니 신경 끄시고."

방금 전 동원이 한 말을 그대로 읊으며 찬열이 입에 자물쇠를 채운다. 희미하게 입술 꼬리를 위로 접어 올리는 그의 눈동자에 외로움, 씁쓸함, 일말의 고통 등이 스치고 지나갔다. 동원은 잠시 말없이 매형을 바라보며 생각했다. 뭔가가 있다고. 늘 태평하고 화목해 보이는 금원과 찬열 사이에 무슨 일인가 벌어지고 있다고. 하지만 그의 말대로 둘의 일은 둘이 알아서 할 일이었다.

"아무튼 제가 박이진을 만나는 건 당분간 비밀로 해주세요. 부탁합니다, 매형."

"첫째와 결혼 얘기가 오갔던 걸로 아는데, 설마 양다리는 아니었겠지?"

"그 정도로 형편없는 놈은 아닙니다."

"그럼 뭐."

더 이상 상관하지 않겠다는 듯 찬열이 어깨를 으쓱했다. 그러더니 슥, 고개를 꺾어 이진을 돌아보며 말했다.

"그나저나 처남, 취향이 많이 달라졌네? 물론 바람직한 쪽으로."

"무슨 뜻이에요?"

"패션 센스가 형편없긴 해도 본판이 나쁘지 않으니 꾸며놓으면 괜찮을 것 같다는 말. 특히 다리가…… 아주 쭉 빠졌는데?"

"어딜 보시는 거예요?"

동원에게서 아주아주 까칠한 말이 날아왔다. 찬열은 폭소가 터지는 걸 꾹 참았다. 4년 동안 처남을 지켜보았지만 이렇게 여자에 관해 날을 세우는 건 처음이어서 적잖게 당황스러웠다. 아무래도 이 문제를 아내와 의논해 봐야 할 것 같다. 상대가 TX그룹 둘째라는 말만 안 한다면 별문제 없을 것이다.

"벌써 질투하는 거야?"

"이건 질투가 아니라……!"

"아니면 뭐? 사냥한 먹잇감을 사수하려는 짐승의 방어본능?"

찬열이 골리듯 말하고 만면에 웃음을 띠었다. 동원은 어이가 없어서 말이 안 나왔다.

질투라니, 이건 뭐 별!

다른 건 몰라도 질투는 절대로 아니다. 이진을 좋아하지도 않는데, 자신이 뭣 때문에 질투 따윌 한단 말인가. 하지만 찬열이 또다시 이진의 늘씬하게 쭉 뻗은 종아리를 훑어보자 속에서 천불이 올라오고 가슴이 답답해졌다. 누가 봐도 이진의 치마는 요즘 유행에

비해 너무 길어서 무척이나 촌스러워 보이는데도 불구하고, 당장 달려가 치맛자락을 잡고 아래로 쭉쭉 내려주고 싶은 극렬한 충동이 불끈거렸다.

"어쨌든 매력적인 먹잇감이로군. 열심히 사수해, 처남. 누가 채 가기 전에."

❖

"다음번엔 따로 오는 게 좋겠어요. 당신이 미리 방을 잡고 방 번호를 알려주면 내가 찾아올게요. 아니면 이런 번화가의 큰 호텔이 아니라 변두리 작은 모텔에서 만나든지요."

호텔 방에 막 들어서자마자 이진은 무심해 보이지만 실은 매우 불안한 시선을 이리저리 날리며 중얼거렸다. 언제라도 뛰쳐나갈 수 있게 입구 근처에 선 채로. 가늘게 몸을 떠는 것이 마치 호랑이 굴에 들어온 토끼 같았다. 짐짓 긴장감과 심리적 압박에 짓눌려 떨고 있는 이진이 가엾다는 생각이 들었다. 그렇다고 그녀를 놓아주고 싶은 마음은 전혀 없었지만.

"007작전이라도 펴자는 거야? 바람피우는 유부남, 유부녀처럼? 싸구려 모텔 명부에 가짜 이름 적어 넣고, 옆방에서 들리는 남녀의 신음 소리들을 들으며……"

"끔찍하게 들리네요. 좋아요, 모텔 얘긴 없던 걸로 해요. 하지만 사람들 눈에 띄지 않게 뭔가 다른 조치를 취해야 한다는 생각에는 변함없어요. 당신도 아까 매형과 맞닥뜨렸을 때 놀랐잖아요. 나도 설주 때문에 내 수명의 절반이 날아갔어요."

"당신 친구는 아직 내가 누군지 알아내지 못했어. 우리 매형도 비밀을 지키기로 했고. 우리 매형으로 말할 것 같으면 목에 칼이 들어와도 약속은 지키는 타입이니까 염려 붙들어 매."

"문제는 이게 끝이 아니라는 거예요. 당신 매형이 비밀을 지킨다고 해도 우리가 백퍼센트 안전해지진 않아요. 누군가에게 들킬 위험은 계속 존재할 거라는 거죠. 난 당신을 만날 때마다 불안해하며 들킬까 봐 전전긍긍하고 싶진 않아요."

"조심하면 될 거야. 걱정 마."

"하지만 오늘 같은 일이 또다시 생기면요?"

"그럴 리 없어. 만난 지 10분 만에 지인들에게 연달아 발견되는 일이 그리 흔한 줄 알아? 서울이 그렇게 좁은가? 우연이 그리 빈번해?"

"만약의 일을 대비하자는 거죠. 솔직히 우리 사이가 알려져서 좋을 거 하나도 없잖아요. 당신도 곤란, 나도 곤란, 서로에게 다 치명적이잖아요. 그러니 당연히 혹시라도 일어날 일에 철저히 대비해서 그런 일이 안 생기게 해야……."

안 좋을 건 또 뭐지?

동원은 불퉁하게 생각하며 인상을 찌푸렸다. 그의 생각에는, 둘 관계가 세상에 알려졌을 때 치명적으로 곤란한 상태에 놓이는 사람은 전적으로 자신이었다. 박이진은 한동원의 화려하고 고급스러운 여성 취향과는 사뭇 동떨어진 인물이니까. 그녀는 그의 명성에 오점으로 남겨질 확률이 컸다. 하지만 박이진은 손해 볼 것이 전혀 없다. 견상진과 헤어지고 자신을 만난 건 누가 봐도 축하할 일이었다. 아마 그녀를 한껏 무시하던 김설주도 이진이 만나는 사람이 천하의 한동원이라는 걸 알았다면 놀라 까무러쳤을 것이다.

"알았어. 그만. 이틀 뒤 이 방에서 봐. 됐지?"

동원이 퉁명하게 말하자 이진은 주저리주저리 늘어놓던 말을 뚝 그치고 잠시 멀뚱하니 서 있었다. 마치 병원에 안 가려고 뻗대다가 핑곗거리가 다 떨어져 버린 꼬마 아이처럼.

그녀의 머릿속은 패닉 상태였다. 긴장감 때문에 온몸이 굳어갔다. 발이 안 떨어졌고 입도 움직여지지 않았다. 숨도 서서히 가빠졌다. 이제 진짜 그와 '그것'을 해야 할 시간이 도래한 것이다. 처음도 아닌데 도대체 왜 이렇게 떨리는 거지?

"또 뭐? 할 말이 더 있어?"

동원이 이진을 찬찬히 뜯어보며 물었다. 이진은 안 열리는 목구멍을 억지로 열어젖혀 겨우 대답했다.

"없어요."

"그럼 어서 들어와. 문 앞에서 일을 치를 생각이 아니라면."

꿀꺽. 침이 민망할 정도로 커다란 소리를 내며 넘어갔다. 이진은 순순히 그의 명령을 따르면서 생각했다. 문 앞에서 일을 치른다는 건 구체적으로 뭘 말하는 걸까, 하고. 바닥에 누워서? 서서? 안고? 벽에 밀어붙이고?

"이제 뭘 해야 해요?"

느림보 거북이처럼 천천히 걸어 드디어 동원의 앞에 선 이진이 아랫입술을 스륵 핥으며 묻는다. 동원은 두 손을 바지 주머니에 넣었다. 턱을 치켜들고 두 눈을 내리깐 매우 오만하고 권위적인 모습으로 이진을 내려다보았다. 순수 열정의 결정체 같은 눈동자. 타액이 얇게 도포되어 반짝거리는 입술. 희미하게 들썩이는 가슴.

세차게 그러쥔 작은 주먹까지. 차례대로 샅샅이. 이진은 긴장한 게 역력했지만 동시에 기대감과 흥분으로 가득 차 있었다.

"어떻게 하긴. 여기에 온 목적에 충실해야지. 궁금할까 봐 알려주는데 오늘은 첫 수업이니까 키스만 할 거야."

동원은 입술 꼬리를 끌어 올려 섹시한 미소를 지어 올렸다. 뜻밖의 말에 이진은 눈썹을 한가운데로 모아 미간에 깊은 주름을 잡았다.

"키스만요?"

"그 외 자질구레한 스킨십도 같이."

"아, 예에……."

이진은 실망감에 휩싸였지만 아무렇지도 않은 듯 조용히 읊조렸다. 한동원에게 자신의 기분을 알리고 싶지 않았다. 며칠 동안 그와 밤을 보낼 생각에 한껏 들떠 있었고, 그래서 지금 절망하고 있음을 결단코 알릴 생각 없었다. 하지만 동원의 시선은 그녀의 마음을 모조리 꿰뚫고 있는 듯 빤했다.

"예를 들면 이런 거."

동원의 손이 바지주머니에서 빠져나왔다. 이진의 어깨 모서리를 부드럽고 육중하게 감싸고 천천히, 아주 천천히 문질렀다. 두터운 옷감을 사이에 두고 있는데도 그녀는 그 감촉을 고스란히 느낄 수 있었다.

"혹은 이런 거."

한 손이 허리 뒤쪽으로, 다른 한 손이 목덜미 쪽으로 부드럽게 미끄러지는가 싶더니 천천히 그녀를 끌어당겼다. 그녀는 아무 저항 없이 그의 품에 들어왔다. 170cm가 넘는 키에 마른 몸매인 이진과 190㎝에 날렵한 체구의 동원은 젓가락처럼 딱 맞는 한 쌍이었다. 동원은 제짝을 찾은 듯 모든 것이 완벽하게 맞아떨어지는, 정말로 기묘한 기분을 느끼며 이진을 더욱 바짝 끌어안았다.

"그리고 이런 것도."

그가 뜨겁고 달뜬 숨을 동반한 입술을 끌어 내려 유독 길고 새하얀 이진의 목선을 머금었다. 혈관 속에서 뜨거워진 피가 폭주를 했고 맥박이 춤을 추었다. 그와 밀착되어진 부위에서 비밀스러운 열감이 피어올랐다. 피부 아래 세포들이 폭격을 맞은 양 펄떡거리기 시작하자 이진은 훅, 하고 숨을 들이켰다. 까칠한 혀의 돌기들이 연약하고 예민한 피부를 핥고 지나가자 신음이 터졌다.

"으으음……."

"수업 내용이 마음에 들어?"

목덜미를 지분거리던 손을 앞쪽으로 끌어 내리며 그가 속삭였다. 그의 입술은 이미 목선을 타고 올라가 빨갛고 도톰한 귓불을 맛있게 빨아먹고 있었다. 이진은 정신없이 고개를 끄덕였다.

"그럼 시작해도 될까?"

"네, 네……!"

조그맣게 헐떡이며 이진이 답했다. 탄력 있고 동그란 가슴이 빠르게 오르락내리락했다. 동원은 그것을 서서히 움켜쥐었다. 조심스럽게. 하지만 마른 장작 같은 이진의 몸에 불이 붙을 만큼은 강렬하게.

"응, 응…… 아아앙……!"

예상치 못했던 쾌통(快痛)이 일자 앓는 듯한 신음이 마구 흘러나왔다. 첫 경험 때와 똑같이 이진은 흠칫 몸을 떨었다. 자신이 입

밖으로 쏟아낸 신음 소리가 너무나 생경해서였다. 그러나 그가 야한 혀를 길게 내밀어 귓불 아래로 뻗은 턱 선을 주룩 훑자, 더 이상 부끄러워할 새도 없이 이진은 또다시 민망한 신음을 흘려야 했다.

"으으응…….."

예민한 피부 밑으로 뜨거우면서도 간지러운 쾌감이 일었다. 그가 뾰족한 턱을 혓바닥으로 쓸다가 입술로 쭙쭙 빨자 헐떡임은 더욱 다급해졌다.

"이제 키스할 거야, 박이진."

마음속으론 이미 빨리하라며 다그치고 있었으나 실제 이진이 입 밖으로 내보낼 수 있는 건 열띤 신음뿐이었다. 온몸이 만져지고 눌려지고 빨리고 있었기에 정상적인 단어를 뱉는다는 게 불가능했다. 이진의 내부는 이미 뜨겁게 달아올라 미지의 감각에 대한 강렬한 욕구에 휩싸여 있었다.

"네 살에서 달콤한 복숭아 향이 난다고 말해준 사람 없어?"

그가 아주 급박하게 속삭이며 이진의 도톰한 아랫입술을 머금었다. 정장의 치맛자락이 어느새 엉덩이 위까지 올라와 있었다. 스타킹 위로 그의 손이 움직이는 것을 느끼며 이진은 희미하게 고개를 가로저었다. 그녀는 살 냄새에 대해서는 그 누구와도 대화를 나눠본 적 없을뿐더러 남자가 자기 목에 코를 박도록 허락해 준 적도 없었다.

"넌 그래."

이진의 윗입술을 부드럽게 빨며 그가 속삭였다.

"그래서 날 미치게 해."

"으으흥……."

저도 모르게 입 밖으로 야한 소리가 흘러나오자 이진은 냉큼 아랫입술을 깨물었다. 하지만 그가 블라우스 위로 불룩 솟은 가슴을 마사지하듯 부드럽게 주무르자 입술은 다시 열렸다.

"하웃……!"

"이걸 좋아하는군."

작게 벌어진 이진의 입술을 쭙, 소리가 나도록 빨며 동원이 중얼거렸다. 그리고는 그녀의 가슴을 또다시 세차게 움켜쥐었다. 온몸이 노곤해지고 정신이 혼미해져 이진은 동원의 팔을 다급히 붙들었다. 그에게 의지하지 않으면 당장이라도 쓰러질 것만 같았다. 동원은 연체동물처럼 후물거리는 이진을 벽에 기대서게 했다.

"다음엔 단추가 없는 옷을 입고 오는 게 좋겠어, 박이진. 마음에 안 들어."

중얼거리는 동원의 음성은 이미 본능에 잠식된 듯 꽉 잠겨 있었다. 그는 이진을 벽에 밀어붙인 채 정신없이 이진의 재킷과 블라우스 단추를 풀었다. 당장 그녀를 갖고 싶었다. 참을 수가 없었다. 오늘 수업의 목적이 거칠고 이기적이었던 그날의 일을 만회하는 것이란 사실을 상기시켜 봐도 소용이 없었다. 너무나 다급한 나머지, 블라우스 단추를 서너 개만 풀어헤치고는 정신없이 속옷 안으로 손을 밀어 넣었다.

보드랍고 말랑말랑한 가슴이 손바닥 가득 들어왔다. 뾰족하게 올라선 젖꼭지를 거칠게 문지르자 그의 팔뚝을 틀어쥔 이진의 손에 힘이 들어갔다.

"아아……."

"이 빌어먹을 스타킹도."

팬티스타킹 밴드를 와락 끌어 내리며 동원이 거칠게 뇌까렸다. 속옷 속으로 손을 밀어 넣자 드디어 맨살이 잡혔다. 만족스러운 한숨이 절로 흘러나왔다. 탄력 있고 보드라운 엉덩이를 꽉 움켜쥐고 흔들자 급격하게 치솟던 욕구불만이 가라앉았다. 하지만 그것도 잠시, 또 다른 욕망이 더 큰 해일이 되어 그를 덮쳤다. 다급하게 동원은 고개를 꺾어 이진의 입술을 덮었다.

"입술을 벌려야지, 박이진."

딱 붙은 이진의 입술을 물어뜯듯 빨아먹으며 그가 중얼거렸다. 말 잘 듣는 학생처럼 이진은 입을 열었다. 그는 저돌적으로 혀를 밀어 넣었다. 자잘한 돌기에 휩싸인 뜨겁고 미끄덩한 물체가 순식간에 이진의 입안을 가득 메웠다. 소름 끼치도록 자극적인 그것은 작고 아늑한 입속을 게걸스레 휘돌았다. 도톰하고 탐스러운 내벽을 할짝거리다 딱딱한 치아를 스르륵 훑었다. 반대편 살집을 물고 쪽쪽 빨다가 휙 방향을 틀어 입천장으로 미끄러졌다.

때론 나른하게 때론 급박하게. 속살을 간질이듯 할짝거리고, 찌르듯 눌러대고, 쓰다듬듯 날름거리는 그 모든 행위들이 그녀를 서서히 달구고 있었다. 어느덧 긴장감은 눈 녹듯 사라져 그녀는 동원의 농염한 키스가 주는 즐거움에 사로잡혔다.

"제법인데."

마침내 입술을 뗀 그가 이진의 눈을 들여다보며 중얼거렸다. 키스의 여파로 반쯤 정신이 나가 있던 이진은 촉촉한 입술 사이로 연신 뜨거운 숨을 내쉬며 멍하게 그를 바라보기만 했다. 그가 대체 무슨 소릴 하는 걸까, 생각하며. 그녀의 생각을 읽은 듯 동원은 핏, 입술 끝을 끌어 올렸다.

"흥분했어. 당신."

그 순간 깨달았다. 그가 무슨 말을 하는지. 그의 오른손이 어디에 있는지. 팬티 안으로 들어가 그녀의 엉덩이를 만지던 그 손은 어느새 앞쪽으로 와 있었다. 그녀는 민망할 정도로 촉촉해져 있었다.

"요부 재능이 풍부해. 조기 졸업도 가능하겠어."

"이, 이건 그냥 당신이 잘해서……."

"네가 잘 느끼기도 하고. 고개를 뒤로 젖혀."

말뜻을 깊이 분석해 보기도 전에 그의 다음 명령이 떨어졌다. 이진은 말없이 복종했다. 그가 쇄골에 혓바닥을 갖다 대었다. 동시에 그녀의 다리 안으로 뭔가가 들어왔다. 이진은 훅, 하고 숨을 들이켰다. 잠시 충전되었던 에너지가 삽시간에 빠져나가 또다시 다리가 후물거렸다.

몸 안에 들어온 그의 손가락이 서서히 원을 그리며 흔들렸다. 이진은 젖힌 머리를 벽에 밀어붙이며 숨을 헐떡였다. 이미 달궈질 대로 달궈진 몸이 또다시 지펴진 열기로 인해 폭발 직전이었다. 욕구가 상승했다. 점점 더 높이 올라갔다. 뭔지 모르지만 원했다. 아주 많이. 간절히.

"흐흑……!"

이진은 저도 모르게 그의 머리를 감싸고 힘차게 끌어당겼다. 동시에 예민해질 대로 예민해져 잔뜩 부풀어 오른 가슴을 위로 밀어 올렸다. 이진의 요구에 부응하듯 동원이 그녀의 가슴에 얼굴을 묻었다.

"아아……."

이를 세워 동그랗게 말려 뾰족하게 솟아오른 꼭지를 쿡 누르자 이진은 탄성을 흘렸다. 괴롭히려고 작정한 듯 그가 앞니로 긁기 시작하자 더 크게 앓았다. 그가 타액으로 범벅이 된 꼭지를 입술로 물고 길게 빨아들이자 비명을 내질렀다.

"아아아!"

그의 손가락이 아주 작고 연약한 홀 속으로 서서히, 아주 깊숙한 곳까지 도달했다가 나오는 행위를 반복할 때마다 내부에선 음란한 액체가 흘러나왔다. 격렬하게 치받쳐 오르는 열망에 어찌할 바를 몰라 이진은 휙 고개를 옆으로 꺾으며 두 손을 있는 힘껏 틀어쥐었다. 심장이 터져 버릴 것 같았다. 심장이 마구 고동쳤고 몸 안은 짜릿한 쾌감으로 욱신거려 왔다. 동원의 머리카락이 이진의 손안에서 헝클어졌다.

"빠, 빨리……."

헐떡거리며 이진은 중얼거렸다. 자신이 무슨 말을 하는지도 모른 채 넋이 나간 듯 내뱉은 혼잣말이었으나 동원은 그것을 놓치지 않았다. 입안 깊이 머금었던 가슴을 스르르, 흘러내리며 그가 말했다.

"뭘 해달라는 거지?"

이제 그는 이진의 몸 한가운데에 위치한 욕정의 핵심을 찾아냈다. 겹겹이 에워싼 꽃잎 속에 조그맣게 숨겨져 있던 루비. 그가 그것을 엄지로 문질렀다. 쾌락의 감각이 태풍처럼 휘몰아쳤다. 이진은 격렬하게 신음하며 그를 끌어안았다. 반쯤 들어와 있는 그의 손가락을 더 깊이 머금기 위해 허리를 뒤틀고 들썩였다. 하지만 그는 여전히 그 자리에, 엄지를 흔들고만 있었다. 그에게 눌리고 문질러지고 찔려지는 사이에 이진은 더욱 후물후물 녹아내렸다. 음란한 물이 주르륵, 가랑이를 타고 흘러내리는 것이 느껴진다.

이진은 더 이상 참지 못하고 울먹였다.

"넣어주세요…… 제발……."

동원이 퉁퉁 부어오른 이진의 입술에 살포시 입을 맞췄다. 그리고 속삭였다.

"기꺼이."

약속의 말이 떨어짐과 동시에 그의 손목이 격렬하게 움직이기 시작했다. 질척거리는 소리가 청신경을 자극했다. 동그랗게 말린 손끝이 깊이 잠겼다가 튀어 오르며 신경세포가 몰려 있는 질 내부 자극점을 찍어 올렸다. 반복될 때마다 이진은 점점 더 세차게 울부짖었다.

"아, 아, 아아아아! 으흐흐흑……!"

숨이 턱까지 차올랐다. 몸이 부들부들 떨려왔다. 더 이상 올라갈 수 없으리라 생각했는데, 그녀는 또다시 상승하고 있었다. 위로, 미친 듯이 솟구치며 터질 듯 팽팽해졌다. 그리고 기어이 최절정에 올라 산산이 부서지자 이진은 울음을 터트리며 동원의 가슴에 얼굴을 묻었다. 새삼 부끄럽고 당황스러웠다. 너무 창피해 고개를 들 수가 없었다. 그런데도 눈물이 멎질 않았다.

"잘했어, 박이진."

동원은 이진의 열궁(熱宮) 안에서 천천히 손가락을 빼내었다. 이진이 흘린 열기와 관능의 습기로 인해 축축해진 손바닥으로 그곳을 감싸고 그는 만개한 꽃처럼 활짝 펼쳐진 붉은 외음부를 나른하게 비비며 그녀의 귀에 입술을 대고 가만가만 무슨 말인가 속삭였다. 그의 목소리가 너무 낮고도 작아서 그 뜻을 알아들을 수는 없었으나 그녀로 하여금 배려받고 있다는 느낌을 갖게 하기엔 전혀 무리가 없었다. 그녀는 정말로 기분이 좋아졌다.

한참 만에 열기가 가라앉자 동원이 이진을 안아 올렸다.

"이제 본격적으로 진도를 내볼까?"

이진을 침실로 데려간 동원은 그녀의 나머지 옷가지를 마저 벗기기 시작했다.

제4장 냉정하게 '연습 상대'

한동원의 마법 같은 손길은 이진을 무려 다섯 번이나 절정에 오르게 했다. 만져 주는 것만으로도 이렇게 좋을 수가 있구나 생각했을 만큼 달콤하고 짜릿한 시간이었기에 녹초가 되어 있었음에도 불구하고 이진은 내심 다음 단계를 기대했다. 하지만 놀랍게도 동원은 자신이 공언했던 키스와 스킨십 수업을 마무리 짓고 자리에서 일어나 옷을 입기 시작했다. 그의 말은 말 그대로 그저 말뿐일 거라고 멋대로 판단하였던 이진은 그 순간 상처를 받고 말았다.

"약속을 지키는 것뿐이야. 당신을 갖고 싶지 않은 게 아니라."

당황해하는 이진의 눈을 들여다보며 그가 한 말이었다. 평소 이미지에 걸맞은 한없이 부드럽고 다정한 모습이었으나 이진은 그것이 가식이라는 것을 믿어 의심치 않았다. 원래 남자란 동물은 정말 원하는 여자를 상대로 쉽게 물러서질 못하는 법이 아닌가. 특히 이 단계에서는 절대로 멈추지 못한다. 매너 있게 행동하느라 저리 말한 것일 뿐, 실제로 그는 그녀를 원치 않는 것이 틀림없었다.

이진은 비참하고 굴욕적인 마음에 그가 돌아간 후에도 호텔에 남아 장장 두 시간이나 엉엉 울었었다.

그리고 이틀 후. 이진은 같은 호텔, 같은 방 앞에 서 있었다.

첫 레슨으로 인해 가슴에 커다란 구멍이 생겨 버렸지만 그녀는 꿋꿋이 약속 장소에 나타났다. 그 정도의 좌절에 굴하여 모든 걸 포기할 수는 없었다. 더 열심히 임할 것이다. 더 노력해서 남자에게 거부당하는 굴욕을 두 번 다시 겪지 않을 것이다.

똑똑.

노크를 하자마자 벌컥 문이 열렸다. 바람이 일 정도로 격하게 열리는 문 너머로 흰 와이셔츠와 바지 차림의 동원이 서 있었다. 격무에 시달리는 듯 몹시 피곤해 보이는 그는 그래서인지 인상을 험악하게 구기고 있었다.

"뭐 하는 짓이야?"

"네?"

동원이 자신을 매섭게 노려보며 짐승처럼 으르렁거리자 이진은 당황해서 두 눈을 홉떴다. 깜짝 놀라 저도 모르게 뒷걸음질이 쳐졌다. 하지만 한 발자국 뒤로 물러서기도 전에 동원의 강인한 팔뚝이 쑥 뻗어와 이진을 확 안으로 끌어당겼다. 눈 깜짝할 사이에 그녀는 호텔 방 안으로 들어왔다. 쿵, 등 뒤에서 문이 닫혔고 동시에 그녀는 호텔 거실까지 끌려와 벽 쪽에 거칠게 밀어붙여졌다.

"지금이 몇 시인지 알아?"

동원이 이글거리는 눈으로 이진을 내려다보며 윽박질러 온다. 아무래도 이진이 약속 시간보다 늦게 도착해서 화가 난 것 같다.

"어…… 미안해요. 조금 늦었어요."

"조금? 30분이 당신한텐 조금인가 보지?"

"이번 주까지 마감해야 할 일이 있었거든요. 한창 연구 중이어서 정신없이 일하다 보니 시간 가는 줄 모르고……."

"나한텐 오늘까지 마감해야 할 일이 있었어. 그런데도 난 약속을 지키기 위해 뒤로 미뤘단 말이야."

동원은 이진의 말에 분노가 솟구치는 것을 느꼈다. 그것도 아주 비정상적으로 극렬한 분노가. 그는 혹여 늦을세라 부랴부랴 미친 놈처럼 정신없이 뛰어왔는데 박이진은 일에 열중하느라 시간 가는 줄을 몰랐단다. 그는 하루 종일 안절부절못했는데, 아니, 이틀 동안 그 어떤 일에도 집중 못하고 정서불안 증상을 겪었는데, 그녀는 30분 넘어 도착해 놓고도 태연하게 죄송하단다. 이 얼마나 불공평한 일인가.

이 게임에서 아쉬운 사람은 그가 아니라 박이진이었다. 이건 빼도 박도 못할 진실이요, 팩트다. 박이진은 그를 얻기 위해 거의 울며 매달렸었다. 그러니 이토록 안달복달해야 할 사람은 그가 아니라 이진이어야 했다. 마약쟁이처럼 자꾸만 생각나서 미칠 지경이 되어야 할 사람은 박이진이어야 한단 말이다!

"난 약속 시간 안 지키는 인간을 제일 경멸해."

"정말 미안해요. 다시는 늦지 않을게요. 늦은 만큼 벌충도 하고요."

그가 차갑게 뇌까리자 이진은 어찌해야 할지 몰라 아랫입술을 깨물며 울상을 지었다.

"그것으론 부족해. 늦은 만큼 벌충하는 건 당연한 거니까. 규칙 위반에는 벌이 따라야지."

"벌이요?"

"벗어."

느닷없이 그가 명령하자 이진이 흠칫 놀랐다. '네?' 하고 묻는 이진의 큰 눈이 더욱 커졌다. 제 귀를 의심하는 얼굴이다. 동원은 고급 가죽으로 된 소파에 기대앉더니 양팔을 교차해 팔짱을 끼고는 재미있는 영화라도 관람하는 양 빙긋 웃었다.

"당신이 직접. 내 눈앞에서. 그게 벌이야. 솔직히 벌치고는 너무 쉽지. 우리 사이에, 서로의 벗은 모습 따위 새삼 부끄러울 이유 없으니 말이야."

"그렇긴 하지만……!"

"준비됐어? 그럼 시작해."

이진의 말을 싹둑 자르고 동원이 재촉했다. 이진은 망설이면서도 천천히 야무지게 잘 여며진 재킷 단추를 틀어줬었다. 동원의 말대로 그들은 벗은 모습이 새삼스럽지 않은 사이였지만 이건 달랐다. 상대의 주의가 자신에게 집중되어 있는 지금, 그의 시야에 온전히 알몸을 드러내는 건 웬만한 강심장이 아니고선 못할 일이었다.

"저……."

"어서 해. 시간 없어."

그가 손목시계를 확인하며 무뚝뚝하게 중얼거렸다. 이진은 머뭇거리며 재킷 단추를 하나둘 풀었다. 베이지색 줄무늬에 짙은 귤색 사각 무늬가 어지럽게 그려진 재킷을 벗자 목과 소매에 프릴이 달린 크림색 블라우스가 나타났다. 바닥난 용기를 쥐어짜 내기 위해 이진이 크게 숨을 들이쉬고 결연한 동작으로 블라우스 단추를 풀기 시작하자, 내내 그녀를 뚫어져라 보고 있던 동원의 눈이 번뜩였다.

"멈추지 마."

블라우스 단추를 두 개째 풀던 그녀의 손이 잠시 움직임을 멈추고 머뭇거리자 동원이 딱딱하게 명령했다. 이진은 입술을 잘근거렸다. 손이 서서히 떨려왔다. 당장이라도 못하겠다고 말하고 싶었다. 이 일은 몸매에 대한 자신감이 거의 바닥인 그녀에게는 정말 잔인한 일이었다.

"단추를 마저 풀어."

거역할 수 없는 명령이 또다시 들려오자 이진은 두 눈을 감았다. 도리 없이 벗어야만 했다. 그녀는 다시 느릿느릿 블라우스 단추를 풀어냈다. 세 번째 단추가 풀리자 흰 레이스 브래지어가 그 모습을 드러냈다. 제법 유혹적인 계곡의 가슴골도. 하지만 이건 어디까지나 와이어와 몰드컵이 만들어낸 마법일 뿐이었다. 속옷까지 모두 벗으면 애잔할 정도로 소박하고 아담한 A컵 가슴만 남게 된다.

"레이스로군. 아래도 같나?"

그가 덤덤하기 그지없는 목소리로 물었다. 이진은 그를 똑바로 바라보지 못하고 고개를 푹 숙인 채 끄덕였다. 그리고는 서둘러 블라우스와 치마를 벗었다. 브래지어와 팬티만 남게 되자 몸이 떨려왔다. 이진은 새빨개진 얼굴을 들고 그와 마주했다.

"저…… 여기까지만 하면 안 돼요?"

"부끄러워? 아니면 수치스러운가? 아, 미안. 그럴 리는 없겠군. 부끄러움이라든가 수치스러움을 알았다면, 내게 섹스를 가르쳐 달라는 부탁은 하지 못했을 테니까."

"……."

"적당한 이유를 못 대겠다면 잔말 말고 계속해. 난 지루한 건 못 참는 성격이니까 더 이상 지체할 생각 하지 마."

가혹하리만치 냉정한 동원의 말에 이진이 애처로운 한숨을 내뱉었다. 그리고는 도살장에 끌려가는 송아지마냥 구슬픈 표정으로 브래지어를 벗기 시작했다. 끈이 어깨 밑으로 떨어지고 후크가 풀어졌다. 곧이어 후둑, 제법 묵직한 천 뭉치가 바닥으로 떨어지자 두 덩이의 새하얀 가슴이 동원의 눈앞에 드러났다.

"계속해."

속삭이는 그는 눈처럼 희디흰 살결과 푸른 정맥, 검붉은 꽃받침이 아름다운 조화를 이루는 가슴에서 눈을 떼지 못하고 있었다. 찬 공기에 붉은 열매가 빠르게 굳어갔다. 동글동글, 제법 먹음직스러운 크기의 꼭지는 그의 관심이 고픈 듯 발딱 곧추섰다. 실오라기 하나 없이 완벽하게 노출된 가슴이 허공에서 부르르 떨자, 이진은 이를 앙다문 채로 거칠게 숨을 들이켰다 뱉었다. 연신. 그의 눈길에 반응하는 몸이 몹시도 부끄러웠다.

고개를 더욱 푹 수그리고 이진은 파르르 떨리는 손가락을 겨우 움직여 골반에 걸쳤다. 그리고 그중 하나를 새하얀 레이스 팬티의 밴드에 걸었다. 이걸 그대로 끌어 내리면, 이 수치스러울 정도로 민망한 스트립쇼는 끝이 날 것이다.

"후우⋯⋯."

여전히 두 눈을 감은 채로 이진은 긴 숨을 몰아쉬었다. 어차피 해야 할 일이라면 미적거리지 말고 해치워 버리자. 그의 말대로 새삼스러울 것도 없지 않나. 과감하게 행동하자. 마음을 먹고 이진은 팬티에 걸어놓은 손가락을 발목까지 쑥 끌어 내렸다. 저절로 몸이 반으로 접혔다. 가슴이 허벅지까지 닿을 정도로. 얇은 천 쪼가리에 감싸인 발목을 빼고 천천히 접혔던 몸을 폈다. 그리고 그의 반응을 기다렸다.

한참 동안 아무 말이 날아오지 않자 이진은 천천히 눈을 떴다. 한동원은 이진을 보고 있었다. 지극히 무표정한 얼굴로. 붉어진 목덜미와 불끈거리는 턱 근육만이 그가 그녀의 알몸에 반응하고 있음을 보여주는 유일한 증거였다.

"이제 어떻게 해요?"

이진은 긴장감으로 인해 온몸이 갈가리 찢길 것만 같은 두려움에 휩싸여 물었다. 그가 손을 들어 까딱 흔들었다. 가까이 오라는 뜻이었다. 이진은 명령에 복종하는 애완견처럼 그에게 다가갔다. 그리곤 곧 후회했다. 그가 앉아 있는 관계로 그의 시선이 이진의 다리 사이에 꽂혀 버렸기 때문이었다.

그는 특유의 퇴폐적인 시선으로 특정 민감 부위를 뚫어져라 바라보았다. 그곳으로 짜릿한 감각이 몰려들었다. 들숨과 날숨이 걷

잡을 수 없이 격렬해졌다. 다리에 힘이 급격히 빠졌다. 숨이 턱턱 막히는 것 같았다. 애초 벌컥거리며 뛰고 있는 심장도 이젠 고장 날까 봐 걱정해야 할 지경으로 미친 듯 뛰어댔다. 그의 뜨거운 시선 때문에 몸 안에 욕망의 쾌액이 고였다. 온몸이 달콤한 통증으로 욱신거렸고 젤리가 된 듯 흐물흐물해졌다.

"앉아."

마침내 이진의 다리에서 시선을 든 그가 꼬아 올렸던 자신의 허벅다리를 제자리에 내려놓고 말했다. 이진은 눈썹을 휙 치떴다. 그의 제스처와 눈짓, 말투를 종합해 보면 '내 무릎에 앉아'였지만 도저히 그럴 자신이 없었다. 상상하기에도 민망한 포즈였다.

"빨리."

그가 부드럽게 재촉했다. 이진은 없는 용기를 끌어 모아, 천천히 다리를 벌려 그의 무릎 위에 걸터앉았다. 커다랗고 거무스름하며 힘줄이 툭툭 돋아난 그의 손이 이진의 희고 날씬한 허벅다리를 쓸더니 천천히 위아래로 움직이기 시작했다. 전신을 종횡무진 움직이는 그의 손길에 이진의 몸은 뜨겁게 달아올랐다.

"이제 내 옷을 벗겨."

"당신 옷을 내가요?"

"난 좀 바쁘거든."

동원이 속삭이듯 중얼거리더니 갑자기 이진을 품 안으로 와락 끌어당겼다. 무릎 끝에 앉아 있던 이진이 단박에 넓적다리까지 끌려 올라왔다. 완벽하게 벌어진 다리 사이로 단단하고 육중한 물건이 찌르듯 와 닿았다. 이진은 얼굴을 붉혔다. 당황스럽게도 그는 이미 한껏 커진 상태였다.

"나, 난……."

"어서 벗겨. 급해."

동원은 거칠게 속삭이며 이진의 골반을 한껏 아래로 끌어당겨 자신의 하복부에 밀착시켰다. 옷감을 뚫어버릴 듯 바짝 기립한 그의 짐승은 이진의 다리 사이에 당당히 자리 잡았다. 날카로운 쾌감이 몸 안을 관통했다. 이진은 훅 하고 숨을 들이켜며 더듬더듬, 와이셔츠 단추를 풀어나갔다. 그러는 동안 동원은 그녀의 허리를 쥐고 맷돌처럼 빙글빙글 돌리며 에로틱한 마찰을 이어갔다.

마침내 파르르 떨리는 손끝이 동원의 맨가슴에 닿자, 이진은 두 손을 셔츠 속으로 밀어 넣으며 와락 그를 끌어안았다. 음란하고 퇴폐적인 욕구가 물밀듯 밀려왔다. 한동원을 향한 갈망도 폭발적으로 증식했다.

"아아……."

이 남자를 갖고 싶었다. 몸 안에 품고 미친 듯이 내달리고 싶었다. 그 열망이 너무나 커서 눈물이 차올랐다. 이진은 주체할 수 없이 끓는 감정에 사로잡혀 두 볼을, 부푼 가슴을, 달아오른 여성을 그의 목에, 가슴에, 복부에 밀어붙이고 비볐다.

동원은 거친 동작으로 셔츠를 벗어 던졌다. 그도 이젠 참을 수 없는 지경에 도달했다. 이틀 내내 이진을 생각하지 않은 날이 없었고 그녀를 떠올릴 때마다 반응하는 습성대로 내내 폭발 직전의 상태였으나, 지금 이 순간만큼은 아니었다. 그는 당장이라도 쌀 것만 같은 실로 굉장한 위기감을 느끼고 있었다.

동원은 기적과도 같은 속도로 몸을 휘감고 있는 옷가지들을 모조리 벗어버렸다. 그리고는 찰싹 달라붙어 고양이처럼 가릉거리는 이진의 속으로, 처절하리만치 커다랗게 발기된 몸을 끼워 넣었다.

"으흑, 흑! 동원 씨……!"

단 한 번의 느리지만 깊은 삽입으로 하나가 되는 순간, 이진이 목을 뒤로 젖히며 할딱거렸다. 또르르, 그녀의 눈가에서 눈물이 떨어졌다. 동원은 단단한 두 팔로 가녀린 이진의 허리를 끌어안았다.

"오늘 수업은 이제 시작이야. 정신 바짝 차리라고, 박이진 학생."

위로 솟은 이진의 가슴을 입안에 넣으며 동원은 본능이 시키는 대로 내달리기 시작했다. 이진이 탈진할 때까지. 그의 내면에 웅크리고 있는 욕구불만의 탐식가가 만족의 신음을 흘릴 때까지.

"가봐야 해요. 일하던 중간에 잠깐 빠져나온 거라서요."

이진은 호텔 방을 먼저 빠져나가며 일 핑계를 댔다. 그러나 회사로 다시 되돌아갈 필요는 없었다. 일하던 중간에 혼자 빠져나온 것은 맞지만 엄연히 팀장의 허락을 받고 정식으로 퇴근한 것이니까. 그럼에도 불구하고 부리나케 그곳을 벗어난 것은 또다시 침대에 남겨져 비참한 기분을 맛보는 건 죽기보다도 더 싫었기 때문이었다.

동원은 허둥지둥 나서는 이진이 무척 불만스러운 듯 시종일관 퉁한 반응이었으나 만류하거나 붙잡지 않았다. 대신 휴대폰을 가로채 자신의 전화번호를 입력하고는 '앞으로는 내가 전화하면 무조건 받아' 하고 윽박질렀다. 사생활로 절대 엮이지 말자던 둘만의 규칙은 그렇게 깨져 버렸다. 30분이나 지각한 것에 대한 또 하나의 벌칙인 셈이었다.

"한동원."

이진은 그가 저장해 둔 번호를 멍하게 바라보며 중얼거렸다. 자신의 휴대폰 속에 그의 이름이 저장되어 있는 걸 보자니 현실이 조금은 현실처럼 느껴지기 시작했다. 한동원이란 남자가 자신의 삶 속에 들어왔다는 현실. 처음으로 그와 육체적인 관계를 맺고 있는 자신이 비정상적으로 느껴졌다.

과연 이게 옳은 일일까. 그와 이런 관계를 가지는 게 잘하는 짓일까.

겁이 났다. 걱정도 되었다. 모든 상황이 종료되었을 때 아무런 상처도 받지 않을 자신이 점점 없어져 갔다.

"어머! 너 이진이 아니니?"

막 엘리베이터를 나와 출입구를 향해 가는데, 호텔 내 레스토랑에서 나오던 누군가가 이진을 알아봤다. 몹시 귀에 익은 목소리에 이진은 걸음을 멈추었다.

"너…… 설마 이세영?"

종종걸음으로 달려오는 저 자그맣고 맵시 있는 여자는 이진의 고교 시절 절친 세영이 분명했다. 피아노를 전공했던 세영은 대학을 다니던 도중 러시아로 유학을 떠났다가 연락이 끊겼었다. 이후 먼 지인들을 통해 그녀가 러시아 남자를 만나 그곳에서 정착했다는 말을 들었을 뿐, 안타깝게도 연락처를 알아낼 수는 없었다. 한데 그랬던 친구가 바로 코앞에 있었다. 정말 기가 막힌 우연이 아닐 수 없었다.

"야! 너 박이진 맞구나?"

"이세영!"

"웬일이니! 웬일이니! 이게 대체 얼마 만이야?"

호텔 로비 한가운데에서 이진과 세영은 두 손을 맞잡고 깔깔 웃어댔다. 남들이 시끄럽다고 눈살을 찌푸리든 말든 지금 이 순간엔 전혀 신경 쓰이지 않았다.

"너 여기 어쩐 일이야? 러시아에 있다며?"

"오오! 너 내 소식 알고 있었구나? 알면 연락 좀 하지. 난 네 연락처 수소문해도 알아낼 수가 없어서 못하고 있었잖아."

"딱 그 정도만 건너 건너. 나도 알았으면 연락했지!"

"나 친정에 놀러 왔어. 우리 남편이 비즈니스 때문에 한국에 들어올 일이 생겨서 따라 들어왔지."

"남편은?"

"일 때문에 부산. 요즘 나 혼자 친구들 만나고 신나게 노는 중이다. 오랜만에 한국 들어오니까 너무 좋은 거 있지. 이 모든 게 그리웠어. 야경. 클럽. 술. 그리고 친구들! 너도 알지? 내가 얼마나 신나고 짜릿한 걸 즐기는지. 학교 다닐 때 네가 기겁할 일들을 내가 참 많이도 했잖니. 난 우리 그이를 엄청 사랑하긴 하지만, 솔직히 러시아 아줌마로 사는 건 정말 지루하고 따분한 일이야."

"혹시 이분이 네 짜릿한 한국 생활에 기여하고 있는 친구?"

이진은 세영의 뒤에 서 있는 건장한 남정네를 흘낏 바라보며 물었다. 아무리 봐도 새까만 머리에 노란 피부를 지닌 이 동양인 청년이 세영의 그이일 것 같진 않았다.

"어머! 내 정신 좀 봐. 너 기억하지? 우리 재영이."

"재영이?"

"내 동생 말이야. 우리보다 다섯 살 아래였던 그 코찔찔이 초딩."

"코찔찔이 귀 안 먹었거든요, 아줌마."

자기 별명이 무진장 마음에 안 드는 양 그가 인상을 찌푸렸다. 이진은 쿡, 웃음을 터트리고 말았다. 코찔찔이 초딩 이재영은 그때도 자기 별명을 무진장 싫어했었다.

"너 재영이었구나? 몰라보게 컸네?"

"그렇지? 내가 봐도 세월이 유수와 같단 생각 들어. 그 꼬꼬맹이 녀석이 나보다 더 클 줄 누가 알았겠어? 벌써 스물두 살이야. 조만간 버클리로 공부하러 가. 얘, 바이올린 전공이거든."

"정말? 너 바이올린 되게 싫어했잖아. 레슨 가기 싫어서 지하실에 막 숨고 그러지 않았니?"

상냥한 눈으로 재영을 바라보며 이진은 빙긋 웃었다. 예전 기억이 새록새록 떠올라 기분이 좋아졌고, 기억 속 조그맣던 꼬마가 벌써 이렇게 장성해서 어엿한 청년이 되었다는 사실이 신기했다. 대수롭잖게 굴어도 세영 역시 동생이 무척 자랑스러운 게 분명했다. 아들 자랑하듯 뿌듯한 얼굴로 흐뭇해하는 걸 보면. 호들갑스런 누나들이 조금은 창피한 듯 얼굴을 살짝 붉히면서도 재영은 요즘 젊은이들처럼 쿨하게 대꾸했다.

"시조새 파킹하던 시절 얘긴 그만하죠. 몰라보게 달라진 건 누나도 마찬가지인데요, 뭘. 렌즈가 훨씬 어울려요."

"맞아, 얘! 너 안경 벗어서 처음에 긴가민가했잖아. 못 알아볼 뻔했다니까. 근데 여긴 어쩐 일? 누구 만나러 왔어? 일행 있니?"

"아니, 그런 건 아니고……."

"객실에서 내려오는 것 아니었어?"

대충 얼버무리려는데 재영이 엘리베이터를 향해 턱짓을 하며 불쑥 묻는다. 이진의 얼굴은 단박에 새빨개졌다. 세영은 알 만하다는 듯 고개를 끄덕이며 생긋 웃었다.

"아아— 그런 거였구나?"

"그런 거라니? 무슨 상상을 하는 거야? 난 그냥 일 때문에……."

"아직 나한테 인사시켜 줄 단계는 아닌가 보지? 좋아, 뭐. 더 이상 캐묻진 않을게."

"그런 거 아니라니까."

"사실 너랑 나랑 연락 끊긴 지 오래되긴 했지. 세월의 빈자리를 어떻게 메우겠니? 한때는 서로 비밀이란 게 없을 정도로 절친했지만 그거야 어디까지나 과거의 일이고, 우린 몇 년 동안이나 연락 없이 남남처럼 지냈는데. 네 개인사 터놓고 얘기하지 않는다고 서운해하는 내가 이상한 거지."

"세영아!"

"……라고 말하면, 마음 약한 네가 남자친구에 대해 조금은 얘기해 주겠지?"

몹시도 당황해 두 눈만 커다랗게 뜨고 껌뻑거리는 이진을 향해 세영이 찡긋, 윙크를 하며 생글거린다. 하여간 이세영, 장난기 많은 건 예나 지금이나 똑같다. 어쩌 이렇게 하나도 안 변했을까. 속은 게 분하고 화가 날 법도 했지만 이진은 웃었다. 늘 그랬다. 세영은 이진을 제일 많이 속이고 놀라게 한 친구지만, 그와 동시에 가장 많이 웃게 한 친구이기도 했다.

"진지한 관계는 아니야."

세영으로 인해 마음이 따뜻해지는 것을 느끼며 이진은 별거 없다는 듯 가볍게 말했다. 그렇지만 이런 태도가 오히려 세영의 호기심에 불을 댕긴 듯했다.

"너처럼 꽉 막힌 애가? 상상이 안 돼. 넌 항상 로맨틱한 사랑을 바랐잖아. 운명적인 만남. 애절하고도 절실한 사랑. 너만을 아껴주고 사랑해 주는 남자."

"얘는. 내 나이가 몇인데 아직도 운명적인 사랑을 기다리겠니? 10년이 흐르는 동안 네가 아줌마가 됐듯 나도 이젠 여고생이 아니야. 세파에 찌든 속물이 됐지."

"세상 사람들 다 속물이어도 넌 아닐걸. 넌 예전부터 우리 같은 애들이 범접할 수 없는 순수함이 있었다고."

"순수함이 아니라 순진함이었겠지. 멍청함. 아둔함."

"그래서 우리 아둔하신 박이진 양을 사로잡은 남자는 어떤 남잔데? 잘생겼니? 집안은 좋아?"

세영은 이진이 운명의 상대를 만났음을 믿어 의심치 않는 듯했다. 하지만 그건 사실이 아니다. 한동원은 섹스의 고수였고 이진은 단지 그에게 과외수업을 받고 있을 뿐이었다. 착잡한 마음에 세영을 물끄러미 바라보다 이진은 또다시 가볍게 대답했다.

"그럭저럭."

"뭐가 그럭저럭인데? 외모가? 집안이?"

"둘 다. 그냥저냥 나쁘지 않은 정도."

"오호라! 그럼 다른 게 엄청나게 매력적인 모양이구나?"

"그럴 수도 있겠지."

"부인하지 않는 걸 보니 더 재미있어지는데? 그 남자, 진짜 나한테 소개 안 시켜줄 거야?"

"소개해 줄 정도로 중요한 사람 아니라니까."

"그래도 내가 만나고 싶다면?"

"그렇다면 뭐……."

어깨를 으쓱거리며 이진은 몸을 틀었다. 저만치에 몸을 숨기고 그들의 대화를 엿듣고 있던 동원은 눈살을 찌푸렸다.

"그럭저럭? 내가?"

동원은 짜증 섞인 눈으로 이진의 뒤통수를 노려보며 중얼거렸다. 경원그룹의 유일무이한 후계자, 한동원이 어디로 봐서 그럭저럭 나쁘지 않은 정도? 인정 못한다. 말도 안 되는 소리다. 외모가 빠지나, 집안이 빠지나. TX그룹 둘째 딸 박이진의 입장에서 봐도 동원은 절대로 뒤지지 않는 조건의 남자다. 고로 박이진은 그의 존재를 자랑 삼아 얘기해야 마땅하다.

"이리 내봐요."

갑자기 연하남이 친구와 전화번호를 주고받고 있는 이진의 휴대폰을 가로챘다. 그러더니 손가락으로 까딱까딱 휴대폰에 뭔가를 입력하고 이진에게 되돌려주며 하는 말.

"내 번호예요. 아무 때나 연락해요."

듣는 순간 동원의 눈매가 가늘어졌다. 연하남의 말투가 보통 심상찮은 게 아니었다. 친구의 동생이 누나 친구에게 할 법한 말투라기엔 뉘앙스가 너무 묘했다. 뒤에 덧붙인 '아무 때나'에는 초대의 의미마저 풍겼다. 사교계의 프린스다운 그의 감각으로 판단컨대 놈은 이진에게 관심이 있었다. 그것도 아주 많이.

"엿 같군."

동원은 중얼거리며 주머니에 넣어두었던 휴대폰을 꺼내 들었다. 놈의 수작에 넘어가지 말라고 이진을 윽박질러 줄 셈이었으나 바로 그때, 휴대폰 액정에 발신자 이름이 뜨며 벨소리가 울리기 시작했다. 동원은 혹여 이진에게 들킬세라 날쌔게 전화를 받았다.

"네."

[……한동원 씨 핸드폰 아닌가요?]

동원이 무뚝뚝하게 전화를 받자 상대는 당황한 것 같았다. 그는 작게 한숨을 쉬고는 평소처럼 나긋한 억양으로 말하기 위해 노력했다.

"나야. 웬일로 전화했어?"

[방금 너였어? 다른 사람인 줄 알았는데. 무슨 말이 그래? 누나가 동생한테, 꼭 무슨 일 있어야 전화하니?]

"바빠. 용건만 간단히 말해."

[오늘따라 왜 이렇게 까칠해? 회사에 무슨 일 생겼어?]

경원그룹 한경석 회장의 장녀이자 윤찬열 부사장의 아내, 한금원은 진심으로 걱정하고 있었다. 회사에 일이 있지 않고서야 동원이 이토록 까칠하게 나올 리 없다고 생각한 것이다. 동원의 나이

8살 때 친모가 돌아가신 이래, 금원은 어린 동원을 돌보며 집안의 안주인 역할을 해왔었다. 그녀는 단순한 누나의 의미를 뛰어넘는 존재였고, 때문에 동원은 지금껏 살면서 금원에게 큰소리 한 번 안 낼 정도로 순종적인 남동생 노릇을 해왔었다.

"회사에 일은 무슨 일. 없어, 그런 거. 왜 전화했어? 이유나 어서 말해."

금원의 질문을 간단히 넘기고 동원은 성마르게 대답을 재촉했다. 눈앞에서 문제의 연하남이 이진의 손을 잡고 있었다. 피가 거꾸로 솟는 기분에 동원은 청년과 이진을 싸잡아 죽일 듯이 노려보았다. 놈이 음흉하게 손을 잡고 있는 것보다 그걸 웃으며 묵과하는 이진한테 더 화가 났다.

[의논할 게 있어서. 지금 좀 볼 수 있을까?]

"지금? 이 시간에?"

[퇴근 전일 거 아니야. 집에 들어가기 전에 누나네에 들렀다 가라고. 너 요새 늦게까지 일한다며.]

"못 들러. 전화로 얘기해."

[직접 얼굴 보면서 얘기하고 싶어서 그래. 너한텐 중요하고 기쁜 소식이잖니.]

"나한테? 무슨 소식?"

갑자기 서늘한 느낌이 뒤통수를 스치고 지나갔다. 금원이 전화했는데 왜 매형이 떠오르는 걸까? 동원은 미간을 찡그렸다.

[그걸 왜 나한테 물어? 네가 내게 얘기해야지.]

"무슨 소리야? 내가 뭘 말해줘야 한다는 거야?"

[당연히 네 새 여자친구에 대해서지! 네 매형한테 들었어. 며칠

전에 레스토랑에서 마주쳤다며? 아주 참한 아가씨였다고?]

"매형이 그렇게 말해?"

[정확하게는 '좋은 집안에서 제대로 잘 배운 참한 규수' 라고 했지. 남자들이 결혼식장에 데리고 들어가고 싶은 타입이라나. 어때? 너도 그럴 작정이니?]

"박이래 씨와 헤어진 지 한 달도 안 됐어. 다른 여자와 결혼 얘기하기엔 너무 이르다고 생각지 않아?"

대수롭지 않은 듯 대답하면서 동원은 안도의 한숨을 내쉬었다. 금원은 상황의 일부만을 알고 있는 듯했다. 다행히도 윤찬열은 동원이 만나는 여자가 박이진이란 사실을 발설하지 않은 것이다. 참으로 윤찬열다운 짓이다. 아내에게 비밀을 만드는 간 큰 짓도 피하고, 동원과의 약속도 지키고. 양쪽 모두에게 신의를 지킨 것이니 일거양득이었다.

[네가 언제부터 그런 거 따졌니? 여자랑 만나고 헤어지는 걸 무슨 껌 씹다가 뱉는 것처럼 쉽게 생각했으면서. 그리고 이래와는 죽고 못 살던 사이도 아니었잖아. 이래랑 잘 안 돼서 마음 아파? 힘들어? 괴로워 미치겠어? 아니잖아. 어차피 정략결혼이었고, 데이트도 몇 번 안 해서 두 사람 정들 새도 거의 없었잖아. 난 굳이 이래 때문에 네 결혼을 미룰 이윤 없다고 생각해. 적당한 여자가 나타났다면 당연히 결혼해야지!]

"그 여자와 결혼 안 해. 그런 사이 아니야. 심지어 내 타입도 아니라고."

'아니야'에 힘을 빡 주고 대답하며 흘깃 '그런 사이 아닌' 여자를 돌아봤다. 그녀는 아직까지 연하남과 손을 잡고 있었다. 동원은 이를 악물고는 휙, 몸을 돌리며 쓸데없는 잔소리로 시간을 잡아먹고 있는 누나에게 좀 더 단호히 선언했다.

"당분간은 결혼할 마음 없어. 그 어떤 여자와도. 누나가 날 아무리 설득해도 결심 바꿀 용의 없으니까, 그런 줄 알고 포기해."

[동원아! 너 아버지 연세가 올해 몇인지 알아? 3년 후면 벌써 일흔이셔.]

"여기서 갑자기 그 얘기가 왜 나와?"

[네가 한시라도 빨리 장가를 들어 자리를 잡아야 한다는 소리야. 이젠 아버지께서도 슬슬 일 접으시고 편안하게 노년을 즐기셔야지. 네가 결혼해서 잘사는 모습 보여 드려야 안심하고 회사 일에서 손을 떼시지 않겠니? 딴소리 말고 적당한 아가씨 나타났을 때 결혼해.]

"누나."

[네 취향이 화려한 미인들이란 건 나도 알아. 하지만 그런 여자들은 너랑 안 맞아. 인정하지 않겠지만 넌 늘 애정이 고팠던 녀석이야. 남자관계 복잡하고 사교 활동 많아 자꾸 밖으로 나도는 외향적인 여자와는 절대로 행복해질 수가 없어. 누난 네가 여자 취향을 바꿔야 할 필요가 있다고 생각해. 어쩌면 지금 만난 그 여자가 딱 네 스타일일 수도 있지. 왠지 이번엔 감이 좋아. 그 아가씨가 정말 네 연분인 것 같아서 하루빨리 만나보고 싶어.]

"누나가 그 여자에 대해서 뭘 안다고 내 스타일이네, 감이 좋네, 넘겨짚어? 참한 규수 같다는 건 그저 매형의 첫인상일 뿐이야. 그 여잔 절대로 참하지 않아. 겉으로 보이는 것과는 완전히 다른 여자란 말이야."

[이진이 스타일이라며. 그럼 참한 거지.]

"뭐?"

금원의 입에서 '이진'이 튀어나오자 동원은 흠칫 놀랐다.

[네 매형이 그러더라. 네가 만나는 그 여자, TX그룹 둘째 박이진 스타일이라고. 내가 이진이를 잘 알잖니. 걔 정도면 너한테 과분하지. 제 동생처럼 날라리 과도 아니고, 언니처럼 차갑고 정 없는 스타일도 아니고. 애가 외모에 관심이 없어서 좀 촌스러운 구석이 있는데, 그래도 머리에 든 거 없이 치장에만 신경 쓰는 성형 중독자들보다는 훨씬 영양가 있고 매력 있지.]

"미안하지만 난 그 여자 엄청! 마음에 안 들거든?"

동원은 이를 악물며 윤찬열을 향해 저주를 퍼부었다. 이 정도면 딱 꼬집어 '한동원은 박이진을 만나고 있다'라고만 안 했을 뿐 그렇다고 알려준 거나 다름없는 수준이 아닌가. 동원은 이마 위로 흘러내린 머리카락을 거칠게 끌어 올리며 반격을 준비하는 누나에게 단호히 덧붙였다.

"난 내가 원할 때, 원하는 여자와 결혼해. 아무리 누나가 설득해도 원치 않는 여자와는 결혼 안 한다고. 그러니 제발 아무 짓도 하지 마. 날 설득하려고도, 그 여잘 만나보려고도 하지 마. 날 그냥 내버려 두라고. 알겠어? 바쁘니까 이만 끊을게."

[잠깐만, 동원아!]

금원이 다급하게 불렀지만 동원은 전화를 끊었다. 짜증이 솟구쳤다.

왜 하필 그날 윤찬열을 만나서!

모든 게 자신의 부주의함 탓이었다. 이진의 말대로 번화가에 위치한 고급호텔은 사람들 눈에 뜨일 확률이 높았다. 이런 곳을 비밀의 장소로 선택한 건 제대로 머저리 인증이었다. 덕분에 이진은 첫날에 이어 오늘까지 지인들과 마주치는 불운을 겪었다. 책임감을 느끼며 동원은 이진이 방금 만난 지인들과 함께 카페테리아로 들어가는 것을 침울하게 바라보았다.

이진은 연하남의 팔짱을 끼고 있었다. 안 그래도 최고 기록에 육박하던 짜증수치가 단번에 배가 되었다. 마음 같아선 당장 달려가 이진과 연하남을 떼어놓고 싶었다. 하지만 감정이 시키는 대로 행동할 수는 없었다. 이성적으로, 논리적으로 말이 안 되는 일이니까. 그에게는 이진의 사생활을 간섭할 권리가 없었다. 그녀가 연하남과 손을 잡고 방긋방긋, 봄처럼 화사한 미소를 발사한다 해도 그가 관여할 자격은 전혀 없는 것이다.

동원은 썩어 들어가는 표정 그대로 휴대폰 화면을 펼쳐 이진의 번호를 눌렀다.

[고객님께서 전화를 받지 않으시니…….]

친절한 이동통신사의 멘트가 들려왔다. 동원은 돌처럼 굳은 얼굴로 음성메시지를 남겼다.

"비밀스런 우리의 관계를 유지하기 위해선 장소를 바꿀 필요가 있다는 당신 의견에 동의해. 호텔은 너무 공개적이야. 좀 더 사적이고 은밀한 공간이어야겠지. 그런 의미에서 다음 주 세 번째 수업부터는 내 아파트에서 진행하는 게 좋겠어. 주소와 현관 비밀번호를 찍어줄게. 시간 맞춰서 오도록 해."

차분하게 용건을 말한 후 메시지를 저장한 동원은 속내와는 달리 매우 이성적으로 대응한 스스로에게 칭찬을 보냈다. 그리고는 매우 충동적이고 저돌적인 한동원의 유전자가 돌발적으로 카페테리아로 쳐들어가 박이진을 끌고 나오는 실수를 저지르기 전에, 속히 호텔을 빠져나왔다.

제5장 표리부동 그의 심장

"집이 참 좋네요."

아파트 안으로 들어선 이진은 집 안을 둘러보며 웅얼거렸다. 현관문을 열어준 후 성큼성큼 안으로 걸어 들어가던 동원은 순간 걸음을 멈추고 그녀를 돌아보았다. 다 죽어가는 이진의 목소리에서 어색함과 망설임이 감지되었다.

"혼자 살아요?"

이진은 장식 하나하나를 꼼꼼히 살피고 있었다. 아파트 인테리어에 특별한 관심을 갖고 있는 양. 하나 동원은 그녀가 그와 눈을 마주치지 않으려 무진장 노력 중임을 놓치지 않았다. 새삼스레 왜? 라는 의문이 머릿속을 스쳤다. 이미 친밀한 행위로 가득한 밤을 두 차례나 보낸 사이에 어색할 게 무어라고?

"숨겨놓은 여자라도 있을까 봐?"

"혼자 살기엔 너무 큰 것 같아서요. 왜 집 나와서 혼자 살아요?"

이진이 천장을 훑던 시선을 천천히 끌어 내려 동원의 목울대를 노려보며 묻는다.

동원은 몹시도 수상쩍은 이진을 예리하게 훑었다. 오늘따라 왜 이러나 싶어 뭔가 달라진 게 있는지 찾아보기 위함이었으나 별다른 건 없었다. 헐렁하게 묶은 머리 모양, 화장기 거의 없는 얼굴, 클래식한 디자인의 치마 정장 차림. 늘 하고 다니던 그대로였다.

평소 한껏 치장하고 나타나는 데이트 상대들에 익숙한 동원에게는 신선함과 동시에 굴욕감을 던져 주는 모습. 그녀가 동원과의 만남에서 특별한 설렘이나 흥분을 느낀다면 절대로 이렇게는 나타나지 않았을 것이다. 좀 더 외모에 신경을 썼겠지. 견상진과 데이트할 때처럼.

그로선 견상진보다도 더 못한 대우를 받는 건 불쾌하고 짜증나는 일이었다. 그럼에도 불구하고 박이진을 보자마자 파블로프의 개처럼 자동반사적으로 반응하는 제 몸을 느끼는 건 더욱 불쾌하고 짜증나는 일이고.

"큰누나 내외가 아버지를 모시고 있어. 내가 결혼해서 집으로 들어가면 큰누나네가 분가할 예정이지."

"이를 테면 결혼 전 자유 시간이군요?"

"생각하기에 따라선. 들어가지."

동원이 대화의 맥을 싹둑 잘라 버리자 이진은 움찔했다. 그는 더 이상 사적인 대화는 나눌 의향이 없음을 분명히 밝히며 휙, 몸을 돌려 집 안으로 들어갔다.

그의 뒤를 따르며 이진은 두 눈을 질끈 감고 한동원은 단지 잠자리 기술 통달을 위한 선생님일 뿐임을, 서로 사적으론 엮이지 말자고 합의해 두었음을, 열심히 상기시켰다. 최고 피치로 치솟던 흥분감이 서서히 가라앉고 발작으로 뛰어대던 심장도 진정되는 듯했다. 이진에게는 무지하게 다행스러운 일이었다.

"집 구경은 나중에 해. 시간 없으니 빨리 해치우자고."

데면데면, 유달리 꾸무럭거리며 거실로 들어서는 이진을 찌푸린 얼굴로 바라보던 동원이 선언하듯 말하고는 그녀의 팔을 휙 끌어당겼다. 무방비하게 서 있던 이진의 길고 가냘픈 몸이 그의 가슴에 세차게 부딪쳐 왔다. 희미한 복숭아 향이 그의 코끝과 성적 감각을 찔렀다. 동원은 이진의 턱을 들어 올린 후 그 입술에 살며시 입술을 대고 자그맣게 속삭였다.

"키스해."

"동원 씨……."

"키스, 해."

명령을 내리며 그가 다소 성급한 몸짓으로 이진의 베이지색 재킷 단추를 풀기 시작했다. 이진의 숨결은 가빠졌다. 그와 맞닿은 입술 부위가 터질 듯 뜨거워졌다. 숨소리에 맞춰 조금씩 새어 나오는 따뜻한 입김에 피부가 녹아버릴 것만 같았다.

이진은 열정의 감각에 휩싸여 입술을 열고 조심스럽게 혓바닥을 내밀었다. 이미 열린 입술 안으로 들어가 매혹적인 그의 윗입술을 입술로 가볍게 물자 동원의 목구멍에서 크르릉, 짐승의 것처럼 굶주린 신음 소리가 흘러나왔다. 그와 동시에 재킷이 바닥으로 떨어지자 이진은 두 팔로 동원의 목을 끌어안고 고개를 옆으로 기울이며 더 깊은 키스를 이어갔다.

동원은 이진의 앙증맞은 혀끝을 휘감으며 그녀의 앞가슴을 더듬었다. 문득 그녀가 단추 많은 블라우스 대신 얇은 니트를 입었다는 사실을 깨달았다. 동원은 피식 웃음이 흘렀다. 그러나 작고 오동통한 이진의 혀가 유혹적으로 입안을 휘돌자 이내 웃음을 잃고 말았다. 그녀는 정말 달콤했다.

"저……."

동원이 이진의 분홍색 니트를 끌어 올리고, 그 안에 자리한 두 개의 작은 언덕을 양손 가득 움켜쥐었을 때였다. 이진이 입술을 떼고 몹시 불안해 보이는 시선으로 그를 올려다보았다.

"왜?"

"샤워 먼저 하면 안 될까요?"

"안 돼."

일고의 가치도 없다는 듯 신속하게 불허의 말을 내뱉고 동원은 맨살을 드러낸 이진의 허리를 끌어안았다. 가늘고 얇은 여자의 몸이 그의 단단한 복근에 부딪쳐 오자 이미 한껏 올라선 양물이 더욱 빳빳하게 굳었다. 이진이 두 눈을 혹 키웠다.

"지, 지금 씻고 싶어요. 하루 종일 땀을 많이 흘렸거든요."

"어차피 또 흘리게 될 거잖아."

"하지만……."

"짜증나게 하지 마."

고압적으로 뇌까리며 동원은 이진의 치마를 걷어 팬티만 걸친 통통한 둔부를 자신의 하복부에 찰싹 붙였다. 단단하게 도드라진 신체 부위가 단번에 이진의 중심부를 자극했다. 예상치 못했던 짜릿함이 스치자 이진은 새된 비명을 지르며 급히 그의 팔뚝에 매달렸다.

"뭐가 문제인지 모르겠지만, 내 앞에서 변덕 부릴 생각 마. 날 폭발 직전까지 몰아붙여 놓고 아무렇지도 않게 내팽개치는 짓은 절대로 용납 못해. 안 해."

힘이 쭉 빠졌다. 아주 은밀한 곳에서부터 피어오른 열감이 순식간에 혈류를 타고 머리꼭지까지 솟구쳤다. 동원이 엉덩이 살집을 움켜쥐었다가 풀어놓고, 손바닥으로 슥슥 문지르다가 부드럽게 비비고, 엉덩이 틈 속으로 비집고 들어가 이미 벌어져 바들바들 떨고 있는 꽃잎을 감싸다가 눌렀다. 이진은 그의 쇄골에 입술을 댄 채로 작지만 날카로운 비명을 질렀다. 그가 잠시 손을 떼자 이진의 후물거리는 두 다리 사이로, 음란한 체액이 주르륵 흘렀다.

"난 게임을 좋아하지 않아. 하지만 하게 됐을 땐 절대로 안 져. 도발해 봤자 결과는 나의 승리로 끝이 나게 될 거란 뜻이야. 그러니 쓸데없이 힘 빼지 마. 알아들었어? 그럼 하던 것, 마저 해."

"도, 동원 씨……."

"키스."

이진이 흥분으로 빨개진 얼굴을 들어 간청했지만 동원은 자비심이라곤 털끝만큼도 찾아볼 수 없는 차가운 말투로 단호히 명했다. 이진은 그의 입술을 향해 입을 벌렸다. 삼킬 듯 그의 입술을 입술로 감쌌다. 그의 숨결을, 보드라운 입술을, 자극적인 타액을 격하게 빨아 마시며 이진은 전신을 관통하는 쾌락의 전율에 헐떡였다.

"으으읏……!"

한참 후, 마침내 그가 입술을 떼고 이진의 니트와 치마, 노란색

레이스팬티와 브래지어 세트를 차례대로 벗겨냈다. 슬쩍 어깨를 밀자 균형을 잃은 이진이 넓고 푹신한 크림색 가죽 소파에 털썩 주저앉는다. 흥분감이 채 가시지 않아 뜨거운 숨을 몰아쉬는 이진의 앞에서 동원은 셔츠를 벗기 시작했다.

"당신을 가질 거야. 아주 격렬히."

가슴팍이 풀어헤쳐진 셔츠가 그의 손에 의해 하나씩 더 열리고 있었다. 두 개, 세 개, 네 개⋯⋯.

오픈된 단추 개수가 하나씩 늘어날 때마다 이진의 흥분감은 커져 갔다. 피부가 따끔거렸다. 아랫배가 욱신거렸고 쾌락의 근원지는 점점 더 촉촉해져 갔다. 이진은 참지 못하고, 두 손으로 가슴을 그러쥐며 엉덩이를 들썩인 채 제발 가져달라는 듯 그를 바라보았다.

"당신 머릿속에서 부유하는 잡생각, 내가 모두 날려주겠어."

이진과 눈을 맞춘 채 동원은 셔츠를 벗어 던졌다. 팬티와 함께 바지를 끌어 내리자, 바짝 곤두선 남성이 성마르게 튀어나왔다. 저도 모르게 이진은 꿀꺽 침을 삼켜야 했다. 그는 전에 없이 잔뜩 흥분해 있었다. 뿐만 아니라 그녀의 시선을 받자마자 덩치를 더 크게 불려갔다. 숨이 턱 막히는 것을 느끼며 이진은 온몸을 뒤틀었다.

"잔소리 말고 시작해요. 빨리⋯⋯ 어서요."

숨을 헐떡거리면서도 그녀는 목을 틔워 간신히 목소리를 낼 수 있었다. 하나, 다음 순간부터 이후 두 시간 동안, 그녀가 목구멍으로 흘려보낼 수 있었던 것은 오직 신음과 비명 소리뿐이었다.

그는 이진의 허벅지를 넓게 벌리고는, 그 안으로 거침없이 파고

들어 단번에 자신을 묻었다. 쾌감에 찬 비명 소리와 함께 이미 물기 흥건한 여성의 입구가 넓게 벌어졌다. 이물질의 갑작스런 침입에 적응하기 위해 본능적으로 이진의 자궁은 수축과 이완을 맹렬히 반복하였다. 동원은 더 아래로 내려앉아 자신의 몸을 뿌리까지 깊이 박아 넣으며 이진의 톡 튀어 오른 젖꼭지를 입에 머금었다. 이를 세워 잘근잘근 씹어대자 이진은 그의 머리카락을 틀어쥐며 허리를 들썩였다. 쭉쭉 빨아먹자 제 머리를 소파 밑으로 밀어대며 흐느꼈다.

"으흑, 흑……!"

연타로 온몸을 적셔오는 열락의 폭우 속에서 이진은 한껏 헐떡이고 비명을 내질렀다. 그렇게 이진이 한 번의 절정을 맛보고 나서야 동원은 비로소 허리를 움직였다. 허리의 물결침과 더불어 불기둥의 잔인하고도 이기적인 침입도 시작이 되었다.

"당신은 내 거야, 박이진."

"으웃, 웃, 흐흑……!"

이진은 날씬한 종아리로 동원의 허리를 감고는 빠르고 격렬한 침입을 기꺼이 감당했다.

짐승처럼 날뛰는 한동원은 너무나 사랑스러웠다.

야만적이리만치 거칠고 타락적이며 퇴폐적인 행위들은 그녀가 수차례의 절정과 수억 개의 별들을 보고 나서야 끝이 났다.

손끝 하나 까딱할 수 없을 만큼 지쳐 쓰러진 이진은 윙윙, 끈질기게 울리는 작은 소음이 가라앉은 의식을 끄집어 올릴 때까지 깊은 잠 속을 헤매었다. 무거운 눈꺼풀을 밀어 올리니 칠흑처럼 깜깜한 어둠과 함께 현실감이 밀려들었다.

밤. 침대. 한동원.

두 개의 스푼처럼 전신이 포개진 채로 동원이 이진의 허리를 끌어안고 있었다. 소파에서 마라톤처럼 길고 진이 빠질 만큼의 전력을 다한 섹스를 치르고, 침대로 옮겨와 짧지만 탐미적이었던 두 번째, 처절할 정도로 맹목적이고 필사적이었던 세 번째 섹스를 치렀다는 사실이 떠올랐다.

이진은 동원이 깨지 않도록 조심하며 침대에서 빠져나왔다. 부드러운 카펫 위에 발가락이 닿자 이 느낌만큼이나 따뜻하고 기분 좋았던 동원의 손길이 떠올랐다. 그 손에 만져질 때마다 자신이 흘렸던 비명 소리도. 너무나도 흥분한 나머지 온몸이 민감해져서 스치기만 해도 신음이 저절로 나왔었다.

그가 나른하게 비비면,

'응, 으응⋯⋯.'

하며 유혹적인 콧소리를 내며 온몸을 뒤틀었다. 세차게 몸속을 침투하거나 돌출된 융기를 거칠게 움켜쥐면,

'아아웃⋯⋯! 하웃!'

하며 짜릿해했다. 그러다 폭발적인 절정을 맞이하면 압도적인 욕망과 형언할 수 없을 만큼 경이로운 만족감에 눈물을 흘렸다. 어떻게 그럴 수가 있었을까. 지금은 이렇게 떠올리는 것만으로도 부끄러워 몸 둘 바를 모르겠는데⋯⋯.

침실 한가운데에 놓인 작은 티테이블 위에 핸드백과 잘 개켜진 옷가지들이 가지런히 정리되어 있었다. 그녀가 잠든 사이에 동원이 일어나 집 안을 정리했던 모양이었다. 이진은 흘깃 침대 쪽을

곁눈질을 했다. 동원은 눈을 감은 채였고, 숨을 고르게 내쉬는 걸로 보아 아직 잠들어 있는 듯했다. 시트로 가려진 중심부를 제외하면 홀딱 벗은 몸이었는데, 그럼에도 불구하고 그는 전혀 우스꽝스러워 보이지 않았다..

한동원은 알몸마저도 작품이었다. 그리스 조각상만큼이나 완벽한 근육을 어깨, 가슴, 배, 허벅지, 종아리까지 풀세트로 장착한 예술 작품. 또다시 입안에 흥건하게 고이는 침을 꼴깍 삼키며 이진은 핸드백 안에서 줄곧 울어대고 있는 휴대폰을 꺼내 들었다.

"여보세요."

[누나? 저예요.]

"어, 재영아."

잘생긴 한동원 얼굴에서 눈을 떼지 못하며 반갑게 대꾸하는데, 갑자기 동원이 두 눈을 번쩍 떴다. 이진은 깜짝 놀라 두 눈을 홉떴다. 동원이 어둠 속에서 이진을 노려봤다. 몹시도 화가 난 듯한 그의 모습에 어찌해야 할 바를 몰라 멍하게 서 있는 와중에, 수화기 너머에서는 재영이 왜 이렇게 전화를 늦게 받았냐고 타박을 했다.

"이…… 일 때문에 바빠서. 미안."

어둠 속에서 한동원 눈빛이 번쩍거렸다. 그의 심기가 굉장히 불편한 것 같았다. 이진은 아랫입술을 질끈 깨물었다. 관계가 끝난 직후에 기분이 나쁘다는 것은 관계가 만족스럽지 못했다는 뜻이었다. 갑자기 기분이 축 처졌다. 화산이 폭발하듯 기쁨이 용솟음쳤고, 수억 개의 별늘이 우수수 떨어지는 듯 환상적이었으며, 동원과의 완벽한 일체감에 감정이 북받쳐 와 울음을 터트려 버렸던 자신과는 달리 한동원은 몹시도 불만족스러운 상태라고 생각하니 정말로 울고 싶어졌다.

"……어? 미, 미안. 딴생각 좀 하느라. 뭐라고 했니? 뭐? 뮤지컬?"

재영이 뜬금없이 뮤지컬 좋아하느냐고 물었다. 이진은 어깨를 으쓱하며 누나다운 친절한 미소를 머금고 대답했다.

"좋아하지. 그런 거 싫어하는 사람이 어디 있어? 같이 보러 갈 사람이 없어서 못 간다. 내가 혼자서 어디 돌아다니는 걸 잘 못해. 혼자 밥 먹고 영화 보고 쇼핑하고, 그런 거."

[그럼 잘됐네. 저한테 브로드웨이 공연 내한 뮤지컬 티켓이 생겼거든요. 저랑 같이 갈래요?]

"응? 그야 뭐, 난 당연히……."

재영이 기특하게도 누나를 챙기는구나 싶어, 흐뭇한 마음에 큰 소리로 대꾸하다가 동원과 눈이 마주쳤다. 그가 이마에 빠직 금을 그었다. 목소리가 너무 커서 짜증이 났나? 이진은 목소리 볼륨을 확 줄이고 속살거렸다.

"가야지. 언젠데?"

하지만 그 모습에 더 화가 난 듯 동원이 손가락을 까딱거리며 그녀를 소환했다. 이진은 최면에 걸린 양 쪼르르 다가가 그의 앞에 섰다. 그 와중에도 통화는 계속되고 있었다.

"이번 주말? 음, 그때라면 프로젝트도 대충 마무리될 것 같고, 괜찮을 것 같은데? 근데 너, 그거 나랑 가도 돼? 여친이랑 가야 하는 거 아니야?"

아주 신이 나셨군.

속으로 중얼거리며 동원은 이진을 죽일 듯이 노려보았다. 그리고는 탁탁, 침대를 두들겼다. 이진은 시키는 대로 침대에 걸터앉았으나 그것은 누가 봐도 영혼 없는 복종이었다. 그녀의 신경은 온통 수화기 너머에 있는 '연하남'에게 가 있었다.

"뭐? 없어? 웃기지 마, 애! 너처럼 잘생긴 애가 왜 여직 여친이 없어?"

너처럼 잘생긴 애? 동원의 인상이 험악해졌다.

'그 얼굴이, 그게 잘생긴 건가? 수준이 그거밖에 안 돼? 하긴. 남자 보는 눈이 꼴랑 그 정도이니 개상진 같은 놈과 사귀었겠지.'

하마터면 남자의 명예란 쥐뿔도 모르는 그 개자식이 이진의 처녀를 차지할 뻔했다고 생각하니 부아가 치밀었다. 멍청한 여자! 남자에 대해선 티끌만큼도 모르는 바보 같은 여자! 남자라면 적어도 나 정도는 되어야지! 동원은 괴팍하게 미간을 찡그리고는 우울하게 인정했다. 박이진이 다른 남자를 만나는 게 싫다고. 그것도 아주 무진장.

엄밀히 말해, 그는 몸으로만 엮인 일종의 섹스 파트너일 뿐이니 이진의 사생활에 간섭할 자격이 없었다. 그걸 알기 때문에 지난 며칠간 주야장천 '그녀가 누굴 만나든 넌 신경 쓸 필요 없다'고 스스로를 타일러 왔다. 나름대로 효과도 있는 것 같았다. 지난밤 이후 그는 좀 더 이성적이 되어 그녀가 누굴 만나든 시크하게 대처할 수 있을 것 같았다. 하지만 웬걸. 실은 그게 아니었다. 증상은 오히려 더 심해졌다. 아주 심각할 정도로.

"나랑 정반대 케이스네. 내 경우는, 내 옆에 아무도 없다는 걸 알기 때문에 남자들이 대시를 안 하는 거거든. 사람들이 안 찾는 음식에 쉽게 젓가락 안 가는 것과 같은 이치지. 내가 원래 인기가 없었잖아. 그래서 사람들은 날 맛없는 음식이라고 생각하는 거야. 그럴 만한 이유가 있으니 인기가 없다고 여기는 거지."

웃기지도 않는 소릴 지껄이며 이진은 밸도 없이 웃어재꼈다. 약간의 틈을 두고 배시시 수줍은 미소를 띠기도 했다. 연하남 자식이 뭔가 입에 발린 소릴 해대는 게 틀림없었다. 배알이 뒤틀려 동원은 이진을 거칠게 낚아채 제 품 안으로 끌어들였다. 보드라운 이진의 등이 맨살에 부닥쳐 왔다. 그의 남성이 즉각적으로 곤추섰다. 동원은 급격히 치솟는 열기에 이를 악물며 이진의 허벅지를 벌려, 그 사이로 제 몸을 밀어 넣었다.

"으으······!"

그녀의 몸이 꿰뚫리면서 입에서 신음성이 흘러나왔다. 이진은 냉큼 제 손으로 입을 틀어막고 침대 매트리스에 얼굴을 묻었다. 다행히 재영은 이진의 낯 뜨거운 신음을 듣지 못한 듯 하던 말을 멈추지 않고 계속하고 있었다.

[······그러니까 한마디로 말하자면, 누난 괜찮은 여자라고요. 절대로 맛없는 음식이란 표현으로 자기를 비하하지 마요. 남자들은 가끔씩 멍청한 구석이 있어서 진흙 속의 진주를 못 알아보는 경우가 많거든요. 그런 멍청이들은 신경 쓰지 마세요. 누나처럼 멋진 여자는, 그걸 알아보는 남자다운 남자를 만나야 하는 거니까요. 나처럼요.]

귓속으론 재영의 수다가, 몸속으론 동원의 발기된 짐승이 파고들었다. 엎드린 이진의 허리를 두 팔로 들어 올려 그녀의 속 깊은 곳까지 밀고 들어간 동원은, 그대로 그녀의 전신을 덮친 채 목덜미를 빨고 가슴을 거세게 주물렀다. 이진은 머릿속이 새하얗게 비워지는 것을 느끼며 미친 듯이 헐떡였다. 완벽하게 맞물린 자궁 속에서 나른한 애액이 흘러나왔다.

[그러지 말고 누나, 그냥 나랑 사귈래요?]

"아, 아, 아응⋯⋯."

안 된다고 말하려는데 유혹적인 콧소리가 흘러나왔다. 이진은 서둘러 제 입을 틀어막았다.

[누나? 어디 아파요?]

"아니⋯⋯ 흡!"

동원이 젖꼭지를 비틀며 이진을 놀라게 했다. 그녀는 윗니로 아랫입술을 깨물며 세차게 이마를 매트리스에 찧었다. 한동원을 밀어내고 이게 무슨 짓이냐고 화를 내야 함에도 불구하고 그럴 수가 없었다. 그러고 싶지 않았다. 정말 민망하게도 그가 이러는 게 좋았다. 짜릿하고 흥분됐다. 재영에게 들키지 않기 위해 입술을 쥐어뜯으면서도 동원이 좀 더 거칠게 움직여 줬으면 좋겠다는 생각을 했다.

미치지 않고서 어떻게 이럴 수가 있을까?

[딸꾹질 나와요? 나중에 다시 전화할까요?]

"그, 그럴래?"

입을 틀어막은 채로 웅얼거렸다. 그러자 재영이 다정하고 부드러운 인사말을 읊기 시작했다. 이진은 대답을 하는 둥 마는 둥 대충 얼버무리고는 재빨리 전화를 끊어버렸다. 높이 치솟았던 긴장감이 사라지자 몸에서 힘이 쭉 빠졌다. 이진은 얼굴을 매트리스에 묻은 채 축 늘어졌다. 하지만 1초도 안 돼 번쩍 고개를 들고 비명을 질렀다. 동원이 이진을 껴안은 채 옆으로 몸을 굴리고는 발작적으로 빠르게 움직이기 시작했기 때문이었다.

"으흑, 흑, 흑……!"

쾌감이 온몸을 때렸다. 얼얼한 감각이 한껏 벌려져 찬 공기에 노출된 다리 사이에서 춤을 추었다. 그의 손에 움켜쥐어졌다 주물리고 비벼지는 가슴으로 간지러운 쾌통이 수채화 물감처럼 번져 갔다. 마치 두터운 말뚝을 연상시키는, 거대하고도 단단한, 그러면서도 부드럽고 촉촉한 동원의 그것은 지극히 여성적인 공간을 정신없이 빠르게 들락날락하며 이진을 또 다른 절정으로 끌어 올렸다.

"나와 함께 있을 땐 다른 남자는 잊어. 당신의 음란한 욕구를 충족시켜 줄 남자는 나뿐이니까. 내게 충실하란 말이야. 알겠어?"

숨이 턱 밑까지 차오르는 듯 거칠게 헐떡이며 동원이 속삭였다. 부드러운 이진의 목선에 이를 박기 직전이었다. 이진이 와락 울음을 터트리며 미친 듯이 고개를 끄덕였다.

"네, 네, 그럴게요. 아흑, 흑, 흑……!"

"말을 아주 잘 듣는군. 상을 줘야겠어."

동원은 속삭이며 목덜미에 이를 박는 동시에, 자신의 몸도 그녀의 자궁 깊숙한 곳에 박아 넣었다. 더불어 주니어를 만드는 데 혈안이 된 수억 개의 씨앗도. 내내 갖고 있던 자제심을 잃고 성급하게 욕망을 풀어내 버린 동원은 핏발이 선 얼굴로 숨을 헐떡였다.

빌어먹을, 또다시 콘돔 없이 일을 치렀다니. 미친 게 틀림없어.

등줄기로 한기가 찾아들었다. 이진 때문에 이성을 잃은 게 오늘로서 벌써 두 번째였다. 어떻게 이런 일이 생길 수 있지? 당장 그녀에게서 몸을 떼어야 마땅했다. 두려움에 떨며 사후 피임약의 복용을 체크해야만 했다. 하지만 그러는 대신 동원은 이진의 턱을 틀어쥐고 깊은 키스를 퍼부었다. 이진의 마른 몸을 꼭, 아주 꼭 끌어안고.

❖

토요일.

청담동의 고급 와인바, 〈샤갈〉에서 이진은 초조한 손짓으로 목에 걸린 진주 목걸이를 만지작거리고 있었다. 이곳에 들어선 지 5분 만에 그녀는 특별 과외 명목으로 파티에 참석하자는 동원의 제안을 수락한 것이 과연 잘한 일인 것일까, 진지하게 숙고할 수밖에 없었다.

동원은 호랑이를 잡으려면 호랑이 굴에 들어가야 한다며, 좋은 남자를 만나기 위해서는 그들이 모이는 파티에 참석해야만 한다고 주장했다. 그 말에 그녀가 솔깃했던 건 사실이다. 하지만 이렇게 떠들썩한 분위기는 별로다. 사교계에선 거의 은둔자로 통하는 이진에겐 어색하고 불편한 자리였다. 게다가 시간이 갈수록 그의 의도가 의심스러워지고 있었다. 이진이 남자에게 조금이라도 눈길을 줄라치면 그에 대한 단점을 줄줄 읊어대며 초를 치는 동원은 아무리 봐도 그녀의 '좋은 남자 찾아보기' 계획을 도울 생각이 없는 듯했다.

"저 녀석 이름은 김우재야. 학창 시절엔 전국구 일진이었지. 지금도 가끔 욱하다가 주먹질할 때가 많아. 작년 이맘때는 여자친구 따귀를 얼마나 세게 때렸던지 전치 3주가 나왔다지, 아마? 소개해 줄까?"

"아, 아니요⋯⋯."

"재근이는 집안의 사대 독자인데 위로 누나만 넷이야. 하나같이 미인에 똑똑하고 잘났어. 문제는 재근이가 누나들 등쌀에 기를 못 편다는 거야. 마마보이가 아니라 시스터보이라고 해야 하나. 재근이는 뭔가 일이 생기면 부모님이 아니라 누나들 간섭을 받아야 해. 아마 결혼해서도 사사건건 간섭하고 관리하려 들걸? 재근이랑 결혼하는 건 시어머니를 다섯 두는 거랑 다를 바가 없는 거지. 만나볼래?"

"됐⋯⋯ 어요."

"석주는 다 좋은데 사업 감각이 없어. 손만 댔다 하면 망하지. 내 눈에는 백 프로 망하는 아이템이고 주변 사람들도 필패라며 만류하는데, 석주는 언제나 독불장군식이야. 어찌나 화끈한지. 화끈하게 줄줄이 망했어. 친구들 사이에선 이러다가 제 아버지 회사도 말아먹는 거 아니냔 우스갯소리도 나돌 정도야. 뭐, 그래도 사람은 좋아. 어때? 소개해 줘?"

"생각 좀 해봐야 할 것 같아요."

"연석인 대학 때 마약 복용으로 감옥에 갔다 왔어. 지금은 끊었다고 하는데, 그거야 모를 일이지."

"⋯⋯."

"현태 별명은 문어발이야. 어장 관리가 특기이지. 한 번에 열세 명까지 만나는 걸 봤어. 모든 면에서 뛰어난, 정말 괜찮은 녀석이지만 현태에게 지조를 바라는 건 무의미한 일이지. 녀석의 핸드폰에 '여친14'로 등록돼도 상관없으면 만나보든지."

이런 식이다. 물론 과장이나 거짓말을 하는 것 같진 않다. 하지만 누군가를 소개해 줄 의향이 있다면 단점보다는 장점을 부각시켜 말해야 하는 법 아닌가. 이런 식이면 세상에 괜찮은 남자는 단한 명도 없을 거다. '세상 모든 남자가 다 이 모양 이 꼴이면 나는 대체 누굴 만나라고?'라는 생각이 절로 들었다. 이 특별한 과외의 의도가 불순하게 느껴지는 이유였다.

이진은 파티에 꼭 참석해야 함을 강조했던 동원의 말을 상기해 보았다.

"약속이 있다고? 뮤지컬? 지금 뮤지컬 때문에 주옥같은 내 수업을 건너뛰겠다는 거야? 처음이자 마지막이 될 가능성이 높은 내 특별한 과외를? 이봐, 박이진 씨. 다시 생각해 보는 게 좋을 거야. 당신이 날 찾아와서 제발 가르침을 달라며 조르고 부탁하고, 결국 눈물까지 보였던 걸 생각해 봐. 얼마나 이 일이 간절했는지를 떠올려 보라고. 영양가라곤 단 1g도 없는 친구 동생에게 허비할 시간이 있어?"

"그야······."

"남자를 사로잡더라도 정말 괜찮은 남자를 잡아야지. 또 견상진 같은 녀석 골라잡게 되면 아무리 당신이 섹시해져도 똑같은 신세 되는 건 시간문제란 말이야. 내가 전에도 말했었지? 당신한테 가장 필요한 건 섹스 기술이 아니라 '정말 괜찮은' 남자라고. 좋은 남자를 만나기 위해선 그들이 출몰하는 곳에 가서 직접 사냥을 해야지. 괜찮은 남자 만나 사랑하고 싶지 않아?"

"어······ 네, 그러고 싶어요."

"좋아. 그럼 이번 주말은 나와 함께 파티에 가는 거야. 오케이?"

돌이켜 생각해 보니 더더욱 의심스러워진다. 수업 따위 해주고 싶지 않다며 펄펄 뛰던 사람이, 왜 갑자기 자진해서 특별 과외를 해주겠다고 나선 걸까? 괜찮은 남자를 만나게 해주겠다며 파티에 데려왔으면서 왜 남자들의 단점만 줄줄이 읊어대지? 이건 필시……?

재영과 뮤지컬 보러 가는 게 배 아팠던 거다.

그녀로 하여금 주말 약속을 펑크 내게 하려던 계략이었음이 분명했다. 그래서 주말에 열리는 아무 파티나 대충 섭외해 참석했을 것이고, 그러니 당연히 참석자들 면면이 전혀 괜찮지 않았던 것이다. 참나, 뮤지컬 마니아였으면 말을 하지. 남이 보는 거 배 아파할 정도로 그가 정말 정말 보고 싶어하는 공연이었다면 재영에게 양해를 구하고 티켓을 기꺼이 양도했을 것이다. 이진과 재영은 굳이 그 뮤지컬이 아니더라도 재미있게 놀 수 있었을 테니까.

남자가 유치하긴.

"진짜 친구들 맞아요?"

맘속으로 혀를 차면서 이진은 찡찡한 얼굴로 물었다. 친구들을 향해 노골적인 험담을 뱉어내는 동원을 비꼬는 말이었으나 그는 전혀 부끄럽지 않은 듯 태연히 대답했다.

"생일 기념 파티로 가까운 지인들만 초대된 자리야. 친구가 아니면 내가 어떻게 초대됐겠어?"

"그럼 과거 일진, 시스터보이, 무능력자, 마약쟁이, 문어발 바람둥이를 친구로 두는 이유가 뭔데요?"

"알아둬서 나쁠 거 없으니까. 모두 집안 좋고 잘나가는 녀석들이거든. 사업하다 보면 별의별 일들이 다 생겨. 녀석들한테 도움받게 될지 누가 알겠어? 막말로 나한테 피해주는 것도 아니니 친분을 유지하지 말아야 할 이유가 내겐 없지."

"그런 식으로 사람 만나면 안 피곤해요? 뭐든 필요에 의해, 이용할 속셈으로 만나는 거."

"전혀."

으쓱, 어깨를 움직이며 무심히 주위를 빙 둘러보는 동원은 진남색 양복을 멋들어지게 소화하고 있었다. 훤칠한 기럭지 때문인지 그저 슈트를 걸쳤을 뿐인데, 핏이 패션모델을 방불케 했다. 얼굴은 또 어떻고. 남의 뮤지컬 관람 파투 낸 게 무척이나 기쁜지, 아까부터 싱글벙글 쉴 새 없이 웃어대는 통에 이진은 멀미가 날 지경이었다.

이진은 동원에게 끌리고 있는 자신을 속으로 나무라며 평소 갖고 있던 소박한 남성관을 미력하게나마 어필해 보았다.

"난 남자 인간성만 괜찮으면 다른 건 문제없다고 생각해요. 집안에 돈 좀 없으면 어때요? 능력, 그까짓 것 없을 수도 있죠. 난 내쪽이 돈도 많고 능력도 있으니까 남자한테는 그런 거 안 바라요. 정 어려우면 내가 먹여 살리죠, 뭐. 요즘은 집에서 살림만 하는 남자들도 많대요."

동원에겐 이빨도 안 들어가는 소리였다. 그는 세상 살아가는 데에 하등 도움 안 되는 이진의 말일랑 싹 무시하고, 대신 자신의 사랑관을 그녀에게 주입시켰다.

"물정 모르는 소리 마. 남녀 관계도 결국은 돈이야. 사랑만으로 결혼했지만 종국에는 갈라서기 위해 법정에서 피 터지게 싸우는 부부들, 못 봤어? 돈이 있어야 사랑도 하고, 돈이 있어야 결혼도 하는 세상이라고. 특히나 당신 같은 여자에겐 돈 있는 남자가 필수야. 그래야 최소한 사기는 안 당한단 말이지. 알아?"

"사기는 무슨! 내가 그 정도로 순진해 뵈요?"

"순진한 사람이 제 입으로 순진하다는 거 못 봤어. 당신은 순진해. 그러니까 앞으로 남잘 만나면 무조건 나한테 알려. 내가 뒤가 구린 녀석인지 아닌지 알아봐 줄 테니까."

"당신이 왜요? 우리 아버지도 아니면서."

이진이 인상을 잔뜩 찌푸리고 동원을 돌아보자, 그가 세상 모든 여자들의 마음을 모조리 녹여 버릴 듯 달콤한 미소를 짓는다.

"원래 선생은 부모와 동급인 거야. 군사부일체 몰라?"

"침대 안에서나 선생님이죠. 이건 전혀 다른 문제잖아요."

"특별 서비스라고 생각해. 전문용어로 덤. 과일 많이 사면 한 개 끼워주는 거."

"그런 거 필요 없……."

똑 부러지고 확실하게 '노터치'를 선언하기 위해 이진이 검지를 허공에 세우는 찰나였다. 저 멀리서 누군가가 동원을 불렀다. 깜찍하고 섹시한 드레스에 어깨를 훤히 내놓은 한 아가씨가 동원을 향해 손을 흔들고 있었다. 곧이어 그녀의 일행들이 일제히 동원을 부르며 손짓을 했다. 이진은 흘낏 동원을 돌아봤다.

"가봐야 하는 것 아니……?"

"여기서 기다려. 잠깐 얘기 나누고 올게."

"네?"

"여기서 꼼짝 말고 기다리라고. 어디 가지 마. 곧 돌아올 테니까. 알았지?"

꼼짝 말고? 기다리라고? 난 당신 파트너인데?

묻고 싶었지만 묻지 않았다. 그럴 수가 없었다. 동원은 이미 그쪽 무리들을 향해 성큼성큼 걸어가고 있었다. 이진은 쓰다 버려진 중고 물품이 된 듯한 기분으로 멀찍이 그의 뒷모습을 바라봤다. 그의 친구들은 동원이 무척 반가운 듯 껴안고 어깨를 두드리며 농지기를 건넸다.

허탈한 마음에 이진은 한숨을 내쉬며 동원에게서 시선을 뗐다. 근처에 있는 작은 스툴에 털썩 엉덩이를 붙였다. 가슴이 미어져 왔다. 서글픔이 명치끝을 아리게 했다. 과외 장소가 호텔에서 그의 아파트로 변경되었음을 알았을 때부터 떠올랐던 미묘한 감정이 다시금 고개를 들었다.

욕심, 그리고 두려움, 슬픔.

호텔은 낯설고 이질적이면서도 뭔가 퇴폐적으로 느껴지는 공간으로, 이진이 스스로 미친 짓이라 칭하는 일들을 해도 안전한 곳이다. 하지만 그의 아파트는 현실이다. 현실 속에서의 섹스는 그저 '한 번의 일탈' 쯤으로 치부될 수 없었다. 적어도 이진의 생각은 그렇다.

두려웠다. 한동원이 그저 잠자리 선생님이 아닌 진짜 연인처럼 느껴질까 봐. 그의 동정, 자비의 대상이 아닌 애정과 헌신의 대상이 되고 싶어질까 봐. 가질 수 없는 것을 원하고 갈망하다 크게 다칠까 봐. 두렵고 슬펐다.

"그래서 장소를 바꾸자고 말하려 했는데."

"장소가 마음에 안 드세요?"

풀이 죽은 채 혼잣말을 중얼거리는데, 반짝거리는 코를 한 수제 구두 한 쌍이 이진의 앞에 딱 멈춰 섰다. 이진은 번쩍 고개를 들었다.

"윤…… 찬열 씨!"

"의외의 장소에서 또 마주쳤네요. 혼자 왔어요?"

멋들어진 정장 차림의 윤찬열은 손에 와인 잔을 든 채로 이진을 내려다보며 빙긋 웃고 있었다. 무엇 때문인지 몰라도 진심으로 흥미진진한 얼굴이었다. 마음을 모두 읽힌 듯한 기분이 들어 이진은 냉큼 동원이 사라진 쪽으로 고개를 틀며, 짐짓 아무렇지도 않은 듯 쾌활하게 대꾸했다.

"동원 씨랑 함께 왔어요. 여기 생일 파티의 주인공이 동원 씨 친구거든요. 윤찬열 씨는 여기 어쩐 일이세요?"

"내 동생이 생일 당사자의 약혼녀예요."

"아아, 부인께서는 안 오셨어요?"

"아내는 바쁜 일이 있어서 혼자 왔어요. 그런데…… 처남이 이진 씨를 여기 데려왔다는 게 좀 의외네요. 처남은 사귀는 여자와는 이런 사적인 모임에 참석하지 않거든요. 오로지 공식적인 자리에만 동석하곤 했죠."

"그럴 리가요. 보통은 공식적인 자리에 파트너로 대동하는 걸 더 조심스럽게 여기지 않나요?"

"원래 그 남매들이 좀 유별납니다."

"……네?"

순간, 이진의 얼굴에서 형식적으로나마 짓고 있던 미소마저 싹 사라졌다. 남매가 유별나다 말하는 윤찬열의 말투가 묘했다. 씁쓸함, 자조적임, 억눌린 분노, 체념. 아주 복합적이고도 혼란스러운 감정이 느껴졌다. 뭔지는 모르지만 이 부부에게 복잡한 사연이 있을 것 같단 생각이 들었다. 물어봐야 하나? 말아야 하나? 이러지도 저러지도 못하고 이진은 그저 찬열의 애환 섞인 눈동자를 바라보기만 했다. 빤히. 아주 빤히.

윤찬열로부터 기묘한 동질감을 느끼기 시작할 즈음이었다. 그들의 작은 유대감을 깨고, 그 틈을 동원의 소름 끼치도록 차가운 목소리가 비집고 들어왔다.

"뭣들 하는 거야, 두 사람?"

멀지 않은 곳에 이진을 째려보고 있는 동원이 있었다. 그는 이진이 무어라 대꾸하기도 전에 성큼 다가와, 그녀의 가느다란 팔뚝을 세차게 거머쥐더니 귓가에 입술을 딱 붙이고는 이렇게 뇌까렸다.

"입 좀 다무셔."

키 큰 찬열을 올려다보느라 그녀는 저도 모르게 입까지 벌리고 있었다. 이진은 즉시 딱, 소리를 내며 입을 다물었다. 제 모습이 어찌 비춰졌을지 생각하니 금세 얼굴이 새빨개졌다. 찬열에게 반해 넋을 잃은 것처럼 보였을 것이다. 하지만 아니다. 이진은 당장 해명을 하기 위해 다시 입을 열었다. 하지만 제대로 된 해명을 내놓기도 전에 '아얏!' 하고 비명을 질러야만 했다. 동원이 팔에 꽉 힘을 준 것이다.

"체통을 좀 지키시죠, 매형. 보는 눈이 많습니다."

동원은 밑도 끝도 없는 소릴 지껄이더니만 이진을 잡아끌고 어디론가 성큼성큼 걸어가기 시작했다. 엄청난 보폭으로 아주 빠르게 탱크처럼 돌진하는 동원 때문에 그녀는 거의 질질 끌려갔다. 쓰러지지 않기 위해 안간힘을 써야 함에도 굴하지 않고, 이진은 열심히 종알종알 항의의 말을 쪼아댔다.

"동원 씨! 매형한테 이게 무슨 무례한 짓이에요? 적어도 인사는 하고 나와야…… 아니, 최소한 오해는 풀어야죠. 당신이 무슨 생각을 하고 있는지 대강 알겠는데요. 난 절대로……."

"입 다물어."

"잠깐만요, 동원 씨. 제발 이거 놓고 얘기해요. 너무 아파요!"

"아파야지 그럼. 잘한 게 뭐가 있다고."

"대체 어디 가는 건데요? 이거 놓고 가요, 제발. 예?"

"입, 다물라고 했어. 한마디만 더하면 떠메고 갈 테니까 그리 알아. 난 한다면 해."

"……."

이후 어딘가로 모습을 감출 때까지 이진은 꾹, 입을 다물었다. 찬열은 몹시도 흥미로운 두 사람의 티격태격을 지켜보며 알쏭달쏭한 미소를 흘렸다. 이거 얘기가 정말 재미있게 흘러가고 있었다.

물론 그는 이렇게 되길 바랐고, 이렇게 될지도 모른다고 예상키도 했었다. 찬열의 눈에 박이진은 장인의 손길을 기다리는 아름다운 원석이었으며, 동원도 바보가 아닌 이상 그것을 알아보았을 테니까. 하지만 결혼에 골인하기까지, 두 사람 사이에는 치명적인 방해물이 존재했다. 그것은 바로, 이성과 친밀해질수록 관계에 어려움을 겪는 동원의 알레르기.

그는 이성과 깊은 관계를 맺지 못한다. 수없이 반복되고 있는 이성들과의 만남과 그 관계들은 일정한 수준에서 진전을 보이지 못한 채 끝을 맺었다. 남들은 그런 동원을 두고 바람둥이라고 했지만 찬열은 '관계성 알레르기 환자'라고 불렀다. 이성과 가까워지기를 두려워하는 환자. 찬열이 보기에 동원은 구제불능 급이었고, 따라서 그가 영원히 한 여자를 향해 마음을 여는 기적은 없을 거라 생각했었다. 하지만······.

"한동안은 심심하지 않겠군."

찬열은 질투에 휩싸인 처남이 이진을 데리고 나가 무엇을 할 것인지 추리를 하며 중얼거렸다. 그리곤 휴대폰을 꺼내 들고 단축번호 '0'번을 눌렀다. 이 흥미로운 소식을 제일 먼저 아내에게 알리고 싶었다. 익숙한 아내의 컬러링 소리가 들려왔다. 뒤이어 다른 의미로 익숙한 여자의 음성이 들려온다.

[고객님이 전화를 받지 않으시니······.]

오늘도 아내는 부재중이었다.

찬열은 짜증스럽게 종료 버튼을 눌렀다.

제6장 Two Hearts

'나쁜 징조야.'

이진은 파티장을 종횡무진 돌아다니는 한동원을 뚱한 눈으로 지켜보며 생각했다. 그는 찬열과의 일 이후, 이진을 친구들에게 '그냥 친구야' 하고 소개했고, 그렇다는 걸 증명하려는 듯 이후부터 이진과 떨어져 쭉 혼자 파티를 즐기고 있었다.

사교계 전체가 주목하는 네임드 셀러브리티답게 동원은 가는 곳마다 인기 만발이었다. 그는 고귀해 마지않는 평판을 가진 신사답게 레전드 급이라 불리는 환상적인 미소를 후히 뿌려대며 그녀들의 열화와 같은 성화에 답해주고 있었다. 파티에 참석한 모든 여자들은 한동원의 매혹적인 미소와 달콤한 말, 다정빔이라 불리는 따사로운 눈빛과 사려 깊은 관심을 받고 있었다. 딱 한 여자만 빼고. 그리고 그 '딱 한 여자'는 자신만 소외된 이 상황이 싫었다.

징조가 좋지 않다.

이진은 30분 전, 자신을 윽박지르던 그를 떠올려 보았다.

"도대체 남자 보는 눈이 왜 그 모양이야? 과거 일진, 시스터보이, 무능력자, 마약쟁이, 문어발 바람둥이도 모자라 이젠 유부남까지! 스물일곱 살이나 먹었다면서, 남자 취향이 고작 그거야? 하고많은 총각들 다 놔두고 고작 반한 게 윤찬열이냐고!"

복도 맨 끝까지 이진을 끌고 간 동원은 거의 윽박지르듯 눈을 부라리며 분통을 터트렸다. 처음엔 그의 거친 행동과 말투에 살짝 겁먹었던 이진이었으나 시간이 지날수록 점점 어리둥절해짐을 느꼈다. 한동원이 마치 질투하는 연인처럼 보였던 것이다. 논리적으로, 그럴 가능성이 제로에 가까움에도 불구하고 말이다.

"윤찬열은 안 돼! 윤찬열뿐만 아니라 이 세상 모든 유부남들은 후보에서 제외야. 아무리 좋은 남자라도 이미 임자가 있는 남자한텐 눈독을 들이면 안 되는 거라고. 윤찬열한텐 관심 끄란 말이야. 알겠어?"

"아까도 말했지만 아무래도 우리 사이에 오해가 좀 있는 것 같아요. 난 절대로……."

"아니란 말 하지 마. 난 미사일 레이더보다도 더 정확한 판단력을 갖고 있어. 당신과 매형이 서로를 아주 특별한 시선으로 바라봤던 걸 내 눈으로 똑똑히 봤다고."

"하지만 그건…… 이성으로서 느끼는 특별함이 아닐 수도 있잖아요."

"그런 건 둘 사이에 공통분모가 있어야만 가능해. 하지만 두 사람은 그딴 거 없잖아."

"왜 그렇게 확신해요? 있을 수도 있잖아요. 그분과는 짧게 두어 번 본 게 다지만, 교감이란 건 만나는 횟수나 시간과는 크게 상관 없다고 생각해요."

"당신은 내 매형과 교감 따위 할 필요 없어! 하면 안 돼!"

귀청이 떨어져 나갈 것처럼 동원이 고함을 질러댔다. 이진은 어깨를 잔뜩 움츠리고 두 눈을 질끈 감았다. 갑자기 조용해졌다. 한동안 씩씩거리는 그의 거친 숨소리만 들려왔다.

오랫동안 그에게서 아무 소리도 들려오지 않자, 이진은 천천히 눈을 떴다. 번쩍거리는 동원의 눈동자와 정면으로 마주쳤다. 묘한 상실감과 당혹감, 여전히 등천한 분노로 뒤엉킨 혼란스러운 눈이었다. 숨이 턱 막히는 기분을 느끼며 이진은 겨우 입술을 뗐다.

"어…… 말을 잘못한 것 같아요. 난 그분과 교감 같은 거 하지 않았어요. 정말이에요. 또 이성으로서의 관심도 전혀 없어요. 오해하지 마요. 아무리 사이코라도 최소한의 지각은 갖고 있으니까요. 난 그러니까, 어…… 유부남과 얽힐 생각은 전혀 없어요. 그러니 안심해요."

"좋아……."

동원은 꽉 잠긴 목소리로 중얼거리고는 흘러내린 머리카락을 거칠게 쓸어 올렸다. 자신이 왜 이렇게까지 흥분했는지 스스로도 도무지 이해 못하는 얼굴이었다.

"그렇다면 뭐…… 다행이군. 미안해. 오해해서."

이진의 심장이 욱신거렸다. 동시에 그녀의 지각없는 뇌파가 '이 남자는 널 사랑하고 있는 게 틀림없어!' 라며 열렬히 낭만 에네

르기를 쏴댔다. 이진은 그럴 리 없다는 이성적인 결론을 내리고 가슴속에서 피어오르는 낭만 종자를 싹 잘라냈다.

"아뇨, 이해해요. 누님이 걱정되었겠죠."

이진은 싹싹하고 이해심 많은 얼굴로 씽긋 미소 지으며 말했다.

'한동원은 누나가 걱정되는 게 아니야. 네가 혹여 딴 남자에게 마음 줄까 봐, 그게 걱정인 거라고. 널 좋아하는 거라니까!'

낭만 종자가 끝까지 버르적거리며 속살거렸다. 이진은 지긋지긋한 낭만 씨앗을 파내 저 멀리, 깊숙한 심연 속에 내던져 버렸다. 다시는 나타나지 말기를 기원하며.

"동원이 자식이랑은 대체 어떻게 알게 된 사이예요? 아, 미안요. 너무 단도직입적이었죠? 아무리 봐도 평소 사귀는 타입은 아닌 것 같아서요."

"혹시 집안끼리 아는 사이예요? 뭐, 결혼을 전제로 사귀게 되었다거나, 하는."

"야, 이 한심한 자식아. 결혼을 전제로 사귄다면 당연히 우리에게 그리 소개했겠지. 하지만 단순히 그냥 친구라잖아. 그렇다면 비즈니스적인 관계겠지. 맞죠, 이진 씨?"

동원에 의해 '그냥 친구'라 소개된 직후부터 쭉, 이진은 그의 수많은 지인들에게 시달리고 있었다. 동원의 친구들은 구름 떼처럼 몰려들어 이진을 구경하고 탐색하고 취조했다. 하나같이 크고 훤칠한 남정네들 사이에 갇혀 옴짝달싹도 못하는 와중에도 이진은 흘깃 동원을 돌아보았다. 그는 웬 여자와 악수하며 신나게 웃고 있었다. 얄밉다, 정말.

"어, 뭐, 그 비슷해요."

속이 확 뒤집어지는 걸 느끼며 이진은 두루뭉술하게 에둘러 답했다.

"오호, 역시! 무슨 일을 하시는데요?"

"음, 저는…… 사실, 놀아요."

"예?"

"지금은 그렇다고요. 프리랜서거든요."

이진은 연구원이란 사실을 숨길 참으로 생각나는 대로 나불거렸다. 자신에게 흥미를 보이다가도 그녀가 연구소에서 일하는 아이큐 150의 화학박사라는 사실을 알게 되면 질린 얼굴로 저만치 달아나 버리던 남자들이 시기적절하게 떠올랐던 것이다. 이진의 주변에 인기 있는 여자들은 대부분 정치, 사회보다는 뷰티와 쇼핑에 관심이 더 많고 남자가 원할 때는 언제든지 시간을 낼 수 있는 자유직 종사자들이었다.

"프리랜서로 무슨 일을 하시는데요? 저 일벌레 같은 자식이랑 비즈니스로 엮였다면 저하고도 혹시?"

"섹스…… 폰을 가르쳐요."

"색소폰이오? 아니, 저 자식이 색소폰을 배우고 있다고요? 이진 씨한테?"

"네……."

어쩌다 이렇게 얘기가 와전된 걸까. 이진은 어디로 튈지 모르는 자신의 돌아이 기질을 저주하면서도 아무렇지도 않은 양 싱긋, 매력적인 미소를 지었다. 그러자 앞에 서 있는 여인이 자유로운 영혼을 가진 음악가라는 사실을 알아낸 동원의 지인들은 '이때다!'

하는 듯 벌 떼처럼 달려들어 궁금한 것들을 물어댔다. 이진은 그저 두 눈 딱 감고 사기꾼 기질을 최대한 발휘해 헛소리들을 지껄여 대기 시작했다.

"와하하하!"

웨딩플래너로 일하는 대학 동창, 황선화와 화기애애하게 안부를 주고받던 동원은 자신의 친구들과 이진이 만들어내는 유쾌한 웃음 소나기에 인상을 찌푸렸다. 이진의 존재를 무시하려고 정말이지 무던히도 노력했지만 이젠 도저히 못 참겠다는 생각이 들었다. 도대체 남자들 앞에서 한없이 작아진다던, 존재감조차 희미했던 그 평범한 여자는 어디로 간 거야? 왜 저렇게 돋보이는 거지? 왜 저렇게 독보적이냐고!

"자석녀 등극이네."

친구 선화가 쿡, 옆구리를 찌르며 낄낄거렸다. 뭐가 좋아서 웃는담. 동원은 인상을 찌푸리며 선화를 째려보았다.

"무슨 소리야?"

"네 파트너 말이야. 남자들 관심을 다 끌어 모으고 있잖아. 여자들의 눈엣가시가 되고 있다고. 그리고 물론, 여자들의 눈엣가시가 된다는 건 썩 유쾌하고 바람직한 일이지. 그만큼 몸값이 높아진다는 의미이니까."

"몸값?"

"사교계에도 경제 논리가 존재한다는 건 누구보다 네가 더 잘 알잖아. 자고로 수요가 많으면 재화의 가치가 높아지는 법. 이성에게 인기가 많아질수록 그 사람의 가치도 덩달아 높아진다는 의미이지."

"미친놈들. 제 파트너들이나 챙길 것이지."

짜증스런 얼굴로 동원이 중얼거렸다. 그리곤 아까부터 이진한테 얼토당토 않는 감언이설과 되도 않는 유머를 쏟아내며 그녀의 주위를 맴돌던 친구 녀석들을 살벌한 눈으로 노려보았다. 석주 녀석이 이진의 팔에 슬쩍 손을 올리고 있었다. 이진은 슬리브리스 원피스 차림인데! 알 수 없는 분노가 머리끝까지 치솟아 동원은 콧김을 씩씩 뿜어댔다.

"네 여친, 묘한 매력이 있어. 수수하고 특색 없는 것 같은데 은근히 빛난달까. 보석으로 치자면 진주 스타일."

동원을 슬쩍 돌아보며 선화가 덧붙여 말했다. 신기하고도 놀라운 것을 목격한 양 두 눈을 커다랗게 뜨고 입가에 야릇한 미소를 띠고 있었다. 동원은 선화가 자신을 어떤 눈으로 바라보는지는 전혀 모른 채 이를 갈았다.

"내 여자친구 아니거든! 아니라고 몇 번을 말해?"

"거짓말 마, 한동원. 내가 널 한두 해 알았니? 네 눈빛만 봐도 딱 답 나오는 걸 뭐. 난 네 여친이 마음에 들어. 그동안 네가 사귀었던 여자들이랑은 느낌이 달라. 가만! 이거, 자석녀가 아니라 신데렐라 등극인 거 아니니? 뭐 하는 집안 여자니?"

유능한 웨딩플래너로서 이름이 나 있는 덕분에 웬만한 집안의 결혼 적령기 아가씨들에 대해선 죄다 꿰고 있는 선화였지만, 이진에 대해서만큼은 감감무소식인 듯하다.

"그걸 네가 알아서 뭐 하게? 박이진은 내 여자친구가 아니야. 신데렐라도 아니고, 내 임자도 아니야. 그러니까 박이진한테 관심

갖지 마."

"정말 안 알려줄 거야? 내가 네 여친을 저 늑대들 수렁에서 구해줄 수 있는데도?"

"뭐?"

귀가 번쩍 틔었다. 저 양아치 같은 놈들 사이에서 이진을 빼내오겠다는 선화의 말이 너무나 반가워서 '네 여친을……' 이란 불편하고 거짓된 부분이 싹 스킵되었다. 그의 관심을 끌었다는 사실에 뿌듯함을 느낀 듯 선화는 싸악, 계산적이고도 흥미로운 미소를 지어 올렸다.

"좋아하기는. 대신에 네 여친 집안에 대해서 알려줘야 해. 덤으로 우리 기원 씨 업체, 계약 연장도 좀 부탁하자. 친구 좋다는 게 뭐니."

"식료품 납품업체 선정 문제는 나한테 말해봤자 소용없어, 황선화. 결정 권한은 담당자에게 있거든. 네 남자친구네 업체가 우리 백화점의 기준을 잘 맞추어왔다면 계약 연장에 별다른 문제가 없을 거야. 그리고 박이진은 아까도 말했지만……."

"어머! 짓궂은 녀석들! 저 녀석들이 네 여친한테 술을 먹이려고 드네. 내가 빨리 빼내와야겠다."

동원의 말을 들었는지 못 들었는지 선화는 그의 말을 뚝 자르고는 날쌔게 이진의 무리 쪽으로 다가갔다. 동원은 선화가 의도적으로 사업 얘기를 꺼냈고, 자신과의 친분을 이용해 남자친구 회사를 노우려는 게 조금은 불쾌했다. 하지만 친구라고 부르기도 부끄러운 늑대 녀석들이 이진에게 술을 먹인다는 말을 듣는 순간, 복잡하게 회전하고 있던 대뇌 세포들이 모든 움직임을 멈추고 비명을 질러댔다. '안 돼!' 하고.

다행히 이진의 양손에 들려 있던 술잔들은 선화에 의해 하나씩 테이블 위로 사뿐히 착지했다. 선화는 타고난 화술과 능란한 대처로 이진을 남자들 무리에서 빼내 반대쪽 여자들 무리로 데려가며 동원을 향해 찡긋, 윙크를 날렸다. 순간 동원은 선화의 남자친구, 장기원이 운영한다는 식품업체 이름을 떠올렸다.

별다른 문제가 없는 한, 장기원의 '풀사랑'은 경원백화점과 납품 계약을 갱신하게 될 것이다.

동원의 흡족한 기분과는 반대로 얼떨결에 여자들 무리에 합류하게 된 이진은 어색한 웃음을 띤 채로 얼어붙어 있었다.

가시방석이었다. 여자들은 모두 그녀를 불청객쯤으로 여기는 듯했고, 바보라도 자신을 작정하고 따돌리려 한다는 것을 느낄 수 있을 만큼 적대감은 노골적이었다. 왜인지 알 길이 없는 이진은 어찌해야 할 바를 몰라 초조해졌다. 목에 걸린 진주 목걸이를 성마르게 매만지며 이진은 다른 곳으로 자리를 옮겨야겠다고 생각했다. 하지만 만나서 반가웠다는 상투적인 인사를 남기고 막 자리를 뜨려는 찰나, 누가 봐도 대장 포스가 풀풀 풍기는 강예린이 매우 티꺼운 표정으로 다분히 공격적인 말을 툭 던져 왔다.

"나, 한동원 씨랑 데이트해 본 적 있어요."

거의 선전포고 급이었다. 이진은 뒤돌아서다 말고 그녀를 돌아보았다. 브래지어를 하지 않은 게 확실한 가슴을 당당하게 내밀고 와인 잔을 붉은 입술에 머금은 예린은 매우 섹시했다. 어떤 남자

라도 마음만 먹으면 사로잡을 수 있을 것처럼. 갑자기 자신감이
확 죽었다.

"한, 2주 정도였나? 기간은 짧았지만 거의 매일 만나다시피 했
으니까 결코 적게 만난 건 아니었죠. 아아, 너무 긴장 타지 마요.
워낙 사교계의 핵심 인물이고 인기남이라 내가 좀 이용했던 것뿐
이니까."

이용했다고? 이진의 미간이 확 좁혀졌다.

"알다시피 한동원과 데이트하는 여자들은 누구나 사교계의 주
목을 받잖아요. 난 많은 사람들의 관심을 내게 집중시키고 싶었
어요. 그러려면 한동원과의 데이트가 필수였죠. 작전은 예상대로
대성공이었어요. 지금의 남자친구를 만났으니까. 재민 씬 나한테
완전히 푹 빠졌어요. 내가 죽으라면 죽는 시늉도 마다 안 할걸
요?"

이게 무슨 짓이지? 자기가 대체 뭐라고 생각하기에, 많은 사람
들 앞에서 동원을 모욕하는 거야? 같은 말이라도 '아' 다르고
'어' 다르다. 또한 아무리 속셈은 그랬을지언정 이런 자리에서 공
개적으로 밝히는 건 무례한 짓이었다. 물론 이 여자가 처음부터
동원을 이용'만' 하려 했을 리는 만무하다. 한동원을 타깃 삼아 접
근했지만 생각만큼 잘되지 않았을 것이다. 그래서 이렇듯 동원에
게 앙심을 품은 것이겠지.

"그렇긴 하죠. 얼마나 푹 빠졌으면 제 조강지처까지 버리고 예
린 씨한테 갔겠어요?"

선화가 비꼬듯 말하자 예린의 아름다운 얼굴이 단박에 일그러
진다. 처음 듣는 얘기에 이진은 깜짝 놀랐다. 하지만 자리에 모

인 사람들은 이미 알고 있었던 듯 표정 관리하느라 여념이 없었다.

"모를까 봐 알려주는데 동원이의 여자 취향은 원래부터 까다로웠어요. 대학 때도 아무하고나 만나지 않았고, 만나더라도 길게 사귀지 않았죠. 대학 내 인기 서열 1위였는데도 말이에요. 그땐 어려서 동원이가 그러는 게 이해 안 됐어요. 하지만 이젠 아니에요. 오랫동안 동원이 주위에 있다 보니까 자연스럽게 파악되더라고요. 원래 달콤한 사과엔 벌레가 꼬이기 마련이잖아요? 한마디로 동원인 썩지 않기 위해 약을 치는 거죠. 제 스스로."

선화는 '벌레'라는 단어에 힘을 주며 예린을 쏘아보았다. 강예린은 좀체 손에 들어오지 않는 동원 대신 그 친구인 재민에게 접근해 그의 멀쩡했던 결혼 생활을 파탄 낸 장본인으로, 동창들 사이에서 평판이 좋지 않았다. 예린에 대한 의견 차이로 친구들끼리 얼굴 붉히는 일이 다반사라 모임에서도 예린의 존재를 불편해하는 분위기랄까. 그런 주제에 동원의 정식 파트너로 등장한 이진에게 날을 세우는 모습이 선화는 영 꼴같잖았다.

예린과 선화는 죽일 듯이 서로를 노려보았다. 예린의 얼굴은 이미 새빨개져 있었고 곧장 폭발할 기세였다. 표독하기 그지없는 눈빛으로 보아 당장 선화의 머리채를 잡고 흔들 것만 같았다.

이진은 분위기 반전을 노리며 냉큼 화제를 다른 곳으로 돌렸다.

"동원 씬 남자들한테도 인기가 많지 않나요? 동원 씨를 선망의 대상으로 여기는 것 같아요."

"그건 맞는 말이에요. 그래서 한동원이 만나던 여자를 서로 만나려고 안달복달인 거예요. 한동원과 사귀던 여잘 만나면 자기도 한동원처럼 잘나고 인기 있는 남자가 될 수 있다고 여기는 거죠. 웃기지도 않지!"

하지만 이진의 말을 선화가 교묘히 비꼬아 예린에 대한 공격성 멘트로 이용하자 예린은 더 이상 참지 못하고 벌컥 화를 내고 말았다.

"당신들! 지금 우리 재민 씨가 '한동원 워너비'라는 거예요? 날 원하지도 않는데 한동원 따라 하려고 만나는 거다, 뭐 이런 말을 하려는 거냐고요!"

"사실 말이야 바른말이지. 그런 것도 조금은 작용한 거 아니에요? 재민이가 예전부터 동원이한테 열등감이 좀 있었잖아요."

"이봐요, 황선화 씨!"

이진이 말려보려 해도 선화와 예린은 이미 파이트 모드로 들어서고 있었다. 이진은 당혹스러움을 감추지 못하고 안절부절못하였다. 그런 그녀가 만만해 보였는지, 쌈닭처럼 눈에 불을 켜고 달려드는 선화와 치열한 기 싸움을 벌이던 예린이 갑자기 이진에게 화살을 돌렸다.

"그래요. 한동원, 모든 여자의 로망 맞죠. 인정해요. 젠틀하고 잘생겼고 돈도 많고, 결정적으로 아주 로맨틱하잖아요. 사귀는 동안 날마다 집으로 꽃다발을 보내더라고요. 정말 감동받았지 뭐예요. 나중에 다른 여자들도 대부분 받아봤다는 거 알고 김빠졌지만 말이에요. 분명 당신도 받아봤겠죠?"

"어…… 아니요. 난 동원 씨와 사귀는 사이 아니에요. 기억하시죠?"

뭔가 한 방 크게 먹일 준비를 하는 듯 살기가 등등한 강예린을 향해 이진은 어색하기 짝이 없는 미소를 보냈다. 강예린은 분명 재수 없는 여자였지만, 자신과 다른 생각을 가진 사람이라는 이유만으로 그녀와 다투고 싶은 마음은 없었다. 한동원의 지인들이 우글거리는 이곳에서는 더더욱.

그러나 강예린은 누군가의 머리카락을 쥐어뜯고 싶은 충동에 손가락이 근질근질한 듯 검정색 매니큐어가 사악하리만치 매혹적으로 드리워진 손톱을 들여다보며 이진의 약을 빡빡 올렸다.

"아! 그렇지, 참. 한동원이 아무나 파티에 데려온 건 처음이라 자꾸 헷갈리게 되네."

"아니, 이 여자가 근데!"

약 올라 발끈한 사람은 이진이 아니라 선화였다. 상황이 아주 우습게 돌아가고 있었다. 예린은 선화를 공격하기 위해 만만하고 물렁해 보이는 이진을 이용하고 있었다. 이진은 점점 더 울상이 되어갔다. 도대체 어쩌다가 이 둘 사이에 끼게 된 걸까?

"박이진 씨라고 했죠? 그 옷 예쁘네요. 어디 거예요?"

"음…… 이건 〈H&S〉라고……."

얼떨결에 대답을 하고서 이진은 곧바로 입술을 질끈 깨물었다. 예린이 브랜드명을 물어본 이유란 너무나도 뻔했고, 〈H&S〉는 디자인은 예쁘나 명백한 저가 브랜드였기 때문이다. 이진이 입은 블랙 시스루 원피스는 인터넷에서 5만 원에 구입한 제품이었다.

"〈H&S〉가 뭐야? 그런 브랜드도 있었나? 아아, 인터넷 보세?"

정말 모르는 듯 중얼거리던 예린이 옆에 앉은 친구의 귓속말을 듣고는 웃음을 터트렸다. 비웃음이었다. 그녀는 이진이 걸친 옷으로 이진의 출신, 재정 상태, 직업 등을 모두 꿰뚫어 보았다는 듯 한껏 깔보는 얼굴로 교활하게 물었다.

"그럼 그 진주는 이미테이션이겠네. 진짜 같아서 **깜빡 속을 뻔** 했잖아. 대체 어디서 샀어요? 심심할 때 구경 가보게 가게 위치나 알려줘 봐요."

"이건 진짜일 거예요. 아마도."

이진이 자신 없게 마지막 말을 덧붙이며 힘없이 웃었다. 기 센 여자들 사이에 있으려니 머리가 어질어질, 다리가 후들후들, 당장이라도 쓰러질 것만 같았다. 어서 빨리 대화를 마치고 이 자리를 벗어나고 싶었다.

"아마도는 또 뭐야. 진짜면 진짜고 가짜면 가짜지."

"선물받은 거거든요."

"그게 진짜면 보통 값나가는 게 아닐 텐데, 정말 선물로 받았다고요? 누구한테서?"

"동원 씨한테서요."

날카롭게 질문을 날리는 예린의 포스에 밀려 이진은 순순히 사실대로 불었다. 그리고는 곧바로 자신의 멍청함을 향해 신랄한 저주를 퍼부었다. 그냥 가짜라고 했어야지! 그래야 얘기가 금방 끝날 거 아니겠냐고!

아니나 다를까. 예린이 믿을 수 없는 눈으로 이진의 긴 목을 휘감고 있는 고결하고 아름다운 진주들을 쩨려보았다.

"한동원 씨가 선물을 했다고요? 그 진주 목걸이를? 여자친구 아니라면서요."

"명품 전문 백화점 〈노블 그레이스〉에서 구입한 거니까 이미테이션은 아닐 거예요. 그리고 이건 여자친구라서 준 게 아니라 파트너로 참석해 줘서 고맙다고…… 선물한 거예요."

"파트너라서 선물했다고요? 진주를?"

"알다시피 한동원 파트너들은 보석 하나쯤 다 받잖아요. 워낙 여자들한테 돈 잘 쓰는 사람이라. 예린 씨도 받아보셨을 거 아니에요."

안 나오는 미소를 억지로 지어대며 한동원이 했던 말을 고대로 읊자 순식간에 주위가 싸해졌다. 예린은 엄청난 충격을 받은 듯 두 눈 부릅뜬 채 바르르 떨고 있었고, 양옆으로 줄줄이 앉아 예린을 비호하던 여자들도 순간 얼음이 되어버렸다. 눈동자만 스르 굴려 선화를 보니, 그녀 역시 두 눈을 파드득파드득 떠는 것이 무척 놀라워하는 기색이었다.

이 총체적 난국은 대체 뭐지?

뭐가 됐든 이진이 한동원으로부터 보석 선물을 받았다는 사실은 복잡해질 뻔했던 상황을 아주 빠르게 일단락 짓는 엄청난 효과를 불러일으켰다. 붉으락푸르락, 폭발 일보 직전까지 간 얼굴로 예린이 빨딱 자리에서 일어났다.

"잠깐 실례해요. 급한 용무가 생각나서."

"아…… 네, 그러세요."

이진은 멍하게 대꾸해 주었다. 그러자 좌우로 정렬해 앉아 있던 여인네들도 주르르 각자의 핑계를 대며 자리를 뜨기 시작했다. 이진은 그들에게 일일이 방긋방긋 웃으며 인사해 주기 바빴다. 한동원의 파트너로서 동석자들과 얼굴 붉히는 일 없이 사건이 잘 마무리되었다는 사실에 안도하고 있었다. 그러는 반면 선화는 뭐가 그리 즐거운지 배꼽을 잡고 웃었다. 도무지 알아들을 수 없는 소리를 해대면서.

"자기 진짜 대박 물건인데? 완전 짱! 베리 원더풀 통쾌! 난 처음
부터 자기가 마음에 들었어. 자기 정도면 한동원 옆자리, 충분히
꿰찰 자격 있다고 생각했지. 내가 좀 사람 볼 줄 알거든. 역시 내
눈은 알아줘야 해."

"저기…… 난 선화 씨가 무슨 말을 하는 건지 잘……."

"내 말은 괘념치 마요. 이 시점에서 자기가 알아야 할 건, 내 친
구 동원이는 여자들한테 꽃은 선물해도 보석은 절대 선물하지 않
는다는 사실이야."

"네?"

이진이 찌푸린 눈썹을 휙 위로 치켜뜨며 물었다. 선화는 잠시
잠잠했던 유쾌함이 또다시 폭발하는 것을 느끼며 파하하, 점잖지
못한 웃음을 터트렸다. 그리곤 입이 근질근질하다며 근처 친구들
무리를 향해 쪼르르 달려간다. 대체 이게 다 뭐지 싶어 이진은 선
화의 뒤를 멍한 시선으로 좇으며 상황을 정리해 보았다.

"나랑 파티에 참석하는 여자들은 이런 거 하나씩 다 받아. 부담 갖지
말라고. 내가 내 파트너의 의상과 액세서리를 챙기는 건 순전히 한동
원, 나를 위해서니까. 내 파트너라면 당연히 최고급 보석을 몸에 지니
고 있어야 하거든. 그게 내 원칙이야."

진주를 억지로 선물하며 동원이 했던 말은 다 거짓이었다. 생각
해 보면 당연한 일이다. 파티가 일 년에 한두 번만 있는 것도 아니
고, 아무리 부자라도 매번 파트너에게 고급스런 보석을 안겨줄 수

는 없는 일일 것이다. 그는 분명 특별한 여자에게만 선물을 해주었을 것이다. 고작 데이트 몇 번 한 게 다인 예린에겐 해당 사항 없는 일이었겠지. 이진에게는 말했던 대로 순전히 자기 체면을 위해서 선물했던 것일 테고. 명색이 파티에 참석하려는 여자가 액세서리 하나 없이 나타나니 창피했던 게 틀림없었다.

가장 쉬운 결론에 도달해 놓고 이진은 가출했던 정신을 겨우 수습하였다. 목이 바짝 말라 있었다. 잔뜩 긴장해 있었더니 몸에 기운도 없었다. 이진은 마른 목을 축일 요량으로 테이블을 둘러보았다. 우연히 동원과 두 눈이 마주친 건 그때였다.

"……"

"……"

군계일학. 주위 온갖 멋진 남성들 사이에서도 가장 독보적으로 잘생기고, 훤칠하고, 섹시한 동원은 뜨거운 눈빛으로 그녀를 주시하고 있었다. 언제부터 보고 있었던 걸까.

갑자기 후끈 달아올랐다.

이진은 꼴깍, 침을 삼켰다. 저만치 서 있는 동원의 목울대도 꿈틀거렸다. 급격히 흥분 상태로 돌입하는 몸의 열기를 가라앉히기 위해 후욱, 숨을 뱉았다. 그러자 동원도 입술을 벌리고 숨결을 뱉았다. 점점 거칠어지는 호흡을 가다듬기 위해 단전에 힘을 주고 아랫입술을 지그시 깨물었다. 동원도 초조한 듯 입술에 이를 박았다. 충동적으로, 이진은 입술을 벌려 혀를 내밀었다. 짙고 깊은 시선이 즉시 이진의 입술에 꽂혔다. 그가 미간을 힘껏 조였다.

"당신 지금 뭐 하는 거야?"

입을 열진 않았지만 그가 그리 말하는 게 상상되었다. 이진은 나른한 만족감을 느끼며 더욱 대담한 도발을 감행했다. 혓바닥을 좀 더 내밀어 아랫입술을 슥슥, 문지르고 두 눈을 게슴츠레 뜨고는 새치름한 시선으로 그의 아랫부분을 바라봐 주었다. 꽤 오랫동안. 눈을 떼지 않고 줄기차게.

와인 잔을 들고 있던 그의 손이 부르르 떨렸다. 내면의 소심함이 부쩍 용기를 얻었다. 이진은 한 손으로 제 히프와 허리를 쓸고 천천히 그 위쪽으로 더듬어 올라갔다. 그리고 소담하게 솟은 가슴을 막 덮으려는데…….

"뭐야?"

갑자기 한동원이 와인 잔을 테이블에 내려놓더니 어디론가 사라져 버렸다. 그럼 그렇지. 한동원이 어설픈 초보자의 유혹에 넘어갈 사람은 아닌데 이상하더라니.

이진은 맥이 빠져 어깨를 축 늘어뜨렸다. 한동원이 얼마나 속으로 웃었을까. 얼마나 기가 막혀했을까. 낙담이 됐다. 우울하고도 우울해졌다.

손에 들고 있던 파우치 안의 핸드폰으로 지령이 떨어진 건 그즈음이었다. 메시지가 와 있었다. 발신인은 한동원이었다.

「모퉁이 돌아 스태프실로 와. 당장.」

이진은 꼴깍 침을 삼키고 멍하게 메시지를 내려다보았다. 이모

티콘 따위 전혀 없는, 단어 몇 개의 건조한 텍스트형 문자인데도 기묘하게 절박함이 느껴졌다. 무슨 일이 생겼나. 걱정이 되어 이진은 그가 메시지에 명시한 접선 장소를 향해 달려갔다. 그러나 스태프실을 뻥 차고 들어선 이진을 맞은 것은 어둠과 결박이었다.

"꺄악!"

커다란 손이 입을 틀어막음과 동시에 그녀를 거칠게 벽 쪽으로 밀어붙였다. 눈 깜짝할 사이에 이진은 등을 보인 채 거대한 육체와 차가운 벽 사이에 갇혀 버렸다. 그녀는 밀려드는 공포감에 비명을 지르며 낯선 이에게 맞섰다. 거칠고 우악스러운 반항은 익숙한 음성이 귓전을 때리자 뚝 그쳤다.

"쉿! 그만 입 다물어. 내 친구들을 모조리 불러 모을 생각이 아니라면."

한동원?

이진은 깜깜한 천장을 노려보며 두 눈을 훅 치켜떴다. 그러는 사이, 그가 이진의 드레스 위로 불룩 솟은 가슴을 세차게 움켜쥐었다가 놓고는 갈비뼈를 지나 골반을 훑고 곧장 치맛자락 아래로 내려가 허벅지를 쓸었다. 그의 손길을 받으면 늘 그러했듯 이진의 육체는 곧장 야릇한 감각에 휩싸였다.

이진은 숨을 헐떡이며 그에게 돌아서기 위해 애를 썼다. 하지만 그녀는 그럴 수 없었다. 어찌나 힘이 센지, 그가 뒤에서 더욱 세차게 짓누르자 이진은 고개조차 마음대로 움직일 수 없는 상태가 되었다.

도대체 이건 무슨 퍼포먼스일까?

"지금부터 특별 과외 수업을 시작할 거야. 스릴 만점이지만 그만큼 대단한 집중력과 주의력을 요하는 기술이니까 당신도 협조해 줬으면 좋겠어."

명쾌한 답으로 그녀의 의문점을 해결해 주고 동원은 허벅지를 쓰다듬던 손길을 치마 안쪽으로 올려 보냈다. 치맛자락도 골반까지 걷혔다. 이진은 대답을 하기 위해 입을 열었다. 하나 이내 그의 손가락들이 입안 가득 채워왔고, 뜨겁고 육감적인 그의 입술은 이진의 목선을 빨기 시작하자 그녀는 아무 말도 할 수가 없었다. 연신 신음 소리만 흘러낼 뿐.

"이럴 줄 모르고 게임을 시작했다는 말은 마. 나한텐 안 통하니까. 난 분명히 경고했어. 게임을 좋아하진 않지만, 하게 되면 절대로 자지 않는다고. 그럼에도 불구하고 당신은 날 자극했어. 그렇다는 건, 날 감당할 자신이 있다는 거겠지."

"으, 으으, 응……."

"날 감당해, 박이진. 아무 말 말고 순순히 날 받아들여. 네가 자초한 결과니까."

얇은 실크 팬티 안으로 그의 손이 침입했다. 까칠한 음모를 헤치고 내려가 반으로 갈라진 지점에서 멈춘 그의 손길이 점잖지 못한, 노골적이고 외설적인 놀림으로 그녀를 자극했다.

짜릿한 쾌통이 관통하자 이진은 허리를 발작적으로 튕겼다. 허벅지에 힘을 주고 다리를 오므렸다. 다분히 방어적인 그녀의 움직임은 곧바로 무력화되었다. 그는 애처로울 정도로 연약한 이진의 다리 사이로 무릎을 밀어 넣고는 거칠게 벌렸다. 무기력하게 열린 다리 사이로 그의 손가락이 들어왔다. 흠뻑 젖은 길을 타고 들어가 뜨거운 자궁 속을 가득 채웠다.

"으읏, 읏……!"

"당신, 오늘 밤 내게 무슨 짓을 한 줄 알아?"

욕구로 인해 꽉 잠긴 동원의 목소리가 간신히 버티고 있는 신경 줄을 타고 스며들어 왔다. 짜릿함이 전신을 휘감았다. 꿀쩍거리며 안으로 밀려들어 왔다가 빠져나가기를 반복하는 그의 손길로 인해 몸 안의 열정이 점점 더 몸집을 불렸다. 구름 위를 걷는 듯 현실감이 없어지고 정신이 아득해졌다. 신음이 울먹임으로 변하고 긴장감이 기대감으로 변했다.

이진은 양손을 등 뒤로 보내 그의 몸을 끌어당기며 미친 듯이 헐떡였다. 허리가 저절로 움직였다. 음란하게. 탐욕적으로. 정신 없이 허리를 흔들며 통통한 자신의 둔부로 그의 앞섶을 자극했다. 동원은 짐승의 으르렁거림과도 같은 신음을 흘렸다.

"넌 요부야. 그것도 길들여지지 않은 요부."

동원이 그녀의 몸을 거칠게 잡아 돌렸다. 곧장 무릎을 꿇고 앉아 그녀의 실크 팬티를 아래로 끌어 내렸다. 이진은 비틀거리는 몸을 가누기 위해 벽에 기대어 섰다. 어둠 속에서 동원이 천천히 손을 뻗어 촉촉하게 만개한 꽃잎을 더듬었다. 엄지를 세워 작은 홀에 꾹 눌러 달콤한 꿀물이 흐르게 하고, 그대로 밀어 올려 매끄러운 가운데 길을 가로질렀다. 음란한 향기로 가득한 꽃송이의 쫄깃한 살점이 그에 의해 짓이겨지고 이지러졌다.

"으흑! 아, 아, 아흑……!"

이진은 쓰러지지 않기 위해 그의 어깨를 필사적으로 움켜쥐고, 흐느낌이 새어 나오는 입을 제 손으로 틀어막았다. 스태프실은 그가 이미 잠가뒀기에 누군가가 갑자기 들이닥치는 최악의 상황은 일어나지 않을 터이지만, 지금처럼 계속해서 신음하고 비명을 질러댄다면 조만간 사람들도 이곳에서 무슨 일이 일어나고 있는지 눈치챌 것이다. 이런 퇴폐적이고도 불건전한 광경을 혹여 누군가에게 들킨다면 정말이지…….

생각만 해도 끔찍했다. 더 끔찍한 것은, 그럼에도 불구하고 절대 멈추고 싶지 않다는 것이다. 이진은 이런 자신이 정말로 무서워졌다.

"날 이렇게 만들 수 있다니. 믿을 수 없어, 박이진."

반으로 갈라진 틈으로 양손 엄지를 밀어 넣으며 그가 중얼거렸다. 그녀에게 건네는 말이 아니라 혼잣말이었다. 잘됐다. 어차피 이진은 그 어떤 답도 해줄 수 없는 상태이니까. 그가 과일을 쪼개듯 자신의 몸을 벌리고 코를 박으며 한껏 달아오른 암컷의 비릿한 에스트로겐 향을 맡는데도, 혓바닥을 길게 내밀어 아래에서 위로 핥아 올리는데도, 수줍게 피어오른 감각의 루비를 입술로 물고 치아로 긁어내리는데도, 좁은 통로 안으로 거대한 혀의 기둥을 밀어넣는데도, 이진은 미칠 듯 헐떡이며 울부짖는 것 외엔 아무것도 할 수가 없었다.

그녀의 허리를 고정시켜 둔 채 열대 과일을 맛보듯 그녀의 맛을 마음껏 즐기며 동원은 확신해 마지않았다. 박이진은 자신의 것이라고. 그 누구에게도 줄 수 없는 자신의 여자라고. 적어도 지금 이 순간만큼은 그렇다고.

"몸을 열어. 들어갈 거니까."

한참 후, 양껏 그녀의 맛을 본 동원이 벌떡 자리에서 일어나 그녀를 또다시 휙 뒤돌게 하며 명령했다. 바지 지퍼 열리는 소리가 들렸다. 이진은 그가 시키는 대로, 자신의 욕망이 시키는 대로 몸을 열었다. 순식간에 그가 파고들어 왔다. 또다시 쾌감이 휘몰아치자 이진은 비명을 내지르지 않기 위해 질끈, 입술을 깨물었다.

제7장 현실 자각 타임

"날 이 지경으로 만든 당신을 증오해……."

선 채로 욕정을 풀어낸 직후, 이진의 섬세한 어깨선에 입술을 문지르며 그는 속삭였다. 막 경기를 마친 단거리 육상선수처럼 거칠게 숨을 받고 있었다. 비정상적이었던 애욕의 향연은 끝이 났지만 그는 여전히 이진의 몸 안에 있었고 곧장 떨어져 나갈 의사가 없는 듯 그녀를 꼭 끌어안고 있었다.

짐승처럼 일을 치렀다. 친구의 생일 파티가 열리고 있는 와중에, 가게 직원들이 휴게실 대용으로 쓰는 스태프실에서. 문은 잠가두었지만 직원들이 열쇠를 갖고 있을 테니 언제라도 들이닥칠 수 있었다. 최소 서너 번씩은 큰 소리로 신음하거나 헐떡였으니 누군가 들었을 가능성도 있다. 한데도 강렬한 성적 이끌림은 그들을 통제 불능 상태로 몰아갔고 이성을 앗아갔으며, 결과적으로 공공장소에서 섹스를 하는 무모한 짓을 저지르게 하고 말았다. 성호르몬이 폭발하여 주체할 수 없는 지경의 팔팔한 20대 초반들이나 할 짓을 존경받을 만한 사회적 위치의, 알 만한 성인 남녀가 저지른 것이다.

자신들의 무모함과 몰지각함에 두 사람 모두 충격을 받았다. 이진은 감상적인 구석이라곤 전혀 없는 이 동물적인 결합에서 감동을 받고 벅차올라 눈물까지 보인 자신에게 두 번 충격받았다. 얼이 빠진 기분이었다. 이성과 본능을 모조리 후려치면서까지 찾아온 한 가지 깨달음에 어안이 벙벙해졌다. 이진은 동원을 사랑했다. 아주 많이.

그렇게 되어버린 것이다.

"날 용서하지 마……."

몹시 괴로운 듯 그가 속삭였다. 그의 손길은 여전히 그녀의 가슴과 배, 허벅지를 배회하고 있었고 그의 입술은 이진의 흰 피부를 괴롭히고 있었다. 아직도 나른한 몸짓으로 이진의 몸속을 들어갔다 나오기를 반복하면서. 한 차례 허기짐을 채웠음에도 그는 여전히 배가 고픈 듯 단단하고 혈기 왕성했다.

"이런 곳에서 이런 식으로 당신을 가진, 쓰레기 같은 날 절대로 용서 마. 나도 그럴 테니까."

"후회하는 거예요?"

간신히 입을 열어 물었다. 힘없는 그녀의 음성에 동원은 내심 움찔하는 것 같았다. 그녀를 아프게 한 건 아닌지 걱정하는 게 역력했고, 이런 상황을 만든 자신의 파괴적이고 변태적인 행위에 죄책감을 느끼는 것도 같았다. 하지만 이진의 몸속에 자신을 밀어

넣는 일을 멈추지는 않았다.

"아니. 후회하지 않아."

그가 파고들 때마다 그녀의 몸은 부드럽게 흔들렸다. 이진은 이 잔잔한 파동과 흔들림이 좋았다.

"그래서 용납이 안 돼. 당신을 짐승처럼 이렇게 가져 놓고서도 후회되지 않는 내가 쓰레기처럼 느껴져. 당신은 날 어떻게 생각하는지 모르겠지만 난…… 이렇게까지 비열하고 나쁜 인간이 아니야."

"……."

"정말이라고."

대답 없는 그녀의 태도에 불안감을 느끼는 듯 그가 재빨리 덧붙였다. 그 말이 몹시도 절박하게 들려 이진은 씁쓸한 미소를 지었다. 그는 마치 이진이 자신을 혐오하고 거부하게 될까 봐 겁내는 것 같지만, 그런 행운은 결코 일어나지 않을 것이다. 차라리 그를 혐오할 수나 있다면 좋으련만. 눈가가 따끔거리고 목구멍이 아파왔다. 이진은 입술을 깨물며 고개를 끄덕였다.

"알아요."

복잡한 심경과는 달리 말은 침착하게 나왔다. 완전히 정상인 건 아니었지만 그가 눈치채지 못할 만큼은 멀쩡했다.

동원은 천천히 몸을 뺐다. 그가 빠져나간 자리는 텅 비었다. 몸도 마음도 빈껍데기가 된 기분으로 이진은 잠시 동원을 외면해야만 했다. 그는 아무 말 없이 재킷 주머니에서 손수건을 꺼내 물에 적시더니, 또다시 그녀의 앞에 무릎을 꿇고 앉아 조심스레 얼룩진 몸에 갖다 댔다. 차가운 물기가 닿자 움찔, 이진의 몸이 흔들렸다.

동원은 인상을 쓰며 거칠게 뇌까렸다.

"가만히 있어. 지금 당신, 엉망이니까."

"……."

"그러게 그 빌어먹을 혀는 왜 내밀어서 사람 돌게 만들어? 난 내가 이런 미친 짓을 하게 될까 봐, 당신한테 상처주게 될까 봐, 저녁 내내 당신을 피해 다녔다고."

"나한테서 떨어져 있었던 게 그럼……?"

"미안. 당신 잘못이 아닌데 괜히……."

"……."

"성욕을 조절하지 못한 건 다 내 탓이야. 입이 열 개라도 할 말 없어. 굳이 변명을 하자면 당신 다리가 너무 환상적이어서 어쩔 수가 없었어."

"내 다리요?"

"정확하게 말하자면 뭐, 몸매라고 해야겠지. 옷이 너무 달라붙는 스타일이잖아. 게다가 시스루. 레이스. 남자들이 레이스에 껌뻑 죽는다는 거 몰랐어?"

"물론 알았죠. 그래서 입은 건데요."

"다음부턴 좀 덜 붙은 거 입어. 다른 남자 사냥하기도 전에 나한테 먹히기 싫으면."

"그러니까 당신 말은, 오늘 밤 내게서 섹시한 매력을 느꼈다는 거예요?"

"너무 자만하지 마. 허벅지 중간까지밖에 내려오지 않는 드레스야. 미끈한 다리가 다 드러났었다고. 남자라면 누구나 예쁜 다리에 눈길을 주게 되어 있잖아."

육체적인 끌림이었을 뿐이라는 거구나. 이진은 자조적인 웃음을 흘렸다. 아직도 그녀는 동물적이기만 했던 섹스로 인해 한동원에 대한 사랑을 깨달았다는 아이러니한 사실을 믿을 수가 없었다. 어쩌다 우리나라 상류층 규수들 전부와 자보았을 법한 바람둥이와 사랑에 빠진 걸까. 왜 이토록 바보 같은 짓을 저지른 걸까. 더 자제하지. 더 노력해서 막지. 왜 네 심장이 그를 향해 뛰도록 뒀니.

　한심한 박이진.

　이진이 얼마나 괴로운 심경인지도 모른 채 동원은 차가운 손수건으로 화끈거리는 이진의 꽃봉오리와 그 주위를 착실하게 닦았다. 정액이 흘러내려 더럽혀진 다리를 닦고, 발목에 걸쳐진 속옷을 걷어내 자신의 주머니에 넣었다. 그리고는 허리 위까지 올라간 드레스 자락을 끌어내려 옷매무새를 단정히 만져 주었다. 세 살 먹은 딸아이를 챙기는 아버지처럼 그의 손길은 조심스럽고 다정하고, 친절했다.

　"조금만 참아. 빨리 귀가하도록 손써볼 테니. 그리고 이건……있다가 돌려줄게."

　어깨를 으쓱하며 말하는 그의 '이것'이 바지 주머니에 넣어둔 이진의 팬티를 뜻한다는 건 굳이 말하지 않아도 알았다.

　어둠 속에서 동원은 잠시 이진을 내려다보았다. 여전히 깜깜했지만 그사이 어둠에 익숙해진 동공이 서로의 희미한 윤곽을 잡아내고 있었다. 동원은 천천히 팔을 뻗어 그녀를 끌어안았다. 힘없이 딸려오는 이진에게서 자신의 체취가 풍겨왔다.

　동원은 몹시도 자극적인 그 향기를 맡으며 오랫동안 그렇게 있었다.

❖

무절제했던 그날의 섹스 이후, 3일이 지났다.

오늘은 그와의 다섯 번째 밤이 예정되어 있는 날. 이때까지 그는 늘 그래 왔듯 이진에게 사적인 연락 한번 해오지 않았다. 차곡차곡 쌓아두었던 그에 대한 감정이 폭발했던, 그녀에겐 결코 잊을 수 없었던 그날의 일이 동원에게는 그저 그런 섹스였던 게 틀림없었다. 시간이 갈수록 이진은 실망하고 상처를 받았다. 이쪽은 사랑이지만 그쪽은 아니란 걸 몰랐던 것도 아닌데도 그러했다. 마음 한구석에 혹시나 하는 마음이 있었던 모양이었다.

그녀는 자신을 사랑하지도 않는 남자를 사랑하는 최악의 상황에 봉착했다. 또한 오늘 점심시간 이후로는, 그놈의 '최악의 상황'이 갱신되는 불운을 겪고 있었다. 사랑하지도 않는 남자와의 결혼을 강요받는 극악의 상황. 이진은 세상에서 자신만큼 불쌍한 여자는 없을 것이라고 생각했다.

"언니! 이게 뭐 하는 짓이야? 지금 어디 있는데?"

[이진아! 플리즈— 오늘 딱 하루만 나 대신 상대해 줘. 응?]

"내가 왜 그래야 되는데?"

간만에 밥이나 같이 먹자는 이래의 연락에 서둘러 업무를 마무리 짓고 약속 장소인 칼리스타호텔 〈씨엘〉 레스토랑까지 잽싸게 날아온 이진은, 몹시 난처하고도 황당한 상황에 직면했다. 약속 장소에 이래는 안 보이고, 최근 미국에서 TX그룹으로 스카우트돼

온 하경우 기획실장이 나와 있었다. 하 실장은 아버지가 사윗감으로 점찍어놓은 인물 중 하나인데, 애초 아버지는 그를 이진의 짝으로 염두에 둔 것 같았으나 최근 이래가 파혼함에 따라 계획을 변경한 듯했다. 이렇듯 둘이 따로 만날 수 있도록 자리를 마련한 것을 보면.

하경우는 약속 장소에 이래가 아닌 이진이 나와 있음에도 크게 당황하지 않은 것 같았다. 이진을 보자마자 상황 파악 끝, 그럴 줄 알았다는 듯 느긋한 반응을 보였다. 그리고는 이왕 이렇게 만났으니 기분 좋게 식사나 하고 헤어지자며 비싼 코스 요리를 왕창 주문했다. 썩 유쾌한 기분이 아닐 텐데도 웃음을 잃지 않고 무척이나 신사적으로 대해주는 바람에, 이진이 외려 불편하고 미안해졌다. 사람 참 괜찮다 생각되니, 이래가 왜 이런 일을 꾸몄는지 이해가 되질 않았다.

결국 이진은 궁금증을 참지 못하고 하 실장이 잠시 자리를 비운 틈에 전화를 걸었다.

[나 그 선배랑은 절대 결혼 못해. 선배랑 나랑은 완전 안 맞는다고. 고등학교 때부터 늘 삐거덕거렸단 말이야.]

"무슨 소리야? 언니, 하 실장님 사람 좋다고 아버지한테 침이 마르도록 칭찬했다면서."

[됨됨이야 좋지. 지금까지 그 사람을 안 좋게 말하는 사람은 내 평생 본 적이 없을 정도니까 침이 마르도록 칭찬할 만하다고 생각했어. 하지만 이성으로선 아니야. 절대로.]

"절대로?"

[처음 고등학교 입학했을 땐 나도 선배한테 혹했던 게 사실이

야. 전교회장님인데다가 너도 알다시피 남자답게 잘생겼잖니. 학교에서 제일 인기 많은 선배라서 관심이 절로 갔어. 하지만 그것도 그 선배한테 찍혀서 미움 당하게 된 후론 쫑나 버렸어. 끝. 디엔드. 사요나라!]

"찍혔다고? 왜?"

[낸들 아니! 아무 이유도 없이 어느 날 갑자기 날 미워하는데.]

"무슨 말이 그래? 아무리 싫다기로서니 이유 없이 그럴 리가 있어?"

[진짜 아무 이유 없었다니까! 적어도 내 기억엔 없어. 그 시절, 그 선배랑 난 1억 광년만큼이나 먼 사이였다고. 찍히고 말고 할 것도 없는 사이였단 말이야. 그런데도 갑자기 날 괄시하더라니까. 난 그 선배가 싫어. 그 싸늘한 눈빛만 봐도 등골이 오싹해. 그런 남자랑 어떻게 결혼을 하니? 아무리 회사를 위해서라도 그렇게까지는 나도 못해.]

"그래도 이건 아니지. 아버진 하 실장님을 언니 배필로 밀고 있잖아. 오늘 만남도 아버지가 주선한 자리이고. 그럼 아버지와 만나서 담판을 짓든가, 하 실장님과 얘기를 해야 하는 거 아니야? 왜 아무 상관도 없는 날 불러내서 그분도, 나도 당황하게 만들어?"

[아버진 가망 없어. 무슨 일이 있어도 이 결혼, 밀어붙이시려고 할 거야. 한동원과의 일 때문에 날 불신하게 됐거든. 말로만 회사 생각하지, 실은 회사에 내 인생 헌납할 생각이 전혀 없는 거 아닌가 의심하시고 계셔. 한동원이란 대어를 놓쳤으니 하경우는 무조건 잡아야 한다고 생각하실 거야.]

"그래서 어쩌라고? 오늘 하루만 내가 만나주면 돼? 그다음은?

뭐가 달라지는데?"

[네가 계속 만나주면 나야 좋지.]

"나더러 결혼까지 언니 대신 해달라는 거야, 지금?"

[솔직히 얘! 아버지가 선배를 스카우트할 당시에는 네 남편감이었잖아. 순진하고 꽉 막혀서 연애 한번 제대로 못하고 공부와 일에만 매달리는 널 위해서, 또 괜찮은 인재 영입과 차기 회장감이 절실했던 우리 TX그룹을 위해서, 선밸 스카우트해 온 거야. 내가 파혼만 안 했어도 아버지는 그 맞선 자리에 널 내보냈을걸.]

"하지만 아니잖아. 언닌 파혼을 했고, 인재 영입과 차기 회장감을 염두하고 스카우트해 온 하 실장님은 이제 언니 차지야. 내가 아니라고!"

[문제가 바로 그거다, 동생아. 아버진 그 인간을 어떻게든 사위로 들이려고 하시는데 난 절대로 안 할 거거든. 막내 이은이는 남자친구가 따로 있잖니? 지 남자친구 좋아서 죽고 못 살잖아. 거기에 대고 하경우랑 결혼하란 말은 도저히 못할 것 같아, 난.]

"그래서 내가 적임자라고 생각했어?"

[그나마 가능성이 있는 유일한 애라는 거지. 너, 사귀는 사람도 없잖아. 있니?]

섹스하는 관계에 있는 남자는 있다. 그게 사귀는 사이라고 할 수도 있을까?

물어보나 마나다.

"없어."

[그럼 됐잖아! 내가 그 선배를 엄청나게 싫어하긴 하지만, 그건 그 선배가 날 그만큼 싫어해서이고. 사실 하경우는 썩 괜찮은 남

자야. 학교 다닐 때도 잘나갔었는데 지금은 더 멋있어졌더라. 샤프한 두뇌, 훈훈한 마스크, 유쾌한 성격. 모든 거 다 가졌잖아. 집안도 괜찮은 편이야. 재계 유명한 사업가 집안은 아니지만 지방 땅부자네 외동아들이라 재산이 많지. 해외에서 승승장구하다가 들어왔다는 걸 보면 능력과 배짱이 대단한 남자란 것도 부인할 수 없어. 그 정도면 괜찮은 신랑감 아니니?]

"그놈의 괜찮은 신랑감. 이 사람도 괜찮다, 저 사람도 괜찮다. 언니 눈에 안 괜찮은 남자가 있긴 있어?"

[괜찮은 신랑감 얘길 내가 전에 했던가? ……아아! 한동원?]

"……."

[잠깐만! 너 혹시?]

하여튼 양심은 없으면서 눈치는 빨라요. 이진은 이래가 이쪽으로만 특화된 '촉'을 잔뜩 세워 난처한 질문을 날릴까 봐 얼른 말을 잘랐다.

"알았으니까 이만 끊어. 오늘은 내 선에서 어떻게 해볼게. 자세한 얘긴 집에 가서 나누도록 하고."

[야! 너 왜 갑자기 끊으려고 해? 이상한데? 너 정말……?]

"하 실장님 오셔. 끊어."

잔소리가 시작될 조짐이 보이자 이진은 거짓말을 둘러대며 전화를 끊었다. 다행히 이진의 말을 믿었는지 이래는 더 이상 귀찮게 굴지 않았다. 이 우스꽝스러운 상황의 또 다른 희생양은 약 10분쯤 후, 비즈니스 전화를 마무리하고 테이블로 돌아왔다. 비교적 밝은 표정인 것으로 보아 일이 잘 마무리된 것 같았다.

"너무 오래 기다리게 했죠? 미안해요."

"괜찮아요. 미안해할 사람은 저죠, 뭐."

예의 바르게 대답하며 이진은 미소를 되돌려 주었다. 경우는 이진의 맞은편에 자리를 잡은 후, 잠시 뜸을 들이다가 천천히 눈을 들어 그녀를 마주했다.

"그래서…… 뭐래요?"

"네?"

"이래 말이에요. 방금 이래와 통화하지 않았어요?"

"아, 네……."

민망하여 배시시 웃으며 이진은 얼굴을 붉혔다. 그는 비즈니스 통화 때문에 자리를 떴던 게 아니라 이래와 통화를 할 수 있도록 자리를 비켜준 것이었다. 경우는 고개를 숙이는 이진의 얼굴을 찬찬히 살피며 좀 더 조용히 물었다.

"이래가 나와 결혼하라고 하죠? 자기 대신."

"어, 어떻게 그걸……?"

"충분히 예상했던 일이에요. 이래라면 어떻게든 나와의 결혼을 피할 거라고 생각했죠."

"정말 언니 대신 저랑 결혼하실 건가요?"

"이진 씨 생각은 어떤데요?"

"저는……."

피치 못할 상황이라면 굳이 피할 생각은 없었다. 아무리 맏딸의 의무가 막중하다지만 죽어도 싫다는 남자와 억지로 인연을 맺게 할 수는 없지 않은가. 사랑하는 사람과 잘 만나고 있는 동생 이은을 희생시킬 수는 더더욱 없고. 이래 말대로 가장 적당한 사람은 이진이었고, 어차피 태어날 때부터 TX그룹을 위해 정략결혼을 해야 할지도 모른다는 각오로 살아왔기 때문에 그리 큰 희생도 아니라는 게 그녀의 생각이었다. 하지만 막상 긍정의 답을 내놓기 위해 입을 연 이진은 망설였다. 하려던 말이 입 밖으로 나오길 거부했다.

"저, 저는……."

바보처럼 말까지 더듬는 자신이 창피해 이진은 냉큼 손끝으로 입술을 눌렀다. 주책없게 내가 왜 이러지? 당황하여 우왕좌왕 눈동자를 내돌리다 혹 고개를 들고 경우를 보았다. 그가 이진을 빤히 바라보고 있었다. 과하게 빤히. 아주 빤히. 그러더니 씨익, 미소를 지으며 산뜻하게 제안했다.

"일단 식사부터 하죠. 우리의 결혼 문제는 그 뒤에 상의하도록 해요."

이진은 멍하게 고개를 끄덕였다.

그 시각, 레스토랑을 지나치던 한동원은 특유의 거침없는 발걸음을 딱 멈춰 세우고 몹시도 난해한 광경이 펼쳐지고 있는 음식점 전면 유리를 뚫어져라 바라보고 있었다. 시력에 문제가 생긴 게 아니라면, 기분 나쁠 정도로 멀쩡한 남자와 한 테이블에 앉아 식사를 하고 있는 저 여자는 박이진이었다.

"누구야?"

찬열이 어느새 그와 나란히 서서 함께 구경하기 시작했다. 동원은 짜증스럽게 찬열을 째려보았다. 말은 안 했지만 '내가 어떻게 압니까?'의 의미라는 걸 찬열도 알았다. 그는 껄껄 웃고 싶은 충동을 꾹 누르고는, 핸드폰을 찾아 주머니를 뒤적거리는 동원을 바라보며 이죽거렸다.

"그러게. 빼앗기기 전에 빨리 주저앉으라 했잖아."

"매형, 한마디만 더 하시면……."

"알았어, 알았어. 알았다고."

동원이 시한폭탄과도 같은 상태라는 걸 이제야 인식한 듯 찬열은 손을 들어 그를 열심히 진정시키고는 예약해 뒀던 중국 식당으로 꽁지 빠지게 달아났다.

동원은 신경질적으로 이진의 전화번호를 찾아 통화를 시도했다. 시선은 전면 유리 너머로 보이는 박이진의 뒷모습에 박혀 있었다. 그녀는 회사로 찾아왔을 때처럼 긴 머리를 위로 틀어 올린 채여서 하얗고 긴 목덜미가 섹시하게 드러나 있었다.

[고객님께서 전화를 받을 수 없으니…….]

이진이 그의 전화를 거절했다. 액정에 뜬 그의 이름을 확인까지 해놓고서 슥, 손가락질 한 번만으로 수신을 막아버렸다. 그리고는 전화기를 테이블 위에 얌전히 내려놓는다. 그뿐이 아니었다. 겉모습 번드르르한 상대 남자가 젠틀하게도 통화를 하도록 권유를 하는데도 두 손을 내저으며 사양했다. 마치 전혀 중요하지 않은 전화라는 듯. 동원은 저도 모르게 빠득, 이를 갈고 있었다.

「당장 거기서 나와.」

동원은 강압적인 메시지를 보내고 이진을 뚫어져라 관찰했다. 그녀는 사내의 친절한 권유에 못 이겨 메시지를 확인하고는 고 작고 가느다란 손가락을 허공에 살랑살랑 흔들며 까르륵, 웃어대기 시작했다. 동원의 눈에 불꽃이 튀었다. 기막히게도 이진은 들고 있던 휴대폰을 핸드백 깊숙한 곳에 처박아 넣고 있었다.

❖

"내가 납득할 만한 적당한 이유가 있겠지? 물론."

번드르르하게 기름칠이 된 목소리로 태연자약하게 질문을 던지고, 동원은 속으로 욕설을 중얼거렸다. 속에서는 부글부글 끓고 천불이 올라오는데 그러지 않는 척하자니 답답해 미칠 지경이었다. 동원은 희미하게 미간을 찡그리며, 요사이 쓸데없는 일에도 쉽게 욱하게 되어버린 자신의 처지를 생각해 보았다. 생각해 보나 마나 모든 건 박이진 때문이었다.

연하남 일과 파티에서의 일이 연달아 터지면서, 동원은 비로소 이진에게 소유욕을 느끼고 있다는 사실을 인정할 수밖에 없었다. 충분히 그럴 만했다. 그녀는 그의 첫 여자니까. 하지만 거기까지였다. 육체의 문제일 뿐, 감정의 문제는 결단코 아니었다. 그러기에 그는 자신에게 시간이 필요하다고 생각했다. 감정과 육체적 갈망이 뒤섞여 혼동이 오기 전에, 이 비정상적으로 커져 가는 수컷으로서의 정복욕을 가라앉힐 필요가 그에게는 있었다. 레스토랑에 들어가 당장 그녀를 끌어내고 싶은 충동을 꾸역꾸역 참아낸 것은 바로 그 때문이었다.

오후 업무를 어떻게 봤는지 모르겠지만 어쨌든 잘해냈다. 장 비서를 울리지 않았으니 그만하면 잘 넘긴 거다. 퇴근 시간을 넘기면서까지 일에 집중하기도 했고, 약속 시간을 넘겨서 아파트에 도착하기도 했다.

이진은 비밀번호를 알면서도 아파트 안에 들어가 있지 않았다. 마치 그의 사생활을 침범하고 싶지 않다는 듯, 그 일부가 아니라는 듯 현관문 앞에 서서 그를 기다리고 있었다. 그 꼴을 보는 순간 오후 내내 가라앉혀 두었던 성미가 또다시 획 치받쳐 올라왔다.

하지만 동원은 그 일 때문에 이성을 잃을 정도로 화가 났다는 사실을 굳이 이진에게 알리고 싶지 않았다. 그래서 목소리 톤을 낮추고 볼륨도 줄여 최대한 감정을 드러내지 않았다. 화가 난 게 아니라 그저 적정 수준의 해명을 듣고 싶을 뿐이라는 듯.

"이유를 대봐. 왜 내 메시지를 받고도 거기 그대로 있었는지. 물론 거기서 뭘 하고 있었는지도 말해야겠지. 그 남자가 누구인지도."

"그 사람은……."

아파트에 들어선 직후부터 내내 선생님 앞에서 야단맞는 학생처럼 고개를 푹 숙이고 있던 이진이 고개를 들었다. 기죽어 반쯤 접혀 있던 그녀의 허리도 스르륵 펴졌다. 가운뎃손가락으로 콧잔등에 걸려 있는 안경테를 슥 밀어 올린다.

일상적이고 간단한 동작이었지만 동원에게 미치는 영향력은 강력했다. 안경 쓴 그녀가 자신의 몸 아래에서 흐느끼는 광경이 눈앞에 스쳐 지나갔다. 아랫도리가 바짝 곤두서면서 당장 이진을 응접실 탁자에 눕혀 버리고 싶은 충동이 치밀었다. 이젠 아주 시도 때도 없구나 싶어, 동원은 속으로 혀를 쯧쯧 찼다.

"그 사람은 결혼할 사람이에요."

"물론 그렇겠지. 결혼할 남자 앞이니 무서운지 모르고 내 메시지를 무시했겠지. 결혼할 사람이니 그렇게 헤벌쭉 웃으며 쳐다보고…… 뭐?"

속에서는 천불이 날지언정 매끄러운 말투로, 심지어 미소까지 띤 채 상냥히 대꾸하던 동원은 순간 하던 말을 멈추었다. 자신이 뭘 잘못 들었거나 이진의 말 중 무언가를 놓친 게 틀림없다고 생각했다. 그것도 아니라면 귀가 이상해진 것이거나.

동원은 찬찬히 이진의 눈을 들여다보았다. 이진은 입술에 힘을 주었다가 풀고, 다시 주었다가 풀었다. 그러다가 훅 한숨을 내쉬고는 '어서 실언이었다고 말해'의 시선으로 자신을 빤히 바라보는 동원을 향해 세상에서 가장 재미있는 얘길 하는 것처럼 가볍게 흘려 말했다.

"아버지께서 결혼하래요."

"결혼?"

"당신도 알다시피 우리 아버지께선 회사에 도움이 되는 브레인을 사위로 맞고 싶어하셔요. 그동안은 이래 언니의 결혼에 집중하셨는데…… 그게 잘 안 됐잖아요. 그래서 내 쪽으로 관심을 돌리신 것 같아요."

"상대는 낮에 만났던 그 사람이겠군."

돌덩이처럼 얼어붙은 얼굴로 동원이 중얼거렸다. 이진은 혀끝으로 입술을 축였다. 잘못한 것도 없는데 심장이 콩알만 해지고 간담이 서늘해졌다. 마치 오래 사귀던 가난한 애인한테 '다른 돈 많은 남자와 결혼하기로 했어, 바이 바이!' 하는 것 같다. 하지만 그들은 애인 사이가 아니었다. 심지어 한동원은 하경우보다 돈도 더 많다.

"이번에 아버지께서 새로 영입해 오신 전문경영인이세요. 우리 TX그룹에 꼭 필요한 인재라서, 아버지께서는 그분을 꼭 사위로 들이고 싶으신가 봐요. 우리 집과는 인연이 있더라고요. 언니의 고등학교, 대학교 선배시래요. 언니는 그분을 완벽한 신랑감이라면서 극찬을 아끼지 않았죠. 아마도…… 조만간 그 사람과 결혼하게 될 것 같아요."

"결혼, 하겠다고?"

기묘하게 일그러진 음성으로 그가 되물었다. 이진은 애써 웃으며 어깨를 으쓱했다.

"하기 싫어도 해야 해요. 아버지께서 이미 결정하셨거든요."

"웃기는군. 아버지가 정해준 남자와 순순히 결혼할 생각이었으면서 내게 잠자리 스킬을 배우려고 했다니. 도대체 자존감 회복이니, 새로운 인생을 설계할 배짱과 용기의 배양이니, 원초적 즐거움을 탐닉하는 방법의 전수니, 그 거창해 마지않던 명분들은 다 어디다 내다 버린 거지?"

"처음부터 그런 거 배울 깜냥이 안 됐었어요, 나는. 괜한 짓을 한 거죠."

"괜한 짓? 괜한 짓이라고?"

"이렇게 돼서 정말 유감이에요. 미안하고…… 또 고마워요."

"고마워?"

중얼거림에 가까운 반문. 생각 탓인지 이진에게는 공허하게 들렸다. 물론 그가 이 상황을 아쉬워할 리는 전혀 없다. 그는 원한다면 어떤 여자든 손에 넣을 수 있는 남자이다. 이진의 자리를 대신할 여자들은 많고도 많다. 이진은 상처 따위 전혀 드러나지 않은 밝은 얼굴로 상쾌하게 선언했다.

"이젠 여기 못 와요. 오늘은 그 말을 하려고 온 거예요."

"……."

"결혼하기로 마음먹어 놓고 당신과 계속 그…… 럴 수는 없으니까요."

"그럼 마음 안 먹으면 되겠네."

버러지 따위의 하찮은 것을 보듯 한껏 깔보는 시선으로 이진을 내려다보며 그가 말했다. '공부가 제일 쉬웠어요'라고 말하는 수능 만점자와 같은 포스로 아주 쉽게. 깜빡깜빡. 눈꺼풀을 나풀거리며 이진은 잠시 동원을 빤히 바라보았다. 이게 대체 무슨 말인가 싶었다. 아무리 냉정히 들어봐도 이건 결혼하지 말라는 뜻과 일맥상통하는 말이니까. 기껏 뭉개놓았던 낭만 종자가 또다시 고개를 디밀고 망상의 나래를 펴기 시작했다.

날 사랑하게 됐을까? 그래서 갑작스런 결혼 얘기에 당황한 걸까? 혹시 지금껏 자기의 감정을 모르다가 결혼한다는 말에 깨닫게 된 것일까?

끝 간 데 없이, 엄한 곳으로 쭉쭉 뻗어가던 어리석은 망상의 날개를 꺾어버린 것은 차가운 명령어 한마디였다.

"미뤄."

"네?"

"결혼을 미루라고. 수업이 종료될 때까지."

"나더러 이…… 이 짓을 계속하라는 말이에요?"

이진의 커다란 눈이 튀어나올 듯 휘둥그레 떠졌다. 입술이 떡하니 벌어졌고 숨소리가 헉헉 가빠졌다. 척 봐도 놀라 기절할 것 같은 모습이었다. 동원은 초조하게 바짝 마른 입술을 혓바닥으로 쓸었다. 머릿속이 복잡했다. 치미는 분노와 알 수 없는 알싸함, 불쾌감 등이 혼재하여 정확히 자신이 어떤 기분인 것인지 가늠할 수가 없었다. 확실한 건 이진의 갑작스런 결혼 결정이 썩 내키지 않는다는 것이다.

섹스 때문이겠지. 박이진의 몸은 중독성이 대단하니까.

"지금 그게 말이 된다고 생각해요?"

"했던 약속 뒤집는 건 말 되고?"

"그건 미안하다고 했잖아요. 이렇게 될 줄 몰랐어요. 알았다면 그렇게까지 매달리지 않았을 거예요. 아니, 그런 일을 부탁하지도 않았겠죠. 일이 이렇게 되어서 정말 진심으로 유감이에요. 하지만 이대로 우리 관계를 유지하는 건 도의적으로 있을 수 없는 일이란 것에, 당신도 동의하리라 생각해요."

"왜 있을 수 없어? 결혼하기 전까지는 임자 없는 몸인데."

비열하게 입술을 비틀며 동원이 비꼬듯 말했다. 마치 자신이 원할 때까지 언제든 그녀를 가질 거라는 듯. 명백히 그는 이진의 몸에 대한 완전한 권리를 소지한 사람처럼 말하고 있었다. 이진은 울화가 치밀어 참지 못하고 벌컥 소리를 내질렀다.

"한동원 씨!"

"왜!"

동원이 벼락같은 고함으로 되받아쳤다. 동원이 소리치는 걸 한 번도 본 적이 없었던 이진은 순간 놀랐다. 동원이 분노로 번쩍거리는 눈으로 이진을 노려보며 성큼성큼 걸어왔다. 이진이 본능적으로 발뒤꿈치를 뒤로 뺐지만, 어느새 코앞까지 다가온 그는 소름이 쫙 끼치도록 잔인한 어조로 한마디, 한마디 힘주어 내뱉었다.

"하라는 대로 해. 내 말대로, 시키는 대로 하라고. 그러기로 했잖아! 내 말은 뭐든 듣겠다며!"

"그, 그건……!"

"장난쳐? 사람 가지고 놀아? 내가 그리 만만하게 보여? 누굴 바보로 아는 거냐고!"

"당신을 바보로 만들 생각 없어요. 난…… 난 그저…….."

"싫다는 나, 억지로 붙잡고 매달린 사람은 당신이야. 눈물까지 보이며 사람 옭아맬 땐 언제고. 시작한 일, 채 끝맺지도 않았는데 갑자기 못하겠다고 뻗대? 왜? 지난번 파티 때 남자들 반응이 나쁘지 않아서? 그만하면 누구든 유혹할 수 있겠다 싶었어?"

"동원 씨."

"내 친구들이 좀 띄워준 것 가지고 한껏 고무됐나 본데. 정신 차려, 박이진. 당신은 그저 내 파트너로 동석했기 때문에 관심을 끌었을 뿐이야. 여자로서 매력이 있어서가 아니었다고. 결혼? TX그룹 로열패밀리의 일원이 될 기회가 절로 굴러들어 왔으니 그 전문 경영인인가 뭔가 하는 사기꾼 자식은 옳다구나 했겠네. 온갖 찬사와 유혹의 말을 늘어놓으며 순진한 당신 마음을 금세 사로잡았겠지. 당신은 멍청하게 거기에 홀딱 넘어간 거고."

"내가 누구와 결혼하건 말건, 그건 당신이 상관할 문제 아니에요."

얼음처럼 차갑게 이진이 말했다.

잔인하고 냉정한 동원의 말에 충격을 받았지만, 그래서 가슴이 찢어질 듯 아팠지만, 그렇다는 걸 그가 눈치채게 할 수는 없었다.

당장이라도 터질 것 같은 눈물은 무슨 일이 있어도 참아내야만 했다. 이대로 그의 앞에서 무너지면 스스로 바보, 멍청이, 천치임을 증명하는 것밖에 안 되니까. 감정을 배제하자며 쿨한 관계를 제시했던 이진이 되레 그에게 빠져 허우적대고 있다는 걸 알면 한동원은 그녀를 틀림없이 비웃을 테니까. 모든 게 다 끝난 마당에 마지막 자존심은 챙겨야 했다.

끝까지 그를 사랑하는 마음을 숨길 것이다. 무슨 일이 있어도.

"내가 그걸 상관한다고 생각해?"

한동원이 콧방귀를 뀌며 그녀를 비웃었다. 그는 고개를 슬쩍 끌어내려 이진의 코앞까지 얼굴을 들이밀고는 이죽거렸다.

"천만에. 난 당신이 누구와 무슨 짓을 하든 상관 안 해. 결혼? 해. 안 말려. 애초 하지 말라고 한 적도 없잖아. 미루라고 했지."

"……."

"난 약속을 지키지 않는 사람이 제일 싫어. 화장실 들어갈 때와 나올 때가 다른 사람도 싫어해. 그 두 가지를 동시에 저지르는 가증스러운 사람은 사람 취급도 하지 않지. 아쉬울 땐 동정을 구걸하며 매달려 놓고, 이제 와서 제 입으로 했던 약속까지 멋대로 뒤집는 짓은 단순한 약속의 문제가 아니니까. 넌 날 이용했어."

"일부러 그런 게 아니잖아요. 이렇게 될 줄 전혀 몰랐다니까요. 알았다면 절대로 이런 일 없었을 거라고요. 나도 모르게 일이 이렇게 되어버렸는데, 그게 어떻게 당신을 이용한 거예요?"

"일부러든 아니든 결과는 같아. 넌 날 이용했어. 그리고 전에도 말했다시피 난 이용당하는 걸 아주 싫어해."

'아주' 라는 단어가 섬뜩하게 울려왔다. 겁박에 가까운 목소리.

악마의 그것처럼 매혹적이면서도 두려운 미소. 당연히 공포에 질려야 함에도 불구하고 이진의 오장육부는 뜨겁고 비밀스런 열감으로 요동쳤다. 다리와 다리가 만나는 지점으로 감각의 나비 떼들이 파닥거렸다. 숨이 차왔다. 옷감 아래에서 가슴이 봉긋 솟아올랐고 그 끄트머리의 보드라운 열매는 남자의 손길을 바라듯 딱딱하게 굳어갔다.

이진은 희미하게 몸을 떨며 가만히 숨을 골랐다. 떨림이 조금 진정되는 것도 같았다. 천천히 고개를 쳐들고 이진은 전에 본 적 없는 살벌한 미소를 짓고 있는 동원을 바라보았다.

"내가 어떻게 해주길 바라요?"

"어쩌길 바라냐고?"

낮고 음험하게 깔리는 음성이 울리는가 싶더니, 갑자기 그가 손을 뻗어 이진의 재킷 자락을 잡아챘다. 우두둑, 검은 사무용 재킷의 단추들이 뜯어져 바닥으로 흩어졌다.

"내가 바라는 건 하나야. 약속을 지키는 것."

순식간에 이진은 동원의 품 안으로 딸려갔다. 강하고 힘찬 그의 팔뚝이 이진의 허리를 넝쿨처럼 휘감아 자신의 몸에 밀착시켰다. 이진은 폐 속으로 스며들어 오는 동원의 체취에 머리가 어지러워졌다. 그와 맞닿은 온몸 곳곳이 발작적으로 뜨거워졌다.

"당신은 결혼 못해. 적어도 나머지 여섯 밤을 나와 함께 보낼 때까진."

우두두둑— 이번엔 블라우스 앞 단추들이 튕겨져 나갔다. 동원이 브래지어 안에서 이진의 동그랗고 새하얀 가슴 덩어리를 끄집어내 두 손 가득 힘차게 움켜쥐었다.

강렬한 쾌감이 온몸으로 퍼졌다. 참을 수 없는 굶주림이 이진을 강타했다. 그의 손안에서 이지러질수록 쾌의 감각은 커져 갔고 아랫도리가 발작적으로 욱신거렸다. 이진은 참았던 숨을 거칠게 토해내며 그의 팔에 매달렸다. 기꺼이 그녀를 끌어안고 정수리에 입을 맞추며 동원은 만족스럽게 중얼거렸다.

　"그때까지 당신은 내 거야. 명심하라고."

　그리곤 이진의 턱을 들어 기대감으로 새빨갛게 부푼 입술을 게걸스레 빨아먹었다.

　곧이어 그의 다섯 번째 수업이 시작되었다.

제8장 **납치범 한동원**

스물여덟 해를 살아오는 동안 단 한 번도, 동원은 진정한 의미의 위기의식을 느껴본 적이 없었다. 유년기와 청년기 초반 겪었던 성문제를 제외하면 고민이나 트러블로 인해 쓰디쓴 좌절감을 맛보았던 적은 전무후무했다. 그의 인생은 언제나 평탄했다. 일도, 가족 관계도, 사회생활도, 모든 게 문제없이 잘 돌아갔다. 여자 문제라면 더더욱 그렇다.

여자들은 대체로 한동원이라는 남자를 좋아했다. 아니, 열광했다. 비정상적이랄 정도로 극렬한 그의 인기는 경원그룹 후계자라는 위치가 가장 큰 영향력을 발휘했겠지만, 동원이 매력적이지 않았다면 결코 그런 인기를 얻지는 못했을 것이다. 왕자병이라서가 아니라 객관적으로 그는 상당히 잘난 남자였다. 어떤 여자라도 그를 보면 빠져들 수밖에 없을 만큼. 그렇다고 동원은 생각했다. 오늘 아침까지는.

—그동안 고마웠어요. 당신의 앞날에 축복이 함께하길 빌게요.

그 웃기지도 않은 내용의 쪽지를 발견했을 때 동원은 비로소 깨닫게 되었다. 누구에게든 잘 통했던 자신의 매력이 유독 한 여자한테만큼은 통하지 않는다는 사실을. 이진은 쪽지 한 장만을 달랑남겨놓고 그의 곁을 떠났다. 지난밤 그토록 뜨겁고 열정적으로 반응했으면서. 동원은 모멸감에 치를 떨었다. 어젯밤 자신이 얼마나절박했었는지 떠올리니 수치심까지 더해졌다.

그는 이진을 침대에 붙들어놓기 위해 최선의 노력을 기울였었다. 할 수 있는 것은 모조리 다 했다. 알고 있는 성 지식을 총동원하여 최상의 서비스를 제공했다. 모든 열정과 에너지를 오로지 이진만을 위해 쏟아붓고 또 부었다. 미친 섹스였으며, 동원은 그녀도 자신만큼 완벽한 황홀경을 경험했으리라 믿어 의심치 않았다. 그녀가 당연히 전날의 결심을 되돌렸을 것이라 생각했다.

하지만 아니었다.

분노가 치밀었다. 좌절감이 큰 만큼 자존심도 아팠다. 아주 잠깐 '까짓것, 원대로 잊어주지 뭐' 하고 생각도 해보았지만 속에서 출렁거리는 분노와 억울함, 알 수 없는 상실감 등이 그를 돌게 만들었다. 이대로는 정상 생활을 할 수 없다는 판단하에 그는 무작정 이진의 회사로 쳐들어왔다. 그리고 지금, 동원은 그때까지의 분노는 새 발의 피였다는 불유쾌한 사실에 욕설을 내뱉고 싶은 심정이었다.

"아니야! 이진 씨 요새 진짜 미모에 물이 올랐다니까."

"진짜 그렇게 생각하시는 거예요, 아님 제가 불쌍해서 립서비스해 주시는 거세요?"

복도를 걸으며 웬 남정네를 향해 환하게 웃고 있는 박이진을 보는 순간, 동원의 혈압은 위험 수치를 향해 맹렬히 치솟았다. 그녀는 한 손을 흰 가운에 달린 커다란 주머니에 넣은 채 탐스런 입술을 인스턴트커피에 적시고 있었다. 가운 아래의 옷차림은 평소처럼 수수했고 화장은 하는 둥 마는 둥한 민낯이었는데도 이진은 위험할 정도로 예뻤다. 남자로 약탈하고 침범하고 빼앗고 싶어지게 만드는 연약함과 섹시함이랄까.

하얗고 갸름하고 청초했다. 얼굴의 절반을 가리는 알이 큰 안경도 그 묘한 관능미를 가려주지는 못하였다. 사실 안경 때문에 더 섹시해 보이는 것 같기도 했다. 언제부터인지 모르지만 동원은 이진이 안경 쓴 모습만 보면 갈증에 허덕였다. 거의 무릎 무조건 반사 수준이었다. 바로 지금처럼.

"진짜라고. 내가 왜 실없이 박이진 씨한테 거짓말을 하겠어? 나만 그렇게 생각하는 게 아니야. 우리 팀 전체가 이진 씨 연애를 두고 내기를 했을 정도라니까. 나도 이진 씨가 조만간 국수 먹여줄 거라는 데에 거금 3만 원을 걸었다고."

"제가 애인 없다고 할 때, 팀원 모두가 원통해하던 이유가 따로 있었던 거군요?"

"혼자 아니라고 우기던 혁이 씨만 경사났었지. 근데 도대체 이유가 뭐야? 왜 이렇게 날로 예뻐져? 총각 마음 설레게."

"그냥 삶의 지향점을 좀 바꿔봤어요. 그동안엔 제가 저 스스로를 많이 옮아맸었거든요. 이럴 땐 이래야 한다, 저럴 땐 저래야 한다. 딱딱한 매뉴얼에 맞춰서 저 자신을 사육했던 것 같아요. 이젠 방목형 인간으로 거듭나려고요. 하고 싶은 거 실컷 하면서 제 마음대로 신나게 살 거예요."

"오오! 역시 뭔가 달라 보이는 이유가 있었네? 연애는? 즐거운 인생에 연애가 빠지면 섭하지. 아직 한창 나이인데. 내가 괜찮은 남자 소개시켜 줄까?"

"해주시면 감사히 만나볼게요."

뭐? 감사히 만나?

"망할."

욕설이 육성으로 터졌다. 경악할 노릇이다. 이게 어디, 한동원의 섹스 파트너이자 누군가와 결혼까지 할 예정인 여자가 할 소리인가.

삶의 지향점을 바꿨다는 말이 남편과 애인과 남자친구를 따로 두겠다는 말이라면, 박이진은 인생 설계를 통째로 다시 해야 할 것이다. 동원은 절대로 용납 못하니까. 그는 아직 이진을 놓아줄 생각이 없었다. 다른 누군가와 공유할 마음도 물론.

"이햐, 진짜 달라지긴 달라졌네? 예전엔 소개팅 얘기 나오면 빼기 바쁘더니."

"방목형으로 살겠다고 했잖아요. 자유연애주의자, 그게 바로 제 꿈이에요."

"엇! 자유연애? 그거라면 나돈데!"

강 팀장이 눈썹을 실룩거리며 음흉하게 웃었다. 이진은 일순 동작 그만! 상태가 되어 두 눈을 홉떴다. 갑자기 진땀이 나기 시작했다. 직장 동료와 식사 후 커피 한잔 마시면서 나눌 수 있는 정도의 농담이라고 생각하며 건넨 말이었는데, 상대가 너무 진지하게 받는 바람에 난감해진 것이었다. 이럴 땐 상대의 관심을 차단하면서도 분위기도 살리는, 재치 있는 말로 받아쳐야 하는데. 그녀는 그만큼 대화에 능숙한 사회인이 아니었다.

"어…… 저기, 강 팀장님."

"나랑 자유연애 어때?"

몹시 진지한 얼굴로 강 팀장이 물었다. 무슨 말이든 해볼 셈으로 조금씩 꼼지락거리던 이진의 입술이 거기서 또 딱 굳어버린다. 보통은 이쯤에서 대부분의 여자들이 눈치를 챈다. 강 팀장의 능글맞고 유들유들한 눈빛이 '유혹'이 아니라 '장난'을 뜻한다는 것을. 하지만 눈치라고는 약에 쓸래도 없는 이진은 전혀 모르고 있었다.

쯧쯧, 속으로 혀를 차며 강 팀장은 피식 웃었다. 그리고는 막 이진의 어깨를 툭 건드리며 '농담이니까 긴장하지 마'라고 하려는 찰나였다.

"그 여자, 임자 있습니다."

사방 100m 이내의 모든 생물을 모조리 얼려 버릴 듯한 목소리가 날아왔다. 이진이 휙, 고개를 꺾었다. 복도 끝에 양복 입은 젊은 사내가 서 있었다. 키가 크고 잘생긴…… 낯이 꽤 익은 남자였다.

"누구십니……?"

"그 여자 자유연애 상대."

강 팀장이 채 물음표를 날리기도 전에 그가 답했다. 놀랍게도 그 순간 강 팀장은 그가 누군지 알아냈다. 잡지에서 이 남자를 본 적이 있었다. 딱 한 번 스치듯 본 게 다였지만, 그의 이름이 정확하게 떠올랐다. 요즘 본사의 화장품 계열사 매각 관련 문제로 인해 말들이 많아, TX그룹 경영 수뇌부의 움직임에 각별히 관심을 두었던 탓이 컸다. 그는 회사 오너의 장녀인 박이래 전무와 결혼 얘기가 오가고 있는 경원그룹 외아들, 한동원이었다.

"자, 자유연애 상대?"

강 팀장은 얼빠진 얼굴로 멍하게 이진을 바라봤다. 명백히 '박이진 씨가 박이래 전무와 결혼할 남자와 어째서 자유연애를 해?'라고 묻는 시선이었지만 이진은 아무 말도 못했다.

이진은 동원을 향해 인상을 써보였다. 입조심, 행동거지 조심해 달라는 무언의 압박이었다. 자신이 본사 TX그룹 박철우 회장의 둘째 딸이라는 사실은 연구소장밖에 모르는 대외비였다. 그 대외비 때문에 자신이 보통 연구원과 동등하게, 특별 대우 없이 무난히 일해왔었다는 것을 고려했을 때 그녀는 앞으로도 자신의 정체를 비밀에 부치고 싶었다. 동원과 특별한 관계에 놓여 있다는 것 또한 절대로 알리고 싶지 않았다. 하지만 동원은 그런 것엔 관심 없는 듯 그녀의 경고를 싹 무시하고는, 모델처럼 멋들어지게 워킹해 코앞까지 다가와 거침없이 이진의 손목을 거머쥐었다.

"따라와."

"잠깐만요!"

"어어어?"

강 팀장이 할 말을 잃고 멍 때렸다. 자신의 눈앞에서 펼쳐지고 있는 광경이 도무지 이해되지 않았다. 어떻게 박이진이 한동원과?

박이래 전무는 어쩌고?

"박이래? 박이진?"

가만! 이건 또 뭐야? 에엥? 설마?

강 팀장은 입을 쩍 벌리며 '대박!'을 연발했다. 지금 자신의 머리를 때리는 이 '감'이 맞다면, 이건 정말 대박 사건이었다. 성실하지만 평범한 외모에 특유의 조용한 범생이 기질 때문에 눈에 띄지 않던 박이진 연구원이 본사 박철우 회장의 따님이라는 거니까!

강 팀장은 뜨거운 커피가 쏟아지는 것도 아랑곳하지 않고 연구실로 줄달음치기 시작했다. 자신이 알아낸 이 대박 비밀을 모두에게 알리기 위해서였다.

"이건 납치예요."

박이진이 제법 신랄하게 비난의 말을 쏘아붙이자 동원은 히쭉 웃으며 가볍게 넘겼다.

"마음대로 생각해."

불과 30분 전까지 그는 짜증과 분노의 급격한 상승으로 말미암아 머리와 심장을 비롯한 신체 주요기관들이 터져 버리지나 않을까 심히도 걱정되는 상태에 놓여 있었으나 지금은 아니었다. 분노를 유발했던 모든 요소들이 사라진 지금 그는 아주 평온했다. 마음이 편안하고 기분도 몹시 좋았다. 심지어 즐겁기까지 했다. 이런 미친 짓을 저지르고 있는데도 불구하고 말이다.

동원은 이진을 차에 태워 충청도 서해안에 위치한 가족 별장으로 가는 중이었다. 물론 이진에게는 목적지에 대한 정보를 눈곱만큼도 알려주지 않았다. 그녀가 30분 동안 내내 동원의 귀에 대고 따따부따 중임을 감안하면 그의 입은 지독히도 무거운 것이었다.

"이건 범죄예요. 난 당신을 경찰에 신고할 수도 있어요."

"그러시든지."

동원은 운전에만 관심을 쏟으며 아무렇게나 대꾸했다. 이진은 시간을 흘낏 확인하고는 윗니로 아랫입술을 쥐어뜯었다. 점심시간이 지금 막 끝이 났다. 업무에 복귀해야 할 시간인 것이다. 그러나 자신은 지금 도로 위를 달리고 있었다. 어디로 향하는지도 모르는 채!

"이 일이 세상에 알려지면 좋을 게 하나도 없을 텐데요, 경원그룹 후계자님?"

"좋을 게 없는 건 나뿐만이 아니죠, TX그룹 둘째 공주님."

"내가 내 신분 때문에 경찰에 신고 못할 거라고 생각한다면, 한동원 씨, 큰 오산이에요. 난 한다면 하는 여자예요. 당신도 잘 알잖아요."

"잘 알지. 사이코 기질 다분한 여자라는 거. 하지만 최소한의 상식은 지킬 줄 아는 사이코이지."

"최소한의 상식을 가진 사이코인 나는, 지극히 충동적으로 행동하는 당신을 따라나서지 않을 거예요. 그리고 이런 미친 짓을 하는 사람에겐 필히 콩밥을 먹일 거라고요. 아시겠어요?"

"경찰에 신고해 봤자 헛수고라는 걸 언제쯤 아시려나. 세상에는 우리 일보다 더 중요하고 시급한 문제들이 아주 많아. 청춘 남녀의 도피 행각 같은 건 아무도 신경 쓰지 않는다고."

"뭐라고요? 청춘 남녀의 도피?"

도피는 무슨 도피! 일방적으로 끌고 가는 중이면서.

"무슨 그런 큰일 날 소릴 해요? 누가 들으면 우리가 죽고 못 사는 사이인 줄 알겠네."

이진은 당장이라도 튀어나올 듯 휘둥그레 뜬 눈을 굴리며 항의했다. 이진 입장에서는 나름대로 격한 반응이었으나 동원의 눈 하나 깜빡하게 하지 못했다. 아니, 입가에 희미하게 떠올라 있는 묘한 미소조차 사라지게 할 수 없었다.

"이번 일이 세상에 알려지면 다들 그리 넘겨짚을걸. 언니의 남자를 사랑한 여자. 정략결혼으로 인해 사랑을 포기해야 하는 남자. 두 연인의 안타까운 러브스토리. 그림 되겠지? 드라마 좋아하는 한국인들 정서에 딱 맞는 로맨틱한 판타지. 현대판 로미오와 줄리엣."

"말이 되는 소릴 해요. 어떤 줄리엣이 로미오를 경찰에 신고해요?"

"왜 못해? 사랑해서 헤어지기도 한다는데, 사랑해서 경찰에 신고할 수도 있는 거지. 어쨌든 상관없어. 어차피 당신은 신고 못하니까. 신고하면, 난 우리가 어떻게 만났고 어떤 관계에 놓여 있는지 밝힐 거고, 그럼 세상 사람들은 박이진이 한동원에게 그 뭔가를 열심히 배우는 중임을 알게 되겠지? 그렇게 되면 일이 아주 복잡해져. 바보가 아닌 다음에야 당신도 그걸 아주 잘 알 거고. 그러니 경찰에 신고하는 일은 절대로 없겠지. 내 말 틀려?"

"진짜 다 밝힐 거예요?"

휘둥그레 커졌던 이진의 눈이 더욱 크고 도드라졌다. 반들거리는 안경알 너머로, 사람의 마음을 정화시키는 사슴 눈이 빠르게 깜빡거렸다. 동원은 속으로 상스런 욕설을 연발했다. 흰 가운에 안경, 거기다가 사슴 눈망울이라니. 그녀를 향해서라면 늘 열광적이었던 아랫도리에 아주 치명적인 조합이었다.

"진정해. 당신이 날 경찰에 신고한다면 그러겠다는 뜻이니까. 우리 관계가 드러나는 게 싫으면 날 신고하지 않으면 되는 거야."

"하지만 당신이 지금 날 납치하고 있잖아요! 난들 어쩌라고요?"

이진은 당장이라도 닭똥 같은 눈물을 흘릴 듯이 울상을 지었다. 회사에서 일하던 도중 납치당하는 황당한 일을 겪으면 누구나 이렇게 울고 싶어질 것이다. 놀라고 답답하고 앞이 캄캄했다. 회사 사람들이 이 일을 어떻게 생각할지 우려되었고, 혹시라도 팀원들이 자신의 정체를 알아낼까 봐 걱정이 되었다. 소장은 아마 이 일을 박 회장에게 보고할 것이다. 빠른 시간 내에 회사에 복귀하지 않으면 사건이 일파만파 커질 거란 건 불을 보듯 뻔했다.

"말했을 텐데. 내가 원하는 건 하나라고. 약속을 지키는 것. 다시 한 번 말하지만 난 약속 안 지키는 사람 딱 질색이야."

"하지만 동원 씨! 이제 난 당신과 그…… 런 짓 못한다니까요. 사정이 그렇게 됐어요. 다 설명해 드렸잖아요."

"그건 당신 사정이고."

"제발 이러지 말아요. 네? 이렇게 부탁할게요……."

이진은 안 통하는 협박을 그만두고 인정에 호소하기 시작했다. 그때, 가운 앞주머니에 넣어두었던 휴대폰이 진동했다. 심장이 쿵 내려앉았다. 눈앞으로 아버지, 언니, 동생 얼굴이 지나갔다. 상상 속에서 엄격한 아버지는 뒷목을 잡았고, 책임감 강한 언니는 화를 냈으며, 자유분방한 동생은 얼이 나갔다. 얌전한 고양이가 부뚜막에 먼저 올라간 격이니 그들이 그런 반응을 보이는 건 당연했다.

'벌써 소장님 보고가 올라간 걸까?'

이진은 꼴깍 침을 삼키고는 냉큼 주머니를 뒤져 핸드폰을 꺼내 들었다. 그러나 발신자가 누군지 확인할 새도 없이 휴대폰은 어디론가 사라져 버렸다. 납치범 한동원이 휴대폰을 낚아채 간 것이었다.

"뭐 하는 거예요?"

"휴대폰 압수."

"누가 그걸 몰라요? 왜 가져가는 거냐고요."

"납치 처음 당해봐서 뭘 모르는 모양인데, 납치할 땐 원래 이렇게 해. 그냥 두면 인질이 경찰에 신고하거든."

"진짜 납치범 행세를 하겠다는 거예요?"

그녀가 기가 막혀하는 와중에, 동원은 휴대폰의 전원을 끄고 아예 배터리까지 빼버렸다. 그러더니 빼낸 배터리를 자신의 주머니 안에 넣고 쓸모없어진 휴대폰은 다시 되돌려 주었다. 이진은 얼빠진 얼굴로 휴대폰을 돌려받으며 험악하게 중얼거렸다.

"배터리도 돌려줘야죠. 내 물건이잖아요."

"인질이 참 주제넘네."

"시답잖은 소리 집어치우고 빨리 배터리 이리 내요. 아버지께서 전화하신 걸지도 모르잖아요. 연락이 끊기면 엄청 걱정하실 거라고요."

"발신자 확인했어. 박 회장님 아니었으니 걱정 마."

"아버지 아니었다고요? 그럼 누구였는데요?"

"별로 중요하지 않은 인물."

"참 나! 그 사람이 내게 중요한지, 안 중요한지를 왜 당신이 판단하는데요?"

진짜 기막힌 얼굴로 이진이 목소리를 높였다. 동원은 차갑게 입술을 비틀며 그녀의 말을 무시했다. 그 사람, 즉 하경우에 대한 이진의 판단은 중요하지 않았다. 어차피 이진의 남자 고르는 능력은, 점수로 치자면 최저점이기 때문에. 게다가 이번 경우는 이진뿐 아니라 박 회장의 안목에도 결함이 있음을 증명하고 있었다.

동원이 조사한 바에 의하면, 박 회장이 이진의 남편감으로 고른 하경우는 여러모로 찜찜한 구석이 많은 인물이었다. 미국으로 건너가기 전의 사연도 그랬고, 미국에서의 화려한 행적들도 그랬고, 무엇보다 대학 시절 잠깐 엮였던 여자와의 사연도 그랬다. 1개월가량 짧고 떠들썩하게 사귀었던 여자의 이름은 공교롭게도 '박이래'였다. 하늘 아래, 하경우의 후배 박이래가 TX그룹 박이래 이외또 있을지 상당히 의문스러운 일이었다.

"정말 당신은 고집을 꺾지 않을 생각이군요."

단호하기 그지없는 동원을 한참 동안 바라보더니 이진이 한숨을 푹 내쉬었다. 결국 그를 설득할 가능성은 단 1퍼센트도 없다는 사실을 깨달은 것이었다.

"좋아요. 할게요."

"……."

아무 대답 없이 동원은 실내미러를 통해 이진을 살폈다. 진심인지 아닌지 확인하려는 듯. 이진은 또다시 한숨을 내쉬고는 좀 더 확고한 어조로 확인시켜 주었다.

"다섯 번의 밤만 함께하면 되는 거잖아요. 할게요. 됐죠?"

"뭐…… 일단은."

동원은 신중하게 단어를 고르며 대답했다. 일단은 다섯 밤 동안 그녀를 붙잡아놓는 것이 목표인 건 맞았다. 솔직히 말하자면, 다음 시나리오는 생각해 두지도 않았다. 오늘 일조차 순전히 충동적으로 저지른 일에 불과했다. 그녀가 다른 남자와 결혼하겠다고 선언했을 때부터 느껴왔던 불편한 감정이, 회사 동료와 신나게 재잘거리며 웃는 이진을 보는 순간 폭발해 버렸다. 마냥 해맑고 쾌활한 그녀의 모습을 보는 순간 꼭지가 확 돌아버렸다.

그녀는 너무 멀쩡했다. 오늘 아침 머리맡에 놓아두었던 쪽지만큼이나. 마치 처음부터 한동원이라는 남자를 몰랐던 것처럼 완벽하게 그를 마음에서, 기억에서 잘라 없애 버린 듯했다. 쪽지를 확인한 직후부터 지금까지 단 한순간도 멀쩡해 본 적 없었던 동원에게는 그게 불공평하게 느껴졌다. 화가 나서 말도 안 되는 짓을 저지를 만큼 아주 많이.

"어디로 가는지는 모르겠지만 따라갈게요. 약속했던 대로 다섯 밤을 마저 채울 때까지 당신과 함께 있을게요. 하지만 그러려면 우선 아버지께 연락을 드려야 해요."

"……."

"난 대학 MT나 졸업 여행, 가족 여행을 제외하곤 외박해 본 적이 없어요. 장시간의 외출조차도 가족들에게 미리 행선지와 도착 일정을 알려주고 떠났었고요. 그랬던 내가 회사에서 사라진 후 연락도 없이 귀가하지 않는다면 다들 걱정할 거예요. 우리 아버진 그쪽으론 좀 유난스러운 편이라 실종 신고를 낼지도 모르고요."

"인생이 범생이었군."

동원이 재미없다는 듯 중얼거리자 이진은 약간 흘러내린 안경

테를 손가락으로 쑥 밀어 올리며 어깨를 으쓱했다.

"그렇다고 했잖아요."

"좋아. 연락드려. 하지만 내가 옆에 있다는 걸 명심해. 딴소리 하면 재미없을 줄 알아."

동원이 두 눈을 가늘게 뜨며 진짜 납치범처럼 협박의 말을 중얼 거리더니 배터리를 돌려주었다. 혹여 마음 바꿀세라 이진은 냉큼 배터리를 받아 휴대폰 전원을 켰다. 액정이 활성화되길 기다리다 가 괜히 심란해져 한숨을 푹 내쉬었다. 어쩌다가 일이 이 지경이 되었을까 생각하니 가슴이 답답했다.

사실 하경우와 결혼할 계획이라는 건 터무니없는 거짓말이었 다. 이진은 하경우와 결혼하고 싶지도, 결혼할 생각도 없었다. 하 경우도 이진보다는 이래와의 결혼에 관심을 보였다. 어떤 남자인 들 안 그렇겠는가. TX그룹에 관심 있는 사람이라면 누구나, 경영 에 관심이 없는 둘째보다는 회사에 지대한 영향력을 행사하고 있 는 맏딸을 더 탐낼 것이다.

어제 처음 만난 두 사람은 간단하게 의견의 일치를 이루었다. 그리하여 사태의 정리를 모두 경우에게 맡기고 이진은 가만히 앉 아 굿이나 보고 떡이나 먹기로 했다. 처음엔 정말 잠자코 기다리 기만 할 생각이었다. 정확히 동원으로부터 벗어날 궁리를 하다가 딱 '하경우'가 생각나기 전까지는.

그에 대한 자신의 감정이 사랑이란 걸 알게 된 지금, 자신이 받 을 상처를 최대한으로 줄이기 위해서는 한시바삐 그와의 관계를 끝내야 했다. 하나의 밤을 함께 지새울 때마다, 그 강력하고 아름 다운 경험을 공유할 때마다, 그에 대한 감정이 자력으로 쑥쑥 커가고 있으니 서둘러야 했다. 하경우라는 구실은 동원과의 관계를 조기 종료할 수 있는 최고의 무기였다. 그땐 정말 미치게 훌륭한 아이디어라고 생각했다.

정말이지 동원이 이렇게 나올 줄은 꿈에도 몰랐었다.

[이진이 너, 혹시 만나는 사람 있니?]

통화가 되자마자 박 회장은 어렵사리 말을 꺼냈다. 그녀의 예상 대로 박 회장은 소장의 보고를 받은 후였다. 이진은 즉각 동원을 곁눈으로 살폈다. 언뜻 그는 운전 이외의 것에는 관심을 두지 않 는 것처럼 보였지만, 그럴 리 없다는 걸 이진은 잘 알았다. 그녀는 신중하게 말을 골랐다.

"뭘 말씀하시는 것인지는 잘 알겠어요, 아버지. 하지만 그런 거 아니에요."

[네가 얼마나 조심성이 많고 신중한 아이인지 잘 알고 있다. 하 지만 이런 일일수록 아비한테는 사실대로 솔직하게 말하는 게 좋 아. 괜히 둘러대고 숨기는 것보다는 누구에게든 털어놓고 얘기하 는 게 문제를 더 복잡하게 만들지 않는 길이다.]

"아버지……."

[아빈 결혼만큼은 너희 당사자의 생각을 존중하고 싶다. 네 언 니는 내게 항상 회사에 도움이 되는 결혼을 하고 싶다고 말해왔었 기 때문에 정략결혼을 추진하고 있지만, 너한테는 강요한 적 없 잖니. 널 욕심내는 집안이 얼마나 많았는데. 스무 살이 된 직후부 터 널 며느리로 들이고 싶다는 집안이 줄을 섰는데도 네게 결혼 압박을 하지 않았던 것은, 네가 원하는 상대와 미래를 함께하길 바랐기 때문이다.]

"그 점은 고맙게 생각하고 있어요, 아버지."

[고맙게 생각한다면 이런 일은 없었겠지. 솔직히 좀 서운하구나. 그동안 만나는 사람이 있었으면서 어떻게 이 아비한테 일언반구조차 없었는지. 아비가 그렇게도 못 미더웠니? 이 아비가 그토록 먼 존재였어?]

"그런 거 아니라니까요. 정말이에요. 오해세요. 그 사람은…… 아버지께 말씀드릴 만한 사람이 아니에요. 그럴 만큼 심각한 사이도 아니었고, 그나마도 지금은 다 정리되었어요."

이진이 말을 마치자마자 동원은 핸들을 획, 꺾으며 그녀의 해명이 썩 마음에 들지 않는다는 의사를 밝혔다. 속이 울렁거릴 정도로 차체가 격렬하게 흔들렸다. 이진은 핸드폰을 들지 않은 손으로 조수석 손잡이를 꽉 붙들며 터지는 비명을 삼켰다.

[정리가 됐다고?]

"크게 걱정하실 일은 없어요. 사소한 오해가 있어서 작은 충돌이 있었는데 이제는 다 해결됐어요."

[그렇다면…… 다행이구나. 그럼 지금 어디에 있는 거니? 연구소로 돌아가는 중이니?]

"사실은 지금 지방 내려가는 길이에요."

[지방이라고?]

"친구…… 세영이 아시죠? 중고등학교 때 집에 자주 놀러 왔잖아요. 방금 그 친구 할아버지께서 돌아가셨다는 연락을 받았어요. 지금 부랴부랴 전주로 내려가는 길이에요. 그 친구 본가가 전주거든요. 아시죠?"

세영이란 이름에 동원이 눈살을 찌푸렸고 박 회장은 반갑게

'어, 그 녀석! 알지!' 하고 추임새를 넣었다. 온 신경이 동원에게 쏠려 있던 이진은 잠시 어리둥절해졌다. 동원이 왜 세영이 얘기에 눈살을 찌푸리는지 이해가 되지 않아서였다. 세영에 대해 아는 게 전혀 없는 사람이 왜 저럴까 싶었다.

[그것 참 안됐구나. 그런데 말이다. 세영이 녀석, 전에 조부님이 안 계시다 하지 않았었니?]

"에?"

[중학교 때쯤 그렇게 말하는 걸 들은 기억이 나는데. 아니냐?]

"아아! 제, 제가 할아버지라고 했나요? 할아버지가 아니라 할머니께서 돌아가신 거예요. 어휴! 너무 경황이 없어서 말이 잘못 나왔나 봐요."

[조모님이 돌아가신 거라고?]

"네, 할머님이에요. 그래서 말인데, 오늘 연구소로 되돌아갈 수는 없을 것 같아요. 아버지가 소장님께 잘 말씀드려 주세요. 팀장님께는 제가 따로 연락드릴게요."

[……정말 괜찮겠니?]

조금 뜸을 들이더니 박 회장이 이내 미심쩍은 말투로 물어왔다. 이진은 질끈 두 눈을 감았다. 아무래도 그는 뭔가 심상찮음을 감지한 것 같았다.

어쩔 수 없는 일이다. 늘 이런 식이니까. 이진은 거짓말하는 데에 재능이 없었고, 박 회장은 이진의 서툰 거짓말을 매번 알아챘었다. 물론 그렇다 해도 사실대로 털어놓을 수는 없었다. 딸이 한 남자에게서 섹스 기술을 배우고 있다는 사실을 아버지가 알면 절대로 가만히 계시지 않을 터이니까. 분명히 노발대발하실 것이다.

집안은 쑥대밭이 되겠지.

이진은 숨기는 것 따위 전혀 없다는 듯, 아버지가 뭔가를 이상하게 여기고 있다는 사실조차 전혀 모른다는 듯 태연히 말을 이어갔다.

"어떻게 괜찮아요? 세영이 할머님이 돌아가셨는데. 걔 마음 진짜 여리거든요. 엄청 힘들어하고 있어요. 초등학교 6년을 할머니 손에서 자랐으니 심적으로 큰 고통이 아닐 수 없는 거죠. 그래서 말인데요. 저, 며칠간 전주에 있다 오려고 해요."

[며칠씩이나?]

"저 아니면 누가 세영이 위로해 줘요. 제일 친한 친구인데 같이 있어줘야죠. 발인하는 거 보고, 세영이 기분 봐서 같이 올라갈게요."

박 회장은 심혈을 기울여 거짓말하는 이진의 진을 쭉쭉 빼며 한참이나 뜸을 들이다 겨우 승낙을 해주었다. 소질도 없는 거짓말을 하느라 잔뜩 긴장해 있던 이진은 그제야 통화를 끝내고는 턱, 고개를 좌석 등받이에 뉘었다. 안도의 한숨이 절로 나왔다. 작전이 성공해서가 아니라 더 이상 거짓말을 안 해도 되니 나오는 한숨이었다.

"믿을 수 없을 정도로 착한 딸이군."

옆 좌석에서 불쑥 관전평을 던졌다. 이진은 씩 웃었다.

"사이코 박이진이라고 하기엔 너무 순종적이긴 하죠. 아버지 앞에선 평생 이렇게 착한 딸 흉내를 낼 거예요."

"심청이 콤플렉스가 있는 줄은 몰랐네."

"우리 아버지가 현대판 심학규거든요. 심청이 노릇을 할 수밖에 없죠."

"혼자 되신 지 오래라고는 들었어."

"젊은 나이에 상처하셨죠. 이후 셋이나 되는 어린 딸자식들을 혼자 키우셨고요. 홀아비가 딸 셋 키우는 거, 그거 되게 힘들어요. 재혼하시는 게 당연한 건데. 그런데도 지금껏 혼자시죠. 말로는 딸 셋 둔 홀아비를 누가 좋아하겠냐고 하시지만, 실은 딸들 눈치 보느라 재혼 시기를 놓치셨어요. 아버지께서 한창 연애하실 때 우리가 좀 못되게 굴었거든요. 특히 내가 좀 심했죠. 여자 만난 낌새 보인다 싶으면 막 울며불며 히스테리를 부렸었죠. 사춘기였어요."

"어린 마음에 아버지마저 자기 곁을 떠날까 봐 겁이 났었겠지."

"아버지한텐 그래서 늘 죄인 심정이에요. 당신 인생, 딸들을 위해 희생하신 것 같아서 마음 불편해요. 아버지께 자랑스러운 딸이 되려고 늘 노력했던 것도 그래서예요. 솔직히 효녀 심청까진 장담 못하겠고, 적어도 그분의 걱정거리는 되지 않으려고 해요. 아무 문제 없이 평탄하게 잘사는 모습, 보여 드리고 싶어요."

"그래서 하경우와 결혼하겠다는 거였어?"

심히도 불퉁한 음성이 날아오자 이진은 잠시 멍해졌다. 그녀는 한 번도 동원 앞에서 하경우를 언급한 적이 없었으니까. 실내미러를 통해 동원과 눈이 마주쳤다. 이진은 허망한 얼굴로 물어보나 마나 한 질문을 던졌다.

"내 결혼 상대가 하경우 씨라는 걸 어떻게 알았어요?"

"모르는 게 더 이상하지. TX그룹에 최근 외부에서 영입해 온 전문경영인이 하경우밖에 더 있어?"

"우리 회사 뒷조사를 한 거예요?"

"하경우는 비밀결사대가 아니라 TX그룹 기획실장이야. 내 선에서 충분히 알아낼 수 있는 사람이란 말이야. 괜히 쓸데없는 질문으로 시간 낭비하지 말고 묻는 말에나 대답해. 그 자식이랑 결혼하겠다고 결정한 게 아버지 때문이야, 아니야?"

"그거야……."

"아버지 때문이야?"

집요하게 몰아붙이는 동원의 기세에 이진은 어쩔 수 없이 대답을 내놓았다. '네' 하고.

동원은 험악하게 인상을 찌푸리며 이를 악물었다.

"미쳤군. 미쳐도 보통 미친 게 아니야. 결혼을 어떻게 그런 식으로 결정할 수가 있지?"

자신의 거짓말에 몹시도 흥분하는 동원을 보니 이진은 양심이 찔려왔다. 그러나 이제 와서 사실을 말할 수는 없는 일이었다. 그는 여전히 이진의 육체를 원했고 이진은 그의 마음을 원했다. 영원하지 못할 관계일뿐더러 지속될수록 이진이 받는 상처만 커질 것이다.

만신창이가 되어 후회하느니 거짓말쟁이가 되는 게 낫다. 결론을 내리고, 이진은 일부러 아무렇지도 않은 듯 씩씩하게 굴었다.

"전적으로 아버지 때문만은 아니었어요. 당사자인 하경우 씨가 마음에 안 들었다면, 그리 쉽게 결혼을 결정하진 못했을 거예요. 전에도 말했던 것 같은데 하경우 씨, 실제로 정말 괜찮은 사람이었어요."

"괜찮은 사람?"

"사람을 편안하게 해주는 매력이 있더라고요. 부담이 안 간다고나 할까요. 만나서 얘기하는 내내 유쾌하고 편했어요. 그리고 일단 아버지께 꼭 필요한 사람이잖아요. 아버진 그분의 능력을 높이 사고 계세요. 내심 후계자로까지 생각하시는 것 같아요. 게다가 만나보면 알겠지만 되게 잘생겼어요. 웬만한 탤런트보다 훨씬 훈남이라 2세 걱정도 없을 것 같아요. 남편감으로 그만하면 됐죠, 뭐."

"아버지 회사에 도움이 되는 사람이면 돼?"

한껏 경우의 칭찬을 늘어놓았더니 동원이 썩은 얼굴로 이를 갈았다. 그 목소리와 표정에서 전해지는 섬뜩함에 등골이 오싹해져 이진은 급하게 숨을 들이켰다.

"편안하고 부담 안 가고 훈남이면 되는 거야? 그럼 아무하고나 결혼할 수 있어?"

"그, 그게……."

"그럴 수 있냐고! 왜 대답을 못해?"

잔뜩 굳어서 입만 뻐끔거리고 있는 이진을 향해 그가 벼락같이 고함을 내질렀다. 이진은 펄쩍 뛰며 반사적으로 외쳤다.

"하, 할 수 있어요!"

갑자기 자동차가 궤도를 이탈했다. 끼이이익— 갓길에 급정차한 차의 무게중심이 격하게 앞으로 쏠렸다. 이진은 질끈 두 눈을 감음과 동시에 오른쪽 상단에 붙어 있는 손잡이에 매달렸다.

"결혼은 아무하고나 하는 게 아니야. 그렇게 결혼하면 안 돼."

끔찍한 정적을 뚫고, 음산하리만치 낮고 어두운 목소리가 차 안을 휘돌았다. 머리카락이 쭈뼛 곤두서는 것을 느끼며 이진은 천천히 눈을 떴다.

어느샌가 동원이 가까이 와 있었다. 눈과 눈이, 코와 코가, 입과 입이, 1㎝ 정도 떨어져 있는 게 고작이었다. 이진은 천천히 시선을 끌어내려 동원의 입술을 바라보았다. 금욕적이면서도 관능적인 라인을 가진 섹시한 입술을. 턱을 조금만 들면 그 입술을 맛볼 수 있을 것 같다는 정신 나간 생각이 스멀스멀 피어올랐다.

"사랑하지도 않은 남자와 결혼하는 건 멍청한 짓이란 말이야, 박이진."

나지막하지만 결코 부드럽지 않은 목소리로 뇌까리며 동원이 거칠게 손을 뻗었다. 이진은 단번에 그의 품에 끌려들어 갔다. 동원이 이진의 뒤통수를 움켜쥐고 입술을 포갰다. 격렬하게 비벼지는 입술 사이로 동원의 혀가 미끄러져 들어왔다.

짜릿함을 동반한, 몹시도 집요하고도 관능적인 움직임.

이진은 두 팔로 동원의 목을 휘감았다.

제9장 **꿈결 같은 시간들**

[사생활 때문에 일에 차질을 빚는 건 프로다운 행동이 아니라고, 누가 그랬더라?]

사업 파트너이자 오랜 친구인 최임주가 전화를 걸어 이렇게 말하자, 동원은 휴대폰을 켜두었던 자신을 저주해야 했다.

이럴 줄 미리 예상했었다. 그랬기에 별장에 도착하자마자 휴대폰을 꺼놨던 것이다. 며칠 못 나간다고 회사에 연락하느라 아침에 잠깐 켰던 게 화근이었다. 그 덕분에 서로 정보 네트워크가 완전무결하게 형성된 극성맞은 여인네들이 줄줄이 사탕으로 전화를 걸어와 그를 괴롭히는 작금의 사단이 벌어지고 있는 것이고.

전화 릴레이의 시발은 한은원이었다. 오지랖 대마녀인데다가 우연히 이진과의 일을 알게 된 직후부터 쭉 동원의 개인사에 지대한 관심을 갖고 있던 은원은 그가 갑작스럽게 휴가를 냈다는 소식을 전해 듣자마자 득달같이 전화를 걸어왔다.

[접때 그 아가씨지? 천하의 한동원일 침대로 끌어들인 그 지략가. 신음 소리의 주인공! 그 아가씨 때문에 갑자기 장기 휴가를 낸 거 맞지?]

"누나……."

[너 원래 일벌레잖아. 게다가 〈키치임주〉의 런칭 때문에 요새 정신 없이 바쁘고. 엊그제 우리가 좀 쉬라고 권했을 때도 한가하게 유람 다닐 시간 없다며 팔짝 뛰었잖아. 그런 네가 이렇게 중요한 시기에, 이렇게 갑자기 휴가를 냈다는 건, 그만큼 절박한 이유가 있었다는 뜻 아니겠어? 솔직히 불어. 그 여자 때문 맞지? 지금 그 여자와 함께 있는 거지?]

속사포처럼 빠르고 과하게 흥분한 은원의 목소리를 참다 참다 못 참고 동원은 즉각 전화를 끊어버렸다. 하지만 곧바로 금원이 연락을 해왔다. 마음 같아선 거절 버튼을 눌러 버리고 싶었지만, 다른 사람도 아닌 금원 누나한테는 그럴 수가 없었다. 별수 없이 동원은 전화를 받아야만 했다. 그러나 그것은 엄청난 실수였다.

[어, 동원아! 이렇게 일찍 전화해서 미안해. 오붓한 시간, 내가 방해한 건 아닌지 모르겠다. 네 말을 먼저 들어봐야 할 것 같아서 연락했어. 알다시피 네가 휴가를 낸 건 굉장히 이례적인 일이잖니. 분명히 아버지께서 너한테 무슨 일이 벌어지고 있는지 궁금해하실 거야. 오늘

중으로 날 좀 보자고 하실 것 같은데. 난 이참에 말씀드렸으면 하거든?]

"뭘 말씀드리겠다는 거야?"

[네가 만나는 여자 말이야. 누나가 오늘 아버지께 말씀드려도 되겠지?]

"내가 누굴 만나는지 누나가 어떻게 알고?"

[아는 것만 말하면 되지. 참한 색싯감이라는 것. 그 여자 때문에 이래와의 결혼도 파기했다는 것. 여자를 오래 만나는 법 없는 네가 한 달 넘게 관계를 지속했다는 것. 그 여자 때문에 브랜드 런칭쇼를 코앞에 두고도 휴가를 떠났다는 것. 아버진 그 정도만 아셔도 흡족해하실 거야.]

"한 달 넘게는 무슨. 그 여자와는 몇 번 만난 게 다야."

[누나한테는 거짓말 안 해도 돼, 한동원. 은원이한테 다 들었어. 그 여자와 만난 게 한 달도 더 전이라며. 그 뒤로 이래와의 사이를 정리했고. 또 그다음엔 네 형부가 두 사람을 호텔에서 목격했잖아. 시간별로 정리해 보면 답 나와.]

"그런 거 아니야."

[부끄러워할 것 없어. 큰누나는 엄마 대신이잖니. 난 네가 어떤 여자를 만나도 다 오케이야. 네 마음을 따뜻하게 보듬어줄 수 있는 여자라면 집안이 형편없어도, 학력이 모자라도, 상관 안 해. 그러니까 큰누나한텐 다 말해도 돼.]

"그런 게 아니라니까 그러네. 우린 그저……!"

[나한테 맡겨. 그럴 일 없겠지만 혹시라도 가족 중 반대하는 사람 있으면 내가 다 설득할게. 깐깐하신 아버지도 내 말 한마디면 뭐든 오케

이하신다는 거, 너도 알지?]

"······누나 마음대로 해."

동원이 매우 지친 목소리로 원하는 말을 던져 주었을 때야 비로소, 금원은 '답정너(답은 정해져 있으니 너는 대답만 해의 준말)' 의 짓을 마무리하고 전화를 끊었다. 끊자마자 아버지께 달려가 '동원이 새 여자친구와 밀월여행을 떠났는데 두 사람의 관계는 심상치 않은 것으로 보아 결혼하게 될 확률이 매우 크다' 는 팩트와 거리가 상당히 먼 추측성 발언들을 해댈 것이다. 하지만 뭐······.

'될 대로 되라지.'

동원은 며칠간만이라도 복잡한 신변잡기적 일에는 신경 *끄고* 싶었다. 만사가 귀찮았다. 전날 어마어마한 에너지를 소비해서인지 그저 눈을 감고만 싶었다. 하지만 눈을 감고, 따스하고도 나긋나긋한 여체를 끌어안은 채 잠을 청하려던 그의 달콤한 계획은 다음 타자, 최임주에 의해 또다시 무자비하게 깨졌다.

"임주 씨한테는 내가 할 말이 없어. 미안하다는 말밖에는. 실은 나도 내가 이런 짓을 저질렀다는 사실이 믿어지지 않아."

[일탈이라는 거야? 충동적인 선택? 혹시 스트레스 때문에 머리가 이상해진 건가?]

"그럴 수도."

[항간에 떠도는 그 소문이 맞나 보네. 정말로 여자 문제로 머리가 복잡한가 봐?]

"설마 그 항간이 한은원의 그 항간은 아니겠지?"

임주가 은원과 절친한 사이라는 걸 비꼬듯 되짚으며 동원은 슬쩍 주방 쪽을 훔쳐보았다.

세 번째 전화가 걸려오자 그때까지 그의 품에 얌전히 안겨 있던 이진은 주섬주섬 옷을 챙겨 입고 방을 나가 버렸다. 그녀와 떨어져 있고 싶은 생각이 추호도 없었음에 동원은 곧장 그녀의 뒤를 따라 나왔지만 웬일인지 그녀가 머물고 있는 주방으로는 선뜻 들어갈 수 없었다. 싱크대 앞에 등을 보이고 서 있는 이진의 모습이 어딘지 외롭고 쓸쓸해 보였다. 다가가 꼭 안아주고 싶을 만큼. 가슴 한가운데에 짠한 기운이 고일 만큼.

[왜 아니겠어? 그 문제에 얼마나 촉각을 곤두세우고 있는데. 다들 동원 씨가 이제야 임자를 만난 거라고 좋아 난리야. 역시 인연은 따로 있는 건데 그동안 괜히 걱정했었다고. 동원 씨가 사귄 그 수많은 여자들 중, 지금의 그분과의 관계가 단연 톱이라며? 뭐라더라? 제일 화끈하고 열정적이고 깊다고 한 것 같은데.]

"제발! 은원 누나한테 내 걱정 말고 자기 걱정이나 좀 하라고 전해줄래? 회사 재정 펑크 나서 망하기 일보 직전이면서 오지랖은. 도대체 그 누난 무슨 정신으로 사는지 모르겠어. 돈을 벌어들이는 것보다 쓰는 데에 더 소질 있는 주제에 회사는 뭐 하러 세웠고, 경영의 'ㄱ' 자도 모르는 사람이 무슨 정신으로 경영 일선에 뛰어들었으며, 부실 경영으로 자금 누수가 치명적인 수준으로까지 번졌는데 왜 그렇게 손 놓고 있는 건지. 임주 씨가 알면 좀 알려줄래? 응?"

[그건 동원 씨가 은원 언니한테 직접 물어보는 게 좋겠어. 나도 궁금해 죽겠으니까. 그럼 좋은 시간 보내. 그분께 안부 인사 전해주고. 조만간 소개시켜 줄 거지?]

"소개시킬 일 없으니까 꿈 깨셔. 그런 사이 아니라고 몇 번을 말해?"

[두고 보면 알게 되겠지. 어쨌든 제발 부탁이니 런칭쇼에는 나타나 줘. 담당 이사님께서 안 나타나면 나 정말 곤란해져. 응?]

"노력해 볼게."

깜찍한 임주의 말투에 어쩔 수 없이 웃음을 흘리고는 통화를 끝냈다. 그사이 이진이 원두를 내렸는지 집 안에 향긋한 커피 향이 가득 차 있었다.

그녀는 식탁 앞에 앉아 수수한 디자인의 커피 잔을 두 손으로 감싸 쥔 채 가만히 앉아 있었다. 상념에 잠긴 것도, 화가 난 것도 같았다. 어쨌거나 몹시 경직되어 있는 것은 확실했다. 동원은 쭈뼛쭈뼛 그녀의 눈치를 보며 주방으로 들어섰다.

"커피 줄까요? 마실래요?"

그가 등장하자 이진이 고개를 번쩍 들며 먼저 말을 걸어왔다. 고개를 든 그녀의 얼굴에서 화난 기색을 발견할 순 없었다. 하지만 아무 감정도 떠올라 있지 않는, 완벽한 무표정의 얼굴을 보는 순간 동원은 직감할 수 있었다. 그녀는 기분이 몹시 상한 상태이고, 내색하고 싶지 않아 무표정을 가장하고 있다는 걸. 오늘 아침 자신의 품 안에 있을 때만 해도 이러지 않았음을 고려해 볼 때, 그녀가 화난 이유는 한 가지였다.

"내가 따라 마실게."

"그래요, 그럼."

덤덤한 목소리. 장막이 드리워진 눈동자. 감정을 닫고 무감각해지기 위해 애쓰는 모습. 가슴이 답답해지자 동원은 손을 들어 약지 끄트머리로 이마를 초조하게 문질렀다.

"최임주 씨는 우리 백화점에서 출시할 가방 브랜드 〈키치임주〉의 디자이너야. 명품 전문 백화점, 〈노블 그레이스〉 알지? 원래는 그쪽 분인데 이번에 우리 백화점과 일하게 됐어. 은원 누님의 지인이어서 개인적으로 전부터 알고 지내던 디자이너지."

"그래요?"

이진이 심드렁하게 중얼거리며 그를 멀뚱멀뚱 쳐다보았다. 묻지도 않은 걸 왜 나서서 설명하는지 영문을 모르겠다는 표정이었다. 여전히 동원의 마음은 불편하고 답답했다. 그는 좀 더 적극적으로 임주에 대한 알찬 정보를 흘렸다. 하얗고 반질반질 윤이 나는, 예쁘고 깜찍하고 귀여운 이진의 얼굴을 샅샅이 살피며.

"〈노블 그레이스〉 쪽 사람이란 말은 그쪽에 상당한 지분을 갖고 있다는 뜻이야. 최근에 사망한 전(前) 사장으로부터 전 재산을 물려받았거든. 〈노블 그레이스〉는 사실상 임주 씨의 것이나 다름없지."

"아, 네……."

"전(前) 사장의 아들이자 경영책임자인 석이찬 전무와 얼마 전에 결혼을 했어."

"결혼이요?"

"유부녀야. 그것도 경쟁사 오너."

"유부녀에 경쟁사 오너인데 같이 사업을 한다고요?"

"디자인이 죽이거든."

"네…… 그렇군요."

이진은 약간 놀란 것을 제외하곤 별다른 반응을 내비치진 않았다. 최임주나 〈노블 그레이스〉에는 더 이상 관심이 없다는 듯, 당돌해 보일 정도로 빤히 쳐다보던 눈을 다시 내리깔고 커피 마시는 일에 집중했다. 그녀가 꼴깍, 커피를 한 모금 넘기자 희고 가는 목선이 작게 물결쳤다.

이진은 긴 머리카락을 위로 틀어 올려 목덜미를 드러내고 있었다. 여학교 사감 선생을 연상케 하는 커다란 뿔테안경을 쓴 채였고, 어제 입었던 면바지와 블라우스 차림 그대로였다. 동원은 잠시 그녀의 옷을 따로 구입해야 하나 고민했지만 이내 집어치우기로 했다. 쇼핑은 어제저녁 시내 마트와 수산시장에 들러 식료품과 횟감을 구입했던 것만으로도 충분했다. 더 이상 시내로 나갈 시간도, 마음도 없었다. 그가 별장에 틀어박혀 하고 싶은 것이라곤 한 가지뿐이었다. 이진이 옷을 걸칠 필요가 전혀 없는 일.

문득 시장에 갔다 들었던 상인들의 너스레와 농담들이 떠올랐다.

"어휴, 신혼부부인가 봐. 둘이 참 잘 어울리네."

"새댁이 아주 늘씬하네. 피부 고운 것 좀 봐. 얼굴이 폈네, 폈어. 신랑이 잘해주나 봐?"

"신랑 입 찢어지겠다. 입 좀 다물어! 그렇게 좋아? 신랑이 신부한테 아주 꽉 잡혀 살겠구만."

가는 곳마다 물건 파는 아주머니들이 한마디씩 했다. 행여 도망이라도 칠세라 이진의 손목을 꼭 잡고 다녔기 때문인지, 하나같이 둘을 신혼부부로 착각했다. 190㎝의 동원과 170㎝의 이진은 롱다리 커플로 어딜 가나 눈에 띄었고 선남선녀로 부러움과 찬탄의 대상이 되었다. 그럴 때마다 헤벌쭉 웃어대며 기분 좋아했던 동원과는 달리 박이진은 두 손 내저어가며 굳이 '우린 그런 사이 아니에요' 하며 부인했다는 점이 옥에 티였다. 별장 열쇠를 받기 위해 별장지기 홍 노인을 만났을 때도 그녀는 그랬다.

"우리 도련님이 우째 여자친구를 다 데려오셨데에—! 내 눈에 흙 들어가기 전엔 못 볼 줄 알았는디."

"그런 말씀 마. 누가 들으면 나, 진짜 여자친구 한 번도 못 사귀어본 줄 안단 말이야."

"여자친구를 사귀었나, 사귄 척만 했나, 거까진 모르겠고! 어쨌든 한 번도 별장에 데리고 내려와 보질 않았잖유. 괜찮은 여자 만나면 나한테 선 뵈준다고 철석같이 약속해 놓았음서. 내가 얼마나 기다렸는디유."

"괜찮은 여자가 없어서 그랬지. 서운했어? 내가 할아버지께 했던 약속 잊어버렸을까 봐?"

"그럴 리 없다는 건 나도 알았쥬. 그래서 걱정이 태산 같았던 것이고 오— 나이는 점점 차는디, 도대체 참한 처자들은 다 어딜 가고 우리 도련님을 지금껏 혼자 놔둘까나, 했쥬."

"할아버지는 참. 별걱정을 다 하셔. 아무렴 내가 여자 없어서 장가 못 들까 봐?"

어릴 때부터 유독 동원을 귀여워하던 홍 노인은 동원이 이진과 함께 나타나자 무척이나 반가워했다. 고작 초등학교 시절 자신이

했던 철없는 약속을 홍 노인이 아직까지 기억하고 있다는 것을 알고 나니 마음이 따뜻해졌다. 그래서였던 것 같다. 이진이 여자친구가 아니라는 사실을 굳이 밝히지 않았던 것은.

홍 노인은 이진이 무척이나 마음에 드는 듯 연신 그녀의 손을 쓰다듬으면서 뿌듯해했다. 이진이 눈치 없이 불쑥 '저, 실례지만 할아버지, 전 동원 씨 여자친구가 아니에요'라고 말할 때까지는 정말 눈물겹도록 화기애애한 분위기였다.

"워따. 우리 도련님, 어쩌다 이 지경이 됐슈? 그렇게 안 봤는디 영…… 거기시가 부실한가뷰?"

"거시기라니?"

"거시기 있잖유, 거시기. 아무래도 오늘 시장에 가서 장어 몇 마리 사다가 고아야 쓰것구만유. 이번 기회에 몸보신 좀 혀서 힘써 보드라고유. 남자의 힘을 보여줘유!"

"할아버지, 지금 날 뭘로 보고……!"

홍 노인은 동원을 안쓰럽다는 듯 바라보며 '한창 팔팔해야 할 나이에 이게 뭔 일이래유—!' 하고 연방 혀를 찼다. 그러더니만,

"기다려 봐유. 내가 후딱 가서 장어, 펄떡펄떡 실한 놈으로다가 몇 마리 구해 망구탱이한테 푹 과놓으라고 할 테니께유. 먹고 힘내서 꼭! 한 회장 손자 만들어서 돌아가셔유. 알것쥬?"

하고는 쌩하니 사라졌다. 졸지에 '거시기'가 부실한 스물여덟

총각이 되어버린 동원은 이진을 잔뜩 노려보아야 했다. 이게 다 너 때문이다, 하는 얼굴로. 그냥 넘겨도 될 일을 일일이 따져 가며 구구절절 부인하는 이진이 동원은 몹시도 마음에 안 들었다. 은근히 그녀의 신랑, 그녀의 남자친구로 오해받는 일이 재미있다고 느끼는 자신의 반응은 더 마음에 안 들고. 그런 일을 겪은 이후부터 자꾸만 그녀가 자신의 것이 된다면 어떤 기분일까? 생각해 보게 되는 건 더욱더 싫었다.

"내 말은 그러니까…… 신경 쓸 필요 없다고. 임주 씨는 그냥 친구야."

희미하게 눈살을 찌푸리며 동원은 말했다. 고혹적인 이진의 목덜미에서 눈을 뗄 수가 없었다. 뭔가 비밀스럽고 도발적인 안경에서도.

"내가 그분을 신경 쓴다고 생각해요?"

내려떴던 눈을 반짝 치켜뜨며 그녀가 물었다. 지극히 나직하고 평온한 말투. 불안감이 희미하게 고개를 쳐들었다. 임주를 질투해서 반항 내지는 무언의 시위 중이라고 생각했었는데 그게 아니라니. 그렇다면 왜 이런 기분이 드는 걸까? 왜 박이진이 박이진이 아닌 것 같은 걸까? 늘 그에게 모든 걸 내어주는 박이진이 왜 오늘 아침엔 이렇게 남처럼 느껴지는 걸까? 동원은 조금은 날카롭게 되물었다.

"아니야?"

"당연히 아니죠. 당신이 누구와 통화하든 나와 무슨 상관이 있겠어요? 어차피 우리는 감정적으로 엮이지 않기로 약속한 사이인데. 다른 건 몰라도, 그 규칙만큼은 꼭 지킬 거예요. 걱정 말아요."

"그래?"

그것 참 듣던 중 반가운 소리로군, 라고 말해야 옳다. 그것이야 말로 한 여자를 오래 만나지 않는다는 사교계의 프린스, 한동원다운 대응이었다. 그러나 동원은 목구멍이 말라붙어 버린 듯 아무말도 할 수가 없었다. 어제부터 지금까지 마음에 안 드는 것들 투성이인데 지금 이진의 이 말은 그중 베스트였다.

"커피 안 마실 거예요?"

어느새 다 마신 이진이 자리에서 일어나며 물었다. 동원은 말없이 커피머신이 있는 곳으로 다가갔다. 이진은 개수대로 다가가 빈커피 잔을 내려놓고 쌀을 꺼내 씻기 시작했다.

촤륵촤륵.

이진이 가늘고 긴 손끝으로 쌀을 비비는 소리를 들으며 동원은 조용히 커피를 따라 마셨다. 알 수 없는 박탈감으로 쓰라렸던 그의 가슴이 대충 가라앉을 즈음, 이진은 전기밥솥에 안칠 물을 가늠하고 있었다.

숙인 목덜미에 나 있는 뽀송뽀송 솜털이 동원의 눈에 쏙 들어왔다. 소매를 팔꿈치 위까지 말아 올린 덕분에 뽀얗게 드러난 팔뚝도. 가녀린 어깨와 낭창낭창한 허리도. 길고 가는 몸매 라인과 그위를 살포시 감싼 우아하고 청순한 분위기도. 예기치 않게, 어젯밤 그녀가 자신의 품 안에서 신음하고 울부짖으며 산산이 부서지던 모습이 불쑥 떠올랐다. 머리가 띵해질 만큼 강력한 전기가 아랫도리로 찌르듯 올라왔다.

동원은 손에 들고 있던 커피 잔을 테이블 위에 가만히 내려놓았다. 그리고는 이진의 등 뒤로 다가가 속삭이듯 선언했다.

"지켜야 할 규칙이 하나 더 있어, 박이진."

"네?"

이진이 깜짝 놀라 뒤를 돌아보며 반문했다. 동원은 그녀의 납작한 허리를 두 팔로 감싸 안고 제 쪽으로 쏙 끌어당겨 안았다. 그녀의 뾰족한 어깨뼈와 통통한 엉덩이가 그의 맨가슴으로, 그의 다리 사이로 철썩 부딪쳐 왔다. 장어 따위 없어도 언제나 기세등등한 동원의 '거시기'가 빠르게 단단해졌다. 이진이 훅, 하고 뜨거운 숨을 들이켰다. 만족감에 미소를 지으며 그는 조개껍데기처럼 오목한 이진의 귓가에 입술을 찍고 나른하게 속삭였다.

"여기선 절대로 옷을 입으면 안 돼."

동원은 이진의 달콤한 맨살에서 거추장스런 옷가지들을 하나씩 벗겨내기 시작했다.

5일 후. 한밤중.

한기가 몰려들어 잠에서 깬 이진은 축 늘어져 쓰러져 있던 몸을 천천히 움직여 보았다. 눈꺼풀을 밀어 올리자 넓고 단단한 남자의 가슴팍이 눈에 들어왔다. 허리와 엉덩이로 소유욕 가득한 손길도 느껴졌다. 희미한 자각과 함께 날카로운 현실감이 훅 쳐들어왔다.

이진은 어젯밤 동원과 뜨거운 정사를 벌였다. 지칠 때까지 쉴 새 없이 이어진 정사의 후유증으로 손가락 하나 까딱할 수조차 없게 되자 그대로 곯아떨어졌고, 한참을 자고 일어난 지금까지도 그녀는 그의 품에 안겨 있었다. 그것도 반듯하게 누워 있는 그의 몸 위에 얹힌, 매우 민망한 자세로.

어쩌다 이렇게 된 걸까. 분명 잠이 들 때는 내가 아래에 있었는데…….

"으음……."

그에게서 떨어져 나오기 위해 움직이자 동원이 몸을 뒤척였다. 혹여 그가 깰세라 이진은 숨을 죽이고 바짝 엎드렸다. 동원은 무의식적으로 팔에 힘을 주어 그녀를 더욱 바짝 끌어당겼다. 덕분에 껌딱지가 된 이진은 좌절의 신음을 흘렸다. 찬 공기로 인해 똘똘 뭉쳐 단단해진 젖꼭지가 그의 맨가슴에 자극적으로 짓눌리고 있었다.

이진은 움직임을 멈추고 잠시 숨을 가다듬었다가 다시 몸을 일으켰다. 하지만 이번엔 그가 슥슥, 이진의 등허리와 엉덩이를 차례로 문지르기 시작했다. 마지막에 가선 그녀의 하체를 꽉 움켜쥐고 제 몸으로 바짝 끌어당겨 버리기까지 하자, 이진은 두 다리를 양쪽으로 한껏 벌린 채로 드러난 속살을 그의 강철 같은 맨살에 짓눌리는 험한 꼴을 겪을 수밖에 없었다. 찌르르, 날카로운 쾌통이 아랫배를 관통했다. 이진은 격하게 숨을 내쉬며 그의 가슴에 고개를 박았다.

절망스럽게도 또다시 그가 갖고 싶었다. 미친 게 아닐까? 어떻게 이럴 수가 있을까? 다른 사람도 아닌 자신이. 이 박이진이. 어떻게 이렇게 음탕하고 문란해질 수가 있을까? 섹스에 중독된 것 같다. 아니, 한동원에 중독된 것 같다. 하필 한동원에게 빠져 헤어나질 못하고 있는 것이다. 이렇게도 절망스러운 이유는 바로 그

때문이었다.

"그 여자와는 몇 번 만난 게 다야."
"그런 사이 아니라니까 그러네!"
"소개시킬 일 없으니까 꿈 깨셔."

동원은 별장에 온 다음날 아침, 누이들과 통화하면서 그렇게 말했었다. 그들의 대화 속에서 '몇 번 만난 게 다인 여자'나 '그런 사이 아닌 여자', '소개시킬 일 없는 여자'가 누구인지는 뻔했다. 새삼스러울 것도 없다. 그러니 상처받을 이유도 없었다. 동원이 자신을 사랑하지 않는다는 것쯤은 이미 그녀도 잘 알고 있었으니까. 그래도 속은 상했다. 편하게 웃으며 넘길 수 없었다. 동원과는 달리 이진은 그를 아주 많이 사랑하고 있으니까.

"구질구질하고 한심해."

혼잣말을 중얼거리며 이진은 조심스럽게 고개를 들었다. 깜깜한 어둠 속에서도 동원의 얼굴 윤곽을 확인할 수 있었다. 이진은 살그머니 손을 뻗어 그의 따스한 볼을 쓰다듬었다. 실크처럼 매끄럽고 단단한 살결이 손바닥 아래로 느껴졌다. 아래로 조금 내려와 엄지로 입술을 만졌다. 얇은 편이라서 금욕적으로 보이지만, 그래서 더 섹시하게 느껴지는 입술.

한참 동안이나 그 입술을 매만졌다. 이제는 다시 만지지도, 맛보지도 못할 입술이기에. 오늘은 다섯 번째 밤이었다. 예정된 이별의 종착. 그 마지막 밤.

다섯 날을 함께 보내는 동안, 이진은 동원과 관련된 추억을 수 없이 쌓았다. 그들은 함께 근처 바닷가로, 산기슭으로 소풍을 다녔다. 갯벌 밭에서 조개를 줍기도, 실내수영장에서 수영을 하기도, 자전거를 빌려 하이킹을 다녀오기도 했다. 홍 노인이 몰래 가져다 놓은 장어매운탕과 장어국으로 한 상 푸짐하게 먹기도 했고, 시장에서 사온 물건들로 직접 음식을 해먹기도 했다. 그사이 이진은 정말 화나게도 동원을 더 많이 사랑하게 되었다.

그는 소문처럼 한없이 다정한 남자였다. 말없이 나가 이진의 속옷과 겉옷 몇 벌을 사오기도, 흰 피부가 망가질지도 모른다며 선크림을 직접 발라주기도, 체력이 방전될까 걱정해 자전거 템포를 줄이거나 쉬엄쉬엄 달리도록 세심히 배려하기도 했다. 걸어서 이동할 땐 언제나 손을 잡아주었고, 행여 사고라도 날까 반드시 차도 안쪽으로 걷게 했다. 좁은 골목길을 지나다가 우연히 오토바이가 옆으로 스쳐 갈 때는 이진을 끌어당겨 보호하기도 했다.

낮에 다정한 연인이었다면 밤에는 뜨거운 연인이었다. 그들은 밤마다 화끈하고 뜨거운 관계를 이어갔다. 일상에서 벗어난 곳, 단둘만의 여행이라는 상황 때문인지 그들은 그 어느 때보다도 더 자유분방했고 방탕했다. 성(性)을 마음껏 탐닉했고 끝도 없이 즐겼다. 침대에서, 욕실에서, 주방에서. 심지어는 뒤뜰에서 비를 맞으며 한 적도 있었다.

빗물이 얼굴 위로 떨어지는 상황을 이용해 이진은 실컷 눈물을 흘렸다. 절절한 마음에. 안타까워서. 그를 너무 사랑한 나머지 가슴이 찢어질 것만 같아서.

이제 더 이상 그를 만나지 않을 거라고 다짐했기에, 매 순간순간을 마지막이라고 생각했다. 삼켜 버릴 듯 그의 입술을 가졌고, 혼신의 힘을 다해 엉덩이를 그에게 밀어 올렸다. 더 이상 가까울 수 없을 정도로 그의 몸을 가까이 끌어안는 그녀의 손길은 절박했다. 마치 내일 지구가 멸망하기라도 하듯. 마지막을 준비하는 사람의 것처럼.

실제로 그녀는 요 이틀 동안 차근차근 마지막을 준비하고 있었다. 헤어질 때 멀쩡한 모습으로 버틸 자신이 없었기에 새벽에 몰래 떠날 계획을 세웠고, 그가 없는 사이 언니와 통화도 미리 해두었다.

[너 괜찮니? 별일 없어?]

"응……."

[걱정 많이 했어, 얘. 아버지한테서 사정 얘기를 대충 전해 듣긴 했는데……. 실은 그제, 세영이한테서 연락이 왔거든. 너랑 통화가 안 된다면서 집으로 전화했더라. 갑자기 예정보다 더 빨리 러시아로 돌아가게 되었대. 러시아 집 전화번호랑 주소를 알려줘서 내가 따로 적어뒀어. 다행히 내가 전화를 받아서 아버지께서 알게 되는 불상사는 안 생겼지만…… 왠지 느낌이 이상해. 뭔가를 알고 계시는 눈치 같달까.]

"서울 올라가면 내가 다 설명드릴게. 신경 쓰게 해서 미안해, 언니."

[나한테 미안해할 필요 뭐 있어? 난 네가 걱정될 뿐이야.]

"내 걱정은 안 해도 돼. 난 아주 잘 있어. 모레쯤 올라갈까 해."

[너, 혼자 있는 거 아니지? 누구랑 함께 있는 거야? 남자니?]

"……."

[누구인지 언니한테 말해주면 안 돼?]

"이틀이면 돼. 이틀만. 딱 이틀만 나한테 시간을 줘. 그럼 다 얘기할
게."

[이틀 뒤에는 꼭 올라오는 거지?]

근심 섞인 목소리로 재차 묻는 이래에게 이진은 한 번 더 확인
시켜 주었다. 이틀 뒤, 돌아가서 모든 걸 다 설명하겠다고. 정확히
말하면 거짓말이었다. 있는 그대로 모든 걸 다 설명드릴 수는 없
었다. 누군가를 사랑하게 되었고, 그 사람과 짧은 연애를 즐겼다
고만 말할 것이다. 그러고 나면 모든 미련을 떨치고 동원을 몰랐
던 시절의 자신으로 되돌아갈 것이다.

동원과 평생 마주치지 않을 수는 없을 것이다. 사교계의 프린스
인데다가 재벌가 최고의 독신남인 한동원이니만큼 수많은 파티,
혹은 공식 석상에서 그를 만나게 될 것임은 자명하다. 그럴 때마
다 이진은 그와의 추억들을 떠올리며 가슴 아파하겠지만, 알은체
를 할 생각은 전혀 없었다. 그들의 관계는 서로의 기억 속에서만
존재해야 한다. 현실로 끄집어낼 수 없는 관계이고 감정이었기에
이진은 동원에 대한 감정을 이곳, 별장에 모조리 묻어버리고 떠날
예정이었다.

"사랑해요, 한동원 씨."

뜨거운 감정을 담아 속삭이고 동원의 턱에 입술을 찍었다. 그새
까칠하게 올라온 수염이 이진의 입술을 긁었다. 혓바닥을 내밀어
따끔한 턱 선을 핥았다. 두 눈을 감으니 짙고 풍성한 속눈썹 사이
로 눈물 한 줄기가 또르르 흘러내렸다.

"죽을 때까지 사랑할 거예요."

이진은 울컥 치미는 울음을 가까스로 삼키고는 아주 작게 웅얼거렸다. 혼자만 알아들을 정도로 희미한 그 소리에, 내내 시체처럼 미동도 하지 않던 동원이 움직였다. 부스럭거리며 이진의 허리를 더 힘주어 끌어안더니, 허리를 들썩여 단박에 몸을 뒤집는다. 이진은 순식간에 침대에 등을 대고 누웠다. 동시에 동원의 커다란 덩치가 이진의 전신에 겹쳐 오자 침대 매트리스가 아래로 푹 꺼졌다.

"굿모닝."

지난 5일 동안 매일 아침 들었던, 허스키하게 잠긴 목소리로 그가 속삭였다. 어둠 속에서 그를 올려다보며 이진은 자꾸만 목구멍을 뚫고 올라오려는 울음소리를 꾸역꾸역 참아냈다. 잠시 후 너무나도 멀쩡한 목소리를 목구멍 밖으로 밀어내는 데에 성공하자, 이진은 마음속으로 감사의 기도를 올렸다.

"아직 한밤중인데 무슨 굿모닝이에요?"

"아직도 밤이라고?"

"아침이 되려면 아직 멀었어요."

"그거 듣던 중 반가운 소리군. 난 밤이 참 좋더라."

"음흉하기는."

"내가 좀 음흉하긴 하지."

장난기 가득한 목소리로 중얼거리더니, 음흉함을 증명해 보이려는 듯 허리를 슬쩍 아래로 끌어내려 돌출된 몸의 일부분을 이진의 하체에 슥슥 비볐다. 이미 커다래진 그의 몸이 돌진과 침입, 정복의 짜릿함을 고대하며 갈라진 틈을 찔러댔다. 이진은 엉덩이를 위로 처들고 두 다리를 넓게 벌리며 그를 적극적으로 초대했다. 동원은 크르렁, 짐승과도 같은 소리를 입 밖으로 흘러내더니 이미 꿀이 흥건하게 올라온 이진의 몸속으로 꿰어 들어갔다.

"으으음……."

얕은 신음을 흘리며 이진은 긴 다리로 동원의 허리를 감았다. 그에게 딱 맞게 길들여진 이진의 자궁이 주인을 알아보고 옴질옴질 죄었다 풀기를 반복해 댔다. 숨통을 죄는 듯한 그 열광적인 환영의 몸짓은 동원에게 강렬한 쾌감을 선사했다. 사랑스럽고도 탐욕적인 그곳을 거칠게 쑤셔대며 동원은 하아, 하아, 길고 뜨거운 숨을 토했다.

"박이진…… 박이진……."

몸살을 겪듯 동원이 몸부림을 치며 그녀의 이름을 속삭였다. 단박에 머리끝까지 치고 올라오는 짜릿함과 알 수 없는 답답함, 가슴 언저리를 옥죄는 아릿한 감정 등이 한데 뭉쳐 그를 괴롭히고 있었다. 생각할 겨를은 없었다. 그저 이진의 몸속에 자신을 파묻고 모든 걸 잊고만 싶었다. 동원은 이진을 거의 짓누르다시피 끌어안고 계속해서 자신을 밀어 넣었다. 깊이, 아주 깊이.

"으…… 으으음……."

"박이진…… 박이진……."

"아, 아, 아……!"

회오리치는 감각의 폭풍을 맞이하며 이진은 자신을 거의 에워싸다시피 한 동원의 상체에 이를 박았다. 거대하고 우람한 등판에는 손톱을 박았다. 커질 대로 커진 양물이 뿌리까지 깊숙이 들어올 때마다 새된 비명 소리가 목구멍 바깥까지 새어 나왔다. 그는 아주 조금만 물러섰다. 그리고 아주 힘껏 엉덩이를 때리며 박혀왔다. 또다시 조금 물러났다가 철벅, 하고 그녀의 안을 가득 채웠다. 그가 움직일 때마다 꿀쩍꿀쩍, 꿀물이 음란한 소리를 만들어냈다.

이진의 내부를 꽉 채운 채로, 갑자기 그가 고개를 들었다. 이미 흥분감이 극에 달한 그는 얼굴과 목 아래쪽까지 벌게진 채였다. 이마에 땀이 송알송알 맺혀 있었고 눈동자는 열감으로 인해 충혈되어 있었다. 살짝 벌어진 입술 새에서는 뜨거운 숨결이 쏟아졌다.

그는 이진을 어찌해야 할지 도통 모르겠다는 듯 내려다보고 있었다. 그동안 말은 꺼내지 않았어도, 그 역시 오늘이 마지막이라는 걸 인지하고 있었던 모양이다. 어떻게 이별의 말을 꺼내야 할지 몰라 당황스러운 게 틀림없었다. 헤어짐을 생각하니 가슴이 아팠다. 하지만 이진은 내색하지 않고 환히 미소를 지었다.

"이 순간을 영원히 기억하고 싶어요. 그렇게 만들어줄 수 있어요?"

이진이 속삭이자 동원이 두 팔로 이진의 몸을 더 꽉 끌어안았다.

"그렇게 될 거야."

그는 고개를 숙여 톡 튀어 올라선 이진의 젖꼭지를 핥았다. 이진은 몸을 떨었다. 연신 핥다가 혓바닥으로 흡착하여 쭉, 쭉, 빨아당기자 허리를 높이 들고 고개를 뒤로 젖히며 앓는 소리를 흘렸다. 잡아 뜯듯 길게 물었다가 튕겨내자 흐, 흐흑, 하고 신음성을 터트렸다. 이를 세우고 꼭지 끄트머리를 갉아내고 잘근거리자 정신을 차릴 수가 없어졌다. 이진은 허리를 세차게 들어 동원의 몸에 부딪쳤다. 한 번, 두 번, 세 번. 연달아서. 그가 짐승처럼 달려들 때까지.

"당신을 갖고 싶어. 완전히 갖고 싶어, 박이진……."

열병에 걸린 사람처럼 동원은 정신없이 중얼거리며 이진의 몸을 닥치는 대로 빨고 깨물고 핥았다. 귓불을 입술로 물어 길게 잡아당겼다가 놓아주고, 턱 선을 따라 그녀의 살결을 추릅추릅, 빨고 핥아 내려갔다. 도톰한 입술을 빨고 또 빨다가, 안쪽의 연약한 살집을 지그시 깨물었다. 온몸을 후려치는 쾌감에 이진이 흐느꼈지만 가혹한 동원은 더 세게 밀어붙였다.

섬세한 목선에 키스마크를 찍었고 섹시한 쇄골에 한참이나 머물러 그녀의 향기를 즐겼다. 두 개의 도드라진 가슴 덩어리는 그보다 더 오랫동안 동원의 괴롭힘을 받았다. 쓰라림이 느껴질 정도로 세차게 빨고 잘근거렸고, 그때마다 발끝서부터 머리끝까지 가득 차오는 쾌락과 심장의 아릿함에 이진은 끝내 눈물을 터트리고 말았다.

"흐흑, 흑……!"

"당신은 정말 대단해. 귀엽고 섹시하고…… 아름다워."

손가락을 희미하게 굽혀 부드럽고 조심스럽게 눈물을 닦아주며 그가 말했다. 그는 여전히 자신을 이진의 안에 뿌리까지 깊게 묻은 채였고, 이진은 욱신욱신 맹렬히 수축과 이완을 반복하며 그를 자극하고 있었다. 촉촉한 꿀물과 아늑하고 감각적인 주름에 휩싸여 황홀한 고문을 당하고 있는 동원은 천천히 전진과 후퇴를 반복하며 이진의 귓불을 나른하게 빨아먹었다.

"지금 당신이 얼마나 섹시한지 알아?"

"거짓말인 거…… 하나도 안 섹시한 거, 다 알아요."

"그런 말 하지 마. 내 눈엔 당신이 세상 어떤 여자보다도 더 섹시해 보이니까."

나도 당신이 세상 어떤 남자보다도 더 멋있다고 생각해요.

입 밖으로 차마 내뱉을 수 없는 말을 마음속으로 중얼거렸다. 그리곤 빙긋, 슬픈 미소를 지어 보였다. 동원은 이진의 말간 눈동자를 들여다보며 조금 더 그녀를 끌어당겨 안았다. 어찌나 꽉 안던지, 당장이라도 뼈가 으스러질 것만 같았다. 그렇지만 이진은 좋았다. 그의 품이라면 이대로 죽어도 좋을 것 같았다.

"당신을 많이 아껴. 아주 많이."

동원이 뜻 모를 간절함으로 속삭였다.

"그거 알지?"

열렬히 뭔가를 알리고 싶은 사람처럼 뜨거운 눈빛으로 그가 물었다. 뭔지 모르지만 이진은 그것도 좋았다. 이진은 눈물을 단 눈으로, 슬픈 미소를 띤 얼굴 그대로 고개를 끄덕였다.

동원이 휴우, 안도하는 듯 한숨을 내쉬었다. 그러더니 덥석 이진의 입술을 물고 진한 키스를 퍼부었다. 고개를 들었을 때 동원은 완연히 욕망에 젖은 눈빛을 하고 있었다.

"도대체 언제쯤 만족이 될까? 당신이란 여자한테는."

"……."

"너무 끔찍해서 답은 생각하기도 싫군."

자조적으로 중얼거리며 동원은 이진을 끌어안은 채로 침대에 등을 대고 누웠다. 몸이 출렁거리자, 결합된 부위로 짜릿한 쾌감이 밀려왔다. 동원은 강렬한 쾌통을 즐기며 헐떡였고, 이진은 감당 못해 흐느끼며 그의 어깨에 매달렸다. 이진의 골반을 꽉 움켜쥐며 동원은 간신히 속삭였다.

"이제부터 달릴 거야. 떨어지지 마."

제10장 잔혹한 프러포즈

다음날 오후 5시 반. 이진은 경원백화점 본점 엘리베이터에 올라타고 있었다. 다시는 한동원과 만나지 않겠다고, 그와 혹시라도 마주치게 된다 해도 알은체하지 않을 거라고 굳게 맹세했던 게 어제였다는 걸 감안한다면 몹시 놀라운 일이었다.

"나도 웬만하면 참으려고 했어. 다시는 안 볼 생각이었으니까 될 수 있으면 내 선에서 해결할 셈이었다고. 하지만 이건 아니지. 당신이 이렇게 나오면 나도 가만히 못 있지. 날 여기까지 오게 만든 건 당신이야, 한동원."

혼잣말을 중얼거리는 이진은 잔뜩 뿔이 나 있었다. 이를 악물었고 양 눈에는 불덩이가 이글이글 타오르고 있었다. 이루지 못한 사랑 때문에 가슴 아파 눈물 흘리던 어젯밤과는 지구 열 바퀴만큼이나 멀어 보였으며, 그의 안녕과 행복을 빌며 몰래 떠나오던 오늘 새벽과는 명왕성만큼이나 멀어 뵀다.

이진은 점심 즈음 날아온 난데없는 소식에 놀라 자빠질 뻔했던 기억을 떠올렸다. 별장에서 새벽 일찍 출발한 그녀가 서울에 도착한 시간은 아침 출근 시간. 곧바로 출근길에 올라 오전 내내 일을 하고 있던 이진은 언니, 이래로부터 문자 한 통을 받았다.

「네 결혼 상대자가 왜 갑자기 하경우에서 한동원으로 바뀐 거야? 설마 지금까지 한동원이랑 같이 있었던 거야? 그동안 한동원과 만나고 있었니?」

영문을 몰라 이진은 곧바로 이래에게 전화를 걸었다. 하지만 이래는 아는 게 거의 없었다. 아버지로부터 '이진이는 조만간 한동원 군과 결혼하게 될 것'이라는 통보를 받았을 뿐이었다. 이래는 그동안 이진과 경우가 잘되어가는 줄로만 알았고, 이진이 갑작스럽게 잠적하고 나서야 일이 잘못되어 가고 있음을 눈치챘다는 거다.

이진은 아버지를 찾아갔다.

"도대체 이게 어떻게 된 거예요? 뭐라고 말 좀 해보세요! 네?"

비서실장이 만류하는데도 막무가내로 회장실 문을 박차고 들어간 이진은 이래의 메시지가 찍힌 휴대폰을 들이밀며 거칠게 항의했다. 그 기세가 얼마나 매섭던지, 박철우 회장은 당장 옆에 있던 이사들을 물리고 둘째 딸과 독대하기에 이르렀다.

"며칠 만에 얼굴 보면서 아비한테 인사가 겨우 그거냐?"

"아버지께서 절 황당하게 만드시잖아요. 도대체 이게 무슨 말씀이세요? 갑자기 웬 결혼이에요?"

"그걸 네가 나한테 묻다니 놀랍구나. 솔직히 놀람을 넘어서 화가 나려고 한다. 앉거라."

말은 그리해도 박 회장은 몹시도 정상적이고 차분해 보였다.

'딸내미는 이렇게 열받아 죽기 일보 직전인데!'

잠시 가라앉았던 화가 또다시 욱하고 치밀어 오르자 이진은 두 눈을 감고 심호흡을 했다. 간신히 마음을 다스렸지만 눈을 뜨고 아버지를 보자 또다시 화딱지가 났다. 이진은 감정이 실린, 심히도 불손한 태도로 털썩 소파에 걸터앉았다. 아버지가 불쾌해하길 바라며 한 일종의 반항이었지만 박 회장은 대수롭잖게 넘겼다. 이진은 미간을 험악하게 구겨 '심기 불편'함을 적나라하게 드러내며 볼멘소리를 냈다.

"앉았어요."

시키는 대로 앉았으니 이제 변명 시작하시란 말이었다.

박 회장은 10대 청소년 시절로 되돌아간 듯한 딸을 물끄러미 바라보며 구부정한 등을 소파 등받이에 기댔다. 아내를 쏙 빼닮은 세 딸. 그중에서도 가장 많이 닮은 이진은 아내의 불같은 성미마저 고대로 물려받았다. 평소엔 다시없이 순하고 물러터진 여자가 한 번 핀트가 엇나가면 다이너마이트로 돌변하던 아내를 떠올리며, 박 회장은 속으로 미소를 지었다.

"뭐가 놀랍다는 거예요? 왜 아버지께서 화가 나시는데요? 결혼 얘기 꺼내신 건 아버지이시잖아요."

박 회장이 침묵을 지키고 있자, 지레 안달이 난 이진이 추궁하듯 질문을 연달아 날렸다.

"이번 일은 내가 아니라 너 때문에 벌어진 일이기 때문이지."

"저요?"

"어쩌다 결혼 얘기까지 나왔는지 정말 모르겠니?"

"제가 알아야 돼요?"

도무지 이해할 수 없는 아버지의 말씀에 이진이 되물었다. 박 회장은 속내를 살피듯 이진의 황당해하는 모습을 찬찬히 지켜보다가 마침내 입을 열었다.

"오늘 오전, 한 회장이 우리 집안에 정식으로 청혼을 해왔다. 동원 군의 짝은 반드시 너여야 한다더구나."

"한 회장님께서요? 저를 콕 집었다는 말씀이세요?"

"나로서는 놀랍고 이해 안 될 수밖에 없었다. 너도 알다시피 동원 군이라면 최근까지 네 언니와 혼담이 오가지 않았니? 아무리 경원과의 합자가 절실하다고 해도, 이렇게 빨리 상대를 바꿔서 결혼 얘길 할 수는 없다고 생각했다. 그래서 시기상조라는 의견을 주었지. 한데 한 회장이 참으로 놀라운 얘길 하더구나."

"무슨 얘기를요?"

"지난 5일 동안 너와 동원 군이 함께 있었다는 얘기였다."

"……!"

이진의 눈이 더욱 커다래졌다. 당장이라도 눈알이 튀어나올 것처럼 홀쩍 열린 딸의 눈을 보며 박 회장은 한동원이 거짓을 고한 것은 아닌 모양이라고 생각했다. 그는 속으로 한숨을 내쉬었다. 뭐가 이렇게 복잡하게 돌아가는 건지 원. 큰 사윗감으로 점찍어두었던 동원은 둘째가 좋다 하고, 작은 사윗감으로 점찍어둔 경우는 첫째가 좋다 하고. 도무지 갈피를 잡을 수가 없었다.

"네가 임신했을지도 모른다더구나."

"누가 그런 말도 안 되는 소릴!"

"아니란 말이니?"

조심스럽게 묻는 박 회장의 눈빛은 맑았다. 그 눈을 보고는 도저히 거짓을 고할 수 없을 만큼. 이진은 입술을 깨물며 냉큼 두 눈을 내리깔았다. 분기가 턱 밑까지 찼지만 아니라고 부인할 수가 없었다. 지난 5일간 그녀가 동원과 함께 있었던 것도 맞고, 별장에서는 둘 다 신경 써서 피임을 했었지만 이전에 이미 두어 번의 실수로 인해 임신했을 가능성이 있다는 것도 맞으니까.

"맞는 게로구나. 정말로 동원 군과 몰래 만나고 있었어."

박 회장의 침울한 선언을 들으며 이진은 질끈 두 눈을 감았다. 고개를 들 수가 없었다. 이런 식으로 아버지께 실망을 안겨 드리고 싶지 않았다. 부끄러움과 수치스러움이 아닌 자랑과 자부심이 되고 싶었다. 그렇게 되려고 지난 27년 동안 부단히 노력해 왔던 그녀였다.

"왜 그랬니? 왜 사실대로 말하지 않았어?"

"그게……."

"나나 네 언니가 반대할 거라고 생각했니?"

차분한 한 회장의 추궁에도 불구하고 이진은 아무 말도 할 수가 없었다. 지금은 단 한 가지도 섣불리 말할 수 없었다. 말 한마디만 잘못해도 동원과 자신이 가졌던 관계가 얼마나 위험하고 부도덕한지, 모조리 탄로날 수도 있었다.

"네가 잘못 안 거다. 우린 너와 동원 군을 응원해 줬을 거야. 안될 게 뭐니? 반대할 이유나 명분이 전혀 없는걸."

"아버지······."

"동원 군과 네가 굳이 남들 몰래 만날 필요는 전혀 없었다. 너와 사귀기 시작했을 때 동원 군은 이미 이래와 끝낸 뒤였잖니. 경원과 TX그룹은 아직 합자에 관심이 많다. 한 회장이나 나도 여전히 두 집안의 결합을 바라고 있고. 그런 마당에 너희 둘 관계를 왜 반대하겠니? 오히려 적극적으로 둘의 결혼을 추진했을 거다."

"이미 끝난 사이······?"

······는 아니었지! 이진은 두 눈 부릅뜬 채로 말똥말똥 박 회장을 바라봤다. 이 엄청나게 잘못된 사실 관계를 어떻게 해야 바로 잡을 수 있는지 미친 듯이 머리를 굴려보았지만 생각이 나질 않았다. 대체 아버진 어쩌다 그리 잘못 알게 되신 거지?

"동원 군한테서 자세한 얘기를 전해 들었다. 청혼 건으로 연락했더니 한달음에 달려오더구나."

"동원 씨가 직접 찾아와서 말했다고요?"

"이래와의 결혼을 백지화한 직후에 만났다면서. 다른 남자와 파티에 참석한 너한테 동원 군이 첫눈에 반해 대시했다고 들었다."

"그 사람이 그렇게 말해요? 첫눈에 반했다고?"

"너를 무척 사랑한다더구나. 이번 여행에서 그걸 깨달았다면서, 너를 자기한테 달라고 간곡히 청하더라. 그 진실한 모습에 감복하여 내, 그러마고 했다."

"벌써 답을 줬단 말씀이세요? 제 의견은 들어보지도 않으시고?!"

밀려드는 오만 가지의 발끈, 울컥, 빠직이 탱천하는 가운데 이진은 분노의 화살을 아버지께 돌리며 버럭 고함을 질러댔다. 다 거짓말이었다. 그가 한 말은 하나부터 열까지, 진실인 게 하나도 없었다. 한동원은 이래와 교제하는 동안 이진을 만났고 첫눈에 반하기는커녕 불쌍한 그녀를 위로하려다가 원나잇을 했다. 그리고 뭐? 사랑? 그가 사랑이 뭔지나 알까? 그저 그녀의 육체를 원할 뿐이면서 사랑 운운을 하다니!

정말 웃기지도 않았다. 너무나도 가증스러워서 토가 나올 지경이었다.

"너도 방금 말하지 않았니. 임신했을 가능성이 있다고. 그 말을 듣고도 이 아비가 청혼을 거절했어야 했단 말이니?"

"임신 안 했을 수도 있잖아요!"

"임신이 아니면 결혼을 안 하겠다는 말이냐? 말이 되는 소릴 하거라. 둘이 깊은 관계까지 갔다는 걸 몰랐다면 모를까. 알고서 어떻게 그냥 넘어가? 어느 딸 가진 아비가 그런다니?"

"하지만 난, 난…… 난 그 사람을 사랑하지 않는다고요!"

이진이 필사적으로 외쳤다. 그런 딸을 향해 박 회장은 차디찬 태도로 응수했다.

"사랑하지 않는 게 뭐? 그게 대수냐? 회사를 위해 정략결혼까지도 고려하던 네가 그런 말을 하다니 우습구나."

"그건 상황이 달라요."

"어차피 사랑하지 않는 사람과의 결혼이란 건 매한가지이다. 다를 거 없어. 넌 사랑 운운할 자격이 없다. 결혼 조건에 사랑을 넣을 생각이었다면 이런 관계는 갖지 말았어야지. 좀 더 신중하게 행동했어야 했어."

"아버지!"

"솔직히 너한테 많이 실망했다. 네가 이럴 줄은 몰랐어. 네 나이
가 도대체 몇인데 불장난이야? 정말로 임신이라도 된다면 어쩔 거
니? 그래도 이 결혼 못하겠다고 말할 셈이었어? 뱃속에 아이를 갖
고도 아이 아빠와는 절대로 결혼 못한다, 우겨댈 셈이었어? 철없
는 녀석 같으니라고."

"……."

"다 필요 없다. 넌 동원 군과 결혼하는 거야. 빠른 시일 내에 상
견례하고 결혼 날짜 잡을 거다. 혹시라도 네가 임신했을 때를 대
비해서 식은 최대한 빠르고 간소하게 치르기로, 한 회장과 얘기해
두었다. 너도 그리 알고 지금부터 결혼 준비에 전념하도록 해."

"그럴 수 없어요."

100m를 최대속도로 뛰어와 철벽에 힘껏 부딪친 사람의 얼굴을
하고 이진은 고개를 숙였다. 입술을 힘껏 물어뜯고 피가 통하지
않을 만큼 주먹을 꽉 틀어쥐고 있었지만 이 울분을 참을 길이 없
었다. 증오심이 무럭무럭 커졌다. 한동원에게 달려가 당장 주먹을
날리고픈 충동을 누를 길이 없었다.

"아직도 이 아비 말을 이해 못한 거냐? 이 결혼은……."

"아버지께서 뭐라 말씀하셔도 한동원과는 결혼 못해요. 절대로
안 해요."

"박이진!"

딸의 막무가내, 우격다짐에 박 회장은 아연실색했다. 대체 왜
이러는 거냐며, 차근히 다시 앉아서 의논해 보자고 달래려 했으나

이진은 박 회장을 뿌리치고 자리를 박찼다. 박 회장과 얘기해서 해결될 일이 아니었다. 이 일을 이렇게 만든 장본인, 한동원과 직접 담판을 지어야 했다.

그리하여 이진은 이렇게 동원의 직장, 경원백화점 본점에 위치한 그의 사무실로 돌진하고 있는 것이었다. 예의 예쁘장한 비서와 눈이 마주치자 이진은 도도하게 턱을 치켜들고 까딱 눈인사를 건넸다. 그리고는 당당하게, 마치 약속이 되어 있다는 듯 이사실 출입문을 향해 다가갔다. 여비서는 '이게 뭐지?'의 눈으로 멀뚱멀뚱 지켜보다가, 이진이 벼락같은 소리를 내며 출입문을 열고 들어가는 것을 보고서야 정신을 차리고 쫓아왔다.

"이보세요! 여기 이렇게 마음대로 들어오시면 안……!"

"됐어. 나가봐."

돌처럼 딱딱한 명령이 여비서를 제지했다. 이진은 팔뚝을 잡아당기던 여비서의 손이 스르르 떨어져 나가는 걸 차가운 시선으로 지켜보았다. 달깍. 조용하고 예의 바르게 문이 닫히는 소리를 들으며 이진은 휙, 동원이 앉아 있는 책상 쪽으로 몸을 돌렸다.

흰 와이셔츠와 청옥색 줄무늬 넥타이, 짙은 남색 베스트 차림의 동원은 셔츠를 팔뚝 위까지 걷어 올린 채 서류를 들여다보고 있었다. 지금 이 상황에 일이 손에 잡히나? 불퉁한 생각과 함께 속에서 요만한 불덩이가 치밀어 올랐다. 이 지경인데도 그를 보자마자 가슴이 두근두근 뛰어대는 스스로가 한심하고 멍청하게 느껴져 짜증이 불끈거렸다. 이진은 크게 숨을 들이쉬고는 그를 죽일 듯 쏘아보았다.

"내가 찾아올 줄 알고 있었나 봐요?"

도발적인 이진의 질문에 동원의 매력적인 입술 언저리가 핏, 하고 올라갔다 내려왔다.

"언젠간 제 발로 찾아올 거라고 생각했지. 하지만 이렇게 빨리 올 줄은 몰랐어. 아! 원래 행동력이 빠른 편이었지? 전에도 날 이렇게 찾아와 뭔가를 부탁하지 않았던가?"

"시답잖은 소리 집어치워요. 도대체 무슨 속셈인 거예요? 뭣 때문에 이러는 건데요? 내게 원하는 게 뭐예요?"

"질문이 너무 많군. 하나씩 차근차근 물어. 얼마든지 대답해 줄 테니까."

"아주 느긋하시네? 정신 차리시죠, 한동원 씨. 지금 보통 위험한 상황이 아니라고요."

"위험?"

"내가 발 동동 구르면서 이리 뛰고 저리 뛰고, 애원하고 매달리고, 제발 부탁한다고 하소연하는 꼴을 보고 싶어서 이러는 건 알겠어요. 그래서 계획적으로 날 함정에 빠뜨려 놓고 어디 재주껏 한번 도망쳐 봐라, 고소해하며 구경하는 심정도 이해해요. 하지만 이러다가 당신도 같이 함정에 빠지는 수가 있어요. 나뿐만 아니라 당신 인생도 고달파질 수 있단 말이에요. 당신이 벌인 판! 이게 지금 보통 커진 게 아니라고요. 당장 수습해야 한다니까요?"

"당신이 말하는 그 함정이 설마, 우리 결혼을 말하는 건 아니겠지?"

"아니긴 왜 아니에요? 지금 내 앞에서까지 연기하려는 거예요? 설마 나까지 속일 작정이에요? 감히 그럴 수 있다고 생각해요?"

"좀 더 풀어서 설명해 주겠어? 난 누구처럼 아이큐가 높지 않아서 당신의 그 암호 같은 말을 도통 못 알아먹겠거든."

이것도 거짓말이다! 유들유들, 천하태평, 태연하고 느긋한 태도로 보아 한동원은 이진이 하는 말을 아주 잘 알아들었다. 그런데도 그녀가 약 올라 뒷목 잡는 모습을 보기 위해 모르쇠로 일관 중이었다.

깊은 빡침이 몰려와 이진은 숨을 길게 들이쉬었다 내뱉었다. 두 눈을 한참 동안이나 감았다 떴고 두 주먹을 쥐었다 폈다를 반복했다. 그리해도 화가 누그러질 기미가 보이지 않자 이진은 참기를 포기하고 저벅저벅, 저돌적으로 그를 향해 걸어갔다. 그리고는 흥미진진해 죽겠다는 속내를 노골적으로 드러내는 한동원의 책상 앞에 쾅! 하고 두 손을 짚었다.

"당신이 나한테 청혼했잖아."

이진이 험상궂게 일그러진 얼굴을 들이밀며 으르렁거렸다.

"한 회장님을 통해 우리 아버지한테 혼담 넣었잖아. 아니라고 발뺌하지 말아요, 내가 우리 아버지한테 직접 확인했으니까. 당신이 우리 아버지를 찾아가 나와 깊은 관계이니 결혼하게 해달라고 청했다는 말! 다 들었다고요. 이래도 끝까지 모르는 척할 거예요?"

"모르는 척 안 했는데? 그럴 생각도 없고."

"아주 대놓고 날 바보로 만드시겠다? 하긴. 그럴 셈이었으니 첫눈에 반했네, 사랑하게 됐네, 하는 거짓부렁을 지껄여 대셨겠지. 내가 그 뺑에 속아 청혼을 받아들일 거라 생각하셨겠지. 천하의 한동원한테서 청혼이라니, 이게 웬 떡이냐! 쥐구멍에도 볕 들 날이 있다더니. 내가 드디어 최고의 남자를 잡아 결혼이란 걸 하는

구나! 하면서 좋아할 거라고 생각하셨겠지."

"쥐구멍의 볕까진 아니었지만, 나와 결혼하게 된 걸 좋아할 거라고 예상하긴 했지. 하지만 지금 당신 상태를 보니 그건 나만의 착각이었던 것 같군."

"착각도 보통 착각이 아니죠! 내가 그렇게 멍청한 여잔 줄 알아요? 당신의 그 어설픈 페이크에 속아서 하하, 호호, 마냥 좋다 할 것 같았어요? 이보세요, 한동원 씨! 저 머리 좋은 거 빼면 시체인 여자예요. 난 당신이 왜 이러는 건지 다 안다고요."

"내 마음을 안다고?"

"자존심 상해서잖아요. 우리 관계 끝낸 사람이 나라서. 애초에 하기 싫다는 사람, 매달리면서까지 굳이 끌어들여 놓고 불쌍한 마음에 몇 번 자줬더니 지가 뭔데 먼저 끝내자는 거냐. 이런 심리 아니에요? 당신이 아니라 내가 원해 끝낸 관계라 괜히 차인 것 같고 기분 별로다, 이거 아니냐고요."

"기분이 별로인 건 맞아. 이 상황에선 당연한 거 아닌가? 여자와 황홀한 밤을 보낸 직후 내팽개쳐지면, 어떤 남자라도 기분 별로일 거야."

그가 고개를 희미하게 갸웃하며 한쪽 눈썹을 휙 치켜뜬다. 그 모습이 또 얼마나 잘생겨 보이는지! 이진은 환장하기 일보 직전이었다.

"하지만 틀렸어. 청혼은 단지 그 때문만은 아니었어."

"그럼 뭐예요? 뭐가 더 있는 건데요?"

"대답하기 전에 먼저 한 가지만 묻지."

빈정거리듯 중얼거리더니 이번엔 그가 들고 있던 서류를 책상 위에 던지듯 내려놓고, 팔꿈치를 책상 위에 꽂아 상체를 앞으로 내밀어 이진의 코앞까지 제 얼굴을 가져갔다. 순식간에 두 사람은 가까워졌다. 상대의 숨결을 체감할 수 있을 만큼. 동원은 커튼처럼 눈꺼풀을 내려뜨고 이진의 입술에 시선을 주었다.

"왜 그렇게 가버린 거야?"

그의 목소리가 나직하게 울려 퍼졌다. 속삭임인 듯 한숨인 듯, 슬픈 듯 아픈 듯 그가 파리한 입술 밖으로 흘러내는 음성은 이진에게 절절한 파장으로 다가왔다.

목소리를 듣는 것만으로도 가슴이 저몄다. 혹시 자신이 떠나온 후 그가 힘들어했던 걸까, 그리워했던 걸까, 헤어지는 게 참을 수 없을 만큼 고통스러워서 이런 일을 계획한 걸까, 별의별 생각들이 떠올랐다 사라졌다. 그럴 리 없다는 걸 잘 알면서도, 그저 자존심 때문에 이런 억지를 부리고 있다는 걸 알면서도, 이진은 자신이 떠난 자리를 망연자실한 눈으로 바라보는 그를 떠올렸다. 그런 일은 있을 수 없는데도.

"말도 없이 왜 그렇게 달아난 거지? 왜?"

동원의 음성이 마취제가 되어 이진의 생각을, 혀끝을 마비시켰다. 그녀의 입술을 지그시 내려다보는 그는 에로스의 현신과도 같이 매력적이었다. 여자의 마음을 무자비하게 열어젖혀 헤집고, 영혼을 강탈하고, 육체를 유린하고, 사랑에 빠지게 만드는 에로스. 이진은 열어둔 입술을 닫기 위해 끽끽거리는 턱관절을 움직여 보았다.

"그거야……."

"왜 내게서 떠났어, 박이진?"

갑자기 180도 달라진 얼음장 같은 그의 목소리가 날아왔다. 공기의 흐름은 단번에 바뀌었다. 커튼을 걷고 이진의 눈을 똑바로 응시하는 그의 눈은 차가웠다.

"그게 뭐요? 뭐가 잘못됐어요?"

"잘했다는 거야?"

"우린 다섯 밤을 함께하기로 했을 뿐이에요. 난 그 약속을 지켰고요. 내가 새벽에 떠나든 밤에 떠나든 그건 내 마음이잖아요. 이전에 합의된 게 아니니까."

"떠난다는 말 정도는 했어야지."

동원이 이를 갈며 분노를 드러냈다. 순간 이진은 알 수 있었다. 이게 바로 그의 진짜 모습이라는 걸. 그는 내내 이렇게 화가 났던 것이다. 이진이 먼저 떠났다는 사실에. 관계 종료를 선언한 사람이 자신이 아닌 이진이라는 사실에.

"그게 무슨 의미가 있는데요? 무슨 차이가 있기에 이렇게 독이 바짝 오른 건데요? 그게 그렇게 성낼 일이에요? 사람 황당하게 양쪽 집안 어른들에게 우리 사이 알리고, 이런 웃기지도 않는 쇼를 벌일 만큼 그리 대단히 잘못된 일이에요?"

"그래, 대단찮은 일이긴 하지. 별 차이도 없고 의미도 없고."

그가 시니컬하게 입술을 비틀며 세상에서 가장 시답잖은 얘길 하듯이 가볍게 중얼거렸다. 하지만 그 눈빛에는 살벌한 기운이 서려 있었다. 그는 이진의 등골을 오싹하게 만들며 차갑게 뇌까렸다.

"하지만 난 화나. 내가 생각했던 마지막 날 풍경은 그게 아니었거든. 차가운 침대에서 나 홀로 깨고 싶은 생각은 추호도 없었어. 우리의 관계를 무 자르듯 자를 생각도 없었고, 우리가 함께했던 시간을 지우개로 지운 듯 깨끗이 잊을 생각도 없었다고. 알아?"

"그래서였어요? 마지막을 좀 더 미루고 싶은데 내가 떠나 버려서? 자기 마음대로 안 되니까? 그래서 이런 유치한 방법으로 날 골탕 먹이는 거예요?"

이진의 반격에 동원의 눈매가 혹 가늘어졌다.

"당신은 정말 내가 자존심 때문에 청혼했다고 생각하는군."

"사랑해서 했다는 소린 집어치우시죠. 그딴 저급한 트릭에 속을 만큼 순진하지도, 저능하지도 않으니까."

"그럴 생각 없으니 염려 마. 그게 헛소리인 건 누구보다도 내가 더 잘 알아."

"청혼이 거짓 쇼라는 걸 인정하는 건가요?"

냉소적으로 입술을 비틀며 이진이 날카롭게 묻는다. 거의 철천지원수 급으로 대치하는 상황임에도 동원은 당장 혓바닥을 내밀어 그 입술을 머금고 싶은 충동을 느꼈다. 작게 벌어진 입술과 입술 사이로 혀를 넣고 촉촉하고 아늑한 동굴 속을 세심하게 더듬고 싶었다. 그녀가 신음을 터트릴 때까지. 독기 품은 저 눈이 따스함과 열기로 가득 차오를 때까지.

심사가 어지러워지고 바지 속 물건마저 요동을 치자, 동원은 자리에서 벌떡 일어났다.

"아까부터 자꾸 쇼네 속임수네, 날 비난하는데. 미안하지만 박이진, 내 청혼은 진짜야. 당신 골탕 먹이려고 그냥 한번 해본 가짜 청혼이 아니라고."

"뭐요?"

일어서는 바람에 훌쩍 위로 올라간 그의 얼굴을 보기 위해 이진이 고개를 쳐들었다. 덕분에 가느다란 목선이 드러나자 동원은 주먹을 틀어쥐었다.

"열 밤 동안 당신을 가르치다 보니 흥미가 저절로 생기더군. 더 오랫동안 갖고 싶어졌지."

"흥미가, 생겨요?"

"언제 싫증이 날지는 모르겠지만, 적어도 지금은 당신을 원해. 놓아주고 싶지 않아. 그래서 청혼한 거야."

"흥미가 생겨서 청혼했단 말이에요? 겨우 그깟 이유로?"

이진은 목구멍에 뭔가가 걸린 것 같았지만 억지로 내뱉어 겨우 물을 수 있었다.

머리가 띵했다. 당장이라도 쓰러질 것처럼 어지러웠다. 그렇잖아도 먹먹한 가슴이 천 갈래, 만 갈래로 찢어지고 갈라지는 것 같았다. 세상에! 어떻게 저렇게 잔인할 수가 있을까? 어쩜 그런 말을 저렇게 아무렇지도 않게 할 수가 있을까? 이진은 내심 청혼이 진짜일지도 모른다, 정말 그가 아버지께 말씀드린 대로 이제야 사랑을 깨달아서 뒤늦게나마 날 붙잡으려는 건지도 모른다, 생각했던 자신이 한심스럽고 불쌍해졌다.

"우리 둘 사이에 생기는 화학적 작용이 매우 특별한 수준이라는 건 당신도 부인하기 힘들걸. 우린 소위 속궁합이라는 게 좋은 커플이야. 침대에서 늘 대단했지. 당신만큼 내게 잘 맞는 여자는 앞으로 만나기 어렵다고 생각했어. 당신도 그건 마찬가지일걸? 내가 첫 남자였으니 운이 아주 나쁜 거지. 내가 아니면, 이제 달나라

행 로켓은 구경도 못해볼 거니까."

"화학적 작용이 대체 뭔데요? 남녀 관계에서 그게 그렇게 중요해요? 결혼이라는, 인생에서 가장 큰 문제를 결정지을 만큼? 그게 결혼의 이유가 될 수 있다고 생각해요?"

"왜 안 되지? '괜찮은 사람'이니까 결혼하겠다는 누구 생각보단 훨씬 그럴싸하지 않나? 편안하고 유쾌하고, 아버지 회사에 도움이 되는데다 훈남이라 2세 걱정 안 해도 되는 사람이면 누구든 상관없다고 말하는 당신은 정상인가?"

"남 비웃기 전에 당신 결혼관부터 점검해 보는 게 어때요? 내가 그런 이유로 결혼한다고 했을 때, 당신은 날 미쳤다고 했어요. 그래 놓고서 이게 뭐죠? 뭐 하는 짓인 거죠?"

"이거 왜 이러시나."

그를 표독스레 노려보며 대차게 응수하는 이진을 향해 시선을 내리깐 채로, 동원이 유들유들 빙글거리며 비웃음을 흘렸다.

"어차피 당신은 내 충고 따위 들을 생각 없었잖아. 내 청혼이 없었다면 지금쯤 계획대로 하경우와의 결혼을 서두르고 있었겠지. 아닌가?"

"쓸데없는 소리로 논점 흐리지 마요. 당신은 지금 말도 안 되는 논리를 펴고 있어. 결혼은 사랑하는 사람과 하는 거라고 날 그리도 구박해 놓고! 이제 와서 대체 왜 이러는 거예요? 왜 갑자기 사랑하지도 않는 나랑 결혼하겠다고 이 난리 법석을 떠는 거냐고요! 왜!"

"그럼 어떡해! 딴 놈한테는 주기 싫은데!"

동원이 갑자기 천둥처럼 고함을 내질렀다. 내내 폭발할 것 같은 성미를 참다 참다 못 참고 터트린 듯, 두 눈에 날카로운 섬광이 번쩍거리고 있었다. 바락바락 대들며 그를 막다른 골목까지 밀어붙이던 이진은 깜짝 놀라 흠칫, 한 걸음 뒤로 물러섰다. 하지만 동원은 머리꼭지까지 분노로 점철된 모습으로 성큼, 둘 사이의 간격을 좁히더니 바짝 붙은 그대로 그녀를 거의 직각으로 꺾어 내려다보며 쇳소리를 뇌까렸다.

"하경우와 결혼하게 둘 순 없잖아. 난 유부녀와는 섹스 안 한다고!"

"미, 미쳤어, 당신……."

갑자기 눈물이 차올랐다. 비참해서 미칠 것 같았다. 한동원이 원하는 것은 단 하나, 그녀의 육체. 그는 그녀와의 질펀하고 화끈한 섹스 때문에 결혼하려 한다. 그걸 너무나 잘 알면서도 자꾸만 다른 걸 바라는 스스로가 이진은 원망스러웠다.

이진은 눈빛으로 간청했다. 제발 이러지 말기를. 제발 더 이상은 잔인하게 굴지 말기를. 하나, 동원은 멈출 생각이 전혀 없는 듯 자비라곤 눈 씻고 찾아볼 수 없는 싸늘하고 음산한 눈으로 이진을 보며 입술을 뒤틀었다.

"난 이 결혼 밀어붙일 거야."

"……."

"그래서 당신을 마음껏 가질 거야. 질릴 때까지. 원없이."

"당신, 제정신 아니야. 섹스 때문에 돌아버렸어. 돌아버린 게 분명해."

한 발자국, 성급히 뒷걸음을 치며 그녀가 중얼거렸다. 커다랗게 떠진 양쪽 눈망울로 희뿌옇게 습기가 차 있었다. 충격과 공포로 인해 망연자실, 넋을 아예 놓아버린 듯한 그녀의 모습에 동원은 마음이 약해졌다. 말도 없이 자신을 떠나 버린 이진 때문에 생겨났던 마음속의 분노와 상처가 저 멀리 망각의 강을 건너는 대신, 이진에 대한 걱정이 스멀스멀 피어올랐다.

청혼을 물리지는 않을 것이다. 아무리 이진이 마음 쓰여도 결혼을 취소할 생각은 없다. 그는 협박, 쇼, 혹은 장난으로 청혼하지 않았다. 이 결혼에는 경원과 TX그룹의 사업적 연대뿐 아니라 두 사람의 인생이 걸려 있었고, 그러니 당연히 그는 심사숙고하여 결정을 내렸다. 확신이 있었다. 이진과의 결혼은 옳다는, 정말로 커다란 확신. 이전에는 어떠한 일을 결정함에 있어 이만큼 강렬한 확신을 가졌던 적이 없었다. 아마 이후에도 없을 것이다.

"날 돌게 만든 건 당신이야."

동원은 뒷걸음질을 치는 이진에게로 천천히 한 걸음씩 다가서며 말했다.

"당신이 하경우와 결혼하지 말라던 내 말만 들었어도 이 결혼, 추진하지 않았어. 난 원래 뭐든 갖고 싶은 건 가져야 해. 그래야 직성이 풀려. 하고 싶은 건 해야 하고, 먹고 싶은 건 먹어야 해."

이진을 삼킬 듯 뜨거운 시선으로 내려다보며 동원은 자신이 무엇을 '하고' 싶고, 무엇을 '먹고' 싶은지 분명히 밝혔다. 이진은 금세 얼굴을 붉혔다. 그가 자신을 상대로 '하고', '먹었던' 수많은 행위들이 떠올랐다.

"그러니 차라리 잘됐다고 생각해. 아내가 되면 또 알아? 합법적인 내 것이라 금세 싫증 내버릴지. 그렇게 되면 원대로 놓아줄게."

"누가…… 당신이랑 결혼한대?"

극도의 혼란과 고통에 휩싸여 이진은 토하듯 말했다. 힘겹게 두 눈을 감았다 뜨니 눈에서 눈물이 방울방울 떨어졌다. 덜덜 떨리는 손을 들어, 턱 밑으로 모이는 물기와 그렁거리는 눈을 차례로 닦았다. 하지만 눈물은 하염없이 솟구쳤고, 동원은 한없이 냉정했다.

"잘 생각해 보면 알게 될 거야. 내가 당신의 결혼 상대자 조건에 아주 잘 들어맞는 사람이라는 걸. 세상에 나보다 더 '괜찮은' 남자는 찾기 힘들걸. 편하고 유쾌하고, 당신네 회사에 무궁한 발전을 선사할 능력도 있고. 게다가 잘생겼잖아?"

그 말을 증명하듯 그가 씩 미소를 지어 올렸다. 그리고는 심장에 무리가 올 정도로 핸섬한 그 얼굴을 옆으로 꺾은 채 슥, 아래로 끌어 내렸다. 입술과 입술이 아주 위험한 각도로 겹쳐지기 일보 직전이 되었다.

"2세 걱정할 필요가 전혀 없지. 날 닮았다면 아들이든 딸이든 최고의 외모를 갖게 될 테니까."

그가 나직이 속살거렸다. 한동원 특유의 체취가 희미하게 풍겼다. 저절로 그의 품에 얼굴을 묻고 신음하던 자신의 모습이 떠올랐다. 이진은 자그맣게 숨을 헐떡이며 필사적으로 발뒤꿈치를 뒤로 밀어댔다. 발꿈치가 닿은 곳은 벽이었다. 그것을 주지시키려는 듯 그가 두 손바닥으로 탁, 소리가 나게 벽을 짚었다. 이진은 꼼짝없이 벽과 동원의 사이에 갇힌 신세가 되어버렸다.

"무엇보다도 난 당신한테 즐거움을 줄 수 있어."

"……."

"오르가슴."

한층 낮은 음성으로 중얼거리며 그가 얼굴을 더 기울였다. 이진은 저도 모르게 '으흠……!' 하고 신음을 터트리며 가슴을 들썩였다. 셔츠 안에서 가슴이 단단해졌다. 다리 속에 숨겨진 비밀스런 습지가 성적인 긴장감으로 인해 욱신거리며 파르르 떨려왔다. 그를 잊겠다고, 잊을 수 있다고 생각했던 뇌와는 달리 그녀의 육체는 그를 잊지 못하고 있었다. 그의 목소리 한 어절, 숨소리 한 자락, 체취 한 숨만으로도 이진의 몸은 뜨겁게 흥분하는 것이었다.

"결혼하면 우린 매일 관계를 가질 거야. 땀을 흠뻑 흘리며 지쳐 쓰러질 때까지 침대를 뒹굴겠지. 난 하룻밤에도 몇 번씩 당신을 가질 거야. 그때마다 당신은 절정을 경험할 거고, 나와 결혼한 건 잘한 일이라고 생각할 거야."

"아…… 니에요……."

"부인해 봤자 소용없어. 당신도 나처럼 섹스에 중독됐다는 걸 알아. 지금도 내가 가져 주길 바라지."

"아니라고요. 아니란 말이에요."

이진은 고개를 세차게 가로저으며 울먹였다. 하지만 부질없는 짓이란 걸 알았다. 동원의 말대로, 그녀는 날마다 그를 가질 거고 그때마다 그와 결혼한 걸 감사히 여길 것이다. 다른 사람이 아닌 자신과 결혼해 줬음을, 자신을 선택해 줬음을, 매일매일 고마워하며 살 것이다. 사랑 따위 절대로 주지 않는 남편을 사랑하며, 잠자리 공유만으로 만족해야 하는 삶을 살아야 할 것이다. 하루가 1년이 되고, 1년이 10년이 되겠지. 그러다 보면 즐거운 섹스 이외에는 그 어느 것도 내어주지 않는 남편의 뒷모습에 익숙해지겠지. 그렇게 그녀는 피폐해지겠지. 불행해지겠지……

"당신 입은 거짓말에 능숙한지 몰라도 몸은 안 그래."

동원의 입술이 닿을 듯 말 듯 이진의 입술 앞을 맴돌았다.

"당신은 날 원해, 박이진."

이진은 아랫입술을 덥석 깨물어 당장 그에게 달려들고 싶은 충동을 억제했다. 하지만 가슴의 들썩거림은 더욱 심각해졌다. 아프도록 죄어오는 젖꼭지를, 그의 손길을 기다리듯 욱신거리는 하체를, 그의 몸에 비비고 싶었다. 그의 탐욕적인 손길이 자신을 주무르고 흔들고 찔러줬으면 싶었다. 이진은 점점 더 가빠지는 숨소리를 내지 않기 위해 숨을 참고 미친 듯이 고개를 내저었다.

아니야! 난 한동원을 원하지 않아!

"나 또한 당신을 원하지."

소름 돋을 정도로 부드럽고 매끄러운 말을 끝으로 그가 입술을 겹쳐 왔다. 거칠지 않은, 소박하고 아기자기한 키스였다. 그를 밀어내야 한다는 걸 알면서도 이진은 그러지 못하였다. 그런 바보 같은 스스로를 탓할 수도 없을 만큼 달콤히, 입술에 입술을 붙인 채로 그가 속삭였다.

"다 잘될 거야. 당신과 나, 우리 둘."

따스한 온기가 그의 입술을 통해 전해졌다. 이진은 서서히 두 눈을 감고 전해져 오는 감각에 몸을 맡겼다.

제11장 No Love, No Marriage

"나와 결혼하면 당신은 매일 이런 쾌락을 경험할 수 있어."

쾌락! 한동원의 저항 불가한 매력 발산에 흐물흐물해진 나머지 제 기능을 다하지 못하던 이진의 뇌를 정상으로 되돌려 놓은 단어였다. 이보다 더 낭만적이지 않은 말은 세상에 없을 거라고 이진은 생각했다. 적어도 남자가 청혼할 때 하기엔 대단히 부적절한 말이었다.

아무리 이진이 태어나서 지금까지 남자들의 관심을 단 1g도 받아본 적 없는 무매력녀이고, 섹스에 굶주려 있다고 해도 이건 아니다. 이런 말을 듣고도 결혼을 받아들일 거라고 생각했다면 한동원은 그녀를 물로 본 거였다. TV 드라마에서는 피아노, 폭죽, 촛불, 꽃, 무릎 꿇고 건네는 프러포즈가 식상할 정도로 자주 나오는데. 거기 나오는 재벌들은 눈물 나오게 절절한 사랑 고백을 잘도

하던데. 대한민국에서 둘째가라면 서러운 로맨티시스트, 한동원이 한 건 겨우 '육체적 쾌락의 보장'이다.

이진의 완벽한 패배다. 이쯤 되면 그녀도 인정해야만 했다. 한동원에겐 일말의 가능성도 없음을. 이젠 그를 포기해야 한다는 사실을.

"싫어요!"

이진은 있는 힘껏 그를 밀어냈다. 양 손바닥을 그의 가슴에 댄채 팔을 쭉 뻗은 자세로 이진은 그를 노려보았다.

"난 당신의 그 잘난 몸 따윈 더 이상 원하지 않아요. 이젠 질렸어!"

"이젠 입에서 나오는 말마다 거짓말이로군, 박이진."

"거짓말 아니에요. 두 달 전, 당신과 충동적으로 잤던 걸 후회해요. 당신을 찾아가 선생님이 되어달라는 부탁한 것도 후회하고, 거절하는 당신한테 굴욕적으로 매달리며 설득했던 것도 후회해요. 당신과 엮인 내가 한심스러워요. 그러도록 허락한 내 자신이 원망스러워요. 당신을 몰랐던 때로 되돌아갈 수만 있다면…… 억만금을 줘서라도 되돌아가고 싶은 심정이라고요."

"……."

"이젠 다 잊고 싶어요. 제발 그렇게 하도록 도와줘요."

"나와 결혼하는 게 그렇게 싫어?"

이진의 말을 가만히 듣고만 있던 동원이 문득 질문을 던졌다. 아직도 촉촉하게 눈물을 머금은 이진의 눈을 내려다보는 그의 시선은 건조했다. 이렇게까지 애원하며 청혼을 철회해 달라는데도 눈곱만큼의 동정심도 느끼지 못하는 듯했다.

하지만 그것은 그의 장기인 위장술에 가려졌을 뿐. 그가 받은 충격은 사실 몹시 컸다. 이진의 거부반응이 너무나도 진심 같았기 때문에. 그녀는 진실로 그에게서 벗어나고 싶은 것 같았다. 그녀가 자신의 몸을 좋아한다고, 자신과의 섹스를 즐긴다고 여겼던 동원은 머리가 띵해질 수밖에 없었다.

"네. 부탁해요, 청혼을 철회해 주세요."

동원이 수긍했다고 생각했는지 이진이 다소곳이 고개를 끄덕거렸다.

"당신을 사랑하고 싶지 않아요. 세상 모든 남자를 다 사랑하게 된다 해도 당신만은 사랑할 수 없어요."

그와는 절대 결혼할 수 없다는 뜻을 명백히 밝히며 그녀는 입언저리를 꺾어 올렸다. 예쁜 미소였지만 눈빛은 차가웠고 강철 같은 의지가 담겨 있었다. 동원은 이진에게 못 박힌 시선을 떼지 못한 채 얼어붙었다. 자신의 저돌적인 태도와 주변 상황들을 이용해 옭죈 협박마저도 이진을 굴복시키지 못할 거란 불길한 예감이 그의 뇌리에 스쳤다. 낭패감이 심장을 물들였고, 그녀를 잡기 위해서는 뭔가 다른 시도를 해야 한다는 생각이 떠올랐다.

동원은 다급하게 입술을 달싹거렸다. 하지만 채 뭐라 설득의 말을 내뱉기도 전에 이진이 단호하고도 비장하게 선언했다.

"그럼 동의하신 걸로 알고 한동원 씨의 청혼은 반려시키도록 하겠습니다."

그리고는 그가 동의할 생각이 전혀 없다고, 반려 따위 다시 반려할 거라고, 윽박지르기도 전에 바람처럼 사라져 버렸다.

❖

"여자분께 조금만 기다려 달라고 전해줘. 막 출발하려는데 갑자기 손님이 찾아오셔서 조금 늦을 것 같아. 길어지진 않을 거야. 금방이면 돼. 넉넉잡고 30분. 그래."

이래는 하경우의 사무실에서 하경우가 통화하는 소릴 들으며 하경우를 향해 드릉드릉 욕을 하고 있었다. 그녀가 듣는다는 걸 뻔히 알면서 상대방에게 '넉넉잡고 30분'이라고 한 건 대놓고 짧게 끝내라 압박한 것이었음에. 하나, 이래는 자신이 당면한 문제가 짧은 대화로 쾌히 결론 내릴 수 있는 일이 아니란 걸 알았다. 심란해서 한숨이 절로 나왔다. 자신이 어쩌다 여기까지 오게 된 건지 제 처지가 너무도 처량하게 느껴졌다.

"할 말이 있다고? 뭐지?"

통화를 끝낸 경우가 이래의 앞자리에 자리를 잡아 앉으며 빠르게 물었다. 바쁜 용무가 있으니 어서 끝내자는 의사를 이보다도 더 확실히 전할 수는 없을 터. 여자 만나러 나가시느라 아주 정신이 없구만. 확 사업 얘기를 꺼내서 시간을 질질 끌어버릴까 보다. 이래는 심술궂은 마음으로 입술을 비틀었지만 이내 시무룩해졌다. 지금은 그런 사소한 문제에 신경 쓸 때가 아니었다.

"음…… 뭐냐면……."

"……?"

"그러니까 저는……."

"네가 뭐?"

적극적이고 진취적인 신여성의 대표주자 박이래가 쉽사리 대화의 포문을 열지 못하는 의외의 모습을 보이자, 경우는 한쪽 눈썹을 휙 치켜떴다. 짜증스럽게 시간을 확인하던 사소한 움직임도 딱 멈추었다.

"사실 저도 이러고 싶지 않았어요. 정말 어쩔 수 없었다는 것을 알아주셨으면 좋겠어요."

"그래?"

"저는 알다시피 집안의 장녀로서 TX그룹을 이끌어갈 책임이 있어요. 어렸을 때부터 그렇게 교육받았고 지금까지 그에 걸맞은 길을 걸어왔다고 자부해요. 전 태어날 때부터 갖고 있던 제 책임을 잘 인지하고 있고, 그렇게 살아가기로 결심한 사람이에요."

"그렇군. 그래서?"

"그래서 저는 회사를 위해서라면 정략결혼도 불사할 수 있어요. 물론 단지 집안과 회사에 대한 책임감 때문만은 아니에요. 전 동생들을 사랑해요. 언니로서 동생들이 행복해졌으면 좋겠어요. 회사나 집안에 대한 책임감 때문에 자기 인생 포기하는 건 저 하나만으로 족하다고 생각하니까요. 전 제가 원해서 기꺼이 이런 삶을 살기로 했지만 동생들만큼은 사랑하는 사람과 결혼했으면 싶어요."

"지극히 인간적인 어필이로군. 이유가 궁금해지는데? 왜 이런 얘길 내게 하는 것인지."

이래는 희미하게 눈살을 찌푸렸다. 말은 저렇게 하지만 경우는 이 주제에 별로 관심이 없어 보였기 때문이다. 그는 좀 더 쇼킹하고 신선한 얘기가 아니면 절대로 놀랄 일 없다는 듯 느긋한 몸짓과 심드렁한 표정으로 이래를 빤히 응시하고 있었다. 입술이 바짝 탔다. 어디서부터 어떻게 말을 해야 할지 몰라 두서없이 꺼낸 말이지만 그의 호기심을 자극하는 건 실패한 듯했다. 다른 방식으로 접근해야만 했다.

"선배가 절 좋아하지 않는다는 거 알아요. 솔직히 그 이유는 저도 잘 모르겠어요. 하지만 고교 시절부터 지금까지 쭉 절 무척, 아주아주 무척, 싫어한다는 건 알고 있어요."

"왜 그렇게 생각하지?"

"예의 차리실 필요 없어요. 다 아니까. 선배는 절 죽어라고 싫어했어요. 길 가다가 마주치기만 해도 얼굴을 찌푸리셨잖아요. 제가 혹 말 걸고 웃기라도 하면 짜증난 얼굴로 저만치 가버리셨고요."

"……그랬지."

"언젠가는 학교 축구부 경기 응원하는 저를 아주 혐오스럽다는 듯이 째려보고 가셨죠. 도대체 왜 그러셨던 거예요? 이제 와서 말씀드리는 거지만 그때 정말 너무 황당했거든요. 전 선배한테 잘못한 게 하나도 없었어요. 그냥 축구부 응원한 게 다였는데 뭐가 그리 못마땅해서 절 그렇게 노려보셨는지……."

새삼 예전 감정이 떠올라 울컥했는지 이래가 평소 그녀답지 않게 목소리를 높였다. 경우는 입술을 꾹 다물어 대답해 줄 용의가 전혀 없음을 밝히며 생각했다. 학교 축구부 주장이 박이래의 남자친구였기 때문이었다고. 박이래를 좋아했기 때문이었다고.

박이래는 경우가 까칠했다는 사실만 기억하고 있었다. 자신이 축구부 주장 손형민과 사귀며 핑크빛 무드를 풀풀 풍겼다던가, 그럴 때마다 경우가 험악하게 굴었다던가, 하는 사소한 정황들은 다 잊어버렸다. 그럴 테다. 그때나 지금이나 박이래의 안중에는 하경우란 남자가 없으니까. 경우는 이래의 발그레해진 두 볼과 억울함 가득한 눈동자에 흔들리지 않기 위해 애써 심장을 돌처럼 굳혔다. 그리고는 달갑잖은 과거 얘기에 열을 올리는 이래의 말을 뚝 잘랐다.

"하고 싶은 말이 뭐지?"

"네? 아, 네…… 약속 있으시죠?"

이래가 그의 심기를 조심스레 살피며 물었다. 경우는 말없이 고개를 끄덕이고는 어서 용건을 말하라는 듯 매너 좋은 손짓을 해보였다.

아직도 이래는 쉽게 입이 안 떨어졌다. 매사 대범하고 화끈하며 거침이 없는 이래였지만 유독 경우 앞에서만큼은 어리바리 덜떨어진 17세 소녀가 되어버리는 이유 때문이었다. 뭐라고 딱 꼬집어 얘기할 순 없었지만, 경우에게는 그만의 독특한 아우라가 있었다. 그래서일 거다. 그를 볼 때마다 숨고 싶다는 충동에 시달리는 것은.

"혹시 데이트 가시는 거세요?"

"중요하다는 용건이 내 사생활과 관련된 것이었나?"

"전…… 그동안 선배가 우리 이진이랑 만나고 있는 줄…… 알았어요……."

"아니었어."

질질 늘이는 이래의 말을 경우가 뚝 자른다. 혹시라도 그와 이진 사이에 무슨 일이 있었는지 들을 수 있지 않을까 싶어, 이래는 잠시 입을 다물고 기다렸다. 하지만 경우는 침묵을 지켰다. 좀이 쑤시기 시작하자 이래는 다시 용기를 내 입을 열었다.

"혹시 만나는 분 있으세요? 그래서 우리 이진이랑은 잘 안 된 건가요?"

"내 여자관계가 무척 궁금한가 보군. 좋아. 그렇게 궁금하면 얘기해 주지. 난 네 동생과 아무 사이도 아니야. 회장님께서 권하셔서 그 자리에 나갔고, 나오기로 했던 너 대신 이진 씨가 나와서 함께 식사를 하고 헤어졌어. 이진 씨와는 그뿐이야. 오늘 이진 씨와 관련해 아주 즐거운 소식이 들리더군. 직접 연락 못한 대신 회장님을 통해 축하한다는 인사는 전했어."

"정말이에요? 그게 끝?"

"만나는 여자는 없어. 오늘은 후배 녀석이 괜찮은 직장 선배를 소개해 주겠다면서 술 사달라고 하기에 그러려는 것뿐이야. 일종의 소개팅이라고 할 수 있겠지."

"그분과 사귀실 거예요?"

"그럴 수도 있고, 아닐 수도 있고. 아직 만나보지도 않았는데 사귈지 말지 결정할 수는 없잖아?"

"그, 그렇죠."

"요즘 결혼에 관심이 생겼어. 최근 들어 짝을 맺거나 결혼식을 올리는 친구들이 갑자기 많아졌거든. 깨소금 볶는 녀석들을 보고 있자니 나도 결혼이란 걸 해보고 싶어졌지. 큰 결점 없다면 소개받은 여자와 잘해볼 생각은 있어. 이 정도면 답이 됐나? 이제 궁금한 거 없어?"

"어…… 저기…… 그럼……."

해. 말해. 그에게 어서 용건을 말하란 말이야, 박이래.

이성의 목소리가 다그쳤다. 하지만 이래는 꼴깍 침만 삼키고 있을 따름이었다. 어떻게 말하란 말인가? 어떻게! 분명 경우는 비웃을 것이다. 껄껄거리며 적당한 남자 하나 없어서 쩔쩔매는 그녀를 비웃고 또 비웃을 것이다. 생각만으로도 절망스러워져 이래의 표정은 점점 더 썩어 들어가고 있었다.

"오늘 중으로 들을 수 있긴 해? 중요하다는 네 용건 말이야."

경우가 딱딱하게 중얼거린다. 여지없이 그의 안면에는 짜증스러움이 떠올라 있었다. 이래는 더 이상은 대화를 지연시킬 수 없다는 걸 깨달았다. 직진하자. 지금처럼 무슨 말을 해도 어색하고 쪽팔리는 상황이라면 그냥 돌직구를 날리는 게 최선일 수도 있다.

"그 결혼……."

좋았어! 용기를 내. 어서! 힘내, 박이래.

나가자! 싸우자! 이기자!

"저랑 해요, 선배!"

"뭐?"

전혀 예상하지 못했던 말이 날아오자 잘생긴 얼굴에 지익, 한 자락 주름이 만들어졌다.

그는 아주 잠깐 이 여자가 지금 제정신인가, 의심해 보았다. 그가 아는 한 이래는 남자에게 대시를 하지 않는다. 말도 걸지 않는다. 아름답고 도도한 재벌집 딸, 박이래는 상대가 자신에게 매달리도록 만드는 타입이었다. 그런데 하물며 청혼이라니. 그것도 다른 사람도 아닌 하경우, 자신에게. 경우는 창문을 열고 해가 서쪽에서 뜬 건 아닌지 확인하고 싶은 충동을 가까스로 눌렀다.

"결혼할 거라면서요. 상대를 물색 중이라 하지 않으셨어요? 저랑 하자고요, 그 결혼."

"갑자기 왜 이러지?"

이마의 주름을 펴지 않은 채 경우가 뜸을 들여가며 물었다. 상대가 무슨 의도로 이러는 건지, 혹시 불순한 목적을 갖고 자신의 등 뒤에 비수를 꽂기 위해 접근한 것은 아닌지, 가늠하는 듯 예리한 눈빛으로 이래의 표정을 샅샅이 뜯어 발기고 있었다.

"박이래답지 않아서 몹시 당황스러운데. 내가 싫어 맞선 자리에 동생을 대신 내보내지 않았던가?"

"그땐 그럴 수밖에 없었어요. 아버지께서는 우리 둘 모두에게 압력을 행사하셨잖아요. 저도 선배도, 어쩔 수 없이 나가게 된 자리인데다가 전 선배가 절 얼마나 싫어하는지 잘 알고 있었죠. 선배가 아버지 때문에 억지로 나온다는 걸 아는데 그 자리를 어떻게 나가요? 그럴 순 없었어요."

"그런 얘긴 맞선 자리에 나와 내게 직접 했어야 하는 거 아닌가."

"전 그때 아무 생각도 없었어요. 너무 당황해서 그 순간만 어떻게 모면해 볼 생각으로 그런 어처구니없는 짓을 저지른 거죠. 제 생각이 짧았어요. 후회스러워요. 정말로……."

이래는 최대한 솔직하게, 진솔하게 속마음을 털어놓았다. 자신이 그에게 무례를 범할 정도로 당황했던 이유는 쏙 빼고. 다른 사람도 아닌 자신이, 얼음공주라 불리는 이 박이래가 하경우라는 남자와 단둘이, 그것도 사적인 일로 만나야 한다는 사실에 우왕좌왕, 패닉 상태에 빠졌다는 사실은 그 누구에게도 털어놓을 수 없었다. 당사자인 하경우에게는 특히나 더. 그와 회사에서 극적으로 재회한 이후 지금껏 3개월 동안, 이래는 업무적인 일 이외에는 그와 단둘이 있어본 적이 없었다. 오늘이 처음이었다.

"혹시 그때의 제 행동 때문에 기분이 상하셨다면 정식으로 사과드릴게요, 선배. 고의는 아니었어요. 죄송해요."

"그만둬. 지난 일 되새김질하는 취미 없으니까."

방금 첫사랑에게 청혼받은 남자치곤 상당히 무덤덤하게 중얼거리고 경우는 잠시 이래를 응시했다. 지난 13년 동안 늘 꿈꿔왔던 순간이 기적처럼 펼쳐지고 있는데도 전혀 기쁘지 않았다. 자신을 열렬히 사랑해서 청혼한 게 아니란 걸 알고 있기 때문이리라. 입맛이 매우 썼다.

"제가 갑자기 이런 말을 해서 놀라셨을 거예요. 아까도 말했지만 저도 정말 이러고 싶지 않았어요."

"알아. 집안과 회사, 동생들 때문이라는 거."

"어젯밤 물 마시러 나왔다가 우연히 이진이가 우는 소릴 들었어요. 어찌나 서럽게 우는지, 너무 놀라서 달려들어 갔죠. 무슨 일이냐고 물었어요. 왜 우는지, 혹시 결혼 문제로 상심한 것인지, 그동안 내가 모르는 다른 일들이 생겼던 건 아닌지 진지하게 얘길 좀 나눠봤죠."

"그래?"

"한동원 때문이었어요. 결혼 문제로 두 사람이 다툰 모양이더라고요. 그 사람과 결혼하지 않겠대요. 그런 비열하고 부도덕하고 야비한 인간과는 절대로 결혼할 수 없다더군요."

"한동원을 비열하고 부도덕하고 야비하다고 평하는 여자가 있다니. 놀랍군."

경우는 비꼬아 대꾸하곤 이내 입을 다물었다. 여기서 더 나갔다

간 본의 아니게 속마음을 들키게 될 것 같아서다. 일이건 사생활이건 결벽 증세가 있을 정도의 완벽주의자로 통하는 하경우에겐 남들은 모르는 비밀이 있었다. 바로 한동원에 대한 열등감. 첫사랑 이래가 동원과 결혼을 전제로 사귈 때부터 갖고 있던 것이었다.

그는 동원을 질투했다. 지금도.

"처음 만나면서부터 지금까지 이런저런 사연이 많았겠죠. 오해도 있을 거고, 서운했던 적도 많았을 거예요. 무엇보다 둘 사이에는 경원과 TX그룹이 끼어 있어서 전에도, 앞으로도 결코 순탄한 사이는 못 될 거란 생각이 들어요. 벌써 지금만 해도 상황에 떠밀려 억지로 결혼하게 되는 모양새라 이진이의 마음이 보통 상한 게 아니에요. 별거 아닌 것 같지만 여자들은 그런 거에 되게 민감하거든요. 아시죠?"

"뭐."

"이진이는 한동원의 프러포즈를 거절했다지만 다 부질없는 짓이에요. 소용없어요. 두 집안 모두 이진이의 입장 같은 건 받아들이지 않을 테니까요. 아버진 무슨 일이 있어도 이 결혼을 성사시키시려 하실 거예요. 경원 쪽에서도 물론 그러겠죠."

"그렇겠지."

"저도 사실은 이진이가 이 결혼을 받아들였으면 해요. 회사나 사업 때문이 아니라 이진이 자신을 위해서요. 본인은 인정하려 들지 않지만 이진이는 한동원을 사랑해요. 확실해요. 아무리 아니라고 우겨대도 전 다 알아요. 제가 그쪽으론 촉이 아주 좋거든요. 지금까지 제 직감은 언제나 정확했어요."

그쪽으로 촉이 좋은 거 맞나? 오늘따라 무척 어려 보이는 이래를 뚫어져라 바라보며 경우는 속으로 퉁명스레 중얼거렸다. 촉이 좋은 여자가 어떻게 그토록 오랫동안 그의 마음을 알아채지 못할 수가 있을까. 정말 웃긴 여자다.

"이진이가 한동원과 결혼하게 되면 아버진 다시 우리 문제를 거론하실 거예요. 선배도 익히 아시겠지만 우리 아버진 선배를 무조건 사위로 맞으실 작정이세요. 나와 우리 막내 이은이, 둘 중 한 명과 짝지어주려 하시겠지요. 제가 선배랑 결혼하지 않겠다고 하면 아버진 이은이를 들볶을 거예요. 한데 유감스럽게도 우리 이은이에겐 깊이 사랑하는 남자가 있어요. 그래서……."

"핵심만 얘기하지. 그러니까 네 말은, 동생들이 사랑하는 사람과 행복한 결혼을 할 수 있게 네가 희생양을 자처하겠다?"

"희생양이라는 표현은 제 처지와 어울리지 않는 말이네요. 전 어차피 누군가와 정략적인 결혼을 해야 하거든요. 선배가 결혼해주지 않으면 아버진 다른 상댈 제 앞에 대령하실 걸요. 솔직히 제 입장에선 선배든 다른 누구든 똑같아요. 어차피 정략결혼이니까."

"그것 참 낭만적인 발언이네. 결혼하고 싶은 생각이 절로 나."

"미안해요. 제가 돌려 말하는 걸 잘 못해서요."

이래는 경우를 찬찬히 뜯어보며 꼴깍 마른침을 삼켰다. 일단 정면 돌파를 시도, 본론까지 진입하는 데 성공하였지만 마무리를 대체 어떻게 해야 할지 감이 안 섰다. 남자와 대화하면서 이렇게까지 헤매본 역사가 없었다. 언제나 똑똑하고 빈틈없이 굴었고, 그래서 남자들도 그녀를 함부로 대하지 못했었다. 한데 유독 하경우 앞에서만큼은 365일, 8,760시간 내내 무시당했던 17세 소녀가 되어버린다. 잔뜩 긴장하고, 계속 눈치 보게 되고, 늘 충천해 있던 자신감도 싹 사라졌다. 황당하게도 그를 볼 때마다 가슴이 콩닥콩 닥 뛰는 것도 같았다. 마치 교회 오빠 짝사랑하는 소녀처럼.

'짝사랑이라니 말도 안 돼.'

그 사건 때문일 것이다. 대학 때 우연히 합석하게 된 술자리에 서의 그 사건.

그 일은 이후 끊임없이 대학가에 회자되었다. 동창들은 지금도 가끔 경우에 대해서 물어봤다. 하경우 선배와는 어떻게 됐냐고. 그런 일까지 있었는데 잘해보지 그랬냐고. 얼마 전까지는 그런 말 을 들을 때마다 쿨하게 넘기곤 했었다. 그와는 전혀 연락하지 않 고 연락할 마음도 없었다는, 철벽 방어 전략은 친구들한테 아주 잘 먹혔다. 하지만 그녀의 아버지가 미국서 하경우를 모셔왔다는 사실이 알려진 이후로는 더 이상의 방어가 불가능해졌다. 그들은 그때처럼 쇼킹한 일이 벌어져 자기들의 호기심을 충족시켜 주길 바라 마지않고 있었다.

"우리 이진이가 한동원과 결혼하게 되면 경원그룹과의 합자사 업이 본격적으로 시작될 거예요. 선배가 저와 결혼만 해준다면, 그 사업을 선배가 맡도록 회장님께 건의드리겠어요."

"미끼인가?"

"성의 표시라고 해두죠. 아실지 모르겠지만 그 사업, 제가 전부 터 눈독 들이고 있었던 거거든요."

"그런데 포기한다? 너무 큰 희생 아닌가?"

"비즈니스 세계에서 조건 없는 합의란 있을 수 없으니까요. 선 배도 손에 들어오는 게 있어야 움직여 주실 게 아니겠어요?"

경우는 결혼을 구걸하는 처지와는 전혀 어울리지 않게 당당히 자신을 마주하고 있는 이래를 한참 동안 말없이 바라보았다. 이래는 그를 박 회장의 딸이라면 아무나와 결혼할 남자로 여기고 있었다. TX그룹의 후계 서열 1위로 올라서기 위해서라면 뭐든 서슴없이 하는 냉혈한 취급하는 것 같아서 그는 조금 억울했다. 그래서 잠시나마 결혼을 거절할까도 생각했지만 그녀가 '손에 들어오는 것' 운운하자 거절 생각은 단번에 날려 버렸다.

이 치욕스러운 결혼 제안을 받아들이면 자신의 손에 박이래가 떨어진다는 자각이 그의 내면에 자리한 욕망을 세차게 후려쳐 왔다.

"어때요?"

불편할 정도로 강력한 소유욕을 느끼며 멍해져 있을 때, 이래가 아주 조심스럽게 물어왔다.

"저와…… 결혼해 주실래요, 선배?"

거절을 염려하는 듯 긴장한 모습이었다. 뭐, 나쁘진 않군. 생각하며, 경우는 예고도 없이 벌떡 자리에서 일어났다.

"일어나."

이래를 내려다보며 그가 명령했다. 이래는 영문 모르고 멀뚱하게 앉아 있다 천천히 엉덩이를 들었다. 기다리는 답변을 혹, 미루려는 건 아닌지 내심 걱정하며. 다음 순간, 이래는 입술이 봉해지는 충격에 맞서 두 눈을 튀어나오도록 휘둥그레 떴다. 경우가 갑자기 이래를 끌어당겨 거침없이 입술을 포갠 것이었다.

입술 안으로 부드럽게 미끄러져 오는 그의 관능적인 혀가 이래를 경악하게 했다. 이젠 다 잊었다고 생각했던 그날의 일이 불쑥 떠올랐다. 모두에게 발견되어져 삽시간에 대학가의 엄청난 스캔들로 번졌던 키스 사건. 욕구에 휘둘려 둘 다 미친 듯이 서로를 탐했던 바로 그 키스!

"계약 성립이야, 박이래."

포갰던 만큼 거칠게 입술을 뗀 경우가 기계처럼 중얼거렸다. 이래는 9년 전 하경우와의 키스 체험으로 알게 된 사실을 재차 확인하고 있었다.

사람이 키스를 하고 나면 연체동물이 될 수도 있구나…….

일주일 뒤. 동원이 집에서 혼자 와인을 마시다 부리나케 이곳, 파티 장소로 뛰어온 데 걸린 시간은 불과 30분이었다. 초스피드로 옷을 갈아입고, 여기까지 운전하느라 신호 위반을 세 번이나 했으며, 주차장까지 향할 정신이 없어서 아무 곳에나 파킹해 가능했던 시간이었다. 지금껏 단 한 번도 부과 받은 적 없는 교통범칙금이 날아올 것도, 운이 나쁘면 차가 견인될 것도 알았지만 어쩔 수 없었다. 그는 파티가 열리고 있는 〈클럽SP〉의 2층까지 한시라도 빨리 도착해야만 했다.

동원은 파티장 출입구 앞에 잠시 서서 숨을 가다듬었다. 대충 걸치기만 했던 정장 매무새와 비뚜름하게 걸린 타이도 다시 점검했다. 긴장감이 빠르게 고조되었다. 이런 파티를 그동안 너무 잦다 할 정도로 자주 참석했던 그에게는 모든 게 익숙했고, 그러니 긴장할 이유가 전혀 없음에도 불구하고 오늘은 그랬다. 동원은 전혀 계획이 없었던 이 파티에 왜 이토록 허겁지겁 오게 된 것인지 이를 악물고 되새겼다.

동원을 여기까지 이끈 것은 30분 전 걸려온 상혁의 전화였다.

[나다, 인마. 확인차 전화 한번 해봤어. 오늘 정말로 내 파티에 참석 안 할 거냐? 어떻게 안 될까?]

녀석은 동원을 자신의 파티에 참석하게 하기 위해 며칠 전부터 시도 때도 없이 전화를 해오고 있었다. 늘 그렇듯 그는 동원이 참석해야만 파티 분위기가 무르익는다며 '너만 한 분위기 메이커가 없잖니'와 같은 웃기지도 않는 아부성 멘트를 날려댔다. 물론 그건 다 헛소리이고, 실은 사교계에서 한미모 한다는 여자 게스트를 불러 모으기 위해선 주가가 높은 한동원이 참석해야 했기 때문이었다.

파티에 참석하면 늘 줄줄이 들러붙는 여자들 때문에 곤욕을 치르는 동원은 당연히 거절했다. 조만간 결혼할 예정인 그가 파티에 등장해 여자들과 시간을 보냈다는 걸 알면 성깔 장난 아닌 미래의 신부, 박이진이 가만히 있지 않을 것이었다. 그걸 빌미로 또다시 청혼 반려니 뭐니 쓸데없는 소릴 할 테니 아예 참석을 하지 않겠다는 계산이었다.

"미안. 너무 바빠서. 지금도 일하는 중이야."

막 퇴근해 와인 한잔하는 중이었지만 상관없었다. 동원이 참석을 거부하기 위해 괜히 일 핑계를 대고 있다는 걸 여우 같은 상혁이 모를 리 없었다. 알지만 안다는 표시를 하여 동원에게 무시당하고 있는 자신의 처지를 확인받고 싶진 않을 것이다.

[바쁘다는데 어쩔 수 없지. 파티도 이미 시작돼서 지금 오기엔 너무 늦은 것 같기도 하다. 아쉽지만 너 없이 치러야지.]

"미안하게 됐다. 다음엔 꼭 참석하도록 할……."

[근데 말이야. 이번 파티는 준비할 때부터 참 흥미진진한 거 있지. 우연이라면 대박이고 우연이 아니라면 더 대박이고. 박이진이란 이름이 흔한 것도 아니잖냐. 참! 알 수가 없다니까.]

내내 이 지루한 전화 고문에서 벗어날 수 있기만을 바라던 동원의 귀가 번쩍 뜨였다.

"뭐? 박이진이라고?"

[왜 그리 놀라? 갑자기 구미가 확 당기냐?]

"박이진이 뭐 어쨌다는 거야? 자세히 말해봐."

[말 그대로. 박이진이란 이름이 흔한 것도 아닌데 내 귀에 자꾸 들린다, 이거지. 믿을 만한 소식통에 의하면 너 요즘 혼담이 진행 중이라며? TX그룹 둘째 딸이랑. 그 여자 이름이 박이진이라고 들었어. 한데 네가 얼마 전에 친구 파티에 데리고 갔던 여자의 이름도 박이진이더라?]

"그 둘이 동일인물이냐고 묻는 거라면, 맞아."

[너무 쉽게 인정하니 좀 김빠지는데?]

"비밀이 아니니까."

[그럼 이건 어때? 상진이가 전에 잠깐 사귀던 여자도 박이진이라는 거. 이것도 비밀 아니냐?]

"그걸…… 네가 어떻게?"

[엊그제 상진이 자식이랑 우연히 클럽서 합석하게 돼서 같이 술을 좀 마셨다. 우린 재계에 지각변동을 가져다줄 네 혼사에 지대

한 관심을 가지고 있었고, 자연스레 네 결혼 얘기를 하게 됐지. 난 내가 들은 썰을 좀 풀었어. 미모의 재원, 박이래랑 틀어지고 그 동생과 이어질 것 같다고. 사교계 마당발인 나조차도 박이진이란 이름을 이번에 처음 들을 정도로 여러모로 존재감이 없는 여자라고.]

"……."

[그랬더니 상진이가 아주 흥미진진한 얘길 해주데.]

"그래?"

동원이 무의미한 추임새를 무겁게 내뱉었다. 불길한 기운이 풀풀 풍기는 몹시도 음울한 목소리였지만 상혁은 동원의 기분을 전혀 눈치채지 못하고 주둥이를 열심히 나불거렸다.

[그 여자랑 상진이가 전에 사귀었다데? 내 파티에 참석했다가 그 자리에서 말다툼하고 헤어졌다던데? 그 파티에는 너도 참석하고 있었잖아. 내가 정확하게 기억해. 네가 파티 중간에 사라져서 영영 돌아오지 않아 내가 굉장히 쩔쩔맸었거든.]

"……."

[이게 다 우연일까? 그렇다고 하기엔 너무 극적이지 않아? 한 여자가 버림받았다. 그곳에 왕자님이 있었다. 왕자님과 여자가 눈이 맞았다. 왕자의 혼인 상대가 언니 공주에서 동생 공주로 뒤바뀌었다. 그런데 알고 보니 동생 공주가 바로 그 여자였다! 여기서 가장 큰 피해자는 상진이가 아닐까 싶다. 그 불쌍한 녀석은 박이진이 공주님이라는 걸 전혀 모르고 있었더라. 넌 대체 어떻게 알아낸 거냐?]

누구와는 달리 여자 볼 줄을 아니까.

상혁의 입에서 견상진의 이름이 나올 때부터 지속적으로 쭉쭉 다운되는 기분으로 동원은 속으로 중얼거렸다. 연예계 가십거리 얘기하듯 추측과 과장을 적절히 섞어가며 소설을 써대고 있는 상혁의 얼굴을 주먹으로 묵사발 만들어주고 싶은 충동이 꾸무럭거렸다. 박이진이 이런 천박한 자식들의 입에 오르내리는 게 동원은 몹시 기분 나빴다.

　[솔직히 좀 의아하더라. 여자 보는 눈이 하늘 높은 줄 모르고 높은 네가 왜? 어쩌다가 상진이 녀석 전 여친 같은 여자랑 눈이 맞았을까 궁금하더라고. 내가 이런데 다른 사람들은 오죽하겠어? 박이진이란 여자한테 뭔가 특별한 매력이 있다고 생각하겠지. 만나보고 싶겠지. 물어보고 싶을 거고. 견상진과 사귀다가 한동원을 사귀면 어떤 기분이냐고. 감이 딱 왔지! 엄청난 이슈가 될 거라는.]

　"무슨 짓을 꾸미는 거야?"

　들고 있던 와인 잔을 탁자에 딱, 소리 나게 내려놓고 물었다. 당장이라도 달려들어 목을 졸라 버리고 싶은 심정을 고스란히 드러낸 윽박지름이었으나 수화기 저편의 상혁은 아랑곳지 않고 이죽거렸다. 동원이 참석하지 않아도 자신의 파티는 충분히 흥할 거라는 점, 흥행 포인트가 동원의 여자라는 점, 박이진을 통해 파티 참석을 거절한 동원에게 통쾌한 한 방을 날릴 거라는 점이 상혁의 간덩이를 점점 더 키우고 있었다.

　[꾸미긴 뭘 꾸며. 내가 무슨 힘이 있다고. 난 그저 내 파티에 온 손님들이 재미있게 즐겨주기를 바랄 뿐이야. 난 네 말대로 관종이잖냐. 관심종자.]

　"이진이한테 접근하지 마. 가만 안 둬."

[꽤 진지한가 보네? 천하의 한동원이 발끈하는 걸 보니. 근데 이를 어째. 이미 초대장도 발송했고 오기로 약속까지 해주었는데.]

"무슨 소리야? 누가 약속을 해?"

[누구긴 누구야? 네 여자, 박이진과 박이진의 전남친, 견상진이지.]

"뭐, 이 자식아!?"

시종일관 목소리를 내리깔고 대화 중이던 동원이 버럭 고함을 내질렀다. 웬만해선 흐트러지지 않는 한동원의 평심을 제대로 흔들었다는 생각에 쾌감이 인 듯 수화기 안에선 하하하하, 호쾌한 웃음소리가 쩌렁쩌렁 울려 퍼졌다. 상혁이 자식은 배가 째질 때까지 웃어재끼다가 흐느끼기까지 했다. 동원의 분노는 더욱 커졌다.

[상진이 자식은 지금 눈에 뵈는 게 없을걸. 박이진이 TX그룹 상속녀인 것도 모르고 차버렸으니 제 발등을 제가 찍은 거지. 이번에 만나면 무슨 수를 써서라도 유혹하려 들 거야.]

"그 자식한테 관두라고 전해. 내 손에 걸리면 뒈진다고. 그 여잔 조만간 나랑 결혼할 여자야."

[아! 너 그거 알았냐? 그 여자가 상진이한테 엄청 매달렸대! 사랑한다면서. 그땐 상진이가 겁이 나서 그 여잘 걷어찼는데 지금은 완전 후회 중이라더라. 그때 그 여자랑 사고 쳤으면 지금쯤 자기는 TX그룹의 사위가 되어 있었을 거란 거지.]

"그만두라고 했다!"

짐승처럼 그르렁거리는 동원의 으름장은 귀 가장자리에도 닿지 않는 듯 상혁은 계속해서 제멋대로 나불거렸다.

[이번 내 파티가 대박 흥할 건 불을 보듯 뻔해. 내가 이미 너희의 삼각관계를 쫙 퍼트려 뒀거든. 여기서 관전 포인트는 박이진과 견상진! 견상진과 박이진! 두 남녀의 엇갈린 사랑! 박이진은 아직도 견상진을 오매불망 사랑하고 있을까? 견상진은 박이진의 마음을 되돌릴 수 있을까? 물론! 여기에 네가 짠 하고 등장하면 더 흥할 테지만, 뭐 이미 늦은 거겠지?]

이쯤 되면 아무리 눈치 없는 머저리라도 짐작할 수밖에 없다. 상혁이 원하는 건 한동원의 희생이라는 걸. 동원이 파티에 등장해서 이 쇼의 마침표를 찍어주길 바라고 있었다. 동원이 움직이질 않는다면 이 삼류 드라마 같은 상황극은 더 자극적으로 치닫게 되겠지. 연출 조상혁, 주연 박이진, 견상진의 화려한 막장극.

교활한 놈.

속으로 중얼거리며 동원은 일방적으로 전화를 끊어버렸다. 곧바로 이진의 번호를 콕콕 눌렀다. 물론 일주일 내내 그래 왔듯 역시나 그녀는 전화를 받지 않았다. 동원은 전화기를 거칠게 내동댕이치며 일갈했다.

"빌어먹을 박이진!"

빠르게 구겨진 와이셔츠를 벗어 던짐과 동시에 드레스룸을 향해 바삐 걸었다. 서둘러 슈트를 갈아입는 내내 그의 마음은 그녀에게 가 있었다. 사교계에서 내로라하는 하이에나들이 호시탐탐 벗겨먹을 기회를 노리는 줄도 모르고, 덜컥 파티에 참석한 멍청한 박이진에게.

정확히 30분 뒤, 한동원은 일 때문에 바빠서 못 온다던 곳에 제

발로 찾아들어 왔다. 그는 〈클럽SP〉 로고 마크가 새겨진 출입문을 섬뜩한 눈으로 노려보며 넥타이를 좀 더 조여 맸다. 양쪽 소매를 차례로 체크하고, 어깨에 붙은 머리카락 한 올을 떼어낸 동원은 의외의 장면을 목격하더라도 절대로 사람들 앞에선 폭발하지 말라는 당부를 스스로에게 하고는 양팔을 반듯하게 내렸다. 그리고 매우 부드럽고 천연덕스러운 한동원표 미소를 입가에 띠곤 팔을 쭉 뻗어 출입문을 공격적으로 뻥 열어젖혔다.

그 시각, 이진은 도무지 견딜 수 없는 고문을 견디느라 속이 다 울렁거리고 있었다. 머리에 무스를 얼마나 발라댔는지 앞, 옆머리를 모조리 뒤로 넘겨 이마를 드러낸 상진이 아까부터 자꾸만 달라붙어 떨어지질 않았기 때문이었다.

"그래서 내가 그땐 무척 예민해 있었던 거야. 우리 아버지가 날 못마땅해하시는 거 너도 잘 알잖아. 내가 아버지 때문에 얼마나 스트레스를 받고 있는지도. 어찌나 들들 볶으시는지 아주 돌겠더라고. 너한테 그런 식으로 화풀이하면 안 되는 거였는데. 정말 생각할수록 내 자신한테 화가 나고 미안해 죽겠어. 진짜 내가 죽을 죄를 졌다. 미안해, 이진아. 용서해 줘. 응?"

"용서하고 말 것도 없어. 난 다 잊었으니까. 미안해하지 마."

웃으면서 얘기했지만 실은 역겨운 향수 냄새 때문에 속이 보통 불편한 게 아니었다. 당장이라도 화장실로 달려가 우웩, 하고 낮에 먹은 걸 토해내고 싶은 심정이었다. 하지만 이렇게까지 진심으로 미안해하며 사과하는 사람한테 속마음대로 '꺼져!' 하는 건 무례한 짓 같았다. 어쨌든 상진이 차준 덕분에 그와 엮이지 않을 수 있었다. 한편으론 고마워해야 하지 않을까.

"그동안 후회 많이 했어. 마음에도 없는 말을 그렇게 해대놓고 가슴이 얼마나 아팠던지. 시간을 되돌려 그때로 돌아갈 수 있다면, 그땐 정말 너한테 잘할 거야."

"난 괜찮아. 진짜야."

"애써 괜찮은 척하지 마. 반쪽이 된 네 얼굴 보면 다 아니까. 내가 좀 못되게 굴었냐? 많이 아팠잖아. 나 쉽게 못 잊고 괴로워했지? 사실 나도 그랬어."

"그렇지 않아. 난 그저……."

상진이 손목을 잡자 이진은 눈살을 찌푸렸다. 그가 움직인 통에 향수 냄새가 더 진해진 것이었다. 그에게 잡힌 손목을 뺄 생각도 못하고 이진은 띵한 머리를 다른 한 손으로 짚으며 불안하고 힘겨운 시선을 옆으로 돌렸다. 같이 온 동생, 이은이 안 보였다. 도대체 어디로 간 걸까? 설마 자기가 오자고 졸라놓고서 말도 없이 먼저 가버린 건 아니겠지? 빨리 이곳을 뜨고 싶다. 상진으로부터 떨어지고 싶다.

"그동안 진짜 죽도록 일만 했어. 너 정도 쉽게 잊을 수 있다, 큰소리 뻥뻥 치면서 호기도 부려봤지. 하지만 못 잊겠더라. 피곤해 죽겠는데 밤만 되면 네 생각에 잠을 못 이뤄서 수면제 처방까지 받았어. 너 없으니까 살맛이 안 나더라. 사는 게 사는 게 아니었어. 이럴 거면서 왜 널 그렇게 보냈을까? 후회돼. 널 힘들게 한 게 내 인생 최대의 실수였어, 이진아. 우리…… 다시 안 될까?"

"뭐?"

"너, 나 엄청 사랑하잖아. 나도 너 사랑해."

"그건 예전 일이잖아. 우린 이미 끝난 사이야."

이진은 정색을 하고 뒤늦게 팔을 잡아 빼려 했다. 그렇지만 상진은 놓아줄 생각이 없는 듯 더욱 꽉 틀어잡았다.

"아직 안 끝났어, 박이진."

"뭐 하는 거야? 이거 놓지 못해?"

"다시 시작하자. 우린 잘 어울리는 커플이 될 거야. 응?"

"싫어. 이거 놔. 놓으라고!"

주변 사람들의 시선을 의식해 목소리를 낮추면서도 이진은 팔을 빼기 위해 안간힘을 썼다. 그러나 덩치 큰 남자의 손아귀를 쉽게 떼어낼 수는 없었다. 그는 이진의 팔을 손자국이 날 만큼 세게 그러쥐며 훅, 끌어당겼다. 끊임없이 버르적거리는 이진 때문에 열이 뻗치는 듯 이마에 핏대가 올라서고 눈빛이 음험하게 번쩍거렸지만, 입가에는 여전히 미소를 띤 채였다. 이진은 소름이 쫙 끼쳤다.

"왜 이렇게 앙탈이야? 내가 다 잘못했다잖아. 용서해 달라잖아. 그만 화 풀어. 다시 시작하면 내가 너한테 잘할게."

"아까도 말했지만 난 널 다시 만날 생각 없어."

"왜? 날 그렇게나 사랑한다고 해놓고서 그새 마음이 변한 거냐? 한동원이랑 붙어먹다 보니 나 같은 건 싹 잊게 되디? 한동원이 그렇게 잘해줘?"

난데없이 동원의 이름이 나오자 이진은 잠시 흠칫했다. 놀랍게도 진땀 뻘뻘 흘리며 이진에게 굽실거렸던 상진은 온데간데없어지고 요전 날 뻔뻔하고 야비하기 그지없던 천하의 개상진이 그 자리에 서 있었다.

"소문에 의하면 한동원이 그렇게 대물이라며? 여자들이 한동원이라면 껌뻑 죽는 이유가 밤일을 잘해서라던데. 너도 그 자식한테 뻑이 갔냐?"

"말조심해!"

이진은 고개를 발끈 쳐들고 저질스런 단어를 줄줄이 내뱉는 상진을 쏘아보았다. 이미 패배를 예감한 상진의 입가는 열등감으로 얼룩져 있었다. '자존심 있는 대로 다 구겨가며 잘못했다고 싹싹 빌었는데도 날 안 받아줘? 감히 네가?' 라고 말하고 싶은 걸 꾸역꾸역 참고 있는 듯했다.

"아니라고 말하고 싶어? 웃기지 마. 한동원이 어떤 자식인데. 온갖 여자들과 다 붙어먹는 바람둥이 자식이잖아. 그런 놈이 널 가만뒀을 리 없지."

"그 사람 비난할 처지는 아닐 텐데. 넌 뭐가 다르니?"

"다르지. 난 네 처녀도 지켜준 명예로운 남자야."

"그건 네가 지레 겁먹고 도망친 거잖아. 날 위해서가 아니라. 내가 처녀였단 걸 빌미로 책임지라고 매달릴까 봐. 내가 가난한 여자인 줄 오해하고."

"그, 그건……!"

정곡이 찔린 듯 상진이 말을 더듬었다. 이진은 그를 죽일 듯이 노려보며 손을 휙 잡아챘다. 이번엔 차마 붙들 수 없었는지 순순히 이진의 손목을 놓아주었다. 낭패감이 상진의 눈가에 스쳤다. 이진은 그 눈을 똑바로 노려보며 그날 그가 했던 잔인한 말들을 떠올렸다.

사랑이 어떻게 그리 쉽게 변하냔 그녀의 항변에 그는 사랑 타령 그만하라고 했었다. 처녀는 상대하지 않는다며 자신과 자고 싶으면 다른 누군가한테 처녀 딱지를 떼고 오라는 뉘앙스를 풍겼었다. 평생 묶이는 관계가 아니라 화끈하고 뒤끝 없는 관계를 원한다고 말했었다. 자신은 그게 사랑이라 생각한다는 궤변을 떳떳하게 날렸더랬다. 바로 이 나쁜 자식이!

"그건 내 실수였어. 네가 부잣집 딸이란 걸 알아봤어야 하는데. 너한테는 꾸미지 않아도 자연스럽게 묻어나는 우아함? 타고난 분위기? 그런 게 있었거든. 그걸 간과한 게 내 잘못이었던 거 같아. 멍청한 놈! 내가 왜 그랬을까?"

"실수라고?"

기가 막혀서 말이 안 나온다. 어떻게 그걸 실수라고 표현할 수 있을까? 내게 못되게 군 게 아니라, 부자인 걸 알아보지 못한 게 잘못이라고? 못됐다. 뻔뻔하다. 뼛속까지 시러베아들 놈이다. 저런 말을 하고도 여자가 돌아오길 바라다니. 진짜 미친 새끼!

"어쨌든 박이진, 사실대로 말해봐."

속으로 욕을 한 바가지 퍼붓는데 상진이 또다시 팔을 훅 잡아당겨 이진을 가까이 끌어당겼다. 당연히 이진은 저항했다. 하지만 상진은 더 이상 얌전하게 굴 생각이 없는 듯 이진을 놓아주지 않았다. 그때 갑자기 주위 사람들이 웅성거리기 시작했다.

"한동원과 어디까지 나간 사이야? 너 그 자식이랑 결혼하게 될지도 모른다며."

"그건 어떻게 알았어?"

"다 아는 수가 있지. 잤냐? 혹시 임신이라도 했어? 그래서 갑자기 그 자식 결혼 상대가 네 언니에서 너로 바뀐 거야?"

"그건 네 알 바 아니라고 생각하는데."

"이봐, 이봐, 당연히 내 알 바지. 넌 나를 사랑하잖아."

"지금은 아니라고 말했잖아. 그건 다 옛날 일이라고. 솔직히 지금으로선 내가 그때 널 사랑했는지조차 확신하지 못하겠어. 내가 알던 너는 이런 남자가 아니었거든."

"너 많이 컸다? 예전엔 내 비위 맞추려고 엄청 고분고분했던 것 같은데. 한동원이 네 버릇을 잘못 들여놨네. 그 계집애 같은 자식이 네 발밑에 납작 엎드려 발가락이라도 핥아주디? 로맨티시스트랍시고 하늘의 별이라도 따다 주마, 손발 오그라드는 헛소리 주야장천 해대든? 꽃다발 처갖다 바치고 온몸을 보석으로 칭칭 휘감아주고? 그러디? 응?"

"이거 놔."

"못 놓겠다면?"

"놓으라고!"

"못 놓겠다면! 엉? 어쩔 건데!"

웅성거림이 점점 더 심해지는 가운데, 상진이 버럭 소리치며 이진의 팔뚝을 더욱 세게 옥죄었다. 이진은 갑자기 커지는 통증에 허덕이며 '꺅!' 소리를 질렀다. 그리고는 격렬히 저항하기 위해 몸을 뒤트는데, 거칠고 굵직한 목소리가 둘 사이에 끼어들었다.

"비켜."

누군가가 이진의 어깨를 뒤로 잡아당겼다. 이진은 멍해진 가운데 두 눈을 훌쩍 떴다. 목소리의 주인공이 짐작 가는 그 사람이 맞는지 확인해 볼 사이도 없이, 그가 상진의 아래턱에 주먹을 날렸다. 무방비 상태였던 상진은 단박에 뒤로 나가떨어졌다. 꺄악꺄악, 여자들의 비명 소리가 낭자했다.

파티장은 순식간에 아수라장이 되었다.

동원은 상혁이 바라는 대로 쇼를 마무리 짓고 제 여자의 손목을 거침없이 잡아채 성큼성큼, 그곳을 빠져나갔다. 성난 호랑이처럼 야만적으로 남자를 때려눕히고 야성미 철철 넘치는 포스로 퇴장하는, 충격적이고 이질적인 그의 모습을 본 파티 참석자들은 그가 나갈 때까지 침묵을 지키다가 문밖으로 사라지자마자 열띤 수다를 떨기 시작했다.

제12장 진정한 트로피는 한동원

"미쳤어요? 거기서 그런 짓을 하면 어떻게 해요? 사람들 다 보는 앞에서!"

"입 다물어."

힐을 신은 이진에게는 무자비하리만치 넓은 보폭으로 성큼성큼 직진하며, 동원은 이를 앙다물고 한마디 씹어뱉었다. 계단을 내려가는 그의 발걸음이 너무나 빨랐기 때문에 이진은 입을 다물어야 했다. 하지만 계단을 모두 내려와 건물 출입구로 달리듯 걷게 되었을 때는 다시 입을 열고 그의 뒤통수를 사정없이 쪼아댔다.

"사교계 생리를 모르는 사람도 아니면서 어떻게 그럴 수 있어요? 날 물 먹이려고 작정한 거죠? 소문 때문에 어쩔 수 없이 결혼을 받아들이게 하려고 일부러 그런 거죠? 만약 그럴 생각으로 이런 소동을 벌인 거라면, 당신! 잘못 생각한 거예요. 난 절대로 안

해. 당신 같은 미친 남자랑은 절대로 결혼 안 한다고요!"

철저히 무신경해 보이는 한동원을 자극하기 위해 이진이 소리를 버럭버럭 질러대는 바로 그 순간, 맹렬한 속도로 움직이던 그의 발걸음이 우뚝 멈추었다. 이진의 걸음도 동시에 스톱. 이진의 손을 잡고 있던 그의 손에 꽉, 아주 꽉, 힘이 들어갔다.

"내가 지금 누구 때문에 미쳐 돌아가는데."

낮은 중얼거림이 들리는가 싶더니 휙, 그가 갑자기 돌아서 이진을 마주했다. 이진은 흠칫 몸을 떨었다. 그의 눈에 치열한 감정이 떠올라 있었다. 뜨겁고 격렬하고, 동시에 필사적인. 하지만 혼란스러운. 동원은 조용히 입을 열었다.

"전에도 말했지만 날 돌게 만든 사람은 당신이야. 당신뿐이라고. 날 이렇게 만들 수 있는 사람은 이 세상에서 딱 한 명, 박이진, 당신뿐이란 말이야! 알아?"

"동원 씨……."

조용히 윽박지르다가 서서히 분기를 드러내는 그의 모습에 놀라 이진은 아무 말도 할 수가 없었다. 예리한 칼날이 심장 한가운데를 베고 지나가는 듯했다. 숨도 막혔고 말문도 막혔고 기도 막혔다. 왜 자꾸만 이 사람이 날 사랑하는 것 같을까? 왜 자꾸 애틋하게 느껴지지?

"내 이미지를 위해 내가 얼마나 노력하는지 알아? 따뜻한 남자, 부드러운 남자, 로맨틱한 남자! 그 에어리어 안에 머물기 위해! 내 진짜 모습을 들키지 않기 위해! 정말 죽을 만치 노력하고 있단 말이야. 한데 당신은 날 항상 무너뜨려. 완전히. 내 이성을 날려 버린다고!"

"그러게…… 누가 그러래요?"

"뭐?!"

건물이 쩌렁쩌렁 울리게 동원은 고함을 내질렀다.

상황을 이렇게 어렵게 만든 게 누군데. 뭘 잘했다고 자꾸만 사람 성질을 돋우는지 동원은 미칠 지경이었다. 거기서 주먹을 휘두르는 짓을 하면 안 된다는 걸 누가 모르나. 안다. 하지만 파티장에 들어선 순간 견상진이 이진을 희롱하는 걸 봐버렸는데 어쩌라고. 이진이 견상진 품에서 빠져나오려고 몸부림을 치는 걸 보는 순간, 내내 꽉 틀어쥐고 있던 이성의 꼭지가 확 돌아가 버린 걸 어쩌라고!

"그렇잖아요. 아니면 아닌 모습대로 살면 되지, 왜 가면을 쓰고 살아요? 자기 모습이 로맨틱한 남자와는 거리가 멀다는 건 당신이 제일 잘 알 거 아니에요."

"싫으니까. 난 내 진짜 모습이 싫어."

"자신의 본래 모습이 마음에 안 들다니 안됐네요. 하지만 계속 이렇게 자기 자신을 숨긴 채 가짜 한동원으로 살아갈 순 없잖아요. 언젠가는 드러내야 할 거예요. 누가 알아요? 사람들이 가짜 한동원보다 진짜 한동원을 더 좋아할지? 너무 걱정 말아요. 여자들은 부드러운 남자도 물론 좋아하지만, 거칠고 섹시한 남자를 더 좋아하는 경향이 있으니까."

"당신부터 좀 좋아해 보지?"

인상을 팍 구기며 한동원이 윽박지르듯 비꼬았다. 이 타이밍에 사랑한다고 고백하면 한동원은 어떻게 반응할까? 잠시 고려해 보았지만 이내 이진은 관두기로 했다. 타이밍이 좋지 않았다. 지금 사랑을 고백하면 동원은 분명 동정이라 오해할 것이다. 지금 한동원은 마음에 들지 않는 자신의 본모습을 사람들 앞에 내보인 후라 자신감이 몹시도 떨어진 상태였다. '날 좋아해 줘'라 들리는 저 말도, 누구든 상관없으니 자신을 좋아해 주었으면 좋겠다는 마음에서 의미 없이 뱉은 말일 것이다. 이진은 그저 말없이 어깨만 으쓱해 보였다.

"당신네 여자들은 말로만 짐승남, 짐승남, 하며 좋은 척하지 현실에서 터프한 남자 만나면 안면 싹 바꾸고 펄쩍 뛰잖아. 내가 그걸 모를 줄 알아?"

"그런가? 여자인 난 잘 모르겠는데 당신이 그걸 어떻게 알아요?"

"다 아는 수가 있어. 당신은 몰라도 돼."

"실은 당신도 잘 모르죠? 그냥 넘겨짚은 거죠?"

"내가 모르는 게 어디 있어? 여자에 대해서라면 난 전문가야. 여자인 당신보다도 여자를 더 잘 알아. 내가 전문가라서 찾아온 거 아니었나?"

"물론 잘 아시겠죠, 사부님. 질문 하나 할게요, 사부님. 지금까지 여잘 몇 명이나 사귀어봤어요? 사부님? 기네스북에 도전해 볼 의향 혹시 없나요? 사부님? 사부님 기준으로 봤을 때, 내 침대 기술 점수는 몇 점 정도 되나요? 사부님?"

"사부님 소리 말랬지."

"네, 사부님."

이진이 얄밉게 사부님 소릴 대답 말미에 또 붙이자 동원이 눈알을 위아래로 굴려댔다. 그 모습이 5살짜리 꼬마를 보는 듯해 이진은 헤벌쭉 웃었다. 하지만 곧장 웃음은 지워졌다. 상황이 어떤 상황인데 한동원이 귀엽다는 생각을 하는 건지! 이진은 자신의 어리석음과 무방비함에 한숨을 터트렸다. 지금은 철벽 방어 타임. 절대로 한동원을 방어벽 안으로 허용해서는 안 되었다. 그렇게 되면 자신만 더 힘들어질 뿐이었다.

"아무튼 난 다시 돌아가야겠어요. 이 손 놔줘요."

"웃기는 소리 하네. 돌아가길 어딜 돌아가? 못 가."

"지금쯤 난리가 났을 텐데 누군가는 가서 해명을 해야죠."

"가기만 해! 따라가서 떠메고 나올 거니까. 아니, 키스가 낫겠네. 사람들 다 보는 앞에서 박이진은 내 여자다, 나랑 결혼할 여자니까 아무도 껄떡거려선 안 된다, 하고 못을 박아두는 거지."

"정말 미치겠네. 도대체 왜 이래요? 난 결혼 생각 없다고요. 당신과 우리 아버지, 한 회장님이 똘똘 뭉쳐서 주인공인 나만 쏙 빼고 결혼 준비하고 있다는 거 잘 아는데요. 정작 결혼식장에는 내가 없을 거란 말이에요. 당신이 무슨 짓을 해도 난 거기 안 갈 거라니까요? 수많은 하객들 앞에서 창피당하고 싶어요?"

"난 창피 같은 거 안 당해. 내가 그렇게 되도록 두지 않을 거니까."

"내가 말을 말아야지."

고집불통 한동원을 바라보며 이진은 또다시 한숨을 내쉬었다. 결혼식 날짜는 한 달 뒤로 결정이 났고 모든 절차는 동원과 박 회장 주도하에 순조롭게 진행되고 있었으나 이진에게는 따로 계획이 있었다.

그녀는 결혼식 직전 비밀리에 해외로 달아날 생각이었다. 이미 어디로 갈 것인지, 어디서 뭘 하며 지낼 것인지 계획해 두었다. 미국 캘리포니아에 있는 친구네 집에서 6개월간 머물 예정이었고, 이미 얼마간의 비자금도 따로 준비해 두었다. 도착하면 아르바이트 등으로 돈을 벌면서 잡다한 공부를 해볼 생각이었다. 공부가 취미이니 그냥 취미 생활을 하는 것이다.

6개월간 그렇게 보내고 나면 동원도 결혼 생각을 접겠지 싶었다. 여자한테 싫증 잘 내기로 소문난 한동원이니 그녀가 되돌아올 시점에는 다른 여자와 하하호호 데이트를 즐기고 있을지도 몰랐다.

씁쓸함이 쓰나미처럼 밀려왔다. 고통스러운 감정을 숨기기 위해 이진은 현재의 문제에 집중했다.

"지금 저기 저 자리엔 루머 제조기들이 수두룩해요. 이번 일로 이상한 소문이 돌겠죠. 내가 가서 아무리 아니라고 해봤자 소문이 퍼지는 걸 원천 봉쇄하지는 못할 거예요. 하지만 내 말을 믿어줄 사람이 적어도 한 명 이상은 되지 않겠어요? 소문 확산을 무방비로 방치하는 것보다는 그들을 설득하는 게 현명해요."

"그러게 그 자식이랑은 왜 엮였어?"

"얘길 좀 하자고 해서 했을 뿐이에요. 엮인 게 아니라고요."

"얘기만 하고 있었던 게 아니었을 텐데."

"처음엔 정말 대화만 하자고 했단 말이에요. 그렇게 억지로 날 부둥켜안을 줄 알았다면 절대로 대화에 응하지 않았을 거예요."

"그 자식 말을 믿었단 말이야?"

"내게 상진인 위험인물이 아니었어요. 전에는 내게 얌전하게 굴었거든요."

"그 자식은 위험인물이야. 넌 그놈의 실체를 몰라. 그 자식이 무슨 속셈으로 여기 왔는지 알아? 조상혁과 짜고 이번 일을 계획했다는 걸 정말 모르겠어?"

"정말…… 이요?"

"도대체 왜 이따위 파티에 참석한 거야? 왜 상진이 같은 쓰레기 자식과 어울려서 날 돌게 만들어? 내가 저 덜떨어진 자식이랑 삼각관계 스캔들의 주인공이 되어야겠어? 날 그렇게 쪽팔리게 만들어야 속이 시원하냐고!"

상진이 이진을 희롱하던 순간이 떠올라 벌컥 화를 내놓고서, 동원은 꾹 입을 다물었다. 이렇게 심하게 말할 생각은 아니었는데 어쩌다 이렇게 되어버린 거지?

내내 침착하던 이진의 눈동자로 번쩍, 울분이 스치고 지나갔다. 딱딱하게 굳어버린 표정으로 그녀는 단호하고 세차게 동원의 팔을 휙 떨궈냈다.

"정말 죄송하네요, 한동원 씨. 쪽팔리게 해서. 앞으로는 그런 일이 없을 거예요. 약속하죠."

냉기 풀풀 풍기며 인정머리 없게 느껴질 정도로 싸늘하게 말하고 이진은 휙 턴하여 반대쪽으로 걷기 시작했다. 동원은 잠시 어찌해야 할 바를 몰라 우물쭈물하다가 에라, 모르겠다, 심정으로 버럭 소리를 질러댔다.

"어디 가!"

그러자 걸음을 멈추지 않고 이진이 고개를 꺾어 돌고래 비명과도 같은 고주파 고함을 쏴주었다.

"내 차에요!"

그날 이후, 이진의 행보는 좀 다른 양상을 보이기 시작했다. 이미 도미를 작정한 상황이라 최대한 튀는 행동을 자제하며 디데이만을 기다리던 이진이었는데, 파티에서의 해프닝으로 인해 오기가 생겨 버린 것이었다. 갈 때 가더라도 자신의 진가는 발휘하고 떠나야겠다는 오기. 최대한 화려하게, 방종하게 인생을 즐길 셈이었다. 그리하여 '박이진도 이럴 수 있다' 라는 걸 그 누군가에게 똑똑히 보여줄 것이다. 한동원이 다시는 쪽팔린다는 소리 못하도록!

파티란 파티는 죄다 쫓아다녔다. 은둔자라 소문났었던 박이진이 등장하자 사교계는 술렁거렸다. 그녀는 곧바로 이슈의 꼭대기로 올라섰고 사교계의 뜨거운 감자가 되어 온갖 파티에 초대를 받았다. 당연히 그 모든 파티에 참석을 했다. 겹치기 출연도 마다하지 않았다. 그녀는 TX그룹 둘째라는 고유 브랜드를 갖고 있었고, 비공식이지만 한동원의 약혼녀라는 딱지도 붙어 있었다. 파티에서의 일로 인해서 비공식은 거의 공식으로 굳어져 가는 분위기였기에 인기가 없을 수가 없었다.

그렇게 침투한 사교계에서 이진은 자신의 지분을 점차 늘려갔다. 최고급 디자인의 옷과 액세서리, 구두, 헤어숍, 네일숍, 몸매관리실을 섭렵하며 매력을 키워갔고 덕분에 그녀는 2주 만에 인기 폭발, 대세녀로 등극하고야 말았다.

그러자 남자들이 하나둘 이진에게 접근하기 시작했다. 원래 여자 앞에 장사 없고, 호기심 앞에 약도 없다지 않은가. 동원의 여자라는 소문 때문에 내내 적극적으로 들이대지 못하던 그들도 이진의 매력 앞에선 도리가 없었던 거다. 이진은 그들의 초대에 모조리 응했다. 그녀가 개의치 않는 모습을 보이자 접근은 더욱 왕성해졌다. 급기야 동원의 친구 재민이 이진을 파티에 초대하기에 이르렀다. 이진은 재고의 여지 전혀 없이 무조건 콜을 외쳤다.

그리하여 이진은 오늘 이곳에 와 있는 것이었다.

"어휴! 오늘도 자기 엄청나네. 사교계 완벽 적응. 조만간 자기랑 얘기하려면 줄을 서야 할 것 같아."

붙잡고 놔두지 않는 남정네들을 따돌리고 잠시 주방에서 숨을 돌리고 있을 때, 선화가 다가와 옆구리를 쿡 찌르며 윙크를 날렸다. 이진은 기분 좋게 웃으며 콧잔등을 찡그렸다.

"에이, 농담도."

"아냐. 진짜야. 직업이 직업이다 보니 내가 이쪽 물을 좀 먹고 있잖니. 흐름 같은 건 금세 파악할 수 있어. 자긴 지금 최고의 대세야. 성형중독 예쁜이들, 하나같이 긴장 타고 있을걸?"

지난주 우연히 한 파티에서 마주친 이래로, 이진과 선화는 절친이 되어버렸다. 선화는 이진의 가장 적극적인 지지자였고 이번 일에 최대 공로자였다. 최고급 샵들을 알선해 주고 패션과 몸매 관리에 대한 가이드라인을 제시해 준데다 놀랍게도 친구인 한동원에겐 요만큼의 정보도 넘기지 않는 의리를 보여주었다. 가끔은 동원의 친구 맞나 궁금하기까지 할 정도. 실제로 그렇게 질문한 적도 있다. 선화는 알쏭달쏭한 말을 남겼다.

"동원이 친구니까 이러는 거지. 이게 다 동원이를 위하는 길이라고 난 생각해. 진정한 우정, 캬! 어때? 나 멋지지 않아?"

우스꽝스런 농담으로 구렁이 담 넘어가듯 대충 넘어갔지만 생각하면 할수록 궁금해지는 말이었다. 한동원 친구니까 이진을 돕는다는 말. 선화는 두 사람이 절대로 이뤄져선 안 된다고 생각하는 걸까?

"아 참! 근데 그거 물어봤어? 우리 기원 씨네 '풀사랑' TX그룹 사내 식당 납품 문제."

"아, 그거요? 물어봤어요. 마침 이전 업체랑 계약이 끝났다네요. 새로 선정해야 한대요."

"정말? 정말, 정말, 정말? 자기야! 우리 기원 씨네 물건 진짜 좋아. 완전 유기농! 단가가 조금 비싸긴 한데, 그건 우리 기원 씨가 너무 정직하게 일해서 그래. 믿고 쓰는 장기원! 믿고 쓰는 풀사랑! 그렇게 정직하고 열심히 일하는데 알아주는 사람 없으니 내가 속상해 미치겠어. 확실한 판로가 몇 안 되니까 날마다 이리 뛰고 저리 뛰고, 얼굴이 반쪽이라니까. 요새 사업 걱정을 얼마나 하는지 그 비싼 담배를 하루에 몇 갑씩 뻑뻑 피워대. 걱정되어서 죽겠어."

선화는 남자친구 걱정에 눈물까지 설핏 보였다. 순정 따위 모르는 이 시대 최고의 커리어우먼으로 보이는 그녀도 사랑 앞에선 한없이 약한 여자가 되는 걸 보니 가슴이 뭉클해졌다. 이진은 빙그레 미소를 지으며 다정하게 말하였다.

"언니가 좋다면 좋은 거겠죠. 아버지한테 한번 부탁해 볼게요."

"정말? 고마워라! 회장님께 이런 사소한 문제를 상의드려도 되나? 조금 죄송하다. 너무 고맙고! 역시 넌 최고야. 의리 하난 끝내 준다니까. 동원이 자식이었다면 또 그놈의 원칙 내세워서 깐깐하게 굴었을 거야. 누가 무작정 계약해 달라고 했나? 검토나 해달라는 거지. 하여간 융통성 없기는. 그러니까 널 이렇게 속 썩이고 있는 거겠지만."

"……."

"신경 쓰지 마, 자기야. 그 자식은 천하에 둘도 없는 멍청이야. 자기 같은 보석을 못 알아보잖아. 제 복을 제가 걷어차는 거지. 동원이 잊고 새 출발해. 다른 남자, 아무나 골라잡아도 그 자식보단 나을 거야. 자긴 동원이보다 더 좋은 남자를 만나야 해. 그럴 자격 있어! 안 그래?"

"맞아요. 전 그럴 자격 있어요."

이진은 동원 애기에 갑자기 조용해지는가 싶더니 다시 마음을 다잡은 듯 고개를 똑바로 들고 말했다. 희미하게 미소까지 지으며. 선화는 고개를 끄덕이며 더 오버를 떨면서 까르륵거렸다. 속으론 '이게 아닌데?' 하면서. 동원이 천하에 둘도 없는 멍청이인 것은 맞지만, 이진이 자신의 부추김에 동감을 표하는 건 계획에 없던 일이었다. 정말 이진은 동원을 완전히 잊으려는 걸까? 그러면 안 되는데!

"내가 자기 괜찮은 연하남 한 명 소개해 주려고. 얼마 전에 드라마 조연으로 빅히트 쳐서 CF 스타로 등극한 신예인데 우리 사장님 동생이야. 착하고 말 잘 듣고 얼마나 귀여운지 몰라. 딱 펫남 스타일이라니까. 언제 한번 시간 내. 내가 소개해 줄게."

"스타라면서요. 바쁘지 않을까요?"

"바빠서 뭐? 지가 뭐 어쩌겠다고? 우리 박이진 양을 만나려면 바빠도 시간 빼야지."

"어떻게 그렇게 해요? 제가 뭐라고."

"뭐긴 뭐야! 예쁘고 착하고 스마트하기까지 한, 미스 퍼펙트지. 그래서? 안 만나겠다고?"

"그럴 리가요. 당근 만나죠."

어어…… 정말 이러면 안 되는데.

선화는 진심으로 신나 보이는 이진을 보며 형식적인 웃음을 띠어 보였다. 하지만 동원의 백화점에 남친의 회사 사활을 걸어놓은 입장에선 진심일 수 없는 웃음이었다. 이러다가 진짜 제대로 동원의 분노를 사는 거 아닐까. 화가 나서 납품 계약을 뒤집어 버리는 건 아닐까.

"이진이! 여기서 뭐 하는 거야? 한참 찾았잖아."

오늘의 호스트, 재민이 주방으로 들어오며 활짝 웃는다. 그는 대학 동기인 선화는 본체만체하고 세상에 존재하는 단 하나의 여자를 바라보는 양 이진을 열렬히 바라보고 있었다.

"선화 언니랑 잠깐 수다요."

"선화는 내버려 두고 빨리 나와. 소개해 주고 싶은 사람이 있으니까."

"야! 넌 친구한테 그러고 싶냐? 난 뭐, 여기 손님 아니야? 다음부턴 안 올까 보다."

삐친 듯이 팩하고 앵돌아지니 착한 이진이가 킥킥거리며 챙긴다. 선화는 못 이기는 척 재민과 이진을 따라 기분 좋게 주방을 나섰다. 하지만 그러는 내내, 재민이 이진에게만 싹싹하게 굴면서 대시 비슷한 신호를 보내자 조금 걱정이 되기 시작했다. 이진이 남자들과의 교류를 활발히 하는 건 그녀도 바라는 바이지만, 사랑에 빠지는 건 아니었다. 그 상대가 재민이라면 더더욱 안 될 말이었다.

'도대체 왜 안 나타나?'

선화는 재민이 소개해 주는 요트 판매업자와 인사를 나누는 척하며 슬쩍 시계를 확인했다. 파티가 시작된 지 한 시간쯤 지났으니 이제 슬슬 주인공이 등장할 타이밍이었다. 여자 주인공을 스토킹하는 집착남 컨셉의 남자 주인공. 한동원!

그는 요즘 이진이 다니는 파티마다 스파이를 심어 그녀를 감시하고 있다. 관심 없는 척해왔지만 사실은 이진의 일거수일투족에 지대한 관심을 쏟고 있다는 증거였다.

주먹질 해프닝 이후 한동안 그녀를 내버려 둠으로써 약혼녀의 화려한 사교계 생활을 터치하지 않는 뒷방 늙은이 코프스레를 해 주었으니, 이젠 서서히 모습을 드러내야 할 시점이었다.

"빨리 나타나라, 빨리. 어서……."

"응? 언니, 뭐라고 했어요?"

"어? 아, 아니야! 아무것도."

선화는 방긋 웃으며 묻는 이진을 향해 두 손을 휘휘 내저었다. 그때, 실내에 묘한 긴장감이 돌기 시작했다. 왁자지껄 떠들썩하던 사람들의 대화가 뚝 끊겼다. 등골에 찌르르, 짜릿한 기운이 스며오자 선화는 드디어 올 것이 왔다고 생각했다.

선화는 슬그머니 이진의 눈치를 살폈다. 출입문 쪽을 바라보던 이진의 얼굴에서 웃음기가 흔적도 없이 사라졌다. 충격 어린 그녀의 눈동자가 동원에게 박혀 떨어질 줄을 모른다. 선화는 기대감에 잔뜩 부푼 마음으로 천천히 고개 돌려 출입문을 확인했다.

어서 와, 한동원. 약혼녀 잡으러 온 건 처음이지?

"아무도 우릴 반기지 않네? 괜히 왔나 봐. 다시 돌아갈까, 자기?"

그러나 우리의 남자 주인공은 예상과는 달리 미모의 여성을 옆구리에 끼고 등장하셨다. 가슴이 커다랗고 머리는 텅 빈 여자. 그래서 선화가 죽어라 싫어하는 여자. 강예린. 선화는 기겁했다.

'저 자식이 미쳤나? 여기가 어디라고 강예린을 데리고 와? 뭐? 자기? 강예린의 자기가 어째서 동원인데?'

슬쩍 고개를 돌려 재민을 봤지만 녀석은 별로 신경 쓰지 않는 듯 무덤덤해 보였다. 설마 두 사람, 깨진 건가? 그래서 강예린이 다시 동원에게 붙은 거고? 선화는 쩍 벌린 입을 다물지 못했다.

"이봐, 친구들. 내가 반갑지 않나? 왜들 그렇게 꿀 먹은 벙어리 노릇이야?"

이대로는 절대 돌아갈 생각이 없다는 듯 동원이 주위를 둘러보며 싱긋 웃었다. 그러자 약속이나 한 듯, 동원의 친구들로 구성된 손님들이 각자 거하게 환영 인사들을 날리기 시작했다. 물론 동원에게만. 자신이 푸대접받는다는 걸 알면서도 예린은 기죽지 않았다. 오히려 보란 듯이 더 찰싹, 동원의 옆구리에 붙어댔다. 풍만한 가슴을 동원의 어깨에 비벼대는 꼴이 눈에 들어오자 선화는 기가 막혔다.

"저 여자가 진짜 돌았나. 야······!"

강예린의 개념 없는 작태에 열이 받아 욕을 한 사발 날려주려는 찰나였다. 이진이 당장이라도 울 것 같은 얼굴로 말했다.

"언니, 아무 말도 하지 말아주세요. 제발요."

선화는 이진이 시키는 대로 입을 다물었다. 씁쓸하지만 자신의 오작교 작전이 실패했음을 인정해야만 했다.

'빌어먹을, 지옥이 있다면 바로 이곳일 거야.'

동원은 속으로 욕설을 터트리며 생각했다. 재민이 이진을 끼고 다니는데도 잠자코 있어야 하고, 끔찍할 정도로 달라붙은 강예린을 떼어내지도 못하는 지금이니 지옥보다 더 끔찍하면 끔찍했지 덜하진 않을 거라고. 그는 방금 전 먼저 자리를 뜨던 선화가 자신을 죽일 듯이 노려보던 그 살벌한 시선을 떠올렸다.

이진을 몹시 좋아하던 선화이니 그를 바람피운 친구 남편 바라보듯 보던 건 어쩌면 당연한 반응일 수 있었다. 하지만 억울했다. 그는 약혼녀를 두고 다른 여자에게 한눈파는, 그런 불명예스러운 남자가 아니다. 애초 그런 일이 가능했다면 상황이 여기까지 치닫지도 않았을 것이다.

그는 이진이 아닌 다른 여자에게는 눈곱만큼의 관심도 생기지 않는 처지였다. 오로지 박이진만, 그 여자만을 원했다. 억울하지만 어쩔 수 없었다. 그러니 별수 있나. 질투 작전이라는 이 우스꽝스런 연극을 해서라도 이진을 손에 넣는 수밖에.

"우린 지금 힘을 모아야 할 때예요, 동원 씨. 낙동강 오리 알 되게 생졌잖아. 이러다가 진짜 당신 여자랑 내 남자가 서로 눈이라도 맞아봐. 어쩔 건데? 그래도 상관없어요? 뭐, 물론 그쪽 두 사람이야 사랑 같은 싸구려 감정과는 무관한 관계겠죠. 하지만 당신 자존심은요? 명성은요? 어떻게 되는 거죠?"

"……."

"설마 사람들이 당신과 우리 재민 씨를 비교해 가면서 입방아 찧어 대는 꼴을, 그냥 두고 볼 생각은 아니겠죠?"

어제저녁, 갑자기 사무실로 찾아와 파티에 동석하자던 예린의 말은 꽤 설득력이 있었다. 지극히 이성적이고 타당한 발언이었다. 그가 자존심이나 명성이 아닌 박이진을 더 신경 쓴다는 사실만 제외하면 구구절절 다 옳았다. 그녀의 계획에 동조하지 않을 이유가 없었다.

동원은 박이진을 빼앗길 생각이 추호도 없다. 재민을 포함한 그 누구에게도 줄 수 없었다. 박이진의 매력은 자신의 손끝에서 만들어졌다. 자신이 그녀를 내면 깊숙한 곳에서부터 끌어냈고 훈련시켰다. 타고난 섹시미를 이끌어내 지금의 박이진을 완성시켰다. 그런고로 박이진에 대한 권리는 오로지 자신에게만 있으며, 그녀는 자신만을 위해 존재해야 했다.

영원히.

"우리 이이가 요새 바쁘잖아요. 여기 데려오려고 제가 얼마나 노력했는지 알아요? 제 설득 아니었으면 이이, 절대 여기 안 왔어요. 다들 나한테 고마워하셔야 해요."

예린이 천연덕스럽게 말하고 동원의 친구들을 향해 특유의 백

치미 어린 미소를 흘렸다. 설득과 노력에 대해서라면 결코 거짓말
이 아니었으나, 그 '노력'이 어떤 '노력'인지 암시하려는 듯 움직
일 때마다 출렁이는 가슴을 동원의 몸에 노골적으로 비벼대는 모
습은 명백히 사기였다. 동원은 굳은 입술을 억지로 끌어 올리며
이를 악물었다.

"아무리 연기라지만 이건 너무한 거 아닙니까?"

친구들이 다른 얘기로 화제를 돌려 좀 더 떠들썩해지자 동원은
예린의 귀에 대고 작게 웅얼거렸다. 그러자 예린은 침대 언어라도
들은 양, 절정을 향해 달리는 여자의 눈으로 그를 올려다보며 중
얼거렸다.

"이래야 상대가 속죠. 당신도 좀 적극적으로 참여하는 게 어때
요? 계속 그렇게 뻣뻣하게 굴다가는 될 일도 안 되겠어요."

그러더니 휙, 관능적인 동작으로 머리를 흔들어 흘러내린 머리
카락을 뒤로 넘겼다. 동원은 진땀이 났다. 당장이라도 이 여자를
밀어내고 싶었다. 아무리 생각해도 이건 잘못된 계획인 것만 같았
다.

파티는 한 시간이 지난 후에도 계속되고 있었다.

이진은 많은 남녀와 많은 대화를 나누었다. 친절하고 사려 깊고
영리하기까지 한 그녀는 남녀 모두에게 인기가 많았다. 그녀가 자
기들과 얘기해 주길 바랐고, 얘길 하게 되면 다른 무리로 이동하
지 못하게 막아섰다. 한마디로 파티는 거의 박이진 쟁탈전이나 다
름이 없었다.

동원은 남자들이 건네는 술을 넙죽넙죽 받아먹는 이진을 노려

보며 이를 바득바득 갈았다. 아무한테나 방긋방긋 웃어주는 이진을 당장 이 지긋지긋한 곳에서 끌어내고 싶어 좀이 쑤셨다. 살짝 상기된 두 볼과 립스틱이 일부 지워진 핑크빛 입술은 그를 미치게 했다.

'도대체 언제까지 이 짓을 해야 하는 걸까?'

속으로 짜증스럽게 중얼거리며 독한 위스키를 원샷으로 들이켜는데, 이진이 슬쩍 자리를 뜨는 모습이 보였다. 동원은 두 번 생각하지도 않고 벌떡 자리에서 일어나 그녀의 뒤를 따랐다.

"아! 죄송합니다."

이진은 한 손으로 이마를 짚고 비틀거리며 화장실을 나오다가 동원의 어깨에 부딪쳤다. 고개를 숙이며 정중히 인사를 건네는 모습이 멀쩡히 정상적으로 보였지만 동원은 속지 않았다. 이진은 술에 취해 있다. 그것도 아주 많이. 그렇지 않고서야 자신과 부딪친 사람이 한동원이라는 걸 못 알아볼 리 없잖나.

"잘하는 짓이군. 도대체 술을 얼마나 마신 거야?"

눈살을 찌푸리며 그가 다그치자 이진이 천천히 고개를 들었다. 역시나 동공이 풀린 상태였다. 별장에서도 밤새도록 와인 한 잔 홀짝이던 그녀였으니 분명 주량이 형편없이 적을 것이다. 그렇다면 당연히 본인 스스로 절주했어야만 했다. 그동안엔 파티에서 취한 적이 없었으면서 오늘은 대체 왜 이러는 걸까?

"어라? 이게 누구시더라? 한동원 씨 아니십니까?"

눈뿐 아니라 혀도 풀렸군.

기가 막히게도 눈과 혀가 다 풀려 엉망진창인데도 그녀가 미치게…… 정말 미치게 예뻐 보였다.

"우리나라 최고의 독신남. 둘째가라면 서러울 넘버원 로맨티시스트. 오예— 오빠—"

"박이진, 정신 차려."

세상에서 가장 달콤한 사탕을 입에 문 꼬마처럼 환히 웃는 이진을 향해 동원은 무뚝뚝하게 명령을 내렸다. 실질적으로는 자신에게 내리는 명령이었다. 대뇌가 이진을 인지하면서부터 빠릿하게 단단해져 있던 물건이 술 취한 이진을 대하는 순간 맹렬한 속도로 커졌기 때문에.

반쯤 풀린 눈동자와 반달 모양으로 휜 눈매, 그 환한 미소가 보이지 않는 손이 되어 그의 목을 졸랐다. 그의 목만 조르는 게 아니라 그것도 졸랐다. 터질 듯 빵빵해진 그것이 당장이라도 방사의 본능을 풀어낼 것만 같은, 바로 그 순간!

"……는 개뿔."

이진이 공포스럽게 읊조리며 표정을 매섭게 굳혔다. 한쪽 입술 꼬리가 뒤틀려 올라간 모습으로 그녀는 그를 죽일 듯이 노려보았다. 동원은 정신이 번쩍 들었다.

"로맨티시스트는 무슨 로맨티시스트."

"……"

"다 뻥이고 거짓이야. 당신의 그 가증스럽고 웃기지도 않는 연기에 사람들이 속고 있는 거지. 하지만 난 안 속아. 난 당신이 뼛속까지 마초라는 걸 알아. 내가 입만 벙긋하면 알지? 당신은 곧바로 아웃이야. 우리나라 여성 단체가 당신을 가만두지 않을 거라고. 이 나! 쁜! 놈! 아!"

이게 대체 무슨 소리지? 내가 뭘 어쨌다고?

"천하의 못된 놈! 바보 같은 놈. 비열한 놈. 도둑놈!"

"당신 미쳤어? 내 친구들 앞에서 술 마시고 주정할 생각이라면……!"

"네네, 미안합니다. 죄송합니다. 죽을죄를 지었습니다. 다시는 당신 쪽팔리게 안 하겠다고 약속했는데 또 그렇게 되었네요."

"그 말이 그렇게 기분 나빴어? 이렇게 파티걸로 분해 날 화나게 할 만큼? 그렇다면 정말 미안한데……."

"미안하긴 개뿔이 미안해? 개 풀 뜯어먹는 소리 작작하셔! 내가 왜 미안해? 당신한테 내가 잘못한 게 뭐가 있어서 미안해? 웃기지 마라 그래. 난 당신한테 결혼해 달란 적도 없고, 창피한 날 참아달란 적도 없어. 내가 부탁했던 건 오로지 날 좀 가르쳐 달라는 것뿐이었어. 그게 그렇게 잘못된 거야? 내가 뭐 그리 잘못했는데에—? 응?"

목을 쭉 빼 얼굴을 코앞까지 들이밀며 이진이 바락바락 대들었다. 술 냄새가 진동했다. 열받아 씩씩거리는 통에 벌렁거리는 콧구멍이 다 보였다. 눈은 희번덕거리느라 흰자가 70퍼센트다. 한데도 동원의 눈엔 그녀가 예뻐 보였다. 혹시 자신이 미친 게 아닐까.

"너 같은 자식은 평생 지하 감옥에 썩어야 해, 한동원."

"……."

"매력 발산? 그딴 건 절대로 못하게 해야지. 겉만 번드르르한 남자는 남자도 아니니까. 혹시 번드르르한 외모에 속아서 혹할지도 모를, 죄 없는 순진녀들을 위하여 평생 거지 같은 옷에 덥수룩한 머리, 수염, 모자 등으로 가리고 다녀야 해. 아아! 머리를 기르게 해야겠다. 옥동자처럼 땋아. 청학동 도련님처럼 가운데 가르마를 타는 거지. 좋다. 그게 좋겠다."

하나님 맙소사! 술주정뱅이 여자의 뭐가 예쁘다고, 동원은 이진이 사랑스러워 미치겠어서 참을 수가 없었다. 당장 그녀를 끌어안고 요 탐스럽고 요망한 입술을 제 입술로 쪽쪽쪽, 하트마크를 찍어주고 싶었다. 그동안 너무 오랫동안 이진을 멀리했었다. 냉전이다 뭐다, 갖고 싶어도 갖지 못한 게 벌써 3주째이질 않은가. 체감상으로는 한, 삼백만 년은 된 것 같다.

"아니지. 그래도 혹시 몰라. 열라 잘생겼으니까. 거지꼴이어도 여자들 눈엔 멋지게 보일지 누가 알아? 아예 여자들 앞에 모습을 내보이지 않아야겠어. 아예 세상에 내놓질 말아야지. 괜히 여자들만 힘들어지니까."

"……."

"나처럼!"

이진의 작은 외침이 하트마크로 가득 채워진 동원의 뇌를 싹 비웠다. 이진이 그를 보고 있었다. 당장이라도 눈물을 흘릴 듯 촉촉해진 눈으로.

동원은 아무것도 생각할 수가 없었다. 이진이 자신 때문에 불행하다는 사실 외엔 아무것도 눈에 들어오지 않았다.

"넌 남자도 아니야, 한동원."

잔뜩 꼬인 혓바닥으로 이진이 중얼거렸다. 억장 무너지도록 애달파 보이던 눈빛도 언제 그랬냐는 듯 흐릿해졌다. 누가 봐도 '술 취해서 귀엽게 꼬장 부리는 여자' 그 이상도, 이하도 아니었다. 하나 동원은 여전히 혼란스러웠다. 이진이 마음에 간직하고 있던 상처의 일부분을 본 것 같아서 머리가 띵했다.

"남자 자격도 없어. 어떻게 끝까지 책임지지 못할 거면서 결혼할 생각을 할 수 있어? 싫증나면 버려? 여자가 네 장난감이니? 결혼이 소꿉놀이 장난이야? 너 같은 인간은 거시기도 떼야 해! 이 빌어먹을 인간! 못된 놈!"

갑자기 고래고래 고함을 질렀다. 홍 노인에게 배운 '거시기'란 말에 꽂힌 듯 거시기 소릴 세 단어에 한 번씩 써대면서.

"떼! 떼! 거시기 떼. 떼라니까! 거시기 떼버리…… 흡!"

동원은 이진의 입을 틀어막고 함께 그곳을 나갔다. 질질 끌어냈다는 게 더 정확한 표현일 것이다. 파티 참석자들이 넋을 잃고 두 사람을 쳐다보았고 그중 재민과 예린은 거의 아연실색 수준이었다. 그래도 동원은 상관없었다. 그 순간 동원에겐 오직 이진뿐. 다른 건 하나도 중요하지 않았다.

그들의 따로국밥 파티 참석 해프닝은 그렇게 막을 내렸다.

다음날, 동원은 동네 헬스클럽에서 하루 종일 근육을 끊어뜨릴 기세로 무식하게 운동을 해댔다. 팔다리 움직임이 무뎌졌고 온몸은 물 먹은 솜처럼 축 처졌으며 폐는 터질 듯 팽창되어 말 그대로 기진맥진, 완벽한 방전 상태인데도 불구하고 그는 미친 듯이 움직였다. 이렇게라도 하지 않으면 도저히 견딜 수가 없을 것 같아서. 당장 이진에게 달려가고 싶은 충동을 누를 수 없을 것 같아서.

이진이 계속해서 머릿속을 맴돌았다. 미친 듯이 스프링과 역기를 상대하며 머릿속을 비우려 애쓰는 지금에도 이진이 떠올랐다. 어쩔 수 없이 그녀를 생각하는 순간에는 심장이 폭행당하는 것처럼 아파왔다. 몸이라도 힘들면 괜찮아질까 싶어서 아침부터 계속해서 땀을 빼고 있었지만, 뇌는 비워지지 않았다. 그의 뇌에서 박이진은 좀비처럼 죽지 않고 되살아나 끊임없이 그를 괴롭혔다.

"박이진……."

멍하게 중얼거리며 그는 벤치프레스의 벤치 위에 널브러졌다. 방금 러닝을 끝낸 참에 힘들어 죽을 맛으로 헉헉거리며 눈을 감았으나 어젯밤 이진의 모습이 둥실둥실 떠올랐다.

"당신 정말 나한테 왜 이러는 거야? 응?"

답답한 마음에 중얼거렸지만 그는 이미 답을 알고 있었다. 왜 이런 기분이 드는 건지. 이게 대체 어떤 감정인지.

어젯밤 그녀가 슬픈 눈으로 자신을 바라보던 그 순간 깨달았다. 이진이 자신을 사랑한다는 걸. 누군가가 해머로 뒤통수를 후려친 것만 같았다. 1차로는 세상이 뒤집히는 듯한 충격을 경험했지만, 2차로는 입이 째졌다. 기분이 조금 업됐고 어깨가 으쓱해졌다. 그럼 그렇지 내가 누군데, 하는 자부심도 생겼다. 왜인지는 모르겠지만 오목가슴 근처로 알싸한 통증도.

"한동원, 너는 죄악이야. 여자를 괴롭히는 불행의 씨앗이야."

어젯밤 그는 이진을 데리고 한강 둔치로 갔다. 엄청 해롱거리며 나불나불, 종알거리는 그녀를 집에 데려다줄 수는 없었으니까. 아무 말이나 가리지 않고 속내를 다 털어내는 이진의 상태로 봐서 집으로 가면 그동안의 일을 모조리 다 토설할 것만 같았다. 술에

서 깰 때까지 그녀를 자신 혼자 상대할 셈이었다. 실제로 그렇게 했다. 그녀의 잔소리와 꾸짖음, 비난이 폭탄처럼 날아오는 걸 그는 오롯이, 꿋꿋이 감내했었다.

그녀는 울기도 했다.

"너 때문에 밤에 잠 못 자고 울고불고 난리치는 여자들이 얼마나 많겠어? 나만 해도 이렇게 죽겠는데, 엉엉……."

엉겨 붙어 키스하기도 했다. 달콤한 경험이었다. 나긋나긋한 그녀의 몸이 눌러오는 느낌도, 가느다란 팔이 목덜미를 감아오는 느낌도, 좋았다. 황홀했다. 언제 맛보아도 맛있는 입술은 두말할 것 없었다. 가장 좋았던 것은 그녀가 온전히 자신을 맡기는 느낌이었다. 기꺼이 그의 여자가 되겠다는 듯한. 그를 믿고 따르겠다는 듯한. 영혼과 육체가 완벽히 그에게 흡수되어지는 듯한, 바로 그 느낌.

그 순간 미로처럼 복잡하던 동원의 머릿속은 깨끗하게 정리되었다.

"박이진을 사랑해. 난 그 여자 없인 안 돼."

전날 깨달은 명백한 진실을 다시 한 번 소리 내어 읊고 동원은 씩 미소를 지었다. 자신만의 소중한 비밀을 드러내고 보니 기분이 몹시 좋아졌다.

자! 그럼 이제 어떻게 할래, 한동원? 이걸 고백할래? 말래?

뜬금없이 사랑한다고 말하면 이진은 안 믿을 게 뻔했다. 심지어 결혼할 셈으로 거짓 고백을 하는 거라고 의심할지도 몰랐다.

그럼에도 불구하고 고백은 해야만 한다. 터질 것 같은 이 감정을 털어내지 않고서는 절대로 행복할 수 없을 것이다. 그녀도, 자신도.

"일단 운동이나 하자, 한동원. 미친 듯이 날뛰는 테스토스테론을 결혼식 날까지 무사히 잠재워야지. 남자라면, 낭만적인 신혼 첫날을 위해서 그 정도는 참아줘야 하는 거라고."

한동원의 마초적 코어가 아우성을 치며 반발했지만 문제없었다. 오늘 내내 그랬던 것처럼 지칠 때까지 몰아붙이는 '무리한 운동'이 잠재워 줄 것이다. 그는 숨을 몰아내며 바벨을 들어 올릴 준비를 했다. 전화벨이 울린 것은 바로 그때였다.

[너 왜 이렇게 전화를 늦게 받니? 똥줄 타 죽는 줄 알았잖아. 그 소식 들었어? 와우! 대박! 나 기절초풍하는 줄 알았잖아. 너 내가 이래랑 되게 친한 거 알지? 알지, 알지?]

땀을 닦으며 전화를 받자 은원이 요란하게 떠들었다. 동원은 데시벨 높은 목소리에 인상을 찡그리며 전화기를 멀리 떼어냈다. 아무래도 특별한 용무도 없으면서 수다나 떨 셈으로 전화를 건 듯하였다.

"몰라."

대충 아무렇게나 대답하고 전화를 스피커폰으로 돌렸다. 하던 거 하면서 대강 맞장구쳐 주면 될 거란 안이한 심정으로. 은원이 겉으론 가벼워 보여도 그 내면에는 꽤나 진중하고 세심한 구석이 있다는 걸 간과하고 있었다.

[친해, 친해. 엄청 친해! 그래서 내가 방금 전화한 김에 살살 구슬려서 알아낸 게 있거든? 뭔지 알아? 오늘 걔네 집에 어떤 남자

가 청혼하러 올 거래!]

"청혼? 누가?"

[나야 모르지! 아니다. 기억날 것도 같다. 뭐였더라? 하경우?
맞아, 하경우였어. 내가 좋아하는 배우랑 이름이 비슷해서 기억
해.]

"하…… 뭐?"

하경우가 뭘 하러 온다고? 청혼을 하러 와? 다시 바벨을 들을
준비를 하던 동원이 그 순간 올스톱. 온몸을 굳히며 정지 자세를
취했다.

[그리고 얘, 또 하나의 새로운 소식이 있는데 이건 더 대박이야.
이진이가 글쎄 미국 유학을 갈 거란다!]

"뭐야?!"

쿵! 벌떡 자리에서 일어나려다 동원은 스탠드에 걸쳐진 바벨에
머리를 찧고 말았다. 아야야, 정통으로 맞은 이마를 부여잡고 동
원은 팔을 뻗어 휴대폰을 다시 쥐었다. 그는 휴대폰이 은원이라도
되는 양 거칠게 틀어쥐고는 고함을 버럭버럭 질러댔다.

"유학을 가다니! 그게 무슨 소리야? 2주 뒤에 나랑 결혼할 여자
가 무슨 유학을 가?"

[어…… 그럼 유학이 아닌가?]

"똑바로 말해, 누나. 무슨 말을 들은 거야? 누나 입에서 유학 소
리가 나올 때는 그만한 얘기가 있었겠지, 물론?"

[사실은 확실한 게 아니야. 이래랑 통화하다가 잠깐 배경으로
깔리던 대화로 알게 된 거거든. 이래가 나와 통화하는 줄 모르고
이은이가 소리를 질렀어. 이진이가 미국을 가네, 마네 그러더라

고. 내가 자세한 걸 물었더니 이래는 막 얼버무렸어. 거기서 감 잡았지. 아아— 얘네 지금 비밀리에 뭔가를 추진 중이구나. 이진이가 미국으로 뜨려는 속셈이고, 그걸 아무도 모르게 진행 중인 거구나.]

"그랬단 말이지?"

[미국을 괜히 가겠냐? 유학 가는 거 아니겠어? 이진이 개, 공부가 취미라며. 언젠가 들었는데 하버드니 예일이니 스탠포드니, 하는 유명 대학들이 이진이한테 입학해도 좋다고 허락했었다더라. 근데 이진이 개가 굳이 미국까지 가서 공부할 생각 없다고, 자긴 공부 그 자체가 좋은 거지 대학 타이틀이 중요한 거 아니라고, 입학 허가받은 것만으로도 자기 능력은 충분히 시험해 봤다고, 다 거절했대. 지인짜— 멋지지 않니?]

"그런 여자가 갑자기 유학을……?"

[좀 말이 안 되긴 하지? 하지만 사람 생각은 언제든 바뀔 수 있는 거니까. 생각의 기조를 바꿀 만큼 중요한 계기가 있었던 건지도 모르지. 어쩌냐? 너 결혼 못하게 될 것 같은데? 이러다가 진짜 결혼식장에 신랑 혼자 덩그러니 남겨지는 참사가 발생할 수도……]

거기까지 듣고 동원은 전화를 끊었다. 더 이상 머뭇거리고 있을 수 없었다. 하경우가 청혼을 위해 이진의 집에 갔고, 이진이 유학을 준비하고 있다면 답은 이미 나왔다. 그 멍청한 여자가 기어이 하경우와 결혼을 해서 한국을 뜨려는 것이다. 하경우를 사랑하지도 않으면서. 나를, 이 한동원을 사랑하면서!

동원은 운동복 차림 그대로 튀어나와 자동차에 빠르게 올라탔다. 운전대를 잡는 그의 눈빛에는 무슨 수를 써서라도 이진을 붙잡아 한국에, 자신의 곁에 주저앉히고 말겠다는 강철 의지가 들어 있었다.

제13장 그대에게 다가가

"음식이 입에 맞는지 모르겠네, 하 실장. 내 입엔 좀 싱거운 것 같은데."

"제 입맛에는 맞는데요. 싱거운 게 건강에도 좋습니다, 회장님."

"이거 다 이진이 언니가 아줌마랑 함께 장만한 거예요. 저도 조금 도왔고요."

식사 도중, 박 회장과 하경우의 대화에 막내 이은이 끼어들었다.

"귀한 손님 오신다고 아침부터 우리가 그렇게 부산을 떨었는데도 이래 언니는 부엌 근처에도 안 온 거 있죠? 일감 있다고 서재에 틀어박혀서 나오지도 않았어요. 다 핑계죠. 이래 언니는 요리에는 완전 소질 없고 흥미도 없거든요. 보나마나 요리하기 싫어서 일하는 척한 거예요."

　분위기 파악 못하는 이은의 발설로 인하여 좌중은 순식간에 썰렁해졌다. 박 회장은 무안하여 어험, 어험, 딴청을 피웠고 이래는 얼굴이 새빨개져 몸 둘 바를 몰라 했으며, 이진은 이은을 째려보며 눈치를 줬다. 입 좀 다물라는 의미의 눈짓이었지만 이은은 신경도 안 쓰고 맛난 음식을 냠냠 자셔댔다. 오로지 경우만 이 상황이 몹시 즐거운 듯 빙그레 미소를 짓고 있었다. 새빨개진 이래의 얼굴을 빤히 바라보면서. 그러더니 가볍게 어깨를 으쓱하신다.

　"음식 솜씨 때문에 이래와 결혼하려는 게 아니란 건 확실히 말씀드릴 수 있습니다."

　"크흠! 그게, 내가 애들한테 따로 집안일은 안 시켰네. 애들이 아주 어릴 때 제 어미를 잃었거든. 보기만 해도 짠해서 차라리 내가 하고 말지, 내 새끼들 손에 물 묻히기 싫더구만. 이진이가 요리를 잘하는 건 지가 그쪽에 관심이 많아서야. 영리해서 뭐든 하고자 하는 일은 다 잘해내는 편이지."

　"잘하긴요. 그냥 남들 하는 수준인데요, 뭘."

　딸이 마치 요리 천재, 대장금이라도 되는 양 자랑을 늘어놓는 아버지의 말씀에 화들짝 놀라 이진은 냉큼 부인했다. 경우는 처제에게 보일 법한 친절하고 인자한 미소를 지으며 '아닙니다, 정말 맛있습니다. 잘 먹을게요.' 하고 인사치레를 했다. 이래가 조금은 꽁기한 얼굴로 경우를 째려보았지만 이내 대화는 다른 맥락으로 흘러가기 시작했고, 이진은 이목으로부터 벗어났음에 감사했다.

　오늘은 언니인 이래가 정식으로 청혼을 받는 날이었다. 누가 봐도 사랑에 의한 것이 아닌 결혼이니 굳이 이렇게까지 할 필요가 없음에도 경우가 끝까지 '정상적인 청혼 절차를 밟아야 한다'고 우겨대서 겨우 성사된 자리였다.

'정상적'인 청혼 절차를 위하여 경우는 빨간 장미 130송이로 제작된 하트 꽃바구니를 들고 등장했다. 청혼 절차에 대해 유난 떤다, 작위적이다, 창피하다 등의 퉁명하고 부정적인 반응을 보였던 이래도 꽃바구니를 보고선 놀람을 감추지 못하였다. '130'송이에 만난 지 13년째라는 의미가 있다는 말을 듣고선 감동받기까지 한 듯하였다.

이진은 언니가 부러웠다. 몹시 부러웠다. 자신의 결혼 상대가 동원이 아닌 경우였더라면 얼마나 좋았을까, 하는 몹쓸 생각도 들었다. 하다못해 동원을 사랑하지라도 말았더라면. 그랬더라면 이렇게까지 힘들진 않았을 거였다.

'어젯밤에 그런 밸 빠진 짓도 안 했겠지.'

오늘 아침, 자신의 침실에서 깨어난 이진은 이불을 두 발로 힘차게 하이킥해 대며 비명을 질러대야 했다. 자신이 전날 밤 동원에게 무슨 말을, 어떤 짓을 했는지 너무나도 상세히 기억났기 때문이었다. 쪽팔렸다! 부끄럽고 민망하고 분했다! 어떻게 다른 사람도 아닌 한동원한테 자기 마음을 다 내보일 수가 있었을까.

'이게 다 강예린 때문이야……'

동원이 예린을 대동하고 나타나지만 않았어도 그녀가 술이 떡이 되도록 마시는 불상사는 없었을 것이다. 그가 예린과 웃고 떠들면서 마치 뜨거운 사이인 것처럼 굴지만 않았어도 주량 체크해 가며 적당히 마셨을 것이다. 어쩌면 예린이 그리 섹시하지만 않았어도 속상함을 주체할 수 있었을지도.

휴—

"괜찮니?"

땅이 꺼져라 한숨을 쉰 모양이다. 아버지가 묻기에 고개를 들어 보니 가족들이 전부 그녀를 쳐다보고 있었다. 이래의 근심 어린 표정을 보자 이러면 안 된다는 생각이 들었다. 오늘, 지금 이 순간은 이래에겐 가장 중요한 날이질 않은가. 미래의 남편으로부터 청혼을 받은 날. 이진은 괜찮다 말하며 웃어 보였다. 머릿속으론 동원이 커다란 꽃바구니를 들고 무릎을 꿇는 장면을 상상하면서.

"근데 하 실장님! 이젠 절 이은 씨가 아니라 처제라고 불러야 하는 거 아닌가요?"

"그렇다면 이은 씨도 날 하 실장이 아니라 형부라고 불러야죠."

"전 좋아요, 형부. 새 식구 들어오니까 기분이 되게 묘해요. 한 명 더 늘었을 뿐인데 마치 대가족이 된 기분? 요즘은 각자 다들 바빠서 항상 식사를 따로 하게 되더라고요. 이렇게 둘러앉아 함께 식사할 기회가 거의 없었어요. 형부! 결혼해서도 종종 다니러 오실 거죠? 언니 빼고 혼자 오셔도 저희는 대환영이에요."

"그럴게요."

"아잉! 그럴게요가 아니라 그럴게! 처제한테는 편하게 말 놓으셔야죠."

"그래, 그럴게."

"이진이 언닌 언제 형부 데리고 올 거야? 우리 다 같이 모이면 정말 재미있겠다. 그렇지?"

경우와 얘길 나누던 이은이 갑자기 이진을 돌아보며 묻는다. 이진은 당황해서 두 눈을 홀쩍 떴다. 경우의 옆자리에 앉아 있던 이래도 훅 숨을 들이켰다. 그리고는 곧바로 눈치도 없고 머리도 나쁜데다가 대책 없는 철부지이기까지 한 막내를 잔뜩 노려보며 눈치를 주었다.

"아, 참! 내 정신 좀 봐……."

오늘 아침 언니들로부터 전해 들은 '도미 계획'이 이제야 떠오른 듯 이은이 혓바닥을 쏙 내밀며 머리를 긁적거린다. 이래는 이은을 다시 한 번 노려보며 입술을 일그러뜨렸다.

오늘 아침 이은이 이진의 화장대를 뒤지다가 우연히 여권과 비행기 티켓을 발견한 것은 그야말로 재앙이었다. 이은이 알게 되기 전까지 이진의 도미 계획은 비밀리에, 이래의 도움 아래 착오 없이 착착 진행되고 있었다. 이은이 아무리 자매간의 의리를 지키겠다며, 절대로 비밀을 누설하지 않겠다고 맹세했지만 그걸 어떻게 믿을 수가 있겠는가. 저렇게 정신없이 입을 나불거리는걸. 이래는 다시금 이은에게 경고의 눈짓을 날렸다. 경우의 시선이 느껴지자, 혹시라도 계획이 들통 날까 표정 관리에 들어갔다.

그때 초인종이 울렸다.

"저기, 작은 아기씨, 손님이……."

모니터를 확인하던 집안 도우미 아주머니가 난감한 얼굴로 이진을 불렀다. 이진이 누군데 날 찾느냐, 물어보았지만 아주머니는 우는 건지 웃는 건지, 알 수 없는 기묘한 표정으로 어깨만 으쓱할 뿐 대답을 해주지 않았다. 이진은 호기심과 걱정스러움이 담긴 가족들의 시선을 받으며 자리에서 일어나 도어벨 모니터로 다가섰다.

"누구……?"

누구냐고 물을 필요도 없었다. 묻기도 전에 모니터에 뜬 얼굴을 이진은 알아보았다.

"동원 씨? 거기서 뭐 하는 거예요?"

[열어! 당장!]

헐크 같은 얼굴을 하고 그가 윽박질러 왔다. 흠칫 떨며 이진은 미친 듯이 머리를 굴려보았다. 이 남자가 왜 왔을까? 무슨 짓을 하려고 왔을까? 설마 어젯밤 일 때문에? 혹시 자신이 기억하지 못하는, 민망한 짓을 했던 걸까?

[당장 이 문 열지 않으면 부셔 버리고 들어갈 거다. 어서 열어, 박이진.]

그가 부릅뜬 눈을 모니터에 들이대며 짐승처럼 으르렁거렸다. 옆에 서 있던 아주머니가 놀란 눈을 휘둥그레 뜨면서도 쿡, 웃었다. 왜 웃지? 궁금해 돌아보니 아주머니는 너무나 당연하다는 듯 대답을 해주었다.

"어제 술 취한 아기씨 데려왔을 땐 점잖은 총각인 줄 알았거든요. 한데 보니까 아니네. 어서 나가봐요. 아기씨 보고 싶은 거 못 참고 달려온 것 같으니까. 얼른 잠깐 나가서 얼굴만 봬주고 와요."

"그, 그런 거 아니에요, 아줌마⋯⋯."

"쑥스러워하지 말고요. 뭐 어때요! 2주 뒤면 결혼할 사이인데. 요즘 젊은 사람들 정열적인 거, 난 보기 좋더라."

아니라는데도 아주머니는 이진의 등을 떠밀며 킥킥거렸다. 이 대로는 안 되겠다 싶어 이진은 대문을 열어주고 황급히 밖으로 나섰다. 무슨 용무인지는 모르겠지만 저렇게 이성을 잃은 동원을 집 안에 들일 수 없었다. 이래 인생에서 가장 아름답고 낭만적이어야 할 날이 난데없는 '짐승'의 출연으로 망쳐지게 할 수는 없는 일이었다.

"도대체 무슨 일이에……?"

정원을 가로지르며 뛰어들어 오는 동원을 발견하고 이진이 막 질문을 던지려는 찰나, 그가 이진의 앞에 멈춰 서더니 와락 끌어안았다. 꽉, 아주 꽉. 그러더니 곧바로 커다란 손으로 이진의 양 볼을 감싸더니 거칠고 과격하게 입을 맞추었다. 쪽! 소리가 나도록 아주 세게.

"당신을 사랑해, 박이진."

"예?"

난데없는 고백에 이진이 되물었다. 너무 세게 입을 맞춘 덕분에 얼얼해진 입술을 손끝으로 누르고 있었다. 동원은 누군가에게 쫓기는 사람처럼 땀을 뻘뻘, 숨을 헉헉, 온몸은 긴장에 휩싸여 있었다. 다른 사람처럼 보일 만큼 낯선 모습이었다. 그는 이진이 어디 도망이라도 갈까 봐 걱정되는 듯 양팔을 움켜쥐고 필사적으로 설명을 하였다.

"당신을 사랑한다고. 사랑. 사랑 몰라? 좋아하는 거. 아니, 그냥 좋아하는 게 아니라 아주 많이 좋아하는 거."

"당신이…… 날 좋아한다고요?"

"방금 말했잖아. 그냥 좋아하는 게 아니라 사랑한다고. 좋아하는 거랑 사랑하는 건 엄연히 차이가 있어. 좋아하는 건 여럿 허용되지만 사랑하는 건 오직 한 사람만이지. 나만 해도 좋아하는 여자는 많아. 내 친구들, 선화. 이래 씨도. 하지만 사랑하는 사람은 당신뿐이야."

"나라고요? 정말로 '날' 사랑한단 말이에요?"

"그러니까 가지 마."

이진이 거의 넋을 놓은 상태로 그가 한 말을 되풀이하는 순간 그가 안타까운 어조로 속삭였다. 무슨 소리일까. 내가 어디로 간다는 걸까. 멍하게 생각하면서도 이진은 물을 수가 없었다. 그의 눈이 너무 촉촉했다. 당장이라도 눈물을 쏟을 것처럼 간절해 뵀다. 무언가를 너무나도 바라고 원하는 남자였다. 정말로 사랑하는 여자를 잃고 싶지 않은 사람 같았다.

하지만 그럴 리는 없잖아?

"떠나지 마. 날 떠나지 말라고, 박이진. 미국 가지 말라고!"

이진의 생각을 정면으로 반박하듯 동원이 더욱 절박하게 소리쳤다. 이진은 쩔쩔맸다. 그가 이러는 게 적응되지 않았다. 도대체 갑자기 왜 이러는 걸까?

"내…… 내가 미국 가는 건 어떻게 알았어요?"

"절대로 안 돼. 못 가. 안 보내. 날 사랑하잖아. 당신, 날 사랑한다면서. 어젯밤 그렇게 말했잖아."

"정확히 그렇게 말한 적은 없어요."

"딱 꼬집어 사랑한다고는 안 했지만 그런 뉘앙스로 말했어. 나 때문에 괴롭다고 했잖아. 날 너무 좋아해서 마음이 아프다고 했잖아. 그게 사랑한다는 말 아니야?"

"난, 난……."

"부인하는 거야? 마음대로 해봐, 어디. 네가 아무리 부정해도 소용없으니까. 난 지금 당장이라도 네가 날 사랑한다는 걸 증명해 보일 수 있어."

다부진 눈으로 이진을 쏘아보며 반협박을 날리는 동원은 결의에 차 있었다. 이진은 깊게 숨을 내뱉고는 마음을 가라앉혔다. 인정할 건 인정하고 털어낼 건 털어내자. 그런 다음 모든 걸 원점으로 되돌리는 것도 나쁘지 않을 것이다. 이진은 평소처럼 차분한 말투로 그를 진정시켰다.

"걱정 말아요. 부인할 생각 없으니까. 난 어젯밤 당신을 사랑한다고 했고, 그건 사실이에요."

"박이진!"

울상이던 동원의 얼굴이 언제 그랬냐는 듯 활짝 폈다. 참 외모 하나는 끝내줘. 조각도 이런 조각은 없을 거야. 이진은 우울하게 인정하며 천천히 입을 열었다.

"그래서 이러는 거예요? 내가 사랑한다고 말해서 당신도 뭔가를 해야 한다는 압박감이 생겨서?"

"뭐?"

활짝 폈던 그의 표정에 즉각 먹구름이 꼈다.

"거짓이라도 고백을 해야 결혼하는데 지장 없을 거라고 생각했어요? 내가 미국으로 떠난다는 소식을 듣고 어떻게든 잡아야 한다는 생각에 이런 쇼를 벌인 거예요?"

"내가 이럴 줄 알았어. 거짓말이라고 할 줄 알았어!"

"아니에요?"

"아니야, 아니야. 세상에 누가 사랑 고백을 가짜로 해? 내가 사기꾼이야? 카사노바냐고. 아무 여자한테나 사랑한다고 고백하게!"

"한 달에 한 번꼴로 여자 바꿔 만나기로 유명한 한동원이 할 말은 아닌 것 같은데요."

"여잘 만난 게 죄는 아니잖아. 그냥 몇 번 만나기만 했어. 그게 연애라곤 생각하지 않아."

"그건 한동원 씨 생각이고요. 세상 사람들은 당신을 바람둥이, 천하의 카사노바라고 생각해요."

"만나서 식사하는 게 고작이었어."

"그럴 리 없다는 건 남녀 연애에 대해 깜깜한 나조차도 알아요. 당신 침대 스킬에 대해 떠드는 여자 숫자만 꼽으래도 양손을 다 쓸 수 없을 정도라고요."

"그게 아니라니까! 난……!"

널 만나기 전까지 동정이었어.

진작부터 하고 싶었던 고백이 목구멍 끝까지 차고 올라왔다. 하지만 그녀를 아끼는 마음이, 그녀를 떠나보내기 싫은 마음이, 그로 하여금 심각한 내적 갈등을 겪게 했다. 진실을 말하는 순간, 그가 15살 때부터 갖고 있던 트라우마가 빚어낸 이 엄청난 사기 사건의 진상이 드러나게 되는 거니까.

"당신한테 이 결혼이 절실하다는 거 알아요. 사업을 위해서는 우리가 결혼하는 게 최선이겠죠. 어쨌든 우린 부부 생활에 필수라고 할 수 있는 분야에서 잘 맞는 편이고…… 당신도 특별히 까다롭게 구는 편이 아니니 우린 결혼해서도 별 탈 없이 잘 지낼 수 있을 거예요. 타인의 눈엔 우리가 결혼하지 않는 게 더 이상하게 보이겠죠. 어쩌면 내가 변덕 부린다고 생각할지도 몰라요. 그런 비난받아도 싸요. 나도 내가 이해 안 될 정도니까. 사이코가 달리 사이코겠어요?"

"당신은 사이코가 아니야. 난 다 이해해."

그러니까 제발 가지 마. 동원은 눈빛으로 열심히 신호를 보냈다. 하지만 그의 간절한 텔레파시를 알아듣지 못한 듯 이진은 곧바로 헛소리를 지껄이기 시작했다.

"그렇지만 말이에요. 적어도 사랑에 대해서 말할 때는 진심으로, 거짓됨 없이 솔직하게 말해야죠. 상대를 속여가며 하는 결혼이 무슨 의미가 있겠어요?"

"아직도 내가 거짓말한다고 생각해?"

경악한 얼굴로 그가 물었다. 확고했던 이진의 믿음이 살짝 흔들렸다. 갑자기 나타나서 '사랑한다. 그러니까 미국으로 도망가지 말고 나와 결혼하자'는 동원의 말을 처음 들었을 땐 분명히 말도 안 된다고 생각했는데, 말이 되는 것도 같다는 생각이 불쑥 들었다.

"왜? 무슨 이유로 내 말을 못 믿는다는 거야?"

동원이 이진의 팔뚝을 더 세게 쥐며 다그쳐 온다. 혼란에 빠져 이진은 아무 말이나 지껄였다.

"그야 난 당신이 좋아할 만한 여자가 아니니까요. 취향이 전혀 다르잖아요. 당신은 화려하고 예쁘고 섹시하고 패션 센스도 좋은 여자를 좋아하지만 난……."

"내가 어떤 여잘 좋아하는지는 내가 더 잘 알아."

"그렇긴 하지만……."

"상식적으로 생각해 봐. 당신이 말하는 그런 스타일, 화려하고 튀는 여자들을 좋아했다면 내가 뭐 하러 한 달에 한 번꼴로 상대를 바꿔 만났겠어? 진짜로 내가 원했던 여자는 그런 여자가 아니었던 거야. 비록 그땐 그걸 깨닫지 못했지만 말이야."

"……."

그런가? 역시 말이 되는 것 같았다.

"난 날 조종할 줄 아는 여자가 좋아. 내 압력에 굴하지 않는 여자. 결단력 있고 용기 있는 여자. 단 몇 분 만에 내 친구들 마음을 사로잡는 강력한 매력의 여자. 걸어다니는 백과사전이지만 세상사와 남자에 관해선 초등학교 수준도 안 되는 순진한 여자. 나한텐 더없이 깐깐하게 굴면서 다른 사람들한텐 한없이 착하고 친절한 여자."

"설마, 그 여자가 나라고 말할 셈은 아니죠?"

"말할 셈이었어. 맞아. 당신이야. 그리고 당신이 안 예쁘고 안 섹시하고 패션 센스 없다고 누가 그래?"

"그럼 내가 예쁘고 섹시하단 말이에요?"

"패션 센스도 좋고."

"장난해요?"

살짝 인상을 쓰며 이진이 물었다. 말은 그리했으나 조금씩 그의 말이 믿어지고 있었다. 아무리 동원이라도 이렇게까지 터무니없는 거짓말을 할 수는 없을 것 같았다. 박이진한테 예쁘고 섹시하고 패션 센스까지 있다는 소릴 할 수 있는 남자는 그녀를 진심으로 사랑하는 남자뿐일 것이다. 눈에 콩깍지가 껴서, 진짜로 그리 보이지 않고서야 이런 우스꽝스런 말을 이렇게 아무렇지도 않게 할 수는 없는 것이다.

도대체 이 남자한테 무슨 일이 벌어진 걸까?

"맵시라곤 눈 씻고 찾아봐도 없는 재킷을 입고도, 포대 자루 같은 월남치마를 입고도 날 미치게 할 수 있으니 당신 패션 센스는 나무랄 데 없는 거야. 더 이상 좋을 필요도 없어. 날 죽이고 싶지 않다면."

"그 정도면 좀…… 심각한 수준인데요?"

"네가 안경을 만지는 것만 봐도 내 몸이 폭발하기 일보 직전이 되어버리니까, 그래, 심각한 수준이 맞아."

"어쩌다 그렇게 됐어요?"

마치 가망 없는 불치병 환자를 보듯 그를 바라보며 이진이 물었다. 방금 사랑 고백을 받은 여자에게서 나올 수 있는 반응은 절대로 아니었다. 그가 기대했던 건 열렬한 반응이었다. 감동받아 벅찬 나머지 눈물을 흘리거나 키스를 퍼부으며 '동원 씨! 나도 당신을 죽을 때까지 사랑하겠어요!' 라 해주길 바랐기에 이런 허망한 반응에 기가 찼다. 하지만 오늘은 그냥 넘어가기로 했다. 자신에겐 프러포즈에 필수적인 아이템, 예를 들어 꽃다발이라든지, 반지, 멋진 러브송 같은 것이 절대적으로 부족했으므로. 지금은 이진이 자신의 말을 믿기 시작했다는 사실이 더 중요했다.

"처음 만났을 때부터 당신한테 뿅 간 거야. 그랬으니 그날 밤을 당신과 보냈지."

이진의 어깨를 손바닥으로 부드럽게 문지르며 동원은 씩, 섹시한 입술로 부드러운 호를 그렸다. 한결 편안한 모습으로 보아 이젠 그녀가 떠나지 않을 거라고 생각하는 게 분명했다. 이진은 잠시 생각해 보았다. 미국에 갈까, 말까.

단순히 동원과의 강제 결혼을 피하기 위해서 미국에 가려던 게 아니라, 자신의 인생에서 중요한 전환점이 되길 바라며 선택했던 미국행이었기에 제대로 고민을 해봐야 했다. 아무리 사정이 달라졌다고 해도 미국행이 박이진 인생에 꼭 필요한 거라면 가는 거다. 사랑보다는 내 인생이 더 중요하니까. 하지만 이진의 인생 고민은 단 10초 만에 끝이 나버렸다.

"난 원래 원나잇, 그런 거 쉽게 하는 스타일이 아니야. 난……."

"음?"

이진은 기분 좋은 얼굴로 두 눈을 반짝반짝 빛내며 동원을 올려다보았다. 깜깜한 하늘에 별빛이 쏟아져 동원의 정수리를 비추고 있었다. 행복한 기분을 만끽하는 그때, 한동원보다 미국행이 더 중요할 수도 있다며 애써 '사랑에 목숨 거는 여자' 이길 거부하던 이진을 한 방에 무너뜨린 고백이 그의 입에서 흘러나왔다.

"당신이 내 첫 여자였어."

"……."

무슨 말을 하는 건지 모르겠다는 듯 멍했던 게 이진의 첫 반응이었다.

"그날이 내 첫 섹스였어, 박이진."

"……!"

동원이 중얼거리며 두 볼을 감싸 올리자 그제야 정확히 인지한 듯 두 눈을 홀쩍 키운 게 두 번째 반응이었다.

"그럼 나만 처녀였던 게 아니라 다, 당신도?"

"동정이었지. 당신이 내 총각 딱지를 뗐다고, 박이진."

"말도 안 돼……."

현실 부정이 그녀의 세 번째 반응. 천하의 그 한동원이 지금껏 동정이었다니, 이게 대체 있을 수 있는 일이야? 그럼 그 많던 감탄과 칭찬 릴레이들은 대체 어떻게 된 건데? 누가 그딴 소문을 퍼트린 건데? 그리고 한동원은 대체 왜 그딴 말들을 듣고도 정정해 주지 않은 건데? 잠시 발끈해 보았지만 이내 자신도 동원이었다면 그럴 수밖에 없었을 거라고 인정한 게 네 번째 반응이었다.

"그러니까 이제부터 당신이 날 책임져야 해. 일평생 금욕하며 지내온 남자를 한순간에 쾌락주의자로 만든 책임. 알겠어, 박이진?"

동원이 퇴폐와 음란이란 단어가 어울릴 법한 표정으로 이진을 내려다보며 세상에서 가장 오만하게 물었다. 형식적이었을 뿐 거의 강제적인 명령에 가까웠던 물음이었으므로 이 점을 지적하려 했지만, 그는 곧장 이진의 입술을 봉해 버렸다. 그는 이진의 집 앞마당에서 이진처럼 찬란하고 반짝거리는 별빛을 받으며, 사탕보다 달콤하고 초콜릿보다도 유혹적이며 마카롱보다도 맛있는 박이진의 입술을 천천히 음미했다.

"한동원이 동정이었어?"

멀지 않은 곳에서 그 모습을 망연자실 바라보며 이은이 중얼거렸다.

"우리 이진이가 처음이었다고?"

도무지 믿을 수 없다는 듯 이래가 고개를 살랑살랑 흔들며 속삭였다. 휘둥그레 떠진 시선은 동원을 끌어안고 농밀한 키스를 나누고 있는 동생에게 못 박혀 있었다.

"둘이 죽고 못 사는 사이였구만. 어쩐지."

딸이 결혼에 마음에 없는 듯하여 내심 마음 불편했던 박 회장은 씩 눈웃음을 지었다. 신부가 결혼하지 않겠다고 버티는데도 한 회장 측에선 너무도 느긋하게 대응했던 것이다. 그들 가족은 이미 알고 있었던 모양이었다. 두 사람이 서로 저리 좋아한다는 것을.

"우린 하던 식사 마저 하는 게 어떻습니까? 키스가 끝나려면 아직 먼 것 같은데."

경우가 가만히 의견을 내놓는다. 가족들은 이진과 동원의 낯 뜨거운 애정 행각을 흘끔흘끔 돌아보면서도 발길을 돌려 집 안으로 들어갔다. 현관문을 마지막으로 닫으며 도우미 아주머니가 낄낄거렸다.

"아휴! 우리 작은아기씨 어째. 입술 뜯어지겠네."

"그런데 이래 씨와 하경우는 대체 언제 결혼하기로 한 거야?"

2시간 뒤, 아파트 침실에 몸을 뉘인 동원은 이진을 등 뒤에서 끌어안고 있었다. 얌전히 포개진 그녀의 새하얀 허벅지와 탐스럽고 동그란 엉덩이를 자신의 아랫배에 꼭 붙인 그는 느릿느릿 허리를 움직여 자신의 몸을 이진의 안에 넣었다 빼기를 반복하고 있었다. 한차례 사랑이 끝난 직후라 온몸이 나른했지만 그는 아직 이 달콤함에서 빠져나오기 싫었다. 격렬했던 순간의 여운을 좀 더 즐기고 싶었다.

"당신이 청혼한 직후예요. 우리가 결혼하게 될 거란 걸 알고 언니가 청혼했대요."

그의 허리가 부드럽게 물결칠 때마다 이진의 몸이 자연스럽게 흔들렸다. 이진은 눈을 감은 채 그가 주는 나른한 감각을 만끽했다.

"하경우는 냉큼 수락하여 당신과의 약속을 저버렸고?"

"하 실장님과 난 결혼하자고 합의한 적이 없으니 그분께서 날 저버리신 건 아니죠. 아까 다 해명했잖아요. 그분은 처음부터 언니랑 결혼하길 원했다니까요."

"맞다. 그랬지. 당신이 나한테 거짓말을 했었지, 참. 착하고 순진하고 예쁘고 패션 센스까지 완벽한 우리의 공주님께서 어쩌다가! 정말 어쩌다가! 실수로 내게 거짓말을 한 거였지? 결혼하게 됐다고. 하경우랑 결혼할 거니까 나는 이만 꺼지라고. 응?"

"비비 꼬지 마요, 동원 씨. 당신 말대로 착하고 순진하고 예쁜 내가 그렇게까지 했을 때는 다 그만한 이유가 있는 거 아니겠어요? 당신이 나한테 그럴 만한 빌미를 제공했으니 내가 그랬던 거라고요. 몇 번을 말해요?"

"훌륭해. 아주 그럴싸한 핑계야."

동원은 매혹적인 이진의 몸을 쓸고 올라가 크진 않지만 완벽한 모양으로 봉긋 선 가슴을 감싸 줬다. 말랑말랑하고 보드라운 감촉을 즐기며 그는 그녀가 나긋나긋 녹아내릴 때까지 가슴을 마사지했다. 기분 좋은 스킨십에 이진은 한숨 같은 신음을 내뱉었다.

"으흠…… 핑계가 아니에요. 당신을 갑자기 너무 좋아하게 되어버려서 겁이 덜컥 났단 말이에요. 관계를 끝까지 지속시켰다가는 당신을 사랑하게 될 것 같았어요. 사랑이 더 깊어지기 전에 당신한테서 벗어나고 싶었어요. 나로선 그런 방법까지 동원해서 강제적으로 관계를 끊지 않으면 안 되었다고요."

"내가 좋아지면 그냥 좋아하면 되지. 강제로 사랑하지 않을 생각을 왜 해?"

"당신이 바람둥이라고 생각했으니까요. 당신은 한 여자와 오래 사귀는 법도, 심각한 사이가 된 적도 없었잖아요. 게다가 처음 만난 나와 원나잇까지 했으니, 당신이 가벼운 만남을 지향하는 남자라고 생각할 수밖에 없었어요. 여자로서 그런 사람을 사랑하게 되는 것만큼 한심하고 비극적인 일은 또 없을걸요."

"당신은 정말 내 상태가 얼마나 심각했는지 몰랐어? 난 당신을 만난 이후로 단 한 번도 제정신인 적이 없었어. 하는 족족 미친 짓뿐이었지. 원나잇. 침대 기술 코칭. 납치. 협박. 결혼. 셀 수도 없군. 맹세코, 평생 내게 그토록 큰 영향을 미친 사람은 없었어. 당신이 유일해."

"내가 당신이 미친 짓을 저지르게 한 유일한 사람이라고요?"

편안하고 행복한 기분에 취해 눈을 감은 그대로 이진은 배시시 미소를 그렸다. 왠지 모르지만 그가 자신 앞에서만 미친 짓을 했다는 사실이 기분 좋았다. 앞으로도 그럴 거라는 사실도.

"그중 압권은 당신 코치직을 수락한 거였지."

"그건 대체 무슨 배짱으로 하겠다고 한 거예요? 겨우 나랑 한 번 한 게 경험의 전부였으면서."

"지금 날 비웃는 거지?"

"설마요. 아니에요, 전혀!"

라고 말했지만 이진의 목소리에는 장난스런 웃음기가 흥건하였다. 동원은 눈알을 위아래로 굴려대며 한숨을 푹 내쉬고는 허리의 반동을 좀 더 세게 하여 그녀의 엉덩이를 철썩 때리는 벌을 내렸다. 격렬하고 길었던 섹스와 해방의 여파로 인해 아직 느슨하게 열려 있는 그녀의 작은 홀 안쪽이 격하게 휘저어졌다. 뜨거운 신음 소리가 나른하게 흘러나왔다.

"난 분명히 거절했어, 박이진 학생. 양심상 차마 가르칠 수가 없었으니까. 제발 꺼져 달라고까지 했는데 당신이 회사로 찾아와 매달렸잖아. 도저히 거절할 수 없는 칭찬을 해대면서."

"칭찬이라고요?"

이진이 작게 헐떡이며 묻자, 그는 흔들리지 않도록 그녀를 두 팔로 꽉 옭아매고는 연달아 허리를 튕겨 엉덩이를 철썩철썩 쳐댔다.

"남자는 그래. 그걸 하고, 여자가 로켓을 타고 달나라 가는 기분이었다고 말하면 아무 생각도 할 수 없어져. 특히나 첫눈에 사랑하게 된 여자한테서 들었다면 도저히 참을 수가 없어지지. 난 당신을 더 갖고 싶어졌어. 계속 이렇게. 그땐 정말 미친 사람처럼 내가 날 제어할 수가 없는 지경이었다고."

"날 더 갖고 싶어서 그 일을 수락한 거란 말이에요?"

"안 그럼 내가 그걸 왜 했겠어? 말만 코치지 완전히 섹스의 노예인걸."

이미 우윳빛 꿀로 가득 차 있던 그곳이 다시 들쑤셔지자, 모든 기운을 소진해 축 늘어져 있던 이진의 몸에 전기가 찌릿찌릿 올라왔다. 배터리가 빠르게 충전되는 기분. 숨이 가빠지고 발끝서부터 배꼽 아래, 배꼽서부터 가슴, 다시 거기서부터 머리끝까지 쾌락에의 욕구가 차올랐다. 이진은 자신의 가슴을 이지러지도록 꽉 쥐고 있는 동원의 손등에 손을 얹고 숨을 할딱거렸다.

"당신은 진정한 사기꾼이에요, 한동원 씨."

"인정. 그래도 한 가지 약속만은 철저하게 지켰잖아. 섹스."

욕구에 잠식된 허스키한 목소리로 중얼거리며 그가 이진의 턱을 감싸 뒤로 꺾었다. 핑크색 틴트가 살짝 덧발라진 입술이 봉긋 동원을 향해 열려졌다. 동원은 눈 돌아가게 섹시한 그 입술에 쪽, 소리가 나도록 입을 맞췄다. 그리곤 고개를 수그려 그 꽃잎처럼 예쁜 입술을 제 입술 사이에 가두곤 핥아먹고 빨아먹고, 씹어 먹기 시작했다.

"내가 최고의 사부님이었다고 말해."

"으으응……."

"빨리."

대답 못하게 입술을 봉해놓고 대답을 강요하는 한동원의 클래스! 나른한 여운을 즐기던 파장 분위기는 이미 깨끗이 사라졌고 그와 이진은 또다시 극렬한 흥분 상태로 접어들었다. 시작하면 한 번으로 끝낸 적이 거의 없었던 찰떡궁합이 어디 가겠나. 그는 계속해서 이진의 입술을 유린하며 한 손으론 가슴을, 다른 한 손으론 허벅지 사이를 문지르기 시작했다. 도톰한 살점들 사이에 소중하게 숨겨진 붉은 보물이 제법 세찬 동원의 손끝에 눌리고 비벼졌다.

"어서 말해, 박이진. 내가 최고였다고."

그가 두 손가락으로 미끄러운 액체에 둘러싸인 꽃잎을 부드럽게 누르며 속삭였다. 흥분으로 인해 툭 불거진 열정의 열매가 자극받았다. 이진이 허리를 뒤틀며 작게 헐떡였다. 그 바람에 아직 그녀의 몸속에 들어 있던 남성이 눌리자 동원은 빠르고 거칠게 하체를 치받았다.

"다른 선생은 없을 거라고 말해. 평생 나뿐일 거라고."

"당신뿐이에요, 으훗……!"

살점이 부딪치는 소리가 연달아 났다. 그가 이미 한 번 뿜어냈던 탓에 체액으로 얼룩져 있는 이진의 꽃이 파르르 떨며 그를 조여왔다. 그곳은 그 어느 때보다도 촉촉했고 뜨거웠으며 탐스러웠다. 절대로 나오고 싶지 않을 만큼 아늑했다.

"사랑한다고 말해."

동원은 고개를 수그려 거친 숨결을 토해내며 더욱 맹렬히 들어왔다.

"사랑해요……."

이진은 엉덩이를 앞뒤로 움직여 그와 호흡을 같이했다. 삽입이 더 깊어졌고 빨라졌고 격해졌다. 얌전히 붙어 있던 이진의 허벅지는 어느새 넓게 벌어진 채 그의 허벅지를 휘감고 있었다. 부드럽게 휘어들어 와 두 육체를 잇고 있는 동원의 것은 그녀의 자궁 속을 파고들고, 파고들고, 또 파고들었다.

"행복하다고 말해."

"행복해요……!"

찌르르, 온몸으로 쾌전(快電)이 밀려오자 이진은 미친 듯이 숨을 뱉었다.

"나와 결혼하겠다고 말해."

그가 거친 목소리로 명령을 내리고는 몸을 일으켜 본격적인 공격을 이어가기 시작했다. 이진을 엎드리게 하고 그 전신을 자신의 몸으로 덮었다. 매트리스에 고개를 박은 이진의 가는 몸을 뒤에서 끌어안고 동원은 탐욕적이고 관능적인 웨이브를 탔다. 전신을 타는 짜릿한 기운에 이진은 거의 흐느끼며 소리쳤다.

"결혼할 거예요!"

"아, 박이진⋯⋯."

동원이 신음하며 갑자기 그녀의 몸에서 빠져나왔다. 내부를 꽉 채우던 그의 따스한 기운이 한순간에 없어지자 이진은 극렬한 상실감에 휩싸여 아쉬운 신음을 흘렸다. 하지만 곧 그녀는 그로 채워졌다. 동원은 이진의 가느다란 육체를 뒤집더니 넓적다리를 옆으로 활짝 벌리고는 그 사이에 자리를 잡았다. 천천히, 아주 천천히, 그녀를 자지러지듯 소리치게 하며 그가 들어왔다.

"도, 동원 씨⋯⋯ 아아앗⋯⋯!"

작은 핑크빛 동굴 입구에 샅샅이 흩어져 있던 쾌락의 지점들이 느리게 벌어지고 젖혀졌다. 빳빳해질 대로 빳빳해진 장대한 기둥이 수박 속처럼 탐스럽게 붉은 속살을 벌리고 들어왔다. 쏙, 사랑스럽게 동그란 핑크색 머리가 먼저 들어섰다. 두툼하고 긴 몸집이 그 뒤를 이었고, 감각적인 돌기들과 천상의 꿀물로 가득 차 있는 이진의 내부는 흥분으로 인해 빠르게 옴질거렸다.

"아아아!"

탄력 있는 쫄깃한 조임에 동원은 야성적으로 신음했다. 헐떡이고 소리쳤다. 당장이라도 파고들어 들쑤시며 이 관능적인 탄력을 즐기고 싶었지만 그는 참고 또 참았다. 최대한 쾌감의 순간을 지속시키기 위해 이를 악물었다. 하지만 꿀꺽꿀꺽, 뿌리 끝까지 삼켜대는 이진의 탐욕스러움에는 버틸 재간이 없었다. 동원은 기분 좋은 좌절감에 휩싸인 채 허리를 들썩이며 이진을 와락 끌어안았다.

"당신이 무슨 말을 해도 양이 안 차. 망할! 젠장! 빌어먹을!"

빠르게 허리를 흔들며 그는 큰소리로 욕했다. 열렬한 신음 소리가 가슴팍에서 울려왔다. 이진이 동원의 가슴에 얼굴을 문지르며 그를 꼭 끌어안았다. 미친 듯이 밀어대는 그의 몸무게에 납작 눌린 채였으나 그녀는 그 무게감마저도 좋은 듯하다. 그를 꽉, 절대로 놓아주지 않겠다는 듯 아주 꽉, 안고 있는 걸 보면.

"지금이라도 날 버리고 떠날까 봐 두려워. 당신은 내 트라우마를 치유해 주고 그 자리에 새로운 트라우마를 심어준 거라고."

"그런 생각을 왜 해요? 하지 마요. 난 절대로 안 떠나니까."

그의 맨가슴에 대고 중얼거리고 이진은 희미하게 입술 양쪽 꼬리를 히쭉 끌어 올렸다.

아파트까지 자동차로 오는 동안, 그는 자신의 얘기를 해주었다. 어째서 자신이 보통 이상의 과격하고 거친 남성성을 숨긴 채 신사의 가면을 쓰고 살아왔는지에 대해. 사연을 듣고 보니 그제야 그동안 이해할 수 없었던 모든 것들이 이해되었다. 그는 여자들을 두려워하고 있었다. 자신에 비해 너무나 여리고 약한 존재라서. 태생부터 섬세한 여성들을 의도치 않게 파괴하고 유린하게 될까 봐. 그는 스스로를 타락한 짐승으로 규정하고, 여자들을 안전하게 지키기 위해 제 자신을 엄격하게 옭아매 왔던 것이었다.

그 봉인이 풀려 버린 게 이진과의 섹스였다. 그녀와의 섹스는 그의 내부에 묶어뒀던 거친 성향을 끌어냈고, 여자에 대한 두려움도 부셔 버렸다. 그녀에게 이미 자신의 밑바닥까지 다 드러낸 마당이었으니 굳이 다정남인 척 가면을 쓸 필요도 없었다. 그래서 유독 이진에게만 자신의 진짜 모습을 드러냈던 것이었다.

그는 서툴렀다. 신사 가면을 쓰고 가식적으로 행동하는 것에는 숙련되어 있었지만, 짐승남의 실체를 드러낸 채로는 어떻게 해야 그녀를 사로잡을 수 있는지 몰랐다. 심지어 왜 자신이 이진과 관련되면 미쳐 날뛰게 되는지도 몰랐다. 단순히 그녀가 첫 여자였다는 사실에 기인해 병아리처럼 자신의 성기가 본능적으로 그녀를 알아보는 것뿐이라 치부했다. 그리하여 성기뿐 아니라 심장마저도 미쳐 날뜀을 간과하는 결정적인 실수를 저지른 것이다.

이제는 동원도 안다. 반짝이는 눈망울에 이슬을 달고 처연히 우는 이진을 보는 순간 그녀의 노예가 되어버렸다는 사실을. 육체와 정신이 오로지 그녀에게만 반응하는 노예.

"정말 날 사랑하지? 앞으로도 사랑할 거지?"

이진을 뜨거운 눈길로 내려다보며 동원이 물었다. 이진은 그와 시선을 맞춘 채 힘차게 고개를 끄덕였다.

그는 천천히 움직이기 시작했다. 꽃잎을 가르며 밀려들어 가는 은밀한 행위는 이진의 숨을 턱까지 끌어 올렸다. 깊이 잠겨든 그는 들어갈 때와 똑같이 느리게 빠져나왔다. 거의 끝까지. 그리고는 또다시 더는 가까워질 수 없을 만큼 깊숙이 잠겼다가 한동안 그곳에 머문 채로 이진의 입술에 눈물겹도록 다정한 키스를 했다. 쾌감이 격렬한 파동에 실려 이진을 덮쳤다. 시간이 멈춘 듯한 느낌에 가슴 가득 감동이 차올랐다. 이진은 단거리선수처럼 헐떡이며 앓았다.

"빨리요……."

그녀 안의 짐승이 날뛰기 시작했다. 영원히 채워지지 않을 듯한 강렬한 욕망이 그녀의 내부를 뜨겁게 달궜다. 이진은 그의 목에 팔을 두르고 엉덩이를 힘껏 올려붙였다. 아주 힘껏. 그럼에도 불구하고 그가 서두르지 않자 눈물을 터트리며 애원했다. 동원이 손등으로 부드럽게 이진의 눈물을 닦으며 쉬이, 달래듯 작은 소리를 냈다. 그리고는 이진의 가냘픈 몸을 끌어안고 빠르게 돌진했다.

"아윽! 윽, 흑……!"

"사랑해, 박이진."

이진의 가슴을 한 손으로 이지러뜨리며, 연약한 속살들을 입술로 빨아 그녀의 온몸 곳곳에 키스마크를 생성하며, 동원은 달리기 시작했다. 그의 강함과 연약함, 거칠음과 부드러움, 까칠함과 친절함, 타락함과 순수함, 에로틱함과 로맨틱함 등. 그의 모든 것을 기꺼이 받아들이기 위해 이진은 더 넓게 다리를 벌려 그를 받아들였다. 그는 환영하듯 활짝 벌어진 꽃술 사이를 비집고 들어가 찢고, 박고, 뿌렸다. 그녀가 그와 함께 절정의 파도를 타고 높이 오를 때까지. 환희가 녹아든 비명을 내지르며 산산이 부서질 때까지.

그들은 거의 동시에 절정에 도달했다.

"동원 씨, 아아아! 아, 아, 아……!"

눈물이 이진의 양 볼을 타고 흘렀다. 클라이맥스의 여파로 몸을 덜덜 떨며 그녀는 그에게 힘껏 매달렸다. 입술을 찾자 그가 입술을 내어주었다. 그녀를 캡슐처럼 감싸던 근육질 팔을 풀자 짓이기듯 완벽하게 눌린 이진의 숨통이 조금 트였다. 숨을 헐떡이며 그녀는 동원을 올려다보았다. 그는 붉게 달아오른 이진의 얼굴을 다정하게 쓰다듬고, 눈꼬리에 살짝 맺힌 눈물을 닦아주면서 세상 그 어디서도 들을 수 없을, 달콤한 세레나데를 읊었다.

"내가 이렇게까지 당신을 사랑하는지 몰랐어. 이젠 내 것이 되었는데, 당신을 마음껏 차지하고 있는 지금 이 순간에도 불안해. 당신이 당장이라도 사라질 것만 같아서. 이러다가 진짜 의처증 환자가 되는 게 아닐까 걱정이 될 정도야."

그가 의처증 환자처럼 구는 모습을 떠올리며 이진은 풋, 웃음을 터트렸다. 온몸에서 힘이 빠져나가 현기증이 날 정도인데, 그와 시선을 마주하고 그가 읊어주는 달달한 고백을 듣고 있으려니 가슴이 벅차올랐다. 주체할 수 없을 만큼 커다란 행복감이 느껴졌다.

"내가 이렇게 투기가 심한 남자인 줄 몰랐어."

"투기라고요?"

어느새 눈물은 없어지고 웃음만 남은 얼굴로 이진이 물었다. 동원은 그녀의 광대뼈 부근에 자잘하게 뿌려진 주근깨 몇 알을 사랑스럽게 내려다보며 씩 웃었다.

"그래, 투기. 매형과 악수할 때도 투기했고, 하경우한테 웃어줄 때도 투기했고, 재영인가 뭔가 하는 자식한테도 투기했어. 재민이 자식이랑 어울리면서 날 약 올릴 때는 질투의 화신이 되는 줄 알았다고."

"자긴 예린 씨랑 웃고 떠들었으면서."

"당신이 눈 뒤집혀 예린 씨 머리채라도 잡아주길 바라고 한 짓이었지. 예린 씨도 그걸 노렸던 거고. 누가 그렇게 무심할 줄 알았나."

"무심한 척한 거였어요."

"재민이도 당신도 보란 듯이 더 즐기던데, 뭘. 내가 그걸 보고 얼마나 광분했는지 알아?"

"그거 쌤통이네요, 사부님."

방금 전까지 그에게 애원했었고, 지금도 그에게 꿰인 상태인 주제에 그녀가 샐쭉거렸다. 그는 허리를 아주 조금 움직여 자신의 크림색 밀액(密液)으로 가득 차 매끄럽고 자극적인 그녀의 내부를 흔들었다. 희미하고 잔잔한 파동이 그와 빈틈없이 촘촘하게 맞물려 있던 여성에 또 다른 감각이 지폈다. 이진은 작게 '으흣!' 하며 머리를 뒤로 젖혀 매트리스를 밀었다. 이진이 불끈거리는 그의 근육을 애정 어린 손길로 쓰다듬자, 놀랍게도 동원은 또다시 급격히 단단해지기 시작했다.

"다른 남자한테 웃어주지 마."

그는 허리를 꾸욱 주저앉혀 발그레한 꽃잎을 짓눌렀다. 내부에 고여 있던 습액이 떠올라 맞물린 곳을 적셨다. 주르륵 흘러내린 액이 시트를 적셨지만 그는 아랑곳 않고 더욱 밀어대며 이진의 자궁 끝까지 도달하였다. 이진이 부푼 가슴을 흔들며 거칠게 헐떡거렸다.

"도, 동원 씨……!"

"뮤지컬이나 영화 감상? 다른 남자와 단둘이서는 절대로 안 돼. 기타 문화생활도 모두 금지야. 나 아닌 남자와는 손도 잡지 마. 허리를 두르도록 허락하지도 마. 전화하며 웃지도 마. 알아들었어, 박이진?"

허리를 느릿느릿 돌려 질척거리는 그곳을 문지르며 그가 규칙을 일러주었다. 그러고는 파르르 흔들리는 가슴 덩어리를 손아귀로 우악스럽게 틀어쥐고 톡 튀어 오른 붉은 열매를 입에 넣고 쭉쭉 빨자 이진은 온몸의 성감대들이 쥐어 짜이는 기분을 느꼈다.

"으흐, 으으응……."

"대답해, 박이진 학생. 대답해!"

엉덩이를 뒤로 슬쩍 빼는가 싶더니 동원이 더 강하게 밀어붙였다. 밀크로 흥건한 꽃잎들이 소리를 냈다. 질척이고 끈적거리면서도 음란한 소리였다. 철썩 붙어 완전한 교접의 상태가 된 채인데도 그는 계속해서 밀어 넣었다. 더 가까이, 더 멀리, 더 끝까지 그녀를 차지하기 위해. 이진은 또다시 온몸을 후려치며 찾아오는 쾌감에 발끝을 오므리고 자신이 할 수 있는 가장 짧고 확실한 대답을 속삭였다.

"옛설."

그리고 다시 풀려 버린 허벅지를 끌어 모아 동원의 허리에 감고 그를 끌어안았다. 그의 신체 일부 중 하나가 된 듯. 그의 인체 기관 중 하나로 병합된 것처럼.

나는 완벽하게 당신의 소유입니다, 라는 의미의 퍼포먼스라는 것을 그는 알아차렸다. 동원은 자신의 모든 애정을 바치고, 인생 통틀어 그녀에게 헌신할 것을 맹세하는 의미의 행위로 그녀를 꺄악, 자지러지게 했다.

"난 네 전담 선생이야. 평생 너만 가르칠 거니까 각오해, 박이진 학생."

그는 박이진 전담 코치답게 이진을 감각의 정점에 올라 쾌락 속에서 완벽한 자유로움을 맛볼 수 있도록 대담하게 움직이기 시작했다.

제14장 애정의 정석

사랑의 콩깍지란 참 무섭고도 민망한 것이다. 그게 사람에게 씌이면 주위 사람은 물론이요, 콩깍지의 대상자까지도 곤란하게 만들기 때문이다. 어차피 콩깍지가 벗겨지면 자신이 했던 수많은 기행들이 얼마나 무모하고 헛된 것이었는지 깨닫고 후회하게 될 것이다.

지금은 콩깍지가 단단히 씌어 연인을 세상에서 가장 아름답고 사랑스러운 여자라 끊임없이 찬양하는 한동원도 가까운 미래에는 내가 왜 그랬을까, 하고 후회하게 될 테다. 박이진은 콩깍지의 유통기한을 3년으로 예상하였다.

"결혼해서 3년만 지나면 콩깍지가 벗겨지고 그 뒤부턴 의리 때문에 산대요."

"난 콩깍지 벗을 생각이 없는데."

"그게 사람 마음먹은 대로 되는 게 아니잖아요."

"사람 마음이 왜 사람 마음먹은 대로 안 돼? 됐고. 난 원래 벗는 건 별로 안 좋아해. 벗기는 건 몰라도."

"지금 옷 얘기가 아니잖아요. 좀 진지하게 들으면 안 돼요? 우리 결혼 얘기할 때만이라도요."

"진지하게 얘기해 줘? 음, 좋아, 내가 또 한 진지하니까. 잘 들어, 박이진 학생. 이 선생님은 콩깍지가 씌어서 박이진 학생이랑 결혼하려는 게 아니에요. 그러니까 3년 뒤에 벗겨진다는 그 콩깍지와 선생님은 하등 상관이 없어요. 아예 없으니까 사라질 일도 없는 거죠. 알아들었어요?"

"……."

"난 박이진이란 인간 자체에 끌렸어. 내 자아를 찾게 해주고, 내 본연의 모습을 일깨워 주고, 나조차도 부끄러워하는 내 모습을 사랑해 준 박이진. 바로 당신이지. 당신이 날 사랑하는 한, 내가 당신을 사랑하지 않는 일은 절대로 일어나지 않을 거야."

"동원 씨……."

"알았으면 어서 이 살살 녹는 킹크랩이나 시식하셔. 먹고 싶다고 며칠 전부터 노래를 불렀잖아. 내가 오늘 이 자리 예약하려고 무슨 짓을 한 줄 알아? 내 이름을 팔았어! 내가 내 이름 파는 게 뭐가 문제냐 싶겠지만 난 원래 이런 짓 안 하는 사람이야. 완전 혐오하거든."

그는 눈가가 시큰해질 만큼 감동적인 말을 아무렇지도 않게 하고는 곧장 그녀를 웃게 했다. 요즘 그는 늘 그녀를 웃게 한다. 그동안 마음고생시킨 게 미안하다며, 자길 광대쯤으로 봐도 무방하다 말하곤 했다. 평생 눈물 흘리지 않게 할 거라고, 이진을 웃게 하기 위해서라면 무슨 짓이든 할 거라고도 했다. 지금까진 성공적이었다. 우스꽝스러웠던 사랑 고백 이후로 속상해서 울었던 적은 단 한 번도 없었으니까.

예정됐던 결혼식이 전면 백지화되고 둘이 함께하는 결혼 준비가 처음부터 다시 시작된 요즘은 더 행복하다. 동원은 결혼 날짜가 뒤로 미뤄졌다며 입을 댓 발이나 내밀었지만 함께 예물을 고르고 난 직후부턴 그 태도가 180도 달라졌다. 그도 신부와 함께 결혼을 준비하는 즐거움을 알게 된 게 큰 이유였다.

모든 게 이진에겐 벅찬 기쁨이었고 감동이었고 만족스러운 일상이었다. 그가 절대로 벗겨지지 않을 거라 장담했던 그 콩깍지 덕분에 그녀의 몰골이 다시 원래대로 돌아갔다는 사실만 빼곤.

"안경을 쓰고 계셔서 살짝 못 알아뵀어요. 원래 안경을 쓰셨던가요? 전에 뵀을 땐 안 쓰고 계셨던 것 같은데……."

"원래 썼어요. 시력이 좋지 않아서요."

"아아……."

동원의 비서인 장은하는 이진의 대답에 멍하게 응수하고는 회동그랗게 뜬 눈을 휘리릭 굴려 바닥으로 떨어뜨렸다. 이진을 보자마자 차갑고 냉정한 얼굴로 '한 이사님을 만나시려면 따로 약속을 정하셔야 합니다'라고 했던 자신의 행동을 크게 후회하며 자신의 밥줄이 간당간당한 현실에 괴로워하고 있을 터였다.

이진은 작게 한숨을 내쉬었다. 약간 굴욕적인 건 사실이었지만 이걸 모두 장 비서의 탓으로 돌릴 수만은 없었다. 간신히 개조된 외모를 도로 아미타불로 만들어놓은 사람은 한동원이니까. 지금의 이진이 신문 방송 등 보도자료에 등장하는 우아하고 세련된 외모의 그 '박이진' 이라고는 아무도 예상할 수 없을 것이다.

그는 이진에게 두텁고 커다래서 도저히 눈 뜨고 볼 수 없을 만큼 촌스러운 안경을 씌웠다. 우장처럼 커다란 상의와 월남치마 버금가는 통치마도 입혔다. 머리는 꼭대기까지 틀어 올렸다. 그녀가 이 우스꽝스런 안경을 쓰고 자신을 보면 너무 섹시해 돌아버릴 것 같단다. 휘날리는 치마 사이로 슬쩍슬쩍 드러나는 흰 발목을 보면 숨이 넘어갈 것 같단다. 머리카락을 싹 쓸어 올린 후 드러난 목덜미와 잔털을 보면 온몸이 절로 뜨거워진단다. 그녀로선 도저히 이해할 수 없었다. 하지만 가끔 이렇게 그의 취향대로 스타일링해 보여주면 진짜로 미치고 환장을 하니 믿을 수밖에 없었다.

"기사, 잘 봤어요."

"네?"

"엊그제 났던 우리 기사요. 인터뷰를 하셨죠?"

"아니에요! 무슨 그런 큰일 날 말씀을……!"

이진이 의도적으로 꺼낸 말에 장 비서는 대경실색하였다. 그도 그럴 것이 비서가 갖춰야 할 가장 중요한 덕목 중 하나가 바로 무거운 입이니까. 확실히 장 비서의 입은 가벼웠다. 대신 다른 직원들이라면 불가능했을 '오너 일가와의 유대 형성'을 이뤄냈다. 그런 의미에서 장 비서는 확실한 장점과 단점을 모두 갖추었다고 할 수 있었다.

"최측근이라던 그 인터뷰이(Interviewee) 말이, 우리 커플의 인연이 내가 한 이사님한테 색소폰을 배우게 되면서 시작되었다던데요? 정확히 그렇게 알고 있는 사람은 장 비서뿐이거든요."

"헉! 설마요!"

"정말이에요."

"어, 어……."

"……."

"죄송합니다. 전 그 정도는 다 아는 얘긴 줄 알고……."

"전혀 몰라요. 심지어 가족들조차도 모르는 사실이죠."

다 뻥이니까. 그녀가 색소폰 강습 때문에 만나게 되었다고 뻥을
쳤던 동원의 친구들조차 가르치는 쪽은 그녀였던 걸로 알았다. 하
지만 그마저도 이진의 정체가 알려지면서 자연스럽게 거짓말이라
는 게 밝혀졌으니, 그들이 인터뷰에 그 일을 인용했을 리 만무했
다.

"정말 죽을죄를 졌습니다, 사모님. 기자들이 워낙 저를 귀찮게
해서 어쩔 수가 없었어요. 업무에 방해될 정도였거든요. 남들 다
아는 얘기, 몇 마디 해주면 더 이상 귀찮게 하지 않을 것 같았어
요. 그래서 한 번 인터뷰해 주고 말았던 건데. 죄송합니다. 제 생
각이 정말 짧았습니다."

장 비서는 금세 눈에 눈물을 그렁그렁 매달고 고개를 푹 숙였
다. 그 모습을 보고 있자니 안쓰러움이 밀려들었다. 겨우 스물셋,
너무 어린 나이에 너무 큰 실수를 저질러 스스로도 감당 못하는
것 같다고 생각하니 따끔하게 경고하리라던 결심이 와르르 무너
졌다.

동원에게 이 문제를 의논했을 때도 말했지만, 사실 인터뷰 자체
내용에는 별다른 게 없었다. 오히려 둘의 얘기가 우습달 정도로

미화되어 있어서 도대체 측근이란 사람이 누구기에 이런 닭살스런 소릴 주저리주저리 늘어놓았을까 싶기도 했다. 인터뷰 말미에 나온 '색소폰' 얘기에 감을 잡기 전까지는. 그렇다 보니 동원은 이 일을 크게 문제 삼지 않았다. 하지만 이진은 두 사람의 사생활에 관련된 중요한 문제이니만큼 적절한 후속 조치가 필수라고 생각했다. 하여, 동원은 이 일을 이진에게 일임했다. 이진은 경고 정도가 적당하겠다는 결정을 내렸다. 그 경고는 자신이 직접 하겠다고도.

"다시는 그런 실수 안 하셨으면 좋겠어요, 장 비서."

"네? 그럼 저, 안 자르시는 거예요?"

고개를 불쑥 들고 놀란 눈으로 장 비서가 물어왔다. 이진은 짧은 한숨을 내쉬었다.

"다시는 언론 쪽 사람들과 직접적으로 접촉하지 마세요. 한 이사님과 가족분들 관련 인터뷰나 자료는 회사를 통해 정식으로 배포된 것 외, 다른 경로로 유출되어서는 절대로 안 됩니다. 이사님도 사생활이 있잖아요. 앞으로 나와 결혼하게 되면 그건 내 사생활도 되고요. 난 나도 모르는 사람들이 나와 내 남편에 대해 시시콜콜 알고 떠드는 거 싫습니다."

"물론이죠! 이 문제는 전적으로 제 잘못입니다. 정말 죄송합니다, 사모님."

"잘하실 거라고 믿겠어요. 장 비서는 이제 나와 한 이사님, 우리랑 한 팀이잖아요."

"그럼요! 앞으론 이런 일 절대로, 절대로! 없을 겁니다."

"우리 한 이사님, 앞으로도 잘 부탁드려요."

"걱정하지 마십시오. 제 능력 닿는 만큼 힘껏 보필하겠습니다."

"그리고 우리 한 이사님에 대해 뭔가 하고 싶은 말이 생기면, 앞으로는 나한테 연락 줘요."

은원이나 다른 가족들 말고, 라는 말이 생략된 말이었으나 신기하게도 장 비서는 금세 알아챈 듯했다. 그녀는 '우리는 이제 한 팀'이란 말에 한껏 고무되어 고개를 끄덕였다.

"네, 사모님! 저만 믿으세요!"

순진한 장 비서의 눈에 불굴의 의지와 충성심이 이글거리는 것을 확인하고, 이진은 고개를 끄덕이며 악수를 청했다. 스파이 임명식과도 같은 비장한 분위기로 악수와 눈빛을 교환한 두 사람은 아무 일 없었다는 듯 깔끔하게 헤어졌다. 하나, 이진을 바라보는 장 비서의 눈은 '선망' 그 자체가 되어 반짝이고 있었다.

어쩌면 저렇게 멋진 여자가 다 있을까. 마음도 넓고 카리스마도 대단해!

"네네, 그렇게 할 겁니다. 그래요, 네네. 걱정하지 마십시오. 그럼요."

이진이 두 번의 노크 후, 이사실 안으로 들어서자 책상 모서리에 엉덩이를 걸치고 전화 통화를 하는 동원이 한눈에 들어왔다. 재킷은 벗고 흰 와이셔츠 소매를 돌돌 말아 팔꿈치를 드러낸 상태였는데 그 모습이 어찌나 멋지던지 보는 순간 이진의 머리는 아찔, 심장이 쿵덕쿵, 방아질을 해댔다.

"아, 이만 끊겠습니다. 급한 일 때문에요. 네네, 다시 전화드릴게요."

그녀를 발견하자마자 그는 진행 중이던 대화를 서둘러 마무리해 버렸다. 수화기를 내려놓고 한달음에 달려와 이진을 끌어안더니 립밤만 바른 입술에 쪽, 소리도 우렁차게 입술을 맞춰댔다.

"왔어?"

헤벌쭉 웃으며 그가 이진의 머리부터 발끝까지 쭉 훑어본다. 약속대로 입고 왔는지 확인하려는 것이었다. 물론 그녀는 약속을 지켰다. 예전 몰골을 그대로 재현하는 건 몹시 창피하고 쑥스러운 일이지만 동원을 기쁘게 하는 거라면 얼마든지 감수할 수 있었다. 게다가 오늘은 아주 특별한 날이지 않은가. 자신에게 커다란 선물을 안겨준 동원에게 그녀도 선물해 주고 싶었다. 선물의 이름은?

박이진의 섹시함.

"전화를 받다 말고 왜 중간에 끊어요?"

"별로 중요한 전화가 아니거든. 아버지께서 또 잔소리하시는 거야."

"아버님과 통화 중이었다고요? 근데 그렇게 마음대로 끊었단 말이에요?"

"늘 하시는 말씀 재탕이니까. 잘해라, 정신 바짝 차려라, 열심히 해라, 등등. 하신 말씀 또 하고, 또 하고. 이러다 귀에 딱지 앉겠어."

"걱정되시니까 그러시겠죠."

"걱정할 게 뭐가 있어? 내가 백화점 맡아서 올려놓은 매출이 얼만데. 이만하면 훌륭하지. 장인어른이셨다면 벌써 본사로 끌어 올려주셨을걸. 시험해 볼 거 다 해보셨을 텐데 아직도 뭐가 그리 불안하신지."

"우리 집 사정이랑 같나요? 경원 본사에는 매형께서 잘해주고 계시잖아요. 그러니 좀 더 느긋하게 생각하시는 거겠죠. 당신도 너무 조급하게 생각하지 말아요. 아버님께서 어련히 알아서 다 끝어주실까."

"알았어. 그럴게. 우리 마나님이 그렇다면 그런 줄 알아야지, 뭐."

헤벌쭉 벌어졌던 입을 더 쭉 늘이며 동원은 두 팔을 뻗어 이진의 몸뚱이를 확 끌어당겼다. 교과서마냥 또박또박 바른 말만 읊어대는 이진이 얼마나 예쁜지 당장이라도 콱 깨물어 버리고 싶을 지경이었다. 동원은 자연스럽게 발그레해진 이진의 입술을 살그머니 물고 쭙쭙 빨아들이며 날씬한 허리를 부드럽게 쓰다듬었다.

미래의 아내 박이진에게서 향긋한 복숭아 향기가 났다. 얼마 전 그가 이진에게 선물한 향수다. 요즘 그는 이 향기만 맡았다 하면 항상 자제력을 잃고 짐승 모드가 되어버리는데, 오늘도 역시 키스한 지 5초 만에 원초적 본능이 살아 꿈틀대기 시작했다.

"결혼도 아직 안 했는데 마나님은 무슨."

그가 겨우 이진의 입술을 놓아주고 고개를 들자, 이진이 그의 타액으로 번들거리는 입술을 움직여 수줍게 중얼거렸다. 당장 삼켜 버리고 싶을 만큼 사랑스러운 그 모습에 동원의 몸은 더 커졌다. 바지 속에 갇혀 당장 풀어달라 아우성을 치는 짐승을 위해 동원은 어쩔 수 없이 이진의 말랑말랑하고 보들보들한 아랫배를 끌어당겨 자신의 것에 붙여야만 했다.

"우린 이미 결혼한 거나 마찬가지지. 예정대로 식을 진행했더라면 지금쯤 한지붕 아래에서 살고 한침대에서 자고 있을 테니까."

"하지만 아니잖아요."

"그렇지. 누가 취소한 덕분에."

"다시 결혼식 준비하는 거 아직도 마음에 안 들어요? 허둥지둥 결혼하느니 좀 더 여유를 가지면서 데이트도 많이 하고, 신혼살림도 같이 장만하니까 좋잖아요."

"데이트는 결혼해서도 할 수 있어."

"결혼 전에 하는 거랑, 후에 하는 건 엄연히 다른 거죠. 난 결혼하기 전에도 사랑하는 사람과 데이트라는 걸 많이 해보고 싶단 말이에요. 날 사랑한다면서 그거 하나 못해줘요?"

"못해주긴. 내가 언제? 지난 주말에도 우리 데이트했잖아. 쩍적지근하게. 데이트 사진을 신문에서 보게 되는 일이 어디 흔한 줄 알아? 나랑 사귀니까 그런 흔치 않은 일도 겪는 거야, 박이진."

"네네, 그 신문 때문에 내가 얼마나 황당한 전화를 많이 받았는지도 알죠."

그들은 지난주 좋아하는 야구팀 경기를 보러 갔을 뿐이고, 관객석 이벤트에 우연히 당첨된 것뿐이고, 전광판에 잡히면 남들이 으레 그러하듯 키스를 했을 뿐이었다. 그들은 신나면서도 달콤한 분위기에 취하여 그 순간을 즐기는 데에만 정신이 팔려 있었다. 기자들과 방송 캐스터가 동원을 알아보았을 줄은 상상도 못했다. 신문에 잡힌 동원의 키스 모습 때문에 월요일 아침, 이진의 전화통은 불이 났다.

"도대체 내가 다른 여자와 키스를 했을 거란 상상은 누구 머릿속에서 나온 거야? 내가 그 인간들 명단 제출하랬지. 왜 안 해?"

"너무 많아서 일일이 말 못한다고 했잖아요."

"많아봤자 거기서 거기지. 인간관계 협소한 당신, 내가 몰라?"

"다들 날 걱정해서 전화해 준 거였어요. 혹시라도 당신이 혼자 야구장에 갔다가 이벤트에 걸려서 모르는 여자와 어쩔 수 없이……."

"누굴 속이려 들어? 내가 당신 몰래 바람피우는 것 같아서 '옳다구나!' 드디어 깨질 때가 왔다! 한동원이 박이진한테 차이겠구나! 하면서 당신한테 일러바치려고 전화한 거 아니야. 내가 그 사람들 속셈을 모를 것 같아? 여자들이고 남자들이고, 우리가 어떻게든 찢어지길 바라잖아."

"그거야 당신이 결혼 시장 최대의 대어니까 그렇죠."

"당신은 사교계에 떠오르는 신데렐라이고."

"전화한 모든 사람들한테 당신과 키스한 사람은 나이고, 우리는 알콩달콩 잘 지내고 있고, 앞으로 결혼해서 잘살 거고, 평생 떨어질 일 없을 거라고 자알 설명했으니까 걱정 마요."

"명단 제출은 언제든 환영이야. 생각 바뀌면 말해."

"네―"

대답은 철석같이 했지만 그녀가 그럴 리는 절대로 없었다. 박이진은 생각보다 훨씬 더 고집쟁이인데다가 입도 어마어마하게 무겁고, 마음은 비단만큼이나 고왔다. 너무 착해 빠져서 손만 보고 살 것 같은데, 의외로 중요한 일에 있어서는 강단 있었다. 오히려 동원보다도 더 맺고 끊는 게 정확하달까. 금원이 '어쩌면 여자를 이리 잘 골랐을까' 하고 그의 엉덩이를 토닥거릴 만했다. 그때 그는 펄쩍 뛰며 '다 큰 남자 엉덩이를 왜 만지냐' 소리를 쳤지만 내심 무척 뿌듯했었다.

이진이 금원에게 인정받았다는 사실이 그의 어깨를 으쓱하게 했다. 내 여자가 이런 여자야, 하고 사람들 앞에서 빼기고 싶은 마음이었다. 그 생각을 하니 아랫도리의 뻐근함이 빠르게 정점으로 치닫는다. 마음 같아선 부동산 업자와 약속을 취소하고 당장 이 자리에서 이진을 갖고 싶다.

그러면 이진이 불같이 화내겠지. 그는 이미 같은 이유로 세 번씩이나 약속을 펑크 낸 전적이 있었다. 동원은 한숨을 푹 내쉬었다. 어쩔 수 없다. 박이진의 이 귀엽고 사랑스런 엉덩이를 마음껏 양이 찰 때까지 주물럭대는 정도에서 끝맺는 수밖에. 그는 혓바닥을 내밀어 이진의 윗입술을 핥고 물다가 쪽, 소리를 내며 놓아주었다.

"근데 당신은 아직도 주택이 좋아?"

"당신은 지금도 아파트가 좋고요?"

"솔직히 말해 주택은 관리가 어렵잖아. 아파트는 내 주거공간만 책임지면 되지만 주택은 마당, 뜰, 나무, 잡초, 꽃, 잡다한 것들을 다 신경 써야 하잖아. 난 그게 싫어."

"싫은 게 아니라 귀찮은 거겠죠. 내가 해요. 할 수 있어요. 그런 거 예전부터 관심이 많았다고요."

"당신한텐 그거 할 시간 없어. 당신은 시간 날 때마다 날 상대해야 한다고. 그것만으로도 당신은 녹초가 될걸."

능글맞게 중얼거리더니 그가 어느새 끌어 올려진 치맛자락 아래 얇은 속옷 위를 탐욕스럽게 쓰다듬었다. 그녀가 착용 중인 팬티는 그가 얼마 전에 선물해 준 것으로, 손바닥만 하여 가리는 부분보다 그렇지 못한 부분이 더 많았다. 비주얼 자체만으로도 야시시한, 남자를 유혹하기 위한 목적이 너무나도 또렷이 드러나 민망하기 그지없는 팬티였다. 그리하여 입기를 포기하고 서랍 속에 처박아두었던 것이었으나 오늘만은 과감하게 입어보기로 했다. 왠지 이 정도는 입어줘야 할 것 같았다.

"나, 진지하게 할 얘기가 있어요."

"뭔데? 나도 지금 진지하니까 말해."

레이스 가장자리 속으로 손가락들을 밀어 넣으며 그가 중얼거렸다. 당장이라도 잡아먹을 듯 이진을 열렬한 눈으로 내려다보고 있었다. 이진은 결혼을 앞둔 순진하고 싱그러운 처녀의 미소를 띤 채 두 눈을 반짝였다.

"임신했어요."

"임신? 누가?"

이진이 눈에는 별이 박혀 있어. 멍하게 생각하며 그가 반문했다. 거칠고 커다란 손바닥은 이진의 작은 엉덩이를 문지르고 비비다가 반으로 갈라진 틈새를 들어갔다 빠져나오기를 반복하고 있었다. 이진의 속살은 이미 젖어 있었다. 후끈 달아오르는 몸을 가라앉히며 그는 아무 대답도 하지 않고 빤히 자신을 바라보고만 있는 이진을 향해 물었다.

"혹시 누나? 누나가 임신했대? 오오! 축하드려야겠네! 우리 집에 경사네? 잘됐다. 결혼한 지 4년이나 됐는데 애가 안 들어서서 걱정하고 있었거든. 매형이 하늘을 봐야 별을 딴다는 말을 할 때는 걱정이 되더라고. 그 부부는 겉으로는 아무 문제도 없어 보이는데, 이상하게 느낌이 별로였어. 내외가 심하달까. 부부인데도 남남 같을 때가 간혹 있어. 이제야 마음이 놓이네. 아기가 생긴 걸 보니 두 사람 사이가 좋아졌나 봐. 그렇지?"

"나예요."

"응?"

"나라고요. 임신한 사람."

"뭐?"

이진의 촉촉한 속살에 손가락을 넣고 열심히 비비는 중에 동원은 입을 떡 벌렸다. 아주 잠깐 얼이 나갔다가 되돌아왔다. 임신한 사람이 이진이라고? 누나가 아니라 이진이? 그게 정확히 어떤 뜻인지 알아채는 데에 걸린 시간은 단 3초. 눈이 휘둥그레졌다.

"병원에 들렀다가 오는 길이에요. 임신 4주째래요."

"4주째?"

"별장에서요."

"그때 아이를 가졌다고? 내 아이를?"

"당신이 날 별장에 가둬놓고 그 누구와도 접촉하지 못하게 했기 때문에 아기의 아버지는 의심할 나위 없이 당신이에요. 하지만 필요하다면 유전자 검사를 받도록 할게요."

별 박은 초롱초롱한 눈을 똑바로 뜨고 이진이 말했다. 동원은 말도 안 된다는 듯 인상을 팍 구기고는 버럭거렸다. 물론 얼굴에는 웃음기가 한가득했다.

"당신 미쳤어? 당연히 애 아빠는 나지!"

"난 혹시 생길지 모를 의혹의 씨앗을 없애기 위해서 검사를 해둘 필요성이 있다고……."

"웃기지 마. 그 아이는 내 아이야. 내가 더 잘 안다고! 삘이 온다니까. 어쩐지! 그때부터 자꾸 당신만 생각하면 가슴이 뭉클하더라니! 내가 죽을 때까지 당신 마수에서 벗어날 수 없을 거란 사실을 깨달은 게 바로 그때였다고. 이건 운명이야. 별장에서 우린 운명이란 끈에 매인 거라고. 이 아기가 바로 그 끈인 거고!"

한동원이 이렇게 호들갑스러운 남자였나, 하고 이진은 멀뚱하니 생각했다.

원래대로라면 유전자 검사는 당연한 일이었다. 동원은 경원그룹의 후계자이고 아기 역시 그럴 가능성이 컸기에. 비정하게 들릴지 모르겠지만 이런 식이 바로 그들이 살아가는 세상의 법칙이다. 그녀 역시 이 비정한 집단의 일원이므로 유전자 검사는 당연한 것이라는 데에 이의가 없었다. 한데 이 남자는 지금 그딴 건 개나 주라는 식이었다. 그는 알까? 자기가 살아왔던, 떠받들고 신봉해 왔던 이 세계의 법칙을 그 스스로 갈아엎고 있다는 사실을.

"장 비서! 그거 알아? 나 9개월 뒤에 아빠 돼."

이진이 예상치 못했던 상황에 어안이 벙벙해진 사이, 동원은 문을 열고 장 비서를 향해 큰 소리로 임신 사실을 자랑스레 떠벌렸다. 장 비서가 이 특급 소식을 10분 내로 누나들에게 퍼트릴 거라는 걸 동원은 아주 잘 알고 있는 듯했다.

"정말이십니까, 이사님? 축하드려요!"

장 비서가 두 손을 짝! 마주치며 기뻐하더니만 얼른 이진의 눈치를 살폈다. 이사님 누님들에게 전화를 할까요, 말까요? 라는 무언의 질문. 이진은 동원이 눈치채지 못하게 고개를 끄덕였다. 쾅! 닫히는 문 사이로 신나게 전화 수화기를 드는 장 비서의 모습이 보였다.

"음, 우리 예쁘고 섹시한 마나님!"

사무실 문을 잠그고 돌아선 동원은 이진을 와락 끌어안고 진한 키스를 퍼부었다. 탐욕에 찬 능숙한 손길이 이진의 커다란 재킷을 벗겨내고 있었다. 이젠 도저히 못 참는다. 그녀가 아기를 가졌다고 생각하니 온몸이 뜨거워졌다. 이러다가 용암처럼 뜨겁게 달아올라 혼자 터질 수도 있을 것 같다.

그는 손으로는 신속 정확하게 이진의 옷을 벗기며, 입술로는 다급하게 그녀의 입술을 약탈하고 또 약탈했다.

"생각해 보니 주택도 좋을 것 같아. 저택이 필요하면 저택을 사. 마당 딸린 작은 집을 원하면 그걸 사고. 화단이 예쁜 집이 갖고 싶다면 그것도 오케이야. 마음대로 해. 네 마음대로."

"아까와는 말이 다르네요. 내가 당신 아기를 가졌기 때문이에요?"

"물론이지."

이진의 입술을 게걸스럽게 빨면서 그가 기분 좋게 웅얼거렸다. 점잖지 못한 손은 이미 치맛자락 속으로 파고들어 팬티를 끌어 내리고 있었다.

"당신이 내게 내 주니어를 줄 텐데 내가 뭐든 못해줘? 난 다 필요 없어. 당신이 원하는 거. 당신이 갖고 싶은 거. 그거면 돼. 당신이 좋다면 난 뭐든지 찬성이야. 집 열 채라도 골라. 다 사줄게. 다 가져."

"사람이 어떻게 다 가지면서 살아요."

입술을 거쳐 턱과 귓불까지 핥고 빨아대는 동원에게서 다급함이 느껴진다. 이진은 웃음을 터트리며 작은 주먹으로 그의 등을 두드렸다. 그가 너무 꽉 껴안아서 숨이 막힐 지경이었다. 그의 손이 너무 자극적이라서 엉덩이가 저절로 오므려지고 다리에 힘이 빠졌으며 숨이 헐떡거려졌다. 아아, 회사 사무실에서 이러면 안 되는데. 나라도 정신을 차려야 하는데. 동원 씨가 못하게 내가 말려야 하는데…….

"난 다 줄 거야. 당신이 원하는 것이라면 뭐든 다."

단추가 겨우 세 개쯤 풀린 블라우스 안으로 손을 밀어 넣으며 그가 중얼거렸다. 뜨겁게. 촉촉한 물기가 느껴지는 건 이진만의 착각일까?

"세상을 다 가지라고, 박이진. 당신은 그럴 자격 있어."

그녀의 귓속에 거칠게 웅얼거리고 그는 이진의 긴 다리를 허리에 감았다.

"못 보던 친구들이 많네요. 저기 푸른색 넥타이 맨 분이랑 노랑머리 분, 회색 양복 분. 다 내가 처음 보는 친구들 맞죠? 어째 하나같이 다 조각미남들이시네요?"

"푸른색 넥타이? 아아! 그 녀석은 고교동창, 강우야. 저번 파티엔 피치 못할 사정이 있어서 참석하지 못했어. 그날 이혼 도장을 찍었거든."

결혼식장 신부 대기실. 이진이 작은 틈새로 보이는 손님들의 면면을 훑어보며 동원을 흘깃 째려보자 그가 어깨를 으쓱하며 태연하게 핑계를 늘어놓았다. 어찌나 가증스러운지. 이진은 기가 차서

코웃음을 흘렸다. 불과 며칠 전, 그들이 열었던 '총각처녀 파티'에 동원이 추남들만 초대하는 반칙을 범해 신부 측 친구들이 몹시 실망했던 일을 떠올리고 있었다. 그날 동원은 이진의 친구들 관심을 몽땅 독차지했었다.

"초등학교 교사와 결혼해서 잘살던 녀석이었는데 갑자기 이혼을 했어. 여자가 기간제 교사였다는 걸 숨기고 결혼했다나. 사기결혼이라면서 소송도 불사하겠다고 난리 법석을 떨더라고. 사랑한다, 어쩐다, 하면서 죽고 못 살 때는 언제고 기껏 기간제 교사란 말에 이혼 운운하는 걸 보면서 생각했지. 참, 내 친구지만 못났다."

"기간제 교사라는 거, 하나 때문에 이혼을 했다고요?"

"기간제란 말 한마디에 사랑이 식고 정나미가 뚝 떨어지더래. 도저히 한이불 덮고 살 수가 없더라는 거야. 미친놈이지."

"생긴 건 그렇게 안 생겼는데."

"노란 머리는 현진이야. 보다시피 잘생겨서 여자들한테 인기가 아주 좋지. 나한테 얼마 전에 자랑을 하더라? 백 번째 여자와 잤다고. 앞으로 목표는 죽을 때까지 천 명을 채우는 거라는데 올해 안에 결혼도 할 거래."

"천 명 채울 거면서 결혼을 한다고요?"

"저놈도 미친놈인 거지."

"……."

"그 옆에 있는 회색 양복은 민수야. 여자를 만날 때 가슴을 첫 순위로 고려한다고 늘 떳떳하게 떠벌거리는 녀석이지. 가슴만 크다면 성격이 별로여도 행실이 못돼먹어도 괜찮대. 얼굴을 페이스

오프 수준으로 고친 성형미인이라도 상관 안 할 거라더군. 가슴만 성형한 게 아니라면 말이야. 제정신 아니지."

"당신, 일부러 이러는 거죠?"

의심이 잔뜩 서린 얼굴로 이진이 묻는다. 물론 일부러 이러는 거다. 온갖 카테고리로 엮인 지인들 중 잘난 녀석들이 얼마나 많은데, 그 녀석들을 다 이진에게 보여주고 싶은 생각은 추호도 없었다. 이진이 좋게 본다 싶으면 녀석들의 흠을 가차 없이 들춰대는 것도 바로 그 때문이다. 이진에게 괜찮은 남자란 오직 자신뿐이어야 했다.

"무슨 소리? 내가 뭐?"

"이제 그만해요. 지금 이 마당에 다른 남자들이 눈에 들어올 리 없잖아요. 난 당신한테 홀딱 빠졌다고요."

이진이 아직은 납작한 자신의 배를 쏙 내밀며 빙긋 미소를 지었다. 동원은 팔불출처럼 웃으며 조만간 불룩해질 이진의 아랫배에 손을 얹었다.

소매가 없고 가슴과 힙 라인이 풍성하여 잘록한 허리를 강조하는 프린세스 라인 웨딩드레스를 입은 이진은 동원의 넋을 쏙 빼놓을 만큼 아름다웠다. 특히 코르셋 타입 디자인 특성상 과감하게 드러난 가냘프면서도 여성적인 어깨라인과 등허리 때문에 보는 것만으로도 군침이 돌았다. 자신이 세상에서 가장 행복한 신랑이라 자부할 수 있을 정도였다.

사람이 이렇게 사랑스러워도 되는 걸까. 임산부가 이렇게 섹시해도 돼? 당장 먹어치워 버리고 싶다. 밖에 사람들이 얼마나 많이 와 있는지, 그들이 자신들의 등장을 얼마나 목 빠지게 기다리는지 따위는 다 잊어버리고 싶다. 모든 절차 다 생략하고 곧장 이진의 안으로 돌진할 수만 있다면 죽어도 좋을 것 같다.

"남자란 원래 자기 여자 관리에 철저한 법이야. 게다가 난 누가 내 것에 얼쩡거리는 게 무진장 싫거든."

"아무리 얼쩡거려 봤자 내가 싫다니까요. 나, 이래 봬도 지조 있는 여자예요. 전에도 얘기했잖아요. 사부님은 한 번에 한 사람만 모신다고."

"그건 다음번엔 다른 사람을 모실 수도 있다는 뜻 아니야?"

썩 마음에 든 건 아닌 듯 동원이 인상을 찌푸렸다. 이진은 주름이 잡힌 미간을 손가락으로 문지르며 콧잔등을 귀엽게 찡긋, 했다.

"이번 생에선 다음번이란 없을 거니까 긴장하지 마세요, 사부님."

"그러지 말고 내 앞에서 당신 친구들 흉도 좀 봐. 내가 홀딱 반해 칭찬을 주저리주저리 늘어놓기 전에."

"그럴 리 없다는 거 알아요. 당신한텐 나뿐이잖아요."

이진이 당연하다는 듯 말하며 뻐기듯 두 눈을 게슴츠레 뜨고 고개를 슬쩍 비트는 포즈를 취했다. 어찌나 영리하신지. 센스가 흘러넘치다 못해 강과 바다를 이루는 박이진은 상황 파악, 심리 파악에 일가견이 있어서 괴팍하기 그지없는 아버지와도, 동원에 대해서라면 걱정과 근심을 달고 사는 금원과도, 오지랖이 지구를 덮을 만큼이나 넓지만 자기 자신에 대해선 수없이 많은 비밀을 갖고 있는 복잡다단한 인간 은원과도 사이가 좋았다.

"어허, 이거 큰일일세. 무릇 고수란, 남의 것 탐내기보다 제 것

단속을 더 철저히 해야 하는 법. 내가 학생을 잘못 가르쳤나? 이러다 나중에 큰코다치지. 남편 미모가 어디 보통인가. 남녀노소 불문, 입에 침이 마르도록 칭찬해 마지않는 군계일학이신데. 단속 잘하셔야지, 학생. 혹시 알아? 재영이 녀석이랑 눈이라도 맞아서…….”

“장난 그만 쳐요. 그래 봤자 난 못하니까. 내 입으로 내 친구들 흉은 안 볼 거예요.”

그가 눈동자를 부라리며 재영이 얘길 하자 참았던 웃음이 빵 터져 이진이 한 손으로 입을 가렸다. 동원은 수줍은 새색시 모드로 킥킥 웃는 이진을 와락 끌어안고는 고개를 끌어내려 붉은 입술에 쪽 입을 맞추었다.

“그렇다면야. 당신 친구들이랑 아주 친밀하게 지내야겠네. 그래도 되겠지?”

“마음대로 하세요. 난 당신 흉을 매일매일 볼 거니까 상관없어요.”

“내 흉을 본다고? 나한테도 흉이 있어?”

“왜 없어요? 사람은 누구나 불완전한 법인데.”

“난 완벽하잖아. 박이진한테 딱 맞는 남자가 나 말고 또 누가 있어?”

“완벽은 무슨! 얼마나 흠이 많은 남잔데요, 당신이.”

“내가?”

동원이 이런 기막힌 소린 생전 처음이라는 듯 두 눈을 부릅뜨며 묻자 이진이 흰 공단 장갑에 감싸인 손가락 하나를 빼 들었다.

“첫째! 전혀 로맨틱하지 않아요.”

"이봐, 학생. 다른 건 몰라도 그건 아니지 않나. 나보다 더 로맨틱한 남자가 어디 있다고. 난 지난 한 달 동안 당신한테 수많은 꽃다발과 보석을 갖다바쳤어. 주마다, 아니, 시간 날 때마다 당신과 데이트를 즐겼고 인증 사진도 찍혔잖아. 데이트하다가 키스한 사진이 신문에 대문짝만 하게 찍힌 커플은 내 친구들 중에선 나밖에 없었다고. 당신이 조각미남이라 떠받들던 저 녀석들은 내 발뒤꿈치도 못 따라와. 게다가 요샌 러브레터도 쓰잖아."

"샘나서 그런 거잖아요. 재영이 때문에."

날마다 러브레터를 받는 여자치고는 퉁명스럽게 말하며 이진은 동원을 잠시 흘겨보았다. 세상에, 한동원처럼 시샘 많은 남자를 그녀는 본 적이 없었다. 얼마 전 미국으로 간 재영이 손 편지와 네잎 클로버를 보내와, 신기하고 고마워 자랑을 좀 했더니, 이 남자, 그날로부터 날이면 날마다 회사로 손 편지를 보내오고 있었다. 재영의 손 편지는 '젊은 자식이 촌스럽게 이게 뭐야. 이렇게 아날로그하니 짝사랑하는 여자한테 차이기나 하지' 하고 비웃으며 깎아내리더니만.

"이제 그만 보내요. 벌써 일주일째잖아요. 우리 팀원들이 놀린단 말이에요. 연애 혼자 하냐고, 닭살이라고 난리예요."

"계속 보낼 거야. 로맨틱하다고 할 때까지."

전혀 로맨틱하지 않은 당신이 로맨틱해지려고 노력하는 모습이야말로 가장 로맨틱한 모습이에요, 라고 말하고 싶은 걸 꾹 참으며 이진은 좀 더 엄한 표정을 지어 보였다.

"당신의 두 번째 흠이 바로 그거예요. 고집쟁이에 독불장군이라는 거. 애 같아."

"애? 내가?"

동원이 손가락으로 자신을 가리키며 턱을 바닥까지 떨어뜨린다. 남자들이 가장 싫어하는 말이 '어리다' 라는 걸 감안해 보면 결코 과하지 않은 반응이다. 너무 심하게 말했나, 싶은 생각도 들었지만. 그가 틈만 나면 자신의 가슴을 쭉쭉 빨아댄다는 사실이 떠오르자 도저히 그 말을 철회할 수가 없었다.

그는 애였다. 다 큰 애. 그녀의 사랑을 끊임없이 갈구하는, 정서적으로 어린애. 섹시한 애.

"나처럼 덩치 큰 애가 어디 있다고?"

"투정이 심하잖아요. 이해심도 부족하고. 독점욕은 또 어찌나 센지."

"이걸 보곤 절대로 그런 말 못할걸."

심술이 뚝뚝 떨어지는 얼굴로 말하고는 그가 이진의 손을 확 끌어당겨 자신의 바지 앞섶에 대고 꾹 눌렀다. 쫙 펼쳐진 그녀의 손바닥 아래로 불룩 튀어나온 물체가 닿았다. 위로 솟구치며 해방을 갈망하는 물체. 이진의 얼굴이 단박에 붉어졌다.

"미쳤어요? 이거 놔요. 누가 보면 어쩌려고!"

"보라지. 신부가 신랑 거시기 좀 만진다는데 누가 뭐래?"

펄쩍 뛰는 이진이 귀여워 더 놀려줄 속셈으로 동원은 더 가혹하게 손을 꽉 눌러 북북, 문질러 댔다. 매우 야비하고 계략적인 표정을 한 채로. 하지만 이미 단단해져 더 커질 수 없으리라 생각했던 것이 갑자기 맹렬한 기세로 부풀자 그는 헉 하고 숨을 들이켰다. 눌러 문지르던 손길도 뚝 그쳤다. 하복부를 강타한 날카로운 감각이 주르륵 등골을 타고 올라가더니 정수리를 뚫고 튀어나가 폭죽을 터트렸다.

빌어먹을. 자승자박. 멈추기 싫어.

"세 번째 흠이 바로 이거예요, 사부님. 당신은 밝혀도 너무 밝혀요. 여자를 힘들게 해. 매일 당신 때문에 피곤해 죽을 것 같아요. 결혼식이 목전인데 당신 때문에 잠을 제대로 못 자서 눈 밑이 이렇게 까맣잖아요. 사진발 안 받아서 웨딩사진 망치면 다 당신 탓이에요. 알았어요?"

동원이 어떤 딜레마에 빠져 있는지 전혀 눈치채지 못한 듯 이진은 계속해서 말도 안 되는 것들을 그의 흠이랍시고 주절거렸다. 아직도 그녀의 손은 동원에게 잡힌 채 그의 거기에 머물러 있었다.

동원은 가볍게 숨을 헐떡이며 천천히 그녀의 손을 위아래로 움직여 보았다. 전류가 찌르르, 흘렀다. 혈관을 타고 강력한 쾌감이 흘러들어 와 그를 숨이 컥컥 막히게 했다. 겨우 목구멍을 열어 쥐어짜듯 물었을 땐 이진으로 하여금 손바닥으로 그것을 맹렬히 쥐게 하고 있었다.

"친구들한테 그렇게 말할 거라고? 남편이 너무 왕성한 게 흠이라고?"

"왜요?"

"아무리 들어도 흠 같지 않아서."

"왜 흠이 아니에요? 가장 큰 흠이지. 여자들은 당신처럼 원초적이고 짐승 같은 남자를 안 좋아해요. 그러니까 적당히 그러는 거 말고 당신처럼 완전히 심한 케이스요. 나나 되니까 받아주는 거라고요. 사랑으로 포용하는 거죠."

"과연 그럴까……?"

"당신은 정말 못 말리는 짐승이에요. 결혼식을 몇 분 앞두고 이게 뭐예요? 완전히……."

순진한 눈으로 그곳을 내려다보더니 이진이 할 말을 잃은 듯 고개를 가로젓는다. 그리곤 쯧쯧 혀를 차고는 이내 땅이 꺼져라 한숨을 내쉬며 새침을 떨었다.

"이성을 잃으셨네. 이런 모습으로 식장에 어떻게 들어가요? 하객들이 보고 까무러치겠다."

짐짓 슬픈 양 이진이 입술까지 삐쭉거리며 시무룩한 표정을 짓는다. 남편의 짐승 같은 모습에 실망한 기색이 역력한 그녀는 그러나, 손안의 것을 더 힘껏 쥐고 주물러 대고 있었다. 뿌리 끝을 감싸고 살살 어르듯 주무르다 길게 뻗은 몸통을 슥슥 위아래로 비비고 문지르니 동원의 온몸 곳곳에 주둔 중인 성호르몬이 빠르게 한곳으로 몰렸다.

"당신, 당신 지금…… 날 놀리는 거지?"

어느새 신부 대기실 벽에 등을 댄 채 동원은 거친 숨을 헉헉 내뱉고 있었다. 순백색의 드레스를 차려입은 아름답고 우아한 이진이 그를 구석에 몰아세운 채 짓궂게 킥킥거리고 있었다. 매끄러운 아이보리색 공단의 장갑이 옷감 위로 도드라진 동원의 남성을 무자비할 만큼 도발적 리듬으로 자극했다. 그는 말 그대로 벌건 불에 몇 번이고 지지고 달궈진 서슬 퍼런 장검의 상태가 되어 있었다.

"그걸 이제야 아셨어요, 사부님?"

이진이 깜찍하게 그를 비웃으며 두 눈을 펄럭펄럭 깜빡이고는 손바닥을 더욱 거센 기세로 움직였다. 동원은 쓰러질 것 같은 몸을 벽에 의지해 간신히 버티며 두 손으로 우악스럽게 이진의 어깨를 틀어쥐었다. 그녀는 사악하리만치 섹시한 입술로 히쭉거리며 더 바짝 붙어서 불룩한 부위를 맹렬히 더듬었다.

"내 친구들한테는 눈길도 주지 않겠다고 약속해요. 안 그러면 멈추지 않을 거예요."

어울리지 않게 으름장을 날리는 이진. 그녀의 순진한 협박에 동원은 실소를 터트렸다. 그의 상태가 얼마나 절박한지 이렇게나 적나라하게 드러난 지금, 그녀는 어떻게 동원이 멈추길 바랄 거라 생각할 수 있을까. 그 순진함에 기절할 것만 같았다. 당장 그녀의 드레스를 벗겨 버리고 새하얗고 낭창낭창한 엉덩이를 벌린 다음, 그 안으로 돌진해서…….

"언니! 형부! 뭐 해요? 안 나오고?"

갑자기 예고도 없이 문이 확 열리더니 대기실 안으로 얼굴 하나가 불쑥 쳐들어왔다. 이은이었다.

시뻘게진 얼굴로 대기실 벽에 등을 찰싹 붙인 채로 서 있던 동원이 그녀를 보았다. 동원에게 바짝 붙어서 이은에게 등을 보인 채인 이진도 그녀를 돌아보았다. 이은도 새신랑과 새 신부의 수상쩍은 포즈를 보았다.

"어휴, 하여간 시간만 나면 붙어서는. 쯧쯧! 정신 차리세요들! 밖에서 신랑, 신부만 눈 빠지게 기다리는 하객만 200명이니까. 빨리 나오지 못해요? 지금 때가 어느 땐데 한가하게 붙어서 그러고 있어요?"

"이은아……."

"신혼여행 갈 거잖아요. 2주간이나 유럽을 휘저으며 돌아다닐 거라며. 낮에 돌아다니고 밤에 해. 그럼 되잖아. 얼른 행진 준비 해!"

동생의 호된 꾸지람에 이진이 입술을 삐쭉이며 그에게서 떨어졌다. 동원이 좌절의 신음을 끄으으응, 길게 냈다. 그사이 이은이 안으로 들어와 잔소리를 바가지로 퍼부어댔다. 가장 아름답고 완벽해야 할 신부의 드레스가 이게 뭐냐, 다 구겨졌다, 누가 이렇게 만들었냐, 어깨에 뿌린 은가루는 누가 지웠냐, 쇄골 근처에 난 손자국은 누구 것이냐 등등. 동원의 무절제함과 그것을 통제하지 못하고 같이 휩쓸린 이진의 방종함을 비난하는 가시 돋친 말을 마구 쏴주면서도 이은은 언니의 망가진 몰골을 세세히 재정비해 주었다.

"어서 나가보셔요, 형부. 신랑이 먼저 입장해야 한다고요."

"어……."

처제의 타박에 하는 수 없이 신부 대기실을 빠져나가며 동원은 마지막으로 한 번 더 이진을 돌아보았다. 둘의 눈이 마주쳤다.

사랑해, 박이진.

그가 양쪽 입술 언저리를 살짝 들어 올리며 눈을 빛냈다. 그러자 이진도 입술 끝을 위로 꺾어 올린다. '나도요'라는 듯.

내 아내가 되어줘서 고마워.

그가 양쪽 눈썹을 스윽 위로 끌어 올리며 싱글싱글 웃었다. 그러자 이번에도 이진이 똑같이 웃는다. '나도요'라는 듯.

난 당신이 세상에서 가장 섹시하다고 생각해.

그가 두 눈을 살포시 감으며 입술을 허공에 뾰족 세웠다. 역시 이진도 똑같이 했다. '나도요' 라는 듯.

이제 출발해 볼까? 일평생 가장 섹시한 순간을 맞이하기 위해.

고개를 갸웃하며 초콜릿처럼 농밀한 눈빛을 날리자 이진이 끄떡 고개를 흔들었다. 마치 세상에서 가장 섹시한 순간이란, 사랑하는 사람과 백년가약을 맺는 순간이라는 동원의 생각을 꿰뚫은 양.

서로가 서로에게 종속되는 의식이야말로 가장 숭고하고, 동시에 가장 농밀한 애정의 표식이었다. 영원히 함께하자는 약속이야말로 가장 거룩하고, 동시에 가장 야한 사랑의 행위였다. 그리고 그 약속은 지켜져야만 한다. 그것이 정석이다.

에필로그

"정말? 안 통했다고? 이상하네."

이층 거실에 앉아 한쪽 무릎을 세우고 붉은색 매니큐어를 칠하는 이진은 휴대폰 너머 들려오는 예린의 하소연에 고개를 갸웃거렸다. 남편을 집구석에 붙잡아두기 위한 필살기가 있다면 알려달라고 하도 부탁하기에 알려줬을 뿐인데 반응이 영 신통찮았다.

[이진 씨가 알려준 게 좀 이상하긴 했어. 그땐 너무 절박해서 무슨 방법이든 일단 한번 써보자 싶었는데. 좀체 말이 되어야 말이지. 어떻게 월남치마에 촌스런 재킷, 안경, 립밤으로 남자를 사로잡을 수 있겠어?]

"재민 씨 반응이 별로였어?"

[나보고 미쳤대. 무슨 정신으로 이 지랄이네.]

"그렇게까지 했어? 미안, 나 때문에."

매니큐어를 칠하다 말고 이진이 힘없이 중얼거렸다. 갑자기 둘 사이가 걱정되기 시작했다.

재민과 예린이 결혼한 건 8개월 전이었다. 주변에서는 죄다 '잘 안 될 거다', '금방 찢어지겠지', '바람의 끝은 바람' 등의 비난과 우려뿐이었기에 행복함과는 거리가 먼, 우울하고 불행한 기운이 감도는 결혼식이었다. 하객도 가까운 친구 몇몇뿐이었고 결혼식 도중에는 재민의 전처네 식구들이 와서 예린의 머리끄덩이를 잡고 '가짜 임신인 거 다 안다!' 며 한바탕 난리를 쳐댔었다. 그걸 보고 있자니 같은 여자로서 마음이 짠해져 그녀를 보듬고 '임산부에게 이게 무슨 짓이에요!' 하고 편들어주었는데, 예린은 그게 무척 고마웠던 모양이었다. 결혼식이 끝날 때까지 그녀는 이진의 품에 안겨 펑펑 울었더랬다.

나중에 안 사실이지만, 예린은 실제로 임신을 하고 있었다. 재민도 예린도 원해서 하게 된 임신은 아니라 했다. 아기 때문에 어쩔 수 없이 한 결혼이니만큼 처음엔 부부 관계에 별다른 기대나 설렘이 없는 것 같았다. 그러나 8개월이 흐르는 사이 남편인 재민에 대한 마음도 깊어져, 이제는 이 결혼이 끝까지 잘 유지되길 바라고 있었다.

"말이 너무 심한 거 아니야?"

[이진 씨가 추천한 아이템들이 좀 흉했어야지. 평소 패션에 대해서라면 누구 못지않은 안목을 가진 내가 그런 것들을 걸치고 회사에 짠, 하고 나타났으니 재민 씨가 돌지 않고 배겨? 도대체 동원 씨 취향은 왜 그 모양인 거야? 그게 동원 씨를 자극하는 아이템인 건 맞아?]

"물론이지."

[아니야. 아무리 생각해도 아니야. 뭔가 다른 게 있는 것이 분명해. 그렇지 않고서야 어떻게 결혼한 지 5년이 지난 지금까지 신혼처럼 그리 뜨거울 수가 있어?]

"우리가 뜨겁다고?"

[아니란 말은 마. 자길 보는 동원 씨 시선이 얼마나 뜨거운지, 옆에 있으면 내 몸이 다 화끈거릴 지경이니까. 내가 재민 씨랑 결혼이란 걸 해봐야겠다고 결심한 것도 자기네 부부 때문이었어. 결혼한 남녀 사이도 화끈할 수 있다는 걸 만날 때마다 몸소 보여주시니 나조차도 호기심이 생기더라고.]

"그래서 후회해?"

[뭐…… 아직까진 그럭저럭…… 괜찮은 것 같아.]

예린이 애매하게, 몹시 심사숙고하는 듯 느릿느릿 대답을 내놓자 이진은 소리 없이 웃음을 터트렸다. 아닌 척하지만 예린은 재민과의 결혼을 꽤 만족스러워하고 있었다. 사람들 앞에선 늘 심드렁하고 마지못해 사는 척하지만 이진의 눈엔 그녀가 재민을 무척 신경 쓰는 게 보였다. 가끔은 예린답지 않게 수줍은 소녀가 되기도 했다. 그런 모습을 볼 때면 자신을 상대로 진주가 싸구려네 어쩌네 하며 진상을 떨던 그 강예린이 맞나, 싶었다.

[어쨌든 다른 노하우가 있으면 자기만 알지 말고 친구를 위해 얼른 불어. 속옷을 섹시하게 입는다거나, 뭐 그런 거 없어?]

"속옷? 속옷은 당연히 레이스를 입어야지. 살을 최소한으로 가린."

뭐 그런 당연한 걸 묻나 싶은 목소리로 이진이 대답했다. 그러자 수화기 저편에서 '뭐라고?!' 하는 짐승의 울부짖음 같은 과격한 반문이 날아왔다. 저도 모르게 눈을 찔끔, 어깨를 움찔, 했던 이진은 슬그머니 한쪽 눈을 뜨며 조심스럽게 물었다.

"그럼 월남치마 밑에 일반 속옷을 입었단 말이야?"

[자기가 말을 안 해줘서 준비를 못했지!]

"난 예린 씨라면 당연히 그런 속옷을 입을 줄……."

[출산한 지 3개월밖에 안 됐어. 몸이 제대로 안 돌아와서 예전 속옷 하나도 못 입는단 말이야. 당연히 펑퍼짐한 면 팬티를 입었지. 아아아, 난 몰라. 망했어!]

진정으로 속이 상한 듯 예린이 절망적으로 울먹였다. 그녀의 완벽한 연기에 속는 줄도 모르고 이진은 엄청난 죄책감에 시달려야 했다.

"미안, 예린 씨……."

[아니야. 지금이라도 알게 된 게 어디야. 야한 속옷 필수. 좋아. 또 뭐 없어?]

"어어! 향수. 동원 씨가 좋아하는 향수가 있어. 그거 뿌려야 해."

[좋아, 향수. 나도 우리 재민 씨가 좋아하는 향수를 뿌려야겠네. 또, 또? 뭐 없어?]

"어……."

이진은 머릿속에 들어 있는 지식들을 총동원해 알려주었다. 예린의 결혼 생활에 자신이 조금이라도 도움이 되고 싶었다. 그녀는 예린이 진정으로 행복해지길 바랐다.

"끝났어?"

참으로 볼만했던 쇼 한 편이 막을 내리자 재민은 들고 있던 신문을 접으며 물었다. 울고 웃고 좌절하다 희희낙락하는 등, 연말 방송사 연기대상 급 열연을 펼친 예린은 기진맥진은커녕 쌩쌩한 모습으로 킥킥거렸다.

"방금 동원 씨가 집에 들어왔대요. 동원 씨가 집에 도착할 때까지만 이진 씰 붙잡고 시간을 끌면 되는 거니까 난 임무 완수한 거죠."

"두 사람 대화가 아주 심오하던데. 평소 그런 얘길 나눴었나 봐?"

"남들한텐 우리가 서로 못 잡아먹어서 안달인 걸로 보이면 안 되잖아요."

"그것도 연기였다?"

"보통의 부부처럼 보이고 싶었을 뿐이에요. 천하의 강예린이 결혼까지 했는데, 남편과 동침 한 번 못해봤다고 하면 사람들이 얼마나 비웃겠어요? 자존심이 있지. 그렇게 알려지는 건 죽어도 못 참아요."

"그럼 그런 거짓말은 삼갔어야지. 당신, 면 팬티 같은 건 취급 안 하잖아."

"내 속옷에 대해 당신이 뭘 안다고 그럴 소릴 해요?"

"모른다고 생각해?"

"알아요?"

알쏭달쏭한 재민의 물음에 예린이 당돌한 시선으로 되받아쳤다. 재민이 입을 꾹 다물고 예린을 똑바로 바라봤다. 한참 동안 두 사람은 서로를 응시하고만 있었다. 정적이 강처럼 흘렀다. 마침내 침묵을 깨고 재민은 손에 들고 있던 신문을 탁자 위에 던지듯 내려놓으며 이렇게 물었다.

"그래서 그 월남치마와 레이스 팬티는 언제 보여줄 거지?"

"어어, 자기야. 우리 동원 씨 왔네? 내가 나중에 다시 전화할게. 미안."

이진은 예린과의 통화를 서둘러 마무리했다. 소리 소문 없이 갑자기 등장한 동원이 등 뒤에서 그녀를 끌어안고 가슴을 주물럭거렸던 탓이었다. 이진은 희미하게 헐떡이며 이제 막 퇴근한 남편을 돌아보았다.

"왔어요?"

"조금 늦었지?"

빙긋 웃음을 보이는 그는 자타 공인, 영원한 로맨티시스트, 한동원답게 언제 봐도 스위트했다. 하루 온종일 사무실에서 서류와 씨름하느라 지칠 대로 지쳐 있을 게 뻔한데 겉으론 전혀 피곤해 보이지 않았다. 오히려 막 잡아 펄떡펄떡 뛰는 활어처럼 활력이 넘친다. 그런 모습이 가끔은 불만스러울 때가 있다. 원래 너무 잘난 남자랑 살면 여자가 피곤하기 마련 아니겠는가. 그가 조금이라도 나이를 먹었다거나 유부남 티가 나서 여자들의 관심이 뚝 떨어졌으면 좋겠다는 생각이 들었다. 종종 그가 아직도 총각인 줄 오인하는 여자와 대면할라 치면 이진은 매직으로 동원의 이마에 주름살이라도 그려 넣고 싶은 충동에 휩싸였다. 하지만 유감스럽게도 그는 결혼 전이나 후나 똑같이 잘생기고, 멋있고, 로맨틱하여 여전히 사교계의 핫한 남자였다.

"사실은 전혀 안 늦었어요. 아직 준비가 덜 됐거든요."

"다 된 거 아니야? 멋진데?"

이진을 슥 한 번 눈으로 훑으며 그가 말했다. 그럴 수밖에. 그녀의 눈에도 자신의 차림새는 완벽해 보였다. 이제부터 동원과 함께 가야 할 곳이 투자자와의 부부 동반 저녁 식사 자리이니만큼 신경을 많이 썼던 것이다. 공들여 준비하느라 회사에서도 1시간이나 일찍 퇴근했었다.

"아직 머리를 안 올렸잖아요. 매니큐어도 덜 발랐고."

"머리는 그냥 내버려 둬. 이제 출발해야 해. 빈이는?"

"큰형님한테 맡겼어요. 맡아달라고 부탁하는데 어찌나 민망하던지. 그 개구쟁이 자식, 조용한 큰형님네에 평지풍파 일으킬 게 뻔하잖아요. 거실을 뛰어다니다가 비싼 도자기를 두 개씩이나 깨뜨린 전적이 있어서 불안해 죽겠어요. 제발 얌전히 있으라고 두 손 모아 부탁까지 했지만 그래 줄 거라곤 기대도 안 해요. 그 녀석이 엄마 말이라면 귓등으로도 안 듣잖아요."

"당신이 빈이를 너무 오냐오냐 키우니까 그렇지."

동원이 쌤통이란 듯 거만하게 말하고는 입술을 삐쭉거린다. 그가 다섯 살짜리 아들을 거의 연적 수준으로 대한다는 걸 알고 있는 이진은 웃음이 터질 수밖에 없었다. 얼마나 아들한테 유치하게 구는지. 최근엔 '아들만 있으니 이런 애정 불균형 현상이 생기는 거다. 딸도 있어야 한다'는 희한한 논리를 내세우기까지 했다.

"큰형님네한테 맡긴 거, 잘한 거겠죠? 사실은 작은형님도 안 된다 하시고, 우리 언니랑 이은이도 바쁘다고 하고, 맡아주실 분은 큰형님네밖에 없어서 어쩔 수 없이 맡기긴 했는데 마음이 불편해요. 결혼해서 쭉 아버님 모시다가 분가한 지 이제 겨우 1년 됐잖아요. 아직 신혼 같은 기분일 텐데, 매번 이렇게 일이 생길 때마다 빈이를 맡아달라고 해야 해서……."

"누나도 빈이 좋아하는데 뭘. 걱정 마. 아버지는?"

"아버님은 오늘 밖에서 식사하신다고 연락 왔어요. 20년 만에 만난 동창분과 함께 오붓한 시간 보내실 거라고 하시네요. 여자분이신가 봐요. 그리고 음…… 오늘 색소폰 수업은 다음 주 월요일로 미뤘으니까 그리 알아요. 맨날 이렇게 미뤄서 죄송하고 걱정된다고 했더니 강사 선생님께서 걱정 말래요. 시간 충분하다고."

"당신은 걱정 없지. 내가 문제지. 갑자기 바빠져서 시간을 낼 수가 없네."

"무슨 소리예요? 당신이야말로 걱정 없죠. 잘하니까. 아아, 난 왜 악기 다루는 소질이 없는지 모르겠어. 아무리 연습해도 안 돼. 이러다 정말 공연, 망하면 어쩌죠?"

빨간 매니큐어 병을 손에 들고 이진이 울상을 지었다. 그녀는 4주 앞으로 성큼 다가온 창사 기념 파티에 동원과 커플로 색소폰을 연주해야 했다. 그들이 색소폰 교습을 통해 만난 줄 오인하고 홍보팀에서 커플 연주를 부탁해 왔던 것이다. 색소폰에 대해선 둘 다 생초보였기에 당연히 거절했지만, 거듭되는 요청과 회사 내에 조성되는 열화와 같은 반응에 어쩔 수 없이 수락해야만 했다. 그리고 다음날부터는 날이면 날마다 교습소에 출근하여 죽어라 연습하고 있는 실정. 그나마 동원은 탁월한 음악적 소질을 발휘해 굉장한 속도로 따라잡았으나 이진은 불행히도 그러지 못하였다.

"망하면 뭐 어때? 저렇게 못하니까 한동원한테 가르쳐 달라 목을 맸구나, 하겠지."

"내가 미쳤지. 왜 그때 색소폰 소릴 해서는."

"안 했으면 어쩔 건데. 색소폰이 아니라 섹스였다고 사실대로 말했다면 일이 그렇게 쉽게 풀리진 않았을 거 아니야."

"당신은 그게 쉽게 풀린 거라고 생각해요?"

아내가 말도 안 된다는 듯 험악하게 인상을 찌푸리며 묻자 동원은 어깨를 으쓱했다.

"아님 말고."

"회사에선 내 정체를 알아버렸지. 아버지께선 내가 당신과 여행 갔던 걸 알아버렸지. 형부랑 언니는 갑자기 나 때문에 서둘러 결혼해야 했고, 당신은 날 사랑해서가 아니라 내 몸 때문에 결혼하고 싶다고 했지. 정말 그때를 생각하면 지옥이 따로 없었다고요."

"알아, 알아. 내 잘못이야. 내가 객기를 부린 거야. 당신을 죽을 만큼 사랑하는데 그렇다는 걸 인정할 용기가 없었어."

"그때만 생각하면 때려주고 싶어."

입술을 삐쭉거리며 이진이 뾰로통하니 말했다. 이진이 평소 바가지라는 것을 긁을 때는 과거 그에게 서운했던 일들이 떠오를 경우인데. 그 서운함 중 최강이 임신 때 너무 바빠 그녀에게 먹고 싶은 음식을 제때 재깍재깍 바치지 못했던 것이고, 그다음이 바로 이거였다. 처음 그가 청혼했을 때 사랑해서가 아니라 육체를 원해서란 개소리를 지껄였던 것. 그게 그녀에겐 몹시도 맺혔던 모양이었다. 동원은 이 얘기만 나오면 납작 엎드렸다. 죽을죄를 지었습니다, 하는 읍소는 필수였다.

"뺨이라도 시원하게 때릴래? 좀 더 아래를 겨냥해서 때려도 되고."

"으이그, 이 변태."

이진은 누가 들을까 싶은 변스러운 남편의 농담에 부르르 몸을 떨며 빨딱 자리에서 일어난다. 그리고는 '가요. 다 됐어' 한다. 동원은 아내의 날씬하고 가느다란 특유의 여성스러운 몸매를 감상하며 흐뭇하게 웃었다. 시간을 보니 지금 출발하면 딱. 1시간 뒤 그녀가 활짝 웃을 걸 생각하며 동원은 기분 좋게 팔을 내밀어 아내의 허리를 휘감았다. 하지만 막 계단을 내려서는 찰나, 금원으로부터 연락이 왔다.

[큰일 났어, 동원아. 현악팀이 호텔로 오다가 사고가 났대. 다행히 연주자들은 큰 부상을 입지 않았는데 악기가 파손됐다나 봐. 새로 구해서 호텔까지 오려면 시간이 필요해. 2시간 정도만 어떻게 딜레이시켜 보면 안 될까?]

안 되기는.

그가 결혼 5주년 기념 서프라이징 파티를 위해 들인 땀과 노고를 생각하면, 어떻게든 되게 해야 했다. 동원이 구워삶아 이 작전에 참가시킨 주변인들만 수십 명이었다. 그가 도착할 때까지 이진을 집에 묶어놓기 위해 예린을 구워삶았고, 금원에겐 말썽쟁이 빈이를 맡아달라고 부탁했다. 아버지나 나머지 가족들은 모두 없는 약속을 만들어 미리 호텔에 가 있게 했고, 이진의 회사 동료들에게는 따로 일일이 전화해 참석해 달라고 했다. 아마 그들 모두 지금쯤 파티가 열릴 호텔에 도착해 있거나 향하는 중일 것이다.

"왜요? 무슨 일 있어요?"

방 안까지 들어가 전화를 받고 나오는 동원의 수상쩍은 행동을 유심히 관찰하며 이진이 물었다. 동원은 잠시 머뭇거리다가 불쑥 앞으로 다가와 빠르게 입술을 놀렸다.

"산부인과 의사인 친구 재학이 알지? 그 녀석 말이 우린 지금 사랑을 나눠야 한대. 내가 딸을 가지려고 노력 중이라고 말했거든. 그랬더니 딸을 가지기 위한 최고의 날짜와 시간을 잡아줬어. 그게 바로 지금이래."

"산부인과 의사가…… 점쟁이처럼 딸을 가질 수 있는 날짜와 시간을 잡아줬다고요?"

이진이 또박또박 그의 말을 확인하며 물었다. 아무래도, 남편의 서프라이징 파티에 뭔가 문제가 생긴 것 같았다. 그는 보통 선의의 거짓말을 하더라도 앞뒤가 맞게 하는, 꽤 치밀한 남자였지만 눈빛의 작은 흔들림이나 목소리의 께름칙함 등으로 이진은 금세 알아챘다. 이번 계획도 3일 전부터 알고 있었고, 그가 원하는 대로 깜짝 파티에 도착해 아주 깜짝, 진짜 깜짝 놀라도록 연습도 해둔 상태였다.

예린이 전화해 수다를 떨 때도 모르는 척 받아주었다. 동원이 부부 동반 저녁 식사에 가도록 유도할 때도 천연덕스럽게 응했었다. 그리고 그가 누군가로부터 전화를 받은 후 무척 찌그러진 표정으로 나타난 지금, 이진은 알 수 있었다. 그의 완벽해 마지않던 계획에 차질이 생겼음을.

"그렇다네? 지금 우린 사랑을 해야 해. 당신도 딸을 갖고 싶다고 했잖아."

동원은 덤비듯 다가가 아내의 드레스를 벗겼다. 2시간 동안 아내를 묶어놓을 방법은 단 한 가지밖에 없다는 결론을 내린 후였다.

"그건 그렇지만 저녁 식사 약속이 잡혀 있잖아요. 시간이 거의 됐는데."

"딸이야, 딸. 빈이처럼 날 닮은 개구쟁이가 아니라 당신 닮은 얌전한 딸! 아니다. 그 속에 불꽃을 품고 있는, 위험하고 깜찍하고 사랑스러운 딸이겠지? 생각만 해도 가슴이 벅차다. 당신 닮은 딸을 가질 수 있다니! 지금 우리 딸이 나한테 신호를 보내고 있어. '당장 엄마랑 사랑을 나누세요! 그럼 10달 뒤에 내가 태어날 거예요!' 하고 말이야."

드레스의 양쪽 어깨끈을 끌어 내리며 동원이 헛소리를 지껄였다. 이진은 최대한 엄격한 얼굴로 화를 내며 한마디 해줄 요량이었으나, 동원이 자신의 흰색 레이스 데미브라를 들추고 출렁이며 드러난 가슴을 입에 물자 더 이상 아무 말도 할 수가 없어졌다.

가슴 위에서 검은 동원의 머리가 꿈틀거리며 움직였다. 그녀를 머금기 위해 더 많이, 더 깊이 흔들리더니 어느새 규칙적인 리듬을 타기 시작했다. 이진은 그의 머리카락을 움켜쥐며 신음을 흘렸다.

"동원 씨…… 약속은……?"

"아무 말 마. 내겐 이게 우선이니까."

잠시 입술을 떼고 그가 웅얼거렸다. 욕망이 진하게 배인 동원의 목소리는 곧 다급하면서도 뜨거운 한숨 소리로 이어졌다. 그가 이진의 드레스를 거의 찢듯이 허리까지 끌어 내리고는 온몸에 키스를 퍼붓기 시작했다.

그의 적극적이고도 격렬한 몸짓에 밀려 이진은 소파 위로 무너지듯 누웠다. 그는 이진이 움직이지 못하도록 양쪽 골반을 고정시키고는 이로 천천히 레이스 팬티를 끌어 내렸다. 이진의 몸이 뜨겁게 활활 타올랐다. 너무 타올라 미칠 지경이었다. 비명을 지르며 이진은 생각했다. 아내를 가질 때만큼은 전혀 로맨틱하지 않은 남편이야말로 세상에서 가장 로맨틱한 남자라고.

"내겐 당신을 먹어치우는 것보다 더 우선인 건 없어, 박이진."

세상에서 가장 로맨틱한 남자, 한동원이 조신하게 달라붙은 아내의 새하얀 허벅지를 가차 없이 벌리고 그것들이 만나는 지점에 입술을 묻으며 전혀 로맨틱하지 않는 음성으로 속삭였다.

가장 섹시한 5주년 기념 파티가 시작되었다.

·— The END —·

『섹시의 정석』은 '노블 어페어' 시리즈가 표방하는 몇 가지 특징들이 가장 잘 표현된 글입니다. 『남편의 침실』로 시작되어 『금기의 아내』와 『섹시의 정석』으로 이어지는 '노블 어페어' 시리즈는 상류층 처자들의 사랑 이야기가 주소재이며 남녀관계의 주도권을 여성이 쥐고 있다는 점, 주요 등장인물이 차기작의 주인공으로 예고되는 릴레이식 소설이라는 점 등이 특징이랄 수 있습니다.

남자 주인공 한동원이 『금기의 아내』에서 주인공, 최임주 정신적 조력자로 처음 등장했을 때 많은 분들은 그를 소위 다정男이라고 생각하셨습니다. 위기에 빠진 여자를 돌봐주고 위로해 주던 모습 때문에 연재 시에는 주인공보다 더 각광을 받기도 했었습니다.

당시 동원의 스토리는 서투른 여주인공이 능숙한 남주인공에 의해 계발되어지는, 이른바 '외모개조 프로젝트' 류의 원안만이 존재할 뿐이었고 작가인 저는 그를 딱히 '착한 남자' 스타일로 설정할 의향도 없었기에, 동원은 독자 분들에 의해 반강제로 착한 남자 캐릭터로 굳어질 상황이었지요. 어쩌면 로맨티시스트 가면을 쓴 마초맨이란 설정은 이러한 사정 덕분에 생겨난 것인지도 모르겠습니다.

한동원은 바람둥이로 알려져 있지만 실은 그 반대입니다. 사교계에선 부드러운 남자로 분류되어지고 있었지만 사실은 세상에 둘도 없는 짐승남이죠. 범생이처럼 보이는 박이진의 본질이 어디로 튈지 모르는 탱탱볼 같은 여자인 것과 마찬가지로요. 둘 중 먼저 내면의 껍질을 깨고자 용기를 낸 이는 이진입니다. 그럴 수 있도록 자극을 준 사람이, 역시나 자기 자신을 속이며 살아온 동원이라는 점은 참으로 아이러니한 일이 아닐 수 없습니다. 결국 그 또한 이진으로 인해 그 지긋지긋했던 트라우마를 극복할 수 있게 됩니다.

'노블 어페어' 시리즈는 당분간 계속됩니다. 유쾌한 한동원과 박이진에게 좋은 기운을 받아서인지 새로운 얘깃거리들이 퐁퐁 샘솟고 있어서요. 다음 타자는 한겨울에 등장할 야수남 윤찬열과 그의 아내, 한금원이 될 것 같아요. 앞으로 기회가 되었을 때 은원의 이야기도 풀어나갈 예정이니, 금은동 남매 얘기도 많이 아껴주시길 바랄게요.

정성스럽고 예쁜 책 만들어주시는 예원북스 출판사와 유 팀장님, 특별히 감사드려요. 힘 많이 받고 있답니다.

모든 얘기를 기승전—운동에 대한 중요성으로 끝맺으시는 우리 아버지! 팔순 축하드립니다. 막내딸도 운동 많이 해서 건강 유지할 테니 아버지께서도 제가 10년 뒤, 20년 뒤에도 같은 말씀 올릴 수 있도록 건강하게 오래오래 사셔요. 가족들 모두모두 사랑하고 이재현, 올해도 함께 부둥부둥 해보자!

늘 제게 힘이 되어주시는 동료 작가님들, 올해도 힘차게 뛰어봅시다. 특히 이 작가님, 이제 슬슬 동면에서 깨어나소서. 연재 시 함께 달려주시는 독자님들, 늘 감사드리고 사랑합니다.

마지막으로 『섹시의 정석』을 읽어주신 독자님들께 감사의 하트를 날립니다~♥

저는 또 다른 소설로 찾아뵙겠습니다. 그때까지 건강하시길 바랄게요.

오랜만에 편안한 시간을 갖고 있는
행복한 홍윤정 드림.

예원북스에서는
로맨스 작가님의 소중한 원고를 기다립니다.

투고해 주실 메일 주소는
yewonbooks@naver.com 입니다.
많은 관심 부탁드립니다.